Deutsche Mutter,

Chinesische Mama

德国婆婆 中国妈

叶莹 著

南方日报出版社
NANFANG DAILY PRESS
中国·广州

图书在版编目（CIP）数据

德国婆婆中国妈 / 叶莹著. -- 广州 : 南方日报出版社, 2015.5
ISBN 978-7-5491-1279-1

Ⅰ. ①德… Ⅱ. ①叶… Ⅲ. ①自传体小说－中国－当代 Ⅳ. ①I247.5

中国版本图书馆 CIP 数据核字(2015)第 081818 号

DEGUO POPO ZHONGGUOMA
德国婆婆中国妈

著　　者：叶　莹
出版发行：南方日报出版社
地　　址：广州市广州大道中 289 号
策划编辑：唐　毅
责任编辑：黎　衡
装帧设计：肖晓文
责任技编：王　兰
责任校对：阮昌汉
经　　销：全国新华书店
印　　刷：广州市怡升印刷有限公司
开　　本：787mm×1092mm　1/16
印　　张：22.75
字　　数：240 千
版　　次：2015 年 5 月第 1 版
印　　次：2015 年 5 月第 1 次印刷
定　　价：38.00 元

投稿热线：（020）87373998-8503　读者热线：（020）87373998-8502

网址：http://www.nanfangdaily.com.cn/press　http://www.southcn.com/ebook

序

关愚谦

说来这也是缘分，我和作家叶莹是在两年前，在德国慕尼黑我的一场演讲会上认识的。那晚，演讲会结束后，叶莹捧着我写的书《浪——一个为自由而浪迹天涯者的自述》走到我面前，要我签名。我这个人喜看面相，总觉得人的善恶，都长在脸上。她的那种执着和眼睛中透露出的那种诚恳、善良的神情，给我印象很深。我的妻子珮春在旁，也有同感。按理说，见过一面，早就忘了。现在她忽然写信来，希望我为她的长篇小说写《序》。我是一个不太愿意为他人写序的人，一方面，怕自己不够格，还要花去很多时间；另一方面，写出来对方如不满意，登也不是，不登也不是。何故自寻烦恼呢？但这次我很快就答应了。原因是对她的印象记忆犹新。再看看叶莹叙述的故事，重点是写主人公的家庭趣事以及德国的风土人情。我也有一个好妈妈和一个善良的德国丈母娘，也爱上了德国这块土地，有不少共同语言。此外，她的文笔优美、流畅，内容多彩多姿，拒绝她是一种罪过。

我们知道，中国画有工笔和泼墨之分，读了叶莹这部书，我下意识感觉到“书中有画”。作者是一个感情细腻、思想丰富的工笔作家。她对妈妈和婆婆、爸爸和丈夫，以及至亲好友和社会风情的描绘，就好像国画家画梅兰竹菊，红花突出，绿叶陪衬，下笔和着色，和谐不苟，人物性格栩栩如生，跃然纸上。同时从字里行间能体会到作者笔下的鑫的性格——温柔、孝顺、善良。她描写母亲、婆婆两种不同的爱，清晰生动。母亲感性的爱至深，爱得有时会使你心碎；婆婆理性的爱至善，爱得使你心醉。

她笔下描写的故事，和一些英、法经典文学著作，如《简爱》《块肉余生》《基督山恩仇记》等等完全不同，这些作品充满了仇恨、嫉妒、算计、阴谋、暗杀。而此书充满了爱情、信任、和谐和友谊，它设法把来自两种不同文化的善良的一面，凝聚在一起。我们当前的世界充满了暴力、战争，是与西方现代主流媒体的电影、电视、小说、报刊的某些教育和影响有关的。我们目前迫切需要改变人间这种恶性循环状态，应该多出版些和谐民主、劝人向善的文学作品。

和德国人相处共事几十年，对德国人的一般性格，尤其是知识分子，我太了解了。我常常把他们中的好人描写为暖水壶，外冷内热。就像叶莹书中写到的那样，鑫和她婆婆的关系尽管很亲密，但婆婆在她的家总是“我的厨房我的事”，不需要鑫去帮忙；在婆婆入院时，鑫照顾了公公几天，婆婆也要给她钱，让她对婆婆这种“楚河汉界”做法觉得很受伤。可是，当鑫为人母以后，婆婆却任劳任怨地去帮助她。

另外，在全世界都一样，当一个女孩做了人家的媳妇后，婆婆总感觉，她儿子的爱被夺走了。在中国，婆媳关系一般较难处，在德国也不例外。但是幸运的鑫，来到德国，不但和丈夫相亲相爱，还能和婆婆一见面就如此融洽无间，这太难能可贵了。我发现，鑫的命真好。婆婆有鑫这媳妇时，已经八十岁了。一般来说，八十岁的婆婆和四五十岁就做婆婆的妇女想法当然不一样，老人已看破红尘，与世无争，也不会那么妒忌媳妇了。而且她就一个宝贝儿子，有这么一个天上掉下来的、亲切懂事的中国媳妇，高兴还来不及呢！真心希望她儿子一生幸福。

这部著作在描写鑫和她妈妈的母爱关系时，写得入木三分。农民出身的妈妈对女儿爱之愈深，怨之愈切，不断怪她嫁到西方，不能留在自己身边，早晚相处。这种感情完全是真实自然的流露；而同时，鑫对妈妈依恋之情的细腻描述，催人泪下。另一方面，作者又不惜纸墨，描写鑫与德国婆婆的关系，那么自然和谐。她婆婆是个知情达理、作风严谨、为人宽宏大量的女人，书中字里行间描写得淋漓尽致。越多看几遍，感受就越深。因为婆婆，鑫熟悉了德国的养老体制，她感叹德国养老体制的人性化。而即使是在如此完整的一个养老体制下，家属对老人的关怀，依然很重要。于是，她终于对妈妈那份“自私”的爱有了更理智的认识。

目前已进入二十一世纪，一般来说，无论中外，随着时代的变迁，写真实故事的纪实文学，比一本杜撰的小说来得更受欢迎。作者在文字处理上，有一个特点，就好像一个人吃酸甜的橄榄，回味无穷，例如她描写鑫姑娘参加柏林的“爱情大游行”，其中一段写道：“我被这场能让爱能量无止境释放的大游行吸引。我尽情感受着那些自由天空下奔放的灵魂与疯狂的躯体。走向归途时，我回望中心公园的那座金色凯旋柱，对思丝（她的中国女友）轻叹：德国人真好，可以这般自由地放纵自己。但是我想象不出，我以后会找一个德国男朋友。我的脑际又掠过了那袒露着茸茸黄毛的胸膛，刺鼻的香水味，还有像公鸡尾巴般多彩的发式，我坚决地对自己摇了摇头。”这段描写不但精彩，谈到自己的真实思想，而且还埋下伏笔。因为读者从书名中一早就知道，鑫姑娘后来嫁给了一个德国人，她又是如何忍受的呢？读者就希望在以后的章节中找到答案！

这本书，作者在突出女儿心、母女情的同时，也非常巧妙地糅进了德国的历史片段、古典文学、家庭习俗和风土人情。作者一方面介绍主人公鑫子的婚礼的场面，同时也谈到了德国人离婚再结婚的麻烦手续与困境。书中穿插了德国美丽的风景、宗教的排斥、养老院的民主和大学生的浪漫生活，甚至还涉及到全球金融危机、德国总统被赶下台的新闻轶事，但都只是作为调料，自然地穿插在故事情节之中，写得既真实、生动，又增加了两地文化碰撞下的趣味性。

我给报纸写专栏和著书已经有几十年了，为了有可读性，尽量要求自己具有趣味性、通俗性、知识性和逻辑性。这样，你会得到更多的读者。但是，当一个文学作家、写一本小说时，你除了这四点外，还要加上文学性、艺术性。

叶莹这部小说，趣味性很浓、知识性很广，生活写得很真实，且文字优美生动，有艺术色彩。她说这是她写小说的处女作，真难能可贵。这部书中，她对鑫的两个孩子着墨不多，我相信这是作者有意这样做的。

叶莹给我的来信中写道："这本书写完了，是我对自己心灵获得安静的一个交待。不管这本书的市场反应如何，我都准备继续在文学创作的路上走下去。目前我的愿望是在儿童文学，特别是关于青少年成长的纯文学创作方面尝试下去。希望能在作品中把德国的某些积极元素融合进去。"

我已经迫不及待地想见到叶莹下一部作品的问世。预祝她并深信，她将成为一位成功的作家。

2015年元月于德国柏林

（关愚谦，历史学硕士、文学博士、作家、时事评论家、翻译家，1931年生于广州，20世纪60年代末起旅居德国。）

目录
CONTENTS

目录
CONTENTS

目录
CONTENTS

One

第一章 女大当嫁

1 母亲的愿望

2001.04

母亲掏出钥匙，打开厚重的防盗铁门走进来，她把手中那把桂林山水墨画纸扇折叠起来，脸上焕发着有点异样的光彩。看见正坐在客厅沙发椅上看电视的我，她扭动着秧歌般的轻盈步伐旋转到我身边。

“鑫，我今晚在小区花园运动时又碰见宁阿姨。”母亲的声调里充满难以抑制的兴奋。

“宁阿姨在广州可没儿子呀！”我头也不抬，敷衍着母亲。电视里正播放着介绍黄山风景的纪录片。

“她有个女儿思丝，准备去德国留学了。”母亲又打开手中折扇，这套面北的房子很是闷热。我一心想着“五一”黄金周快到了，是否这次带父母去游一趟黄山呢。

“你想不想也去出国留学哪，女儿？”

我不敢相信自己的耳朵。我以为自己听到的声音是从电视里头传出来的。可是电视屏幕上仍然是解说员声情并茂的黄山风景赞美词。我直盯着母亲那张被闷热蒸红了的脸。母亲的嘴巴在悠悠嚅动着，吐出来的字却很清晰：“我是想着，中国很多优秀的男孩子都跑到外国去了，你若在外面，可能还更容易找到合适的。”

一只蚊子在我们头顶上“嗡嗡”盘旋，母亲拿起纸扇去追逐。我下意识地把大拇指头伸进牙缝里咬。二十八岁的我，这个一遇棘手问题就咬拇指头的习惯还是一点没改。我起身走到阳台上，小区楼宇之间的距离有限，抬头前望，便能清楚地看到对面住户的客厅，灯火通明之下，一家老少正坐在电视机前嗑瓜子。

十一年前，我考上了北京一名牌大学就读外贸专业，跨进该大学门槛的很多学生，从一开始就已经有一个明确的目标：考托福，考GMAT（美国商科及管理类研究生入学考试），然后出国。我从来没有跟随这场大波大浪的念头。那时，我觉得北京离广东已经够遥远了。每次寒暑假我都要坐两天两夜的火车硬座才从北京到达广州，然后再转汽车回到我的家乡——粤西的一座小山城。山城和广州的距离不过二百多公里，但其间的泥泞与崎岖足以让旅程延伸至十个小时。当我终于能吃到母亲做的嫩滑的山水豆腐时，双腿已经浮肿得像是北京副食品店里摆卖的烤火腿一样。母亲总是一边用冷毛巾给我敷脚一边心疼地抱怨，早就让你在广州读大学的，真是自找苦吃。我便做着鬼脸向她保证："毕业后一定回广州工作，然后把你和爸爸接来，我不会再离你们这么远了！"

毕业后，繁华的广州给了我一个户口，却没有稳定。开始的两年里，我飘荡在城郊农民的出租屋和公司的仓库里。拮据的日子并不能把人弄得灰头灰脸，我的居所墙壁总是被贴上自己精心成就的剪贴画，每个季节的花木都能在这间陋室里找到它们最舒适的角落。每天下班回来我便用电饭锅来做一顿美味晚餐，偶尔也邀来三几好友共享都市另类宴席——那时，饭锅里焖出来的广式香肠米饭，是真正的齿间留香。

后来，我换到银行去工作。虽然我去的是一家商业银行，但也是政府有股份的，所以也算人们心目中的铁饭碗，况且银行给员工都安排住所，我流浪的日子便也暂时告一段落。母亲却开始慢慢失去了耐性，她日盼夜盼的"准女婿"总是无影踪，她年复一年地掰着手指来算我的年纪，直到最近，我的生日快到了，她突然惊跳起来："天啊，还有两年，你就是三字头了，就变成'老大难'了。我怎么也没想到，自己那要貌有貌，要才有才的女儿，到了这般被动的年龄还未找到对象。"

于是，母亲决定亲自督战。她借口说女儿上班辛苦，想来到我身边小住一阵子，为我做饭煲汤。我当然不亦乐乎了，便让母亲把父亲也一块说服来和我小住。

母亲每天把我的衣食照顾得无微不至。早上我只需在最后一秒从床上跳起来，然后就着小菜喝上那一碗温度适中的白米粥便去上班。晚上回来时，总是在远远的路口，我就看见父母倚在阳台上向我招手了。踏进屋子，老火汤的浓香便扑鼻而来，把一日的疲劳也熏走了。我尽情享受着母亲的关爱。

只是喝了几个星期母亲的汤后，我渐渐发现了原来母亲醉翁之意不在酒。那天晚上，我因为下班后还要和客户去吃饭，吃完饭后还要陪他们去唱卡拉OK，晚上差不多十二点才回到家。我看见母亲还坐在沙发看电视，其实我不知道她是在看电视还是在打瞌睡，因为她盯着电视的眼神懒洋洋的。母亲见我进来，马上抖了抖眼盖，像小球般从沙发上弹起来。她从茶几上拿起一张纸条递给我。我一看，上面写着几个人的姓名和电话号码。

“这个是1970年出生的，在证券公司上班，年龄和工作和你都很般配。只是他的学历比你低点，是大专生。也无所谓啦，最主要的是人能干。他妈妈说他很勤劳的，连袜子都自己用手洗的。”母亲睡意全无，她戴上老花镜点着纸条上的人名读给我听，她的声线里尽是快板，言语旋转的韵律能诱人拉起我在客厅圆舞一曲。

“还有这个，就住在后面D幢，有一米八高呢，前天我远远看见他了。是自己开公司的，武汉大学毕业。”母亲一边往下点一边挑高眼角观察着我。她看到我饶有兴趣的样子，便更卖力地接着点下去：

“你爸爸说一定要找个踏实的。这些男孩子我都是亲自和他们的母亲交谈过，初步了解过家庭基本情况的啦。这位张先生，父母都是华工大教授，书香门第，知书达理，我们放心啊。”

我忍不住打断母亲的话：“妈，你是不是要挂牌营业啊？”

母亲摘下老花镜，揉了揉困顿的双眼。“我每天早上都到小区花园里打太极。那里的老人信息可通了，都知道谁家有儿未娶哪家有女未嫁。你每天早出晚归上班，哪有时间和机会去认识男孩子？好好考虑一下，如果你有兴趣见他们，我明天就去帮你联系。”

“你想让我见谁我就见谁吧，反正我都不认识，见谁都一个样。”我想笑一笑，可是嘴巴却圆张着打了个哈欠。

接下来的一个多星期，我按照母亲安排好的约会时间去和那些男孩子见面。结果呢，母亲还是要坚持每天去打太极，然后买最新鲜的骨头回来熬汤。我有时候远远看见母亲游走在小区花园里忙碌的身影，会掠过一丝悔疚之心，也会诅咒一下自己：为何上天不让我早点遇到自己的另一半，好让母亲放心。

能让父母早日安心，不知不觉中对于我来说是有点尽义务的味道了，所以我也很配合母亲给我安排的一系列相亲活动。

但母亲今晚的这个出国建议，这是让我始料未及的。我知道，这绝对不是母亲的真心愿。

盘旋在头顶上的蚊子失去了它最后的耐性，把母亲裸露的小腿定格为它猎血的目标。在母亲正心猿意马地把手中折扇开开合合之时，蚊子狠狠地对母亲张开血盆大口。母亲“哎哟”一声，拿起扇子往小腿一拍，她一边抓痒一边对我说出了她的真正意图：“你在国外读书，找个优秀的中国人，读完书后一起回来，也挺好的。”

我起身到房间里拿出一瓶白花油，跪在母亲旁边，拿起手指点了两滴涂在母亲腿上的红蚊子点上。

2 男闺蜜支持我出国

大翔是我相识多年的知心朋友，我们俩同住一个城市，平时因为各自生活忙碌，也很少相聚。但是，我们之间有个约定，谁要是有困难，或者有郁闷事儿，就要告诉对方。

这天下了班，我拨通大翔的电话。电话那头嘈杂音很大，大翔要大声吼才能让我听清楚。我说想和他吃顿晚饭，我们约好八点钟在江边的周记大排档见面。

快八点半了，大翔才气喘吁吁地拎着黑色大公文包出现。我们快有四年没见，我看到往日文质彬彬的大翔，如今黑黝黝的脸膛里透出一股说不出的霸气来，觉得有点忍俊不禁。大翔在大学里念的是德语专业，可是他毕业后便一直做着一些和德语不着边际的工作，每天奔跑在机场与码头之间，需要用的鸡肠文是英语。

“鑫，你怎么变得那么时髦，把头发也染成鬼妹款了！”大翔一落座，就调侃起我来。我有点不好意思，玻璃杯来回在手心里不太自然地转动着。

“尝试一个新的自我而已！”我重重吐了口气，真像要把一个曾经落后迂腐的“自己”狠狠吐出来似的。

大翔的目光变得耐人寻味。他单刀直入：“失恋了？”

我摇摇头：“几年没真正恋爱了，何恋可失！”

大翔往椅子背一靠，双手交叉托起后脑勺。他一边摇晃着双腿一边唱山歌般哼起来：“我们的大才女浓眉深锁，更有一番‘万里碧霄终一去，不知谁是解缘人'的迷茫。看来，该是我阿翔出来的时候了！"

"天边心胆架头身，欲拟飞腾未有因。"我也回侃一句。

大翔毕竟是大翔，他一下子抓住了问题的重心。他给自己倒了一杯菊花茶，啜饮一小口，然后继续往椅子一靠："上次我们见面是什么时候来着？我那时对你说了什么，你还记得否？"

"你劝我远离生我育我之故土。"我也给自己倒了杯菊花茶，一饮而尽。"可是，恋家如我，心思缜密敏感如我，如何能忍受得了那份每到佳节只能抬头望明月垂泪的乡愁？况且，选择逃避不是我的人生观。"

四年前，我结束了一段纠缠多时的无望感情。我曾不可自已地深信自己爱上了一个人，并且愿意与他长相厮守。他很有才能，可是他很穷，不是，是他的家境很差。他来自偏僻农村，几个兄弟姐妹齐心协力供他念完大学，毕业后他留在广州一家国营单位。每个月他那微薄的工资除了给自己留一份供食宿外，别的全部寄回老家用来赡养老母和接济亲人。认识他时我刚从大学毕业出来，火热的心处处都能燃烧出希望，我不相信堂堂大学生难道不能靠自己的双手去开创一片新天地吗？可是他不这样想。那时，商品房的概念还停留在高端奢侈品的同义词上，福利分房的政策虽然接近尾声，却仍然是大都市很多红男绿女圆梦的唯一希望。很多人都为能拿到一套单位分配的婚房而绞尽脑汁。他在自己的工作单位里是小辈，比他工龄长的，孩子都已经上小学了的同事有很多，他们却几年如一日地挤在集体宿舍里一起使用公共厨房公共厕所，万一单位有新房分配，肯定也是他们会受到优先考虑的。他很倔强，他说如果结婚了，他不会让自己的妻儿住在这样的集体宿舍的。我说，那么我们可以先租房子住，日子总会好起来的。我觉得，只要同心的两个人在一起，住草棚也无大碍，我那时真的是这么想。

可是他最后却提出了分手。他的理由很堂皇：他说我是个很好的女孩，我该有更幸福更富足的生活，而不是陪着他清苦一生。

那段让我心灰意冷的日子，也是大翔一直陪着我，开导我。当时，他就对我说了一句："广州这个钱字说了算的地方，不是适合你呆的。你应该出去看看外面的世界。”

我说：“连你都可以在这里呆下去，我有什么理由离开？”大翔和我分享着一个秘密，大翔不会爱上一个女人，他最后明白自己的这个倾向并鼓起勇气接受它，也是最近一两年的事情。我很欣赏这份逆流而上的豁达。如今，他和他的男友在一起，情之浓，意之切，一点不逊男女之交，甚至，比当下很多男女婚恋更纯粹。

这时，大翔挥手叫来服务员点菜，我把思绪从四年前收回来，轻缓一口气：“我一直那么努力。你也知道，我多么努力去对待我的生活和工作。我们银行的上司把我从分行调到支行去开拓业务，我就满腔热情地去了。支行里让我把国际结算业务放一边，集中精力去拉存款，我也听了。拉存款时要经常和客户建立良好关系，请他们吃万元宴陪他们喝酒，我也学会了。”

服务员走过来，大翔点了凉瓜排骨煲、炒田螺和清蒸嫩豆腐，还叫了两瓶生力啤酒。我托着下巴直直看着他，感慨万千：“还是你对我忠心耿耿，一直不忘我最爱吃的东西。”

大翔接下话茬子：“那么说，你今天找我的原因，是职业上的升迁问题，而不是感情问题。”

“非也。吾本非留恋官场之人，何来升迁之忧？”我抿嘴一笑，“我的妈妈想送我出国。去德国。”

大翔鼓起双目，嘴巴定格在一个大圆形上。我笑得更开了，“我知道你会觉得是天方夜谭。你比我还更了解我母亲对我的依恋。但是她认为，我出去了，会把幸福带回来。”

“德国，啊，德国！”大翔喝下一口啤酒，“所有的峰顶，沉静。所有的树梢，全不见一丝风影……”

“林中的鸟儿们静默无声……”我接下去。我们相视一笑，同时念着：“等着吧，你也快获得安宁。”

“其实该去德国的应该是你。”我看着大翔略微涨红的脸，“你在那里可以尽情地一边沿着歌德他老人家的足迹走一趟，一边用德语去念他的诗歌。”我停顿了一下，“再说，那是个属于你的开放世界。柏林市的市长他也有个男朋友呢！”

“鑫，这个问题我们无需多讨论了。如果有机会，你就去德国吧。我的直觉已经告诉我，那会是你走对的路。”大翔以最霸道的方式结束了我的左右为难。

TWO

第二章 柏林，柏林

1 这里是德意志

2001.07.20

柏林特格尔飞机场很小，和我想象中豪华气派的国际大都市机场相差甚远。我在离出站口很远的地方便看见了思丝。思丝比我早两个月到达柏林。因为我还没有自己的宿舍，便暂时寄住在思丝那里。

思丝告诉我，明日在柏林有个大规模的“爱情大游行”，她想带我一起去看。她说是机会难逢啊，今年这个大游行轮到在柏林举行，一定要去开开眼界。

第二天，吃完早餐后，思丝带我去买了一个电话卡。我到电话亭去给父母打电话报平安。

然后我们坐地铁去柏林蒂尔加滕中心公园参加“爱情大游行”的活动。

柏林的地铁站和广州的相比，实在是有点过于脏旧。地铁站口的外墙上，横七竖八的涂鸦随意地装点着没什么特色的砖头。铁轨道里，密密麻麻横躺着长短不一棕黄混色的烟头。但是，这里的地铁没有检票口，乘客能够自由进出，上车买票全凭自觉，大家可以在站台上的自动售票机买票。我们在地铁里转了一趟车，便到达了目的地。

这天的天气极好，天空的那抹湛蓝把拥挤的人群染成一片蓝色海洋，海洋上漂着五花八门的旗舰队。护舰的人群和航船的水手，都像是炙热夏日烤制出来的一团团芝麻烧饼，他们热情高涨，异香纷呈。我紧拉思丝的手，在这片疯狂的海洋里任凭自己浪起浪落。思丝把外套脱了系在腰间，露出火红的小背心。她把她的柯达大相机挂在胸前，“咔嚓咔嚓”拍个不停。一对上身袒露，红毛绿发的小伙子从我身旁经过，看见思丝手中的相机，他们马上揽住我的肩膀，对着镜头搔首弄姿一番。从他们身上飘过来的浓郁香奈儿味，让我有种晕船的迷惘。抬头张望蓝天，瞥见路边的电线杆上，也成了人们向世界宣爱的制高点。

我被这场能让爱能量无止境释放的大游行吸引。我尽情感受着那些自由天空下奔放的灵魂与疯狂的躯体。走向归途时，思丝还在兴奋地盘点着今天镜头的收获，待心中的狂热慢慢恢复平静后，我回望中心公园的那座金色凯旋柱，对思丝轻叹：“德国人真好，可以这般自由地放纵自己。但是我想象不出，我以后会找一个德国男朋友。”我的脑际又掠过了那袒露着茸茸黄毛的胸膛，刺鼻的香水味，还有像公鸡尾巴般多彩的发式，我坚决地对自己摇了摇头。

思丝赶忙用手指顶着双唇“嘘”了一声。她说：“这些话不能说，一说就破。”

我怔了一下，赶快补充：“万一真被我说破了，我不小心找了个德国男朋友的话，那么他不能打扮得这么奇形怪状的，而且他要能跟我回中国去的。”

思丝这回低下了头，回了我一句：“如果爱情能让人规划的话，便不会有今天这样的大游行了。”

她的这句话触及了我的内心深处，我好像突然明白，为什么自己过去几年那颗追求爱情的心渐行渐钝——因为我们习惯了在爱情还没来到我们之间时，就开始了相互的规划：年龄，身高，相貌，家境，收入，住房。可往往是规划蓝图看起来很好的人，待到和对方谈吐一番以后，却要打退堂鼓了。

柏林很快就让我喜欢上它了：这里的自来水可以直接饮用，这里一打开水龙头便可以有冷热水，这里的空气很好，天空很蓝，房子很别致，小园林独具匠心，还有，这里的人们，也都很友好，路上看到的，虽然我们素不相识，也会对我点头说一声“日安”！

这天，我在住所附近的一条街道散步。街道蜿蜒如蛇，两旁的房子大都有自己的庭园，行走其间，抬头看那挂在阳台上的繁花锦簇，侧脸观那靠墙静吐香的红玫瑰，宛若置身一个缤纷多彩的园艺博物馆。这样边行边看，也不知穿越了几条街巷，走过了几个车站，蓦然回望，已不知自己身在何处。手中又没有地图，还好自己脑子里仍记得住所的街道名。我用英语向旁边走过来的一个老人问路，老人不会说英语。手脚并划一番，老人记住了我说的街道名，他指着路旁的汽车，示意我上车。也不知为什么，我很听话地坐进他的车里了。老人左拐右转几个来回，便把我送回住处。挥手道谢之后，我才惊觉自己在异乡的路上，这么容易就对陌生人付出了自己的信任。

八月份，我可以搬进属于自己的学生宿舍了。公寓坐落在柏林动物园附近，是闹中有静的一个美丽小角落。思丝老早就帮我约好了几个“搬夫”，都是她在语言班上的中国同学。思丝说，在这里就要“出门靠朋友”，大家互相帮忙，搬完家后，改日再做一顿饭犒劳大家就行了。

周末的时候，我请这些“搬夫”来吃饭。我已经从思丝那里学了几招如何在柏林超市里找到实惠原料来进行美食加工了。我买了一只老母鸡，配上国内带来的香菇和红枣，炖出一锅醇香的汤。再从亚洲店里买来豆腐，加点肉末做了一盘家常酿豆腐。我最拿手的菜是清蒸鱼，所以我千方百计到附近的超市里寻找新鲜鱼。虽然没有找到像在广州超市般还游在水里的鱼，但也从保鲜柜里发现了一种“鲢鱼”。看到包装盒上的价格，我还稍微犹豫了一下。在这里，所有的物价都换成人民币来算的话，这里的菜比广州的贵多了。但我最后还是决定买了一盒鱼。

思丝他们一跨进门，就夸张地在那里吸鼻子做深呼吸，好像要把房子里溢出来的炒菜香收集到体内，贮藏成一道山珍海馐。

书桌被我腾出来暂作饭桌，我从刚认识的邻居那里搬了两张椅子过来，在床沿铺了一块布，大家便高兴地围着坐下来。啃骨吐刺之间，口中的话题当然就是语言考试，申请大学。这些男孩子，都比思丝和我年轻，他们或是在国内读完大学还没工作过，或是在国内大学读了一半就直接出来的。无论是哪一种情况，共同点就是，他们来德国前就已经学了一两年德语，他们都知道自己在德国想学什么，怎样去申请学校。我从大家热火朝天的讨论中慢慢明白了一件事：我拿的语言签证，最长只能延签一年。换句话说，我必须在一年内找到大学，否则，就要回国了。

我吞下嘴巴里那块还有点温度的豆腐，吁出一口凉气来：一年！我怎么可能一年内过德语关还申请到大学呢！

那位叫大志的男孩马上献计说："你干脆利用这一年好好把欧洲玩遍了，有空让我们来你这里蹭口饭吃，然后回国继续当银行白领好了。"

"我银行的工作都辞掉了，回去他们也不会再要我啦。"我一边回应他一边又夹了块豆腐。

"其实说得更精确点，你只有半年的时间来申请学校！"大志一脸严肃地继续给我分析下去，"德国绝大部分的学校，都是冬季招生开学的。而冬季的课程都已经截止申请啦。你只能尝试申请春季招生的学校。这样的学校不是没有，但是凤毛麟角，你在语言上更没有竞争优势。所以，你的成功率可想而知了。"

我向思丝投去不解的目光。思丝正动作优雅地用手指夹住一块鸡腿，有滋有味地细嚼着，好像这一番讨论与她无干似的。思丝比我才早来两个月而已，她在北京已经上了一年德语班，她是拿着一个大学预科的入学通知单出来的。但是她也必须在一年时间内过了德语关，才能转为正式学习签证。

"等我吃完了再好好给你出主意！"思丝在吐出一块小鸡骨的同时给我扔下这句话。我感觉稍微踏实点，挥起筷子招呼大家："车到山前必有路！来，吃饱了再好好想明天的事。"

收拾餐桌后，我切了点西瓜给大家吃。清凉爽甜的瓜汁一下子把肚子里头满当当的油腻给稀释了。思丝把吃得干干净净的西瓜皮整齐地摆在我前面。她指着瓜皮对大家说："德国人吃西瓜，最多也就只会吃到这个程度了。而咱们中国人，还知道这西瓜吃完红瓤了，这个绿瓤洗洗切切用来凉拌也行清炒也可，又是美味健康一碟菜了。除了这红瓤绿瓤，这最外头的瓜皮，咱们也能再好好提炼，弄出个西瓜霜什么的来治喉咙疼呢。”我“噗嗤”一下笑了，我还真不知道西瓜霜是这样提炼出来的呢，也不知思丝是不是信口开河而已，但是饶有兴趣地看着她，好奇地等着她说下去。

“咱中国人是刻苦耐劳的典型，我们去到哪里都不会被表面上的困难吓倒的。一百多年前被卖去旧金山干苦力的中国人不会被吓倒，一百多年后在日耳曼土地上满腔热情求学的我们更不会被一点德语吓晕。”思丝的话把大家引得哄笑不已。我心底那点凌乱也被这一阵阵笑声冲涤得了无踪影。

思丝把目光收回，对着我认真地说：“其实，你我萍水相逢，你以为我和你见了一面就答应帮你办来德国的签证，是想引你进火坑吗？”她来回地摆弄面前的西瓜皮，接着说：“我感觉得到你是个和我一样简单又有梦的人，你会为了达到自己的目标而不屈不挠踏实追求的。人有这些精神在，你还担心在这里找不到自己的位置吗？反正我不担心。”

“阿姐说话真是堂而皇之。”坐在大志旁边的小萧有点不以为然。他来德国最长时间了，已经参加过一次德语入学考试，没有通过。下个月又要参加一次，如果这次还不能通过，他真想不到自己该如何回去面对“江东父老”了。

思丝把手中一片西瓜皮翻转过来，用手指弹起一角，西瓜皮“咚”地蹦了起来：“德国大学也还是有灵活一面的。我最近才知道一个消息，有的大学为了吸引外国学生，他们开设的硕士课，是使用英语，或者英德双语授课的。学时一般两年。我觉得你可以考虑这种课程的申请。”

“来德国用英语读书？”我觉得这个主意太逗了，就好像听到一个德国人来中国用日本语念大学似的。

“这叫曲线救国。”思丝解释，“要在最短时间内解决签证的问题，这条路相对来说更为现实点。你英语基础好，只需复习一下英语准备参加托福考试，再去申请学校。等你吃下第一颗定心丸了，若是以后还想上洪堡大学这些名牌老校去深造，也还是机会多多的。”

思丝说到最后，自己也摇了摇头，“说实在话，念两年硕士也够啦。我们也不再是青春少女，这次念完书后就真的要张罗一下嫁人了。”

2 语言学校

我去语言学校报到，选了一个下午班的课去上，每天上三个小时的课。下午班比上午班便宜几十马克。

德语老师在黑板上自我介绍，他叫保尔博士。我之前从来没有接触过德语，但我听人说过德语是一门很难听、很硬的语言，对这个说法我一直很怀疑，因为世界上有这么多美丽的诗篇是用德语写出来的。来德国前，大翔已经告诉过我一些练德语发音的“诀窍”，譬如早晚漱口时让水卡在嗓门眼咕咚几下，便能把德语里最难发的那个“r”音给哈出来了。我对自己将要开始的德语学习还是兴致盎然的。

我到书店买了一套应考托福的书。自从那天听到思丝关于德国大学里英语课程的介绍后，我觉得自己应该尝试一下走这条路。买完书后，回宿舍等大志。我和大志约好了，他要过来帮我解决一下电脑上网的事情。

大志来自兰州，听思丝说他爸爸在当地是个“人物”。大志长着一张国字脸，却又肉乎乎的很有点“如来佛”的憨样。他的言行举止也很像个“人物”：说话时总喜欢双手交叉往后放，点头摇头时那交叉的双手也一点不会松弛下来。他拿出自己的笔记本电脑，输入一个号码来拨号上网，一边捣腾一边漫不经心地和我聊天：“为什么你这个学英语出来的科班生，不去美国加拿大，却跑到德国来？”

我说自己还没来得及起出国的念头，德国的大门就向我打开了。大志有点难以置信，说如今会两个单词的人都会想出国了。他自己就是读完高中就被家人送到俄国去的，念了两年俄文后，还是觉得德国的汽车更吸引人，便又转战德国来。

很快他就把我的电脑接上网络了。他站起身来，双手交叉在后，点了点头："好了，祝愿你早日在网上找到你要申请的学校。"

我感激不已，告诉他，以后嘴巴馋了就来我这里打牙祭。

"不用客气。以后或许我也有求你相助的时候呢！"大志伸出右手和我道别，握手之际，他的头轻轻点了一下。我感觉是在送走一个领导似的，好奇地问了一句："你准备在德国读什么，政治学？"

"读完机械工程再读经济管理，我会争取读完博士再回国。"他毫不含糊地回答。

"那起码是个八年抗战的工程啊！"我很羡慕他年纪轻轻就目标明确。

"嗯，八年后我才像你这般大，还很年轻呢。"

这一次，轮到我把双手交叉放在背后，我倚在门口，斜着脸对他笑："年轻万岁！入学通知书万岁！"

大志走后，我坐在电脑旁，把视频对话软件下载完后，装上小小摄像头，便拨通了到中国的通话。我的父母都在哥哥那里，大家说好了今天等着和我视频通话的。语音接通了，视频的图片窗口里出现了母亲的脸，我快乐地尖叫起来，母亲也对我拼命挥手。

"妈，当年我在北京读书你也只能一年见我两次。现在我在德国，你想天天见我都可以哇！"

母亲却突然举起双手揉眼，一边揉一边吸着鼻子："我，我晚上做梦都梦见你。我都不知道送你出去是不是一件错事啊。你一个女孩子离家在外……"

"妈你不用担心啦，我吉人自有天相，处处都有贵人相助。你看，如果不是有人热心帮忙，我现在还不能坐在电脑前和你聊天呢。柏林的空气比广州好多了，我来了这两三个星期都没有喉咙疼的迹象。再说，这里的亚洲店也能买到豆腐吃……"

"你不要太节省了，要吃好点，营养够才能有力气读书。钱不够了哥哥会想办法的，你快点读完书就回来。"我觉得再听母亲说下去自己也要吸鼻子了。母亲对我说的话怎么就像十年前一样。只不过那时说的是"钱不够了爸爸会想办法的"。当然，我不会再问家人要钱了，我现在存在银行的钱够用一年多，等把学校的事情落实后，我会去打工。

"学校的事情"，一想到这，我咬了咬嘴唇。说句老实话，我自己对能不能及时申请上学校很没有底。有一瞬间，我为自己的轻率有点自责，本应该在出国前好好了解一下德国的大学招生情况。

结束和家人的通话后，我换上运动衣去跑步。学生公寓附近就是一条河流，河的对岸是葱葱郁郁的树林。我毫不掩饰自己对繁华喧闹的不屑，以百米冲刺的速度甩掉身后的钢筋水泥林，踏上通向绿色世界的小石桥到达河的另一岸。我不记得自己上次跑步是在何年何月了——是在大学校园里的红色操场地上？我只记得广州从来不能引诱我穿起运动服来小跑一圈。我最多只会在健身俱乐部里伴随着疯狂的乐曲让自己甩出一身汗来，或者在风高气爽的日子里从白云山脚走到山顶，然后回转于半山腰的寺庙里听一回禅院钟声的寂寥。而像现在这般，一走出住所门口，便膨胀着一种与氧气赛跑的欲望，还真的从来没有。

下午四点多的太阳，还有点刺眼。空气，却散发着让身体每一个毛孔伸缩自如的温度。河岸的草地上，三三两两躺着一些半裸的躯体，偶尔还能瞟见一些雪球般的乳房明目张胆地裸露在炽白的日光下，而这一切和周围的环境却那么自然协调，丝毫不会让人有猥亵的念头。我把跑步的速度放慢，让额头冒出的汗滴率性地沿着脖子往下流淌。再次深呼吸时，却吸进一股强烈的臊味。原来，我绕到了动物园的后面，那里是树木与围墙严密隔起来的另一个世界。我不由自主地想，那些同样离乡背井的大象和长颈鹿们，是否也如我般在尽情享受着这个夏日午后的阳光。

是的，我享受柏林的阳光空气。我告诉自己要好好学习德语。

保尔博士是位很有经验的老师。他说话的速度适中，咬字很清晰，只用了一个星期，便以一个母亲对待牙牙学语的孩子般的耐心，让这班来自五湖四海的学生们学会了简单的自我介绍。

在第一个月的德语课程即将结束时，保尔博士有一天把我留下来。他尽量用最简单的单词让我明白他的意图，问我愿不愿意转到他上午的班去学习。我那时已开始对学习的进度有点情绪。在课堂上做练习时，老师总要等所有的人完成了，才开始讲下一个内容。而我总是很快就把练习做好，然后在那里百无聊赖地胡乱翻书。如果真要在一年内过德语关，那么我绝对不能是这样的学习速度。我和保尔博士指手划脚一通后，终于明白，他上午那个班的学生，水平比这个下午班的好很多。保尔博士说到最后，都着急起来了，他用英语问我："你来德国是不是想读书的？很多中国人来这里念语言都是为了要上大学。而他们大都是选择上午的课程的。"啊，难道还真是早起的鸟有饭吃，德国人也认为刻苦学习的人都应该有闻鸡起舞的精神啊。我想到班上来自叙利亚的楠丽，她是随着比自己大二十岁的外交官丈夫来德国的。还有那位长发披肩的美丽泰国女子，二十出头的她青春逼人，但是大家都知道她嫁了一个四十多岁的德国人，丈夫把她当做手心里的宝，每天下午六点下课时都会在学校门口等她。我知道自己对德语学习的要求和他们是截然不同的，他们只需要把德语当作一盘菜肴，好吃时多吃两口，不对胃口了，暂时搁置冰箱一会儿也无大碍。

想到这里，我的脸有点热了。当初，我的确是觉得下午班还比上午班便宜好几十马克呢，所以就挑了这个课程。现在看来，这个德语学习，还真是群众的水平不可小觑，我也想学快学多点。我点了点头，告诉保尔博士自己很愿意转到上午班。

"那么，我会在教务处那里帮你调整一下。"保尔博士一脸满意，"你不需多付费用。"

保尔博士的这个上午班，却只有我一个中国人。我暗自忖量，中国留学生在这个季节里都忙着上应试班了，谁会像我那么笨，挑了一个青黄不接的季节来德国冒险。第一天上课，我提前十分钟就到了。没想到，教室里面已经坐着好几个学生了，他们在那里用结结巴巴的德语交谈。路克是个高大的美国男孩，他热情地招呼我坐在他旁边。用他的美式德语自我介绍："我是来给德国家庭看孩子的，我准备在德国读大学。"我马上想到美国人出入德国比中国人容易得多，他应当不着急要在一年内过德语关。坐在前面的女孩，穿着一身漂亮的印度传统丝袍，她问我说不说英语。我点点头，她便滔滔不绝地用英语告诉我："我的丈夫是印度驻德国领事馆的，我们要在这里呆四年。我想学好德语后出去工作一下。我在印度是英语老师。"她说的英语也有浓浓的口音，但是一字一顿的，还配合着动作来加强解释，所以我都听得懂她说的话。又是一个不用为签证着急的人，我心里有点酸溜溜的。

这时，坐在最前排的一个矮墩墩的男子站起来，他伸出手来，口中吐出的德语很坚硬。我懵懵懂懂地猜出个大概："我叫罗伯特，来自高加索大山，但德国是我家，我的祖父母以前就是德国人。"没想到，他说完后，别的同学马上开始起哄了。他们有节奏地一起喊着："罗伯特，罗伯特，罗伯特！"我觉得他们在喊"萝卜头，萝卜头，萝卜头"似的，也忍不住跟着大伙哄笑起来。我一下子就喜欢上这个充满笑声的班。

我上网查到了柏林英语托福考试的地址，便在网上报了名，准备十二月份参加考试。每天我七点爬起来，吃完早餐后便去上德语课，中午下课了，在超市买点东西回家做午饭。下午和晚上的时间，我大部分都用来学习。学完德语学英语，每天还得抽时间去搜索学校资料。思丝给了我一本关于德国大学的资料书，上面几乎列出了德国所有的大学联系地址。在茫茫校海里找到适合自己的学习位置，还真有大海捞针的感觉。但我还是找到了两所有英语课程春季招生的学校：它们是德国南部的两所公立应用科技大学，其中一所学校，需要托福成绩和GMAT成绩，另一所学校只需要托福成绩。

要在接下来的三个月里备考两门课，我觉得时间太仓促，弄不好两门考试都同时考砸。这样思来想去，我最后决定孤注一掷，集中精力来备考托福，申请另一所位于多瑙河畔的因城的大学。这时，思丝已经接到了她的正式入学通知书，她来和我一起分享她的喜悦。

保尔博士这个上午班的学习进度对我来说很适合，我也学得很欢。只有一点小事让我觉得很不舒服，就是罗伯特——被我戏称为萝卜头的那个来自高加索山区的德国人，总会在上课时搞一些小小恶作剧。譬如，保尔博士让大家用新学的词语造句，他总会造一些这样的句子——“来自中国的鑫是个美丽而冷漠的女人”等等。有时我在课堂上发言，他在下面会压紧他生硬的喉咙来学我软绵绵的口音，整个班上的同学都会在那里傻笑一通。让我憋闷的是，保尔博士对这种情况从来不会厉声批评一下，而任由萝卜头继续造一些类似“罗伯特的爱好是征服女人”般的煽情句子。

这些不快毕竟是些无伤大雅的事情，总的来说，我还是很喜欢我的同学们。阿兹是个土耳其男孩，也和我住同一幢宿舍楼。在一个阳光灿烂的星期五，上完德语课后，阿兹向我走过来。他有点腼腆，用手在后脑勺来回抓了几下，终于鼓起勇气来邀请我到他那里去吃午饭，他要做一顿正宗的土耳其饭。说完后，他脸带悲凄：“我在土耳其的女朋友提出和我分手了。因为她不想等我。”我深表同情地安慰他两句。而安慰的词语也实在贫乏，除了陪着他说“我很难过，我很难过”外，我再也找不出别的单词来了。但是，我不想单独去他那里吃饭，我问可不可以带上我的中国女朋友小伊一道去。

阿兹还真是个了不起的厨手，他花了两个小时做出一桌子菜来。他给大家倒了杯饮料后，举杯欢迎我们来做客。就在我们准备提起叉子往盘中菜冲锋的时候，传来了阿兹重重的叹气声。这一次，他眼圈儿红红的了，一口把杯中物饮尽。他口中喃喃自语：“我在土耳其的女朋友要和我分手了，她说不想等我读完书再回去和我结婚。”小伊一听，顿时没了食欲，她也垂下了头，咬着下唇不说话。我知道她是触景生情了。因为她在国内的男朋友这些天也向她摊牌，说最多再等她半年。这么一顿美餐，大家就着惺惺相惜的一份心情，慢慢地嚼完了。我悻悻地告诉自己，以后再也不轻易去赴这样的“鸿门宴”了。

一个星期后，保尔博士要组织大家去郊游。正值金秋时节，让人醉心的莫过于一丛丛色彩斑斓的秋叶了。我们一致决定去柏林植物园一游。

那天，我穿了一件长长的风衣。萝卜头一见我，就跑过来举起大拇指："你太性感了，鑫。"我把脸别过去。我不认为这是一句赞美我的话，因为在中国，从来没有人会直接对我说出这样的话来。这个词语太庸俗了，何况，这萝卜头满身一股无赖气，从来不会从嘴里吐出什么象牙来。

我从人群中看到了高大的阿兹，想走过去和他打招呼。其实我还惦记着这个可怜的家伙是否从失恋的伤痛中振作起来了。这时，我根本不敢相信自己的眼睛。阿兹脸若深秋红枫叶般的灿烂笑脸，正含情脉脉地投向倚在他肩膀上的一张桃花脸：那是我们班的米歇尔，一位来自俄罗斯的媚丽女孩。我透过人群的缝隙再往下瞟，只见他们十指紧紧相扣，一副难舍难弃的现代鸳鸯图。我不由自主地往后退了几步，独自慨叹不已：问世间情为何物，去也匆匆，来也匆匆。

植物园的地上铺满斑斓秋叶，它们那么安逸地躺着，毫不惧怕下一个季节里"零落成泥碾作尘"的宿命。我满心欢喜地低头捡拾树叶。过去几年，我已经习惯了广州这个没有四季的地方了，它的年历里永远只有一色葱绿。悲秋伤秋恋秋的情怀泛滥时，我会喜欢把一片片葱绿的树叶夹在旧报堆里，等待它们如秋叶般干枯并固定在永恒的灰黄色彩以后，就用这些干树叶来贴出一幅幅唐诗宋词里的"画眉深浅入时无"来。我对树叶有着一份天生独特的悟觉，每一瓣不同形状不同色彩的叶子，在我手中的树叶贴画里都能找到其完美的位置：就连玉米苞谷的层层外衣，也可以被我妙手一变成为"松下问童子"的老翁身上的长袍，而玉米须也被惟妙惟肖地贴在老翁的下巴上，一副仙风道骨、长须飘飘的古人像便栩栩如生地出来了。看过我的树叶贴画的朋友，无一不为我的耐性和专注力折服。其实，我对幸福生活的定义也莫过于此：用料无须奢华，用心便能成就精彩。

保尔博士告诉大家，要好好看好好玩了，今日的家庭作业就是要写一篇游记。我觉得自己能用于书写游记的德语词汇还很贫乏。即使掌握的英语词汇量，已经能够在一个月后满怀信心去挑战托福考试了，我还是认为自己用那些鸡肠文来描述植物园的秋天会太为苍白。秋天，这个收获的季节，恋爱的日子，缤纷的不只是它的色彩，还有那份“秋风起兮，意迷乱”的惆怅，我只想用最挚爱的母语来为之赋文。

晚上，流水账般用德语记录了今天的郊游后，我又用中文在电脑上敲了一篇文字。写到自己初见柏林时那份有点相见恨晚的情感，柏林人对我的友爱，还有那一生吃胃就会疼的绿叶沙拉菜，以及剪不断理还乱的思乡情。写着写着，我都为自己把这些鸡毛蒜皮事写得那么优美而巧笑倩兮。但是，我不知道写好的这篇文字可以发给谁去分享。我不会给大翔发这样的信，大翔是不会安静下来听我沉迷在碎语碎言里的。我也不会给家人看这样的信，因为自己偶尔流露出的一点点伤感都会引来母亲一个月的不安。把自己邮箱里的联系人来回看了一遍，这时，我发现了即时信息联系人一栏里，阿木也还在网上。我想了一下，嘴角往上微翘，键盘一按便给阿木发了个邮件过去。

我对阿木的了解，也只是局限于一个邮箱地址而已。阿木很快就回了邮件。他说多么动人的一篇文字啊，让他看完后都有一种冲动也想来柏林体会一下疯狂的爱情大游行了。我们就这样你一言我一语，在线上聊起来。我知道了他这个电脑工程师正努力申请技术移民加拿大。

一个周末，在瑞士的大学同学小桃给我打来电话。小桃说她的姑姑和姑父要到巴黎参加一个机械展览会，其间想和一个德国客户洽谈业务，问我能不能帮个忙，到展览会上给他们做英语翻译，我爽快地答应下来了。巴黎，那是多少中国人梦寐要去的都市，浪漫之都，时尚之都，文化之都……巴黎是一个欧洲品牌，如果到欧洲没有去过巴黎，那么这不叫到了欧洲。我想，要是自己几个月后要失落地告别日耳曼回国，那么，起码也可以对人大声炫耀一番了：我在欧洲呆了一年。当然，巴黎我也去过了。

我向保尔博士请好假，在银行里换了点法郎，坐上去巴黎的夜火车。在巴黎火车站叫了一辆的士。的士司机不会说英语，德语更不用提了，我只好把地址翻出来给他看，他点了一下头，便发动汽车呼啸而去。司机开得很快，有几次拐弯时我都害怕车会撞在墙上了。我不停地咬着下唇闭上眼来平衡自己在车中的姿态，恍惚之间，瞥见了远处的埃菲尔铁塔。那座矗立在一片石屎森林之上的铁塔，在晨曦中以它最伟岸的风姿来欢迎我，我这才慢慢抓住属于自己的真实：我已经在巴黎了！

姑姑和姑父看样子已经五十开外，个子不高，却很精干。姑父一看到我就像是遇到大救星似的，把我拖到一座大齿轮机那里。他说，德国的机器哪，好东西！姑父为德国的机器着迷，他雄心勃勃磨拳擦掌一通，决定要争取成为这个德国公司的中国代理。我的任务，就是要为双方做好沟通工作。

我对姑父做保证，说自己会好好完成任务的。姑姑在旁已经开出奖励清单了：下午回酒店后，我便可以到酒店附近的卢浮宫里转悠一下，门票都已经买好了。接下来的几个小时，我脸上便挂着蒙娜丽莎般迷人的笑容，周旋于急于求成的姑父和谨慎保守的老哈先生之间。

离开博览会，我坐上地铁到位于塞纳河畔的凯旋门一带转了一圈，然后走到卢浮宫博物馆。偌大一个卢浮宫博物馆，即使花上一整天的工夫也难好好把它看完。我在短短的四个小时里只能挑一些展厅来看。在蒙娜丽莎的画像前，左端右看了好一会儿。人们都说这画的传奇之处，就是无论你站在哪个角度，蒙娜丽莎的微笑眼神都会跟随着你移动。我便想体会一下这份被微笑追随的幸福，或许，还有一份终于“到此一游”的快感。

吃晚饭时，姑姑在酒店附近找到一家亚洲餐馆，里面有牛肉拉面、扬州炒饭还有饺子吃。我和姑姑叫了两盘蛋炒饭。姑父点完他要的牛肉拉面后，盯着透明玻璃墙后忙碌的厨师身影，若有所思地说了一句：“看看他的动作，多书生气，鼻梁上还挂着副金丝眼镜呐，肯定又是个博士出身的厨师。”姑姑说，这很正常啦，很多中国博士在国外为了谋生选择开中餐馆。姑父扶了一下眼镜，用手指敲着桌子，一副义愤填膺的样子：“中国政府培养那些知识分子，要花多少钱哪！他们却宁愿跑到国外去开中餐馆，这什么逻辑哪！”“外国的月亮更圆嘛。”姑姑说完后，看了我一眼，“鑫，你一旦出来了，就想办法留下来好啦。这里起码没有国内那般复杂的人际关系，在这里生活轻松些。”

生活轻松？也许只是因为我们在这里是外国人，升官的梦无需再做，亲朋好友的繁琐事不用挂心上，所有的忧虑只是一日三餐头顶茅房而已，少欲少求了，当然轻松。

姑父却猛摇头，对我说，你要回去要回去，像你这般在德国留学回去的“海龟子”，可有机会在国内大显身手啦。“海龟子”？我第一次听这个词语，可一点都不喜欢。踌躇满志的归国学子，怎么变成了缩头乌龟王八蛋似的！

饭菜上来了，“博士厨师”的手艺还是停留在书本的理论上而已，如果不是因为饥肠辘辘，也真不想吃个精光。就为了自己这个胃，想要留在国外还真难说服自己啊，我暗自思量。

第二天，我陪他们在博览会上又呆了差不多一天，我没有机会亲自去摸摸埃菲尔铁塔的坚固，便要坐夜火车回柏林了。

离托福考试的日子也越来越近，我觉得自己的听力测试还是很不理想。其实我从十二岁就开始学英语了，大学时代，我就能把一本本厚厚的英文原著轻松啃完，可却永远也改变不了自己听力跟不上的尴尬局面。我不承认这是自己没有语言天分的缘故。因为对这个比英语还更为难懂的德语，我学起来就很是得心应手。

阿木对我说，如果想把英语听力关过了，就和他一起去加拿大吧。他说这话时，离我们那个晚上第一次线上聊天才一个月。这段日子里，每天线上聊一会儿成了我们的必修课。我听出了他话里的挑逗。我很开心在这些前景不明朗的日子里，有阿木做伴聊聊天。

班上的萝卜头，也越发喜欢找我聊天了。课堂上小组练习时，他总是以最快的速度跑到我旁边，要和我一个小组。他造的句子，总是以我为主语或者宾语。下课后，他会在走廊里等我，然后嬉皮笑脸地问：“鑫，我们去喝咖啡好不？”我总是没好气地回答：“我只喝中国茶！”我不讨厌萝卜头，但是我不会和他单独去喝咖啡的。

那天下午，我在寓所里吃完午饭，便慵懒地想躺在床上小憩一会儿。我换上宽大舒适的睡衣，放上邓丽君的唱片，躺在母亲为我买的紫色碎花床单上，看着窗外的枯树干发呆。来柏林五个月了，日子从夏天走到了冬天，却好像是弹指一挥的瞬间。我喜欢柏林。柏林不是一座优雅的城市，它甚至有点肮脏和凌乱，墙壁上张扬的涂鸦，地铁上散发着体臭味的流浪艺人，这一切都在提示着人们：柏林是个包容性很强的城市。在这里，我有一种前所未有的放松感。那些在广州酷暑之时，大暴雨之中被闷在没有空调的上下班公交车上，试图在拥挤的人群里寻找一口新鲜空气的日子，恍若昨日之事而已。有一刻，我甚至有点害怕自己很快又要回到那些没有新鲜空气的日子里，回到那些母亲每天忙碌地跻身于练太极拳的老太太之间，为我操心找男朋友的日子里。我很想紧紧拥抱住现在这份轻松感觉，在这份轻松感觉之下好好计划自己的生活。

这时传来了敲门声。我看了一眼自己身上的睡衣，犹豫了一下，还是出去开门了。门外站着萝卜头。他手里捧着一摞书，身子轻轻往前倾，非常诚恳地说："我有些德语学习上的东西，想给你看看，也许你也会有兴趣。"我还在难为情之间，他却已经旁若无人地径自走进房间，把书放在桌子上，并开始对这个房间上上下下地打量起来。看到墙上书架插着的一束干芦苇花，他伸出手指去弹一弹，侧着脑袋点头："鑫，你可真会生活！"我没好气地应付他，问他有什么重要事情。

萝卜头用手挠了挠脑门，然后恍然大悟般拍了一下大腿："我没事！我只不过想送你一些学习资料。也许你能用得上。"还没等我说话，他又马上满脸堆笑："鑫，我们去看电影好不好？看完电影去喝中国茶。我知道中国饭店里有中国茶喝。"我看着他脸上因笑容而堆砌起的横肉，连生气的情绪都懒得提起。我拿起桌上的书扔进萝卜头怀里，请他出去。

"鑫，你太性感了！"萝卜头没有接过书，他一把握住我的手，眼里装满难以自制的热望。我重重甩开他，在书桌与床沿之间窄窄的过道上，我把自己紧紧往床沿靠，给萝卜头让出一条道，厉声吆喝萝卜头，要他马上离开这个房间。萝卜头转过身来，他用手轻轻一推，我便跌倒在床上。他像一头来自高加索山脉里饥寒交迫的饿狼，在肥美的鲜羊面前，他的饥肠抽搐起来，他的胃叫嚣起来，那堆满横肉的脸血气冲天，他把自己狠狠地摔下来，压在我的身上，嘴里狂乱地喊：“你太性感了！鑫，你太性感了！”

我觉得似乎有一墩千年木桩劈头压上了自己。我伸出双手胡乱地抓着，张开嘴巴凄厉尖叫着，我困难地移动着被木头压麻的腿。我像一只长满针条的刺猬，身上的每一寸肌肤每一个毛孔都抖动着针刺的尖狠，把浑身的刺劲鼓缩成一团，然后以鱼死网破的勇敢，奋力戳向这块顽固不堪的木头。

“嗷哇！”我感觉到随着萝卜头这声痛苦的叫喊，自己身体重获的轻松。一骨碌从床上爬起来，我的腿重新获得踢踏的强度，我的手掌握了擂打的方向，我的牙咬成一座城门，我像赶耗子般，把萝卜头撵出门外。

我软软地把自己摔在床上。如注的眼泪已经如酷暑下广州的一场大暴雨，那场大雨曾把半个城的地下车库给淹了。

电话在这时响起来了。

那是大志的电话。他的声音充满了柏林冬季的阴郁，他问我，下午有没有时间，他想见见我。我把眼泪抹干，让笑意挤满在自己讲电话的声音里，以春风般的温暖送去我赴约的承诺。

我在动物园的门口和大志碰面。大志依然像一个“人物”般，双手拢在一起放在背后，对我微微颔首。与往日不同的是，他今天的脸上写着无边无际的失落。我知道，他今天需要有个人陪伴聊天。

“姐姐今天带弟弟逛动物园，好不好？”我深深吸了口气，很想把大志的兴致提上来，便随口把他当自己的弟弟来哄了。大志马上露出孩童般的信任，连说几声“很好很好”。我们便买了门票进动物园去。

虽然是十二月份，却阳光灿烂，充满春天的气息。那些冬天少在户外活动的动物，也出来暖洋洋地晒太阳。我和大志互相给对方拍了很多照片。大志的脸上也慢慢露出些发自内心的欢笑了。大志不能如愿被他梦寐以求的柏林工业大学录取，只申请到一所在德国东部偏僻小镇的学校。我心里虽然为大志惋惜，可嘴上却给他打气：“金子在哪里都会发光的。在那所学校念完硕士，以后还可以回柏林念博士的嘛。”很多中国学生不愿意到东部去读书，是因为觉得那里穷，打工机会少。但是大志不用为钱忧愁，他可以集中精力好好学习。如果真想体会一下自食其力的感受，也可以在暑假时到南部去打打工。总之，天无绝人之路。

“你的托福考试怎么样了？学校申请了吗？”大志有心情关心一下我了，这是好事。他如果拿自己和别人比较一下，或许便会知道自己并不是最倒霉的。在这里，和自己的同胞相聚一起，谈论的话题永远是考试和学校，没有人会察觉到自己发红的眼睛并不是因为熬夜背单词。我脑海里浮过萝卜头的那一脸横肉，不禁打了个寒颤。

大志说他很感激我这个下午的陪伴，让他觉得心里好受多了。他圣诞节就要回国一段时间，等春季开学时便直接去学校报到。也许这个下午一别，我们以后也少有机会再见了。我摇着手中的相机，说明天就去冲洗照片，会在他回国之前把照片给他的。

有些心情，有些风景，是可以固定下来的。

十二月中旬，我参加了托福考试。从考场出来，有点沮丧，我觉得自己考得很糟糕。虽然写作和阅读理解都感觉良好，但是听力部分，自己简直是胡乱答题。

我乘地铁到波茨坦广场去，想一个人去看场电影，最好看一场悲剧片，这样也好借势释放一下郁闷的心情。这时，手机响了，是思丝。思丝也挂念着我今天的考试。她听出我声音里的哽咽，马上说要过来和我到柏林的菀湖去玩。

菀湖是柏林富人聚居的地方，景美食佳，来柏林不到那里一游，实在可惜。我却感觉到一份“最后一游”的辛酸。我来德国之前从来没有做过什么德国梦，到了德国后，唯一的梦想便是能在这一年里申请上大学，好像这便是我德国梦的全部。我从没想过要在这一年里饱览德国的大好河山，湖光堡影。不，这还不属于我的日程。而今天，我觉得自己离梦想破灭的距离陡然缩短了一程，反而有一种要玩转柏林而后归的冲动。是的，我不光要在签证到期前玩转柏林，还要玩转整个德国。我还要亲自到魏玛去，然后沿着歌德走过的足迹，走遍图林根森林、哈尔茨山脉，寻找浮士德出没的地方。我要亲自爬上哈尔茨最高峰，站在山顶上遥望广州的方向，告诉大翔我看到了歌德描写的风景：

看那树连着树，
从面前迅速推移，
山脊伛偻，
岩鼻长垂，
像在吹气和酣睡！
…………

然后，我会重新回到广州。也许，我会听母亲的话，嫁一个这样的男人：老实，有房子，工作稳定。我会再去找一份工作，不必一定去银行，做一名教师也挺好，或许还可以问问我在报社工作的老同学，是否能给我谋个操笔杆的小活。我能想到的最理想的生活是：有一份自己喜欢的工作，可以快乐地相夫教子，父母亲安心地享受天伦之乐，我和他们只是咫尺之遥。

其实，这就是我所渴望的幸福生活。无论在德国能否申请到学校，我最终的渴望都不会和现在的理想有什么两样。就像母亲，无论送不送我出国，她对我的希望也不过如此：最终会幸福地生活在她身边。

想到这里，我不明白心里为什么还是隐隐有点疼。到底还有什么想不通的呢？难道那份失落感是害怕回去以后，别人会在背后窃笑我：花了那么多的钱出国，竟然一事无成便又灰溜溜地回来了？

可是，我什么时候可以真正只为自己的感受而活呢？

自己的感受。

我如顽石开窍般，眼前一亮。是的，自己的感受。我其实已经在短短的几个月里，无法自已地喜欢上柏林，喜欢上德国了，我觉得在这里能更清晰地感受到自我的存在。有一瞬间，我甚至害怕自己心里头蠢蠢欲动的一个声音：我的幸福是否在他乡？

莞湖旁边有一家中餐馆，老板是个香港人，他和思丝相熟。思丝说因为圣诞节快到了，香港老板想请一些同胞来聚餐，于是思丝就带上我一起去。我笑嘻嘻地问，香港老板是不是博士？思丝叹息一声，说可惜啊，那人怎么看都是十足的厨师相，没什么书生气息。

可是，有厨师相的香港老板就是不一样，做出来的全部是正宗地道的粤菜，无论是清蒸鱼，还是烧鹅、叉烧，味道和食在广州毫无二样。这是我来柏林后吃的最好最有家乡味的一顿饭。吃完后，我为他们担心：这个饭店能做出那么好的粤菜，在柏林能生存下去吗？！香港老板笑我真是学生妹的脑子呀。他说自己的餐馆有两套菜单，一套是给德国人做的菜，另一套是给自己中国人做的菜。看来，在德国开个中餐馆也不是会炒两个中式菜那么简单，还得把德国人吃的汁给摸透，才能做出适合他们胃口的中餐来。

我对思丝说，就为了吃饭这个问题，也不要轻易爱上一个德国人啊。如果嫁了个德国人，每顿饭都要做一盘中式和一盘德式的菜，太麻烦了。思丝又笑我了，她说我的毛病就是总爱给爱情做计划。

不给爱情，那该给什么东西做计划呀？我反驳她，说现在留学德国的签证不是自己努力就可以如愿以偿的，只有婚姻和爱情，还可以自己说了算。思丝说她从来不会为婚姻做计划，她只会为事业、为她的家人做计划。她来德国的目的就是想好好吸收一下德国人先进的东西，譬如它的建筑工程、园林艺术，以及德国人的人文理念等等，读完书后她肯定会回国继续发展。她还要把自己的公司发展起来，不但要让父母衣食无忧，也要让自己的弟弟过上更体面的日子。

“那你自己呢？你也老大不小了，自己终归也该找个人家吧！”我在佩服思丝的“孝道”之时，还是不能释怀。

“我相信，我的爱情在任何时候都是有可能来临的。它是我人生纵轴上的一点，无论我为了事业在横轴上的哪一点前行，我们都有对应的同一对角线。那是我们能相交的坐标点。一旦爱情和我在对角线上相交了，这个坐标点便会固定在对角线上往无限延伸。”

我反复琢磨思丝这番用数学模式来解释的爱情观。我发现自己更偏爱于“爱情，你的话是我的食粮，你的气息是我的醇酒”式的描述。

和思丝分别后，我回到住所便把电脑打开。

阿木果然已经在网上等候了。

“早上好！”

“晚上好！”

我们在即时信息里互相交换了一个笑脸。

“你回家过年吗？”阿木直截了当地问我。

“一别家人数月，思念之情难自已。无奈学业之事还未有端倪，何敢提回家一词！”我酸酸地回话。

“我还希望你不能申请上德国学校呢。”阿木出言不逊。

我心头一沉，词有愠色：“你诅咒我也不要在这个大早上的时候！”

“这是我的真心话。这样你可以尝试着和我一起去加拿大，我们一起在那里拼搏。”

我的手指僵在键盘上，不知道该怎样移动敲字了。我想起思丝那些个什么关于纵轴横轴、对角线坐标的话，想来想去也不知道自己是不是也落在一个什么坐标上了。可我明明听不到自己的心脏在“扑通”乱跳呀。虽然我这些天习惯了和阿木在网上聊天，可也没感到对方会成为我的食粮我的醇酒啊。

“回家过年吧！我想好好认识你。”阿木近乎哀求的语气，让我莫名地感动起来。

母亲听到我想回家过年的愿望，倒是喜出望外。她像个小孩子般在我面前说了很多她的愿望：我要你陪我去王府井百货大楼买衣服，你出国以后就没人陪我去那里逛了。我还要你带我去王医生那里，我用来擦身的中药用完了。还有你的老同学梅子总是请我去她家玩，你回来后就带我去她那里，我想看看她的新房子。

3 时差党回家

2002年新年，德国迎来了新的货币——欧元。我用欧元订了回国的机票。

当我拖着轻轻的箱子站在母亲面前时，把她吓了一跳：半年不见，女儿还胖了一圈，气色也很好，母亲当初天天给我煲汤也养不出这个样子！

我洗漱完毕后，母亲便忙着给我盛了一大碗白米粥。这是母亲几十年不变的习惯了，她认为舟车劳累后，人最需吃一碗白粥来清肠胃。我就着萝卜干一口气喝了三大碗白米粥。我心里嘀咕着：这么简单好吃的粥，怎么在柏林时一次都没想起来做呢？！

吃完饭，我去发廊剪发。一个穿着奶黄色镂空上衣的漂亮女郎走过来，为我做发型建议。她说，头发再重新染一个栗子色吧，时尚，清新，也配我的气质。我连忙摆手，说自己只需把发端稍微修剪一下便可。我一直就喜欢自己的黑发，出国前，我曾把头发染了棕黄色，也只是出于"追风"的心态而已。可是，这一年来，每天对着镜中的黄毛女，我却有陌生之感。在德国，我的赤铜色皮肤被德国人赞为美丽健康，我新长出的浓密黑发让德国人羡慕不已，让我找回了做"真实的自己"的快感。

晚上还要见阿木。我想阿木看到的，也是"真实的自己"。

见面吃饭时，阿木很爽直地告诉我，自己存的几万块钱，全部押给香港的一家中介公司去办技术移民了。他在边远农村的家里还有需要赡养的老母，还有哥哥的一家要他接济。

我一听便傻眼了：怎么这样的家庭这样的男人尽让我碰上呢！

可是阿木一点都不在乎自己的一无所有，他对自己要掌握的未来是那么有信心。他好好规划着自己的加拿大新生活：一边读书一边干活。他深信，自己在计算机软件方面的专业知识会让他很容易找到用武之地的。

母亲发现了我的行踪有点“诡秘”。她直截了当地问我，那个男孩子是不是也住在小区里的。她还以为自己当初练太极时抄下的名单还在起作用。我决定请阿木过来和家人吃饭。虽然我对阿木依然没有那份“特别”的感觉，但是并不讨厌他。

吃完饭送走阿木后，母亲和舅舅通电话。舅舅说，他们单位里的一位高级工程师，移民加拿大后，只在那里开餐馆而已。母亲放下电话后，眼眶红红的：“女儿啊，我怎么舍得让你在异国他乡受苦呢？”

“开餐馆也是创业做老板啊！而且，能在国外开一个成功的餐馆，不是聪明人也干不来。”我嘟哝着。我心里对母亲有点抗拒，为什么她总不能对我少操点心呢？母亲脸上写满的忧心，让我觉得是千斤重负。我很爱母亲，可是也很想轻松点选择自己的生活。

接下来的日子，我每天都和父母亲在一起。我陪他们去爬白云山，陪他们逛街采购年货。阿木也很殷勤，一有时间他就会跑过来和我们一起吃饭。母亲其实心里总有点疙瘩，但她毕竟不是个专制的母亲，所以也慢慢习惯阿木的存在了。

我和母亲在大德路的批发市场买了很多干海鲜年货。父亲也挑好了春节要张贴的对联，他还到银行去换了一叠崭新的钞票，交给母亲。母亲在大年初一的时候会给我们分派利是封的，里面的金额总是些99、88之类的吉利数。

我们都怀着喜悦的心情等待新年的到来。

在母亲给最后一个花盆贴上红色剪贴年花时，我收到一封来自德国的电子邮件。那是我所申请的大学的来函。信里说，我被邀请参加面试了！面试时间在大年初二！

我要在大年三十的晚上登上飞机回德国去参加面试！

一个多么令人欢喜令人悲的消息！父亲听到这个消息后，他很开心，说

“我就知道我的女儿会成功申请到学校的”。母亲看到父亲的笑容，也替我开心，说让你在德国读书，毕竟是我们当初的愿望啊，这样就好了。哥哥又掏出几千块钱，塞到我手里，说别太苦了自己，一个人在外面吃好点。只有弟弟的神态有点黯然，他舍不得离我这么远。

于是，在万家灯火齐庆大除夕之时，我告别了家人，告别了阿木，独自踏上了回德国的航班。在法兰克福机场下了飞机，便乘火车回柏林。

德国的大年初一，只是一个平常的日子。火车飞驰在白雪皑皑的原野，空旷的大地上，一群乌鸦扑腾出与火车赛跑的速度，我心里来回翻腾着的都只是一个念头：明天的面试要表现出色点。我想，如果面试成功了，即使托福成绩差一点，也还有希望吧！这可是我目前孤注一掷的机会啊。但是我忽然又觉得自己的头脑像乌鸦归巢般的嘈杂，了无条理，一片乌黑。朦胧中我仿佛看见了母亲正笑吟吟地站在面前，手中拿着两个利是封，里面装着那些与“8”和“9”相关的金额。

到达柏林后，我把行李箱放下，小憩一会儿便又拎上简单行装，走去火车站。我要坐夜车去南部，这样，正好能赶上学校次日上午的面试。我在票务中心买了一张卧铺票。

当我拿着票低头走出票务中心的大门口时，差点撞倒在一个人身上，抬头看了一眼对方，不由自主地惊叫一声。站在我对面的是萝卜头。

萝卜头看见我，显得分外惊喜。他忙不迭地问我有没有被吓坏了。我紧闭双唇，耸了耸肩，一语不发。萝卜头向我伸出手，我站着一动不动。

“对不起，鑫。我为我那天的行为道歉。”萝卜头用手指摸了一下自己的鼻头，深深抽了一口气。我还是不理他，想挪步走开。

“鑫，”他向我靠近了一点，但又保持着极谨慎的距离，“我是真的喜欢你这样可爱善良的女人，这没什么错。你不喜欢我，你也没什么错。我祝你幸福！”他看见我的脸色稍为缓和了一点，便又接着说：“以后你在学校都看不到我了，我要去汉堡工作啦。我的表哥在那里开了个小店。”

“祝你成功！”我轻轻地从紧抿着的嘴唇里吐出这几个字，再也不知道自己该说什么了。

“你也一定会成功的！”萝卜头伸出手来。我犹豫了一下，伸出自己的手和他击掌。然后，我们便各自赶自己的路了。

当火车徐徐开动时，我便合上了双眼。这个新年过得太累，我只想能安静地小睡一会，明天的面试，一点也不去想了。

4 被德国大学录取

火车到达因城时，天已大亮。和昨日柏林阴沉沉的天气截然不同，这个南部小城洒满阳光。常青藤盘桓着的遒劲枯树，迎着炽白的光线，投下斑驳的影子，透露出对初春的渴望。蓝色多瑙河从城中间蜿蜒流过，把小城分为南北两部分。

思丝说德国南部经济发达，风景如画，面貌气息和穷首都柏林迥然相异。柏林城里林立的那些火柴盒般的高房子，在南部是很难看到的。南部处处都是花园别墅，精致可人。

思丝喜欢有韵味的房子，所以她衡量一个地方美丽与否都是用房子来做参照物的。

我喜欢流动的东西，所以只要一个城市有河流，有湖泊，我就看到了活力。

同样有河流横贯城市，柏林的美，却在于其大气容纳，像旧日妻妾成群的王公家里那位元配夫人，虽然皱纹爬上了美丽的容颜，却依然努力以最优雅的风度来管理好那一大家子。相比之下，这个南部小城的美，只是一个有着桃花面容的清高女子，她的小院独自含芳吐蕊，爱慕她的，需是那些耐得住寂寞深院一树梅的人。

沿着路牌指示，我走到了河边的一座古城堡。白墙红瓦之间，散落着一些兵器塑像，向过往的人们诉说着这座城市的历史。再拐弯，马路对面，是一座现代的玻璃建筑。我知道目的地到了。德国的校门，不会像中国学校般，大门口总是有着醒目的或楷书或行书写就的校匾，它们只会在入口处漫不经心地用最不张扬的色彩，标明一下自己的身份。

面试办公室外面的走廊里，三三两两汇集了一些人。他们和我一样，都是来参加面试的。我走过去打招呼。原来他们中有的已经面试完，正在那里向后来者指点迷津。我侧耳细听，倒抽了口凉气。与其说是指点迷津，还不如说是危言耸听，让人未赴战场志已衰。来自匈牙利的亚里斯，告诉大家要准备好宏微观经济学里的理论知识。可是，我怎么也不会想到面试要翻出十年前学的凯恩斯理论来。当年用中文来学，我也只能凑乎着通过而已。工作数年间，能留在脑海里的专业理论知识，也只是些个天天用天天看的术语而已。

轮到我了，我壮了一下胆子，强装出一副从容不迫大无畏的样子走进去。长长的会议桌上，对面坐着三位男主考官。中间那位已经秃顶，可是还长着一撇胡子。靠在他左侧的那位，四十开外，留着齐肩长发，帅气逼人，一副搞艺术的嬉皮士气质。他们都端端正正地坐着。只有右边的那位主考官，一会儿站起来拿笔记本，一会儿拿着鼠标在电脑里翻腾。我毕恭毕敬又不失风度地和他们问安，可是心却脱兔般跳着，连脱下大衣的从容也突然失去。我把小背包放好，整理一下身上的长大衣便坐了下来。

胡子考官先发问了，一些营销学上的案例分析，我尽量语调轻松地阐述了自己的见解。我很注意自己说话的速度和声音的响亮程度。鼠标先生也问了不少问题，我觉得自己的回答虽然不是完美无缺，但应该也差强人意。我暗自舒了口气，以为自己可以免了凯恩斯。因为我想象不出来，剩下那个嬉皮士般的“艺术家”考官，会问我哪些干巴巴的经济理论。我能想象的是，他是属于提一些诸如你对法国印象派画家雷诺阿的作品有什么看法之类问题的人。

嬉皮士抬起头来，甩了一下他那头柔软的齐肩发。我微笑地看着他。嬉皮士的嘴巴张开了，说出了一个公式，请我解释一下。我还以为是哪个艺术家的译名，我一下子搞不懂。他又重复了一遍。我还是不懂。嬉皮士有点失望，他在本子上记录了点什么。

我觉得天地一片混沌，只是半个小时的面试，身上的长大衣已把我捂出一身汗来了。

道别的时候，鼠标先生说，两个星期后我就可以知道自己是否被录取。我却已经明白自己的梦该画上句号了。这两天里那一直跟随着我在东西半球上飘荡过的希望，也许就要毁在这个帅得令人目瞪口呆的嬉皮士那里了。

我起身出门。脑子里像是旋转着一个大风车，风力很足，风车的速度足以把我击倒。我才发现，自己今天连早饭都没吃，体内偏低的血压开始变成一只只饿食的蚂蚁，疯狂地蚕食我的身躯。我重重地摔坐在走廊里的长椅子上。

亚里斯仍在那儿给后来人指点迷津。他看见我，便走过来关切地拍拍我的肩膀。我疲倦地耸了耸肩。他指了指我背后那堵墙上张贴着的东西，说申请这门课程有二百多人呢，最后挑选了六十人来参加面试，也不知道最终会录取多少人。听说上一届才录取了十五个学生。这门课程很新，今年是第二届，是州政府出资资助的课程。如果被录取了，只需每个学期交二十多欧元注册费而已。

走出学校门口，我抬头望见街道对面的广场上，一群乌鸦来回盘旋在一株寂寞的橡树周围。树底的长木椅子上，一个老人正用手掏纸袋里的面包片，纸袋的窸窣声像是给乌鸦发出了一道食令，它们如一团乌云般紧紧拥在老人周围，等待着争夺他手中的白面包。没有一只乌鸦注意到，就在不远处的一个阳台上，阳台的主人用心拉了一条绳子，绳子上绑着一袋袋等候鸟儿光临的瓜仁干果。

因城是一座有着七八百年历史的古城，市中心步行街的路是石头砌成的。我那天穿的靴子带点鞋跟，这样的石路让我一不小心便一个踉跄。我没有心思把整个下午继续打发在这里，便坐上了回柏林的火车。

到达柏林的时候，已经是深夜十一点了。柏林依然守候着昨天我离开时的那份湿冷。

这个温度更适合我的心情。今天是大年初二，每年的这天，都是我陪母亲去走亲戚的日子。年少的时候，我对这个日子最向往。因为我有五个舅舅，每一趟的走亲戚都能收获满满一兜的利是封。只是到了最近两年，走亲戚成了我害怕的事情。因为舅妈们总会在我背后悄悄地对母亲叹息："怎么还没找到好人家呢？是不是太挑剔啦！"想到这里，我觉到胃部在轻轻抽搐，下意识地把手指头塞在牙齿间，用力咬下去的时候，却尝到一股咸咸的暖流，那是沿着双颊门淌下的泪。

擦干眼泪，我打开电脑。阿木不在网上。我突然看见大翔竟然也在网上游荡着。虽然中国这个时候也天亮了，但是过年的日子，其实对于大翔这样的逍遥汉来说，该是酒肉穿肠不知醒的醉梦时分。

我犹豫了好久，还是给大翔发了一个笑脸过去，祝他新年快乐。

大翔却给我回了一个哭脸，问："深夜时分不安眠，有何郁闷事儿要分担？"

我咬紧下唇，忍住自己又快要掉出的泪。不知道自己和大翔的一场相知，是值得喜悦还是让人伤悲。从来没有一个异性朋友，能让我感觉如此信任踏实。我甚至有点嫉妒大翔的男朋友。

大翔看完我描述的面试故事后，给我回复："你一直是一个聪明有余而自信不足的怪才女。你对自己的感觉总是会比实际情况糟糕很多。所以我觉得你仍然是有希望被这个学校录取的。即使万一他们没有及时发掘出你这颗金子，你也没有一点理由伤悲颓废。你认准了一个目标，它就不会离你越来越远的。"

反复念着大翔的话，乌鸦争食面包的景象又跃然眼前，还有阳台绳子上孤独哆嗦着的鸟食。我迷迷糊糊地进入了梦乡。

“叮铃铃……”待我被电话铃吵醒时，太阳已经穿过那袭蓝花窗帘布，零碎地洒落在我的床上了。那是思丝的电话。

“今天难得好天气，别睡懒觉啦。快点出来给我好好汇报一下你的南方之旅。”思丝的声线是属于春天的，永远这么有活力和希望。

放下电话，我怔怔地看着书架上的那束干芦苇花。我直把那白白的芦苇花看成了一块红彤彤的西瓜。我想起思丝曾说过的话，说什么只有咱们中国人懂得吃完西瓜红，还要吃西瓜白，吃完西瓜白连那西瓜皮也不放过。我突然觉得喉咙疼痛无比，起身翻出自己从国内带来的那瓶西瓜霜喷喉散，“呼哧呼哧”把黄莲般苦的粉末喷进喉咙里。

我一边挑出一件草绿色的毛衣穿上，一边思量着：思丝也许会有什么好主意，教我几门招数，让我学会如何把德国人丢掉的绿色西瓜皮变废为宝。

只是一个月没见思丝，我却发现思丝的脸上多了一份与德国这个阴冷寒冬不相符的阳光色彩。

思丝把挎包往我们坐着的长椅子上一放，伸手往里面掏出一大摞照片来。

“期末考试结束后，我便一直往南部走，走到维也纳再回来。给你看，汉德瓦萨的房子，像不像童话世界里的色彩。天知道，住在里面的人会有多幸福！”

汉德瓦萨（Hundertwasser）在1928年出生于维也纳，他的父亲在他刚出生不久便离世，母亲是个犹太人，纳粹允许她把有着一半犹太血统的儿子抚养大，才得以存命。从小汉德瓦萨就喜欢画画，对色彩极其敏感。他的母亲说：“画家，那是饿肚子的职业！”但是他想向母亲证明：画家不会挨饿！

他能深深吸引思丝，是因为他不仅满足于画画，还乐于把画中物变成现实。他认为：人们的住所应该如同孩童的梦想——大家住在老树桩里，有很多角落与走廊，感觉非常惬意。早在20世纪50年代他就提出“窗户法”，每个人都应该允许在其住房窗户周边的墙上画画。房子里面除了人，还应该让树木也住进来，而这些树，可以从窗户生长出去。屋顶的上面，也应生长着花草树木。他是一个不折不扣的自然保护主义者。

维也纳这座城市给了他梦想成真的机会：1986年，他设计出来的“汉德瓦萨房子”颜色多彩，窗户看起来像在舞动着。多彩的柱子和金顶装饰整幢房子。房子的露台和屋顶天台上生长着250多棵树和一片灌木林。人们热烈地爱着汉德瓦萨房子。

思丝是学中文出身的，爱写诗。她的诗歌有一种荡气回肠的纯净，更有一番除却巫山不是云的执着。往往在她随手写就的诗句里，我能读出一个绚丽经典的梦。我相信思丝会是这样一个人：总有一天，流淌在她诗行里的冲动，会是现实中的亭台楼阁，小院雕栏。

“我在来欧洲之前，从来没想到过自己会经历那么深的震撼。一切都会有可能，只要你执着于自己心灵的追求！”思丝合上最后一张汉德瓦萨的房子图片，兴奋的脸蛋比春天里的郁金香还要灿烂。

“等我再回中国时，我要回我的家乡，一座美丽的西南古镇。我要在那里实现我一直以来的梦想：盖一座旅舍，让所有到我们那里寻找心灵净土的人都喜欢入住的旅舍。”思丝只比我大四岁，可是她做事的魄力是我望尘莫及的。

盖一座旅舍！我能想到的属于自己的追求，最多是买一套公寓房，然后弄点干芦苇花好好把它装饰一番。我坚信成功的事业虽然属于艰苦创业者，但更属于有天分的人。而我绝对不是他们中的一员。

我觉得和思丝讨论自己的烦恼是毫无意义的了。我的路还得自己来走，思丝能做到的事情，我不一定能做到。我决定等两个星期录取结果出来后，再好好去计划将来的日子。

日子按照它的速度静静流淌。面试后一个星期，我收到了两封来自学校的邮件。我拖着鼠标的手颤抖起来：不是说两周后有消息吗，这么早就来信，难道是拒绝函?！我哆嗦着手点开邮件，第一封信里写着：

亲爱的鑫：

今天我们收到您的托福成绩单。您的英语成绩符合我们的招生要求。

…………

我快速地把下一封邮件也点开：

亲爱的鑫：

首先，非常感谢您对我们的信任。谢谢您对我们开设的这个英语课程的兴趣，以及来参加我们的面试。

我们很高兴地通知您，经过我们的筛选，您被录取了。

…………

我把这几行字读了又读。我甚至把电脑关上又打开，又重新把邮箱点开，以确信那封邮件是的确存在的。我没有笑容也没有眼泪，有的只是一份千帆过尽浪涛平的安静。好像又回到十年前，那年当高考成绩放榜，我知道自己名列第一，能得到一份一千元的奖金时，自己只是静静地骑上自行车回家，告诉父亲："爸爸，你不用为我上学的费用忧愁了。"

Three

第三章

蓝色的多瑙河

1 德国大学生活

2002.03

学校教务处的雷曼太太告诉我，我们这个课程有个叫姜子的中国女孩，是去年冬季入学的。我和姜子通完电话后，她兴奋地说：“这个学校就只有我一个中国人，太好啦，现在终于有伴了！”

到达因城的那天，姜子来火车站接我。因为我要半个月后才能入住自己的学生宿舍，所以先到姜子那借住。姜子的住所是一幢坐落在城北的米黄色老别墅，推门而入，让人恍若走进了一座博物馆。门厅深棕色的木地板上，铺着一块彩纹地毯，墙壁上的一幅风景油画恰如其分地诠释着老房子的历史。沿着乌木楼梯往上，便是姜子的房间。偌大一个房间里，摆着两张上下铺，且已铺好洁净的床单被子。

“你睡这个下铺好了！”姜子把我的背包放在床上。我走到窗台前往外眺望，小院里的草坪上开满各色小花，一树树迎春花也已经努力抽满了芽。我一下子喜欢上了这座老别墅，带着羡慕的口吻向姜子道谢：“能在这么美的地方住上几天，我太幸福了！”

晚餐的时候，姜子带我到楼下的厨房去做饭。十几平米的厨房里，那张大方桌是楼里所有学生相聚吃饭的地方。正如姜子所说，这里住的都是交换学生，有来自印度和泰国的，有来自丹麦挪威荷兰的，他们都是来做为期半年的交换学习。灶台前只有我们这几个来自亚洲的学生要开火煮食，那些欧洲学生都是从冰箱里拿出香肠奶酪，再切几片黄瓜红椒就着面包片便开餐了。姜子用电饭锅煮好饭，又手脚麻利地炒了鱼香茄子和芹菜土豆丝，她招呼我一起用餐。厨房里弥漫了刺鼻的咖喱味道，泰国的玲子正在专心烹制她的咖喱鸡饭。我在这个充满异国饭香的小厨房里，听着不同口音的英语，津津有味地享用着在因城的第一顿晚餐。

第二天，我到学校去报到。

在学校门口，就碰到了亚里斯。我愉快地和他打了招呼。他看见我就像看见了一个相隔多时的老朋友般，抬起手在我肩上拍了一把："在这里和你再相遇，太开心了！"然后，他继续他特有的"广播"功能，娓娓道来："你知道我们这一届学校才录取多少人吗？全职学生和兼职学生一起，才八个人！嘿嘿，我们算是幸运的啦。不过，我比你更幸运，我不用补修宏微观经济学这门课，你和别的两位学生要补修这门课哪，呵呵。"我也笑意盈盈地回应他："呵呵，你这么棒，再让你补修是浪费资源哪！"

我上的第一节课是宏微观经济学。来上这门课的，正如亚里斯所言，一共只有三个学生。另外两人，高挑秀美的丝丽是来自土耳其的，来自以色列的毛安虽然身材粗短，双目却深邃有神，大有一股"吾欲主沉浮"之气概。互相自我介绍后，我们在第一排整整齐齐地坐下来，等候着我们的老师。

教室的门被推开，老师走进来了。我想自己看到他的那一瞬，嘴巴肯定鼓张得很难看，因为他在跨上教台的那几秒钟里，一直皱着眉头满脸狐疑地盯着我。给我们上课的这位老师，竟然就是那个曾经让我以为会是粉碎我"德国留学梦"的主考官——嬉皮士。嬉皮士一上来就自我介绍，那硬梆梆的德式英语从他口里吐出来，让人觉得一盘嫩嫩的山水豆腐里，却偏偏爬出个披挂铠甲的大闸蟹来。我们仨都安静地坐着，把硬硬的蟹壳耐心地剥开，挑出里面嫩白的蟹肉就着嫩豆腐滋滋有味地吃起来。

我心里暗自发誓：嬉皮士，你这门课，我要考个满分来报答你！

两个星期后，我搬进了学生宿舍。那是坐落在闹市后街的一幢四层房子，我的房间在最顶层的一套公寓里面，我和住在里面的另外两个学生一起共同使用厨房和洗手间。那倾斜的屋顶让我的房间看起来很袖珍，却也很舒适。

当然，我还是喜欢回去找姜子玩。一个周五的晚上，我走到姜子住的老别墅去，姜子不在，但里面热闹非凡，来了不少客人。他们兴致勃勃地告诉我，晚上在火车站附近有一个大型舞会，是学校举办的，邀我一起前往。

德国的舞会，我在柏林时领教过一回。那次是和语言学院的同学一块去跳的士高，拥挤的人群，狭窄的房间，炫目的霓虹闪灯，混杂着酒精与香烟的味道，班上的路克就是在一场热辣劲舞之后找到了他的白雪公主。

我犹豫着要不要和他们去凑这个热闹，因为我讨厌烟雾缭绕的地方。荷兰姑娘米拉却一把拉起我，她说这个问题还用考虑吗?！肯定要去的。我跟着大家一起坐公共汽车到了火车站。昏黄灯光下，我们穿越一段旧铁轨道，走到一座外表像仓库的平房前。窄窄的门口守着两位女学生，一个卖票一个收票，五欧元的入场券，我们等了二十多分钟才轮上。米拉排队的时候，双腿便发起舞痒来，她拉起我的手不停地在那里跺脚扭腰。

进场后，米拉东张西望了一番，很快她选中了舞场中间的一堆人群为目标，便甩开我的手，大踏步扎进去，“哈喽”一声。我紧张地往后退了两步，慌乱地去寻找熟悉的面孔，可是从老别墅走出来的那几张我认识的脸，都以比米拉还迅捷的速度，从我视野中相继消失。

舞场很大。从外面看似低矮无奇的房子，站在里面却让人觉得房顶遥不可及。灯光熠熠之间，墙壁上印满了跃跳的影子，我看不到哪一处属于边缘——那个可以让我安静站着等候翩翩君子来请我跳一支舞的边缘地带。我强压住自己的胆怯，也开始挪动双脚。可我的挪动是那么的不自在。我害怕别人看到我的不自在，于是把目光游离在人群之外，搜索着卖饮料的地方，我想如果我一边喝着可乐一边跳，别人就看不出我的胆怯来了。

我咬着可乐瓶里的吸管，选择了一处人稀的角落，让上身左右晃动出最不引人瞩目的舞姿来。我好像是这个舞场里唯一一个黄皮肤黑头发的人，没有人主动来找我说话。我也不知道自己对着那一张张陌生面孔该如何吐出第一句话。这时，一个中国人模样的身影从我旁边掠过。我有如一条睡在枯井里呻吟的鱼儿，看见了涓涓细流向我款步走来。我不顾一切地转过身，兴奋地对着即将飘去的影子喊了一声“你好”！影子有点迟疑地停顿了一下，他慢慢转过身来，看见我在斑斓灯照下满怀期待的脸，略微惊讶地“哦”出一口气，然后向我伸出手来。

音乐并没有放缓，但不再是伴随着声嘶力竭的唱调了。我们不用喊破喉咙也能听到对方说话。他说他是被中国公司派到德国来进修一年的，周末没事，想找个地方来练练德语口语，便找到这个舞会来了。我马上意识到自己不属于他这个晚上的惊喜，客气地祝福他一声好运后，继续吸吮可乐，直到再也吸不出甜的滋味。

我独自离开了舞会，向着住所的方向徒步。一阵夜风袭来，让人感受到春寒料峭的滋味在这个夜晚表现得很透彻，我不自觉地打了个哆嗦。

周四的时候，我在学校遇到了姜子。她一见我，便诡秘地问：“周末的舞会你也和他们一起去了，是不？”还没等我回答，她已经接着说下去了，“老别墅这几天可是夜夜笙歌啊。米拉和我们班的那个罗马尼亚男孩好上了，泰国玲子和我们楼上的丹麦男孩住在一块啦，还有那个印度血统的丹麦妹，正在和墨西哥来的阿迪纠缠不清呢！天啊，舞会那天他们都凌晨两三点才闹哄哄地回来，回来没两天就成双成对了。”

我忧心忡忡地想着这些痴男怨女：“他们很多都是只在这里呆一个学期的交换生。半年后怎么办哪？”

“别的人怎么样我不清楚，但是玲子很明白地告诉我，她和丹麦哥的情爱关系就只是半年有效期而已。她甚至知道他在丹麦有女朋友的呢！”姜子年龄和我相仿，同样还是形单影只的她，也在感慨老别墅里这些比自己年轻几岁却活力四射的学弟学妹们。

但我们知道自己即使再年轻十岁，也还是不会拥有他们这份洒脱的。

在这座美丽的古城里，我能想象到的最洒脱的事情，不外乎是每天能沿着夕阳洒照的多瑙河岸，留下自己矫健的步伐。

离学校不远的河岸对面，是一个大公园。阳光明媚的春日里，已经开始有三五人群躺在公园的大草坪上享用日光浴了。我常常在小跑一圈后，便坐在公园一角花丛里的长木椅子上去，静静地看会儿书。过往的人，走到我跟前时总会友好地说一声“问候上帝”！那是德国南部普遍流行的问候方式，这里是天主教文化根深蒂固的地方。而心中并无上帝的我，也会入乡随俗地回一声“问候上帝！”有时候问候完上帝以后，同样是独自一人游荡在公园的那些老年人，看到我手中捧着的书，便会在我旁边坐下来唠叨几句。慢慢地我发现这是一个非常好的德语练习机会，和这些老人聊天，我感觉放松，天南地北无所不侃，我也不担心他们会笑话我语法的错误和发音的不准。

公园的另一尽头，有一座老房子。有一天，我看见房子门前高高飘起的彩旗，上面写着某某的水墨画展。在这里遇到钟情中国文化的德国人，我当然不会放过。画展不需要买门票，海曼老太太是这里的守门人，她只要求来访者签名留念，或者写上两句观后感。我走在那些用墨汁在宣纸上挥毫出来的“抽象”画作之间，感受着一个德国人如何努力地想用最中国的手法来表达他的情感，而最终，这一篇篇水墨在我眼里都还是被定格在“只把他乡当故乡”的豁然之中。

看来我是参观画展的唯一中国人，海曼老太太对我非常客气。她鼓励我用中文留言，她说，画展的主人看到了肯定会非常高兴的。我感觉是她看到了我的中文留言非常高兴，她把留言的本子拿起来，戴上老花镜在那里左右端详着：“真是奇妙的文字。我下辈子也要来做个中国人，说一口漂亮的汉语！”

我打趣说：“不用等下辈子，你现在开始学，也还可以学到一口漂亮的汉语！”

海曼太太一边把老花镜摘下一边连连摆手，说自己是没希望的啦，都快奔七十的人了，有心无力的。我惊讶她都是奔七十的人了，还在这里工作。她却很关心地问我，来因城多久了，有没有自行车用，她正好有一辆旧单车，可以卖给我。

我这些日子正好琢磨着买辆二手自行车用，她的热心自然让我心甘情愿地想把她的自行车买下来。

我们便约好了周末见面，我到她家去取车。

海曼太太的家坐落在郊区的一个公寓楼群之间。在她开门之际，一股烤面包的浓香味扑鼻而来。身穿一条碎花连衣裙的她，迈着灵巧的步伐把我引进餐厅。

“我做好了核桃巧克力蛋糕，来来来，我们一起喝咖啡聊聊天。唉，平时我也难得烤蛋糕。我的儿子也住在同一幢楼里，他在一个制造公司做工人。他都四十岁了，还没有女人，下班回来还要来我这儿吃饭呢。”

我惊讶于她这般快言快语就把家里的“烦恼事”告诉我这个只有一面之缘的外国人了，不知该怎么接下她的话题。

我看到墙壁上挂着的照片，那是一家四口的“合家福”，赶忙找了个话题：“你还有个女儿哪，她也在因城住吗？”

她匆匆地往照片扫了一眼，叹了口气：“我五十多岁的时候，先生就有了新的女人，离开我们了。女儿在慕尼黑工作，很少回来的。”

男人抛弃她这么多年，她竟然还这样一直把老照片挂在墙上！是出于对他的不舍还是为了让回家看看的孩子永远觉得这里有一个完整的家呢？

“来来，吃蛋糕。”海曼太太把蛋糕和茶放在我面前。她转身走进书房里翻找了一阵子，出来时捧了本大相册：“我年轻时是个登山健将，给你看照片！”

褪色的一张张彩照上，记录着她往昔的欢乐时光。她和他都是登山爱好者，想象得出，他们有过怎样的一段幸福日子。

“看，这个是我的儿子，一米九高呢，英俊的小伙子！就是还没找到女朋友。”说最后一句时，海曼太太对我做了个鬼脸。

海曼太太让我想起了我的母亲。但是，一个德国母亲也会为她孩子的终身大事操心，我觉得和自己印象中的西方父母对不上号。

我吃完最后一块蛋糕后，便要起身告别。海曼太太把她的旧自行车拿出来给我，我给她塞了三十欧元，她接过来，把二十块钱还给我，说意思意思给她一点就行了。当我跨上自行车之际，她紧紧跟上来嘱咐我，小心点！有空多来玩，下次她叫上她的儿子来一起聊天。

归途上，海曼太太的故事一直在我脑海萦绕。耳际飘过的微风，传到心间有点冰冷。不知不觉中，我骑到了老别墅。从厨房的窗户往里看，静悄悄的没有一个人影。我抱着侥幸之心，按了一下门铃。

姜子出来开门了。我们坐在厨房里，姜子打开冰箱，她一把捂着鼻子并快速地把里面的一瓶苹果汁拿出来。“唉，这个集体用的厨房就是麻烦。里面的奶酪，要多臭有多臭，恶心死了。”她诅咒着。

“把它想象成美味可口的臭豆腐，便会好点。”我给她出主意。

“若真是臭豆腐，我也就开心了。唉。”姜子满脸写着委屈。“我太怀念我们的中国菜了。”

“你不是在中餐馆干活吗？还愁没得吃。该痛苦的是我呢。这里连像样的亚洲店也没一个。”我埋怨她身在福中不知福。

“嗨，什么中餐馆啊！一个泰国人开的饭馆，打个招牌很堂皇——北京大饭店。里面的饭菜，是做给德国人吃的中餐。”

德国人吃的中餐也比面包奶酪强呗！我想到自己偶尔在学校餐厅吃的饭，奇咸无比不说，那大块的肉粘了一层黄黄的东西煎炸出来的，吃下肚子里去能把肠胃都腻翻的。

“算了算了，还是快点读完书回国好了。”姜子给我倒了杯果汁。她问我这些天都忙些啥。

我把海曼太太的事情告诉她，说到海曼太太的儿子时，姜子乐开了花。她说：“看来你是个挺讨老人喜欢的人，以后要是喜欢谁了，建议你先把那人的母亲给征服。”停顿了一下，她若有所思地用手指敲着桌子：“不过，那个儿子只是个工人啊，肯定就没戏了！你不可能在德国找个工人嫁的，对不？最起码也得是个工程师啊。”

“工程师也得是个以后能到中国工作的。”我想到母亲那忙碌于太极拳人群里的身影。

“那你干脆回国内找。”

“母亲觉得我在国外的机会更多。据说很多优秀的中国男人都出来了。”

“你脑子也太简单了。在这里的中国男人，成熟点的适合我们这个年龄层次的，人家都名树有主。那些与我们同龄的或者更年轻的，也都忙着读书打工呢。”姜子晃动着脑袋给我分析。她突然停顿下来，直直盯着我：“你不要告诉我，你来德国的目的是为了在这里找个中国男朋友回去的吧？！”

“不是啦，是要好好给自己充电，回去再好好为祖国母亲服务的。”我嬉皮笑脸地应付她。

她很认真地点了点头，说她读完在因城大学的必修课程后，还想到美国去做一个学期的交换生，然后就回国发展。

“在国外，你怎么努力，也还只是个二等公民。而在国内，有本事的人，可以活得很潇洒了。”姜子的瞳孔里折射出五彩缤纷的希望。我觉得这份充满希望的光芒似曾相识，我想起了久未有联系的思丝。对，就是思丝！她给我讲关于西南古镇小旅馆的梦想时，也有这样的执着与希望。

从姜子那里出来，我骑上自行车直接回到了住所。打开电脑，即时信息里跳出阿木“在线”的消息。我的心怦然一跳。一种久违了的温暖又回到心头，我赶紧给他打了个招呼。

“我等你一个晚上了。”他给我回了信息。

看到他这句话我满怀歉疚。自从我来到因城，我们就再也没有像以前在柏林般天天网聊。我其实很怀念那段迷茫的日子里，他给我带来的动力与欢乐。只是，我怎么也不觉得自己会是他身上缺的那根肋骨；至于思丝说的那个关于纵轴点横轴点交叉于对角线的希望，我用最理智的思维去反复梳理了一番，最后的结果是他会在正轴线的位置，而我，在负轴线上，我们只会有一个匆匆交叉的起点而已，然后便向相反的方向继续各自的路。

“想到你总是觉得在做一个美丽的梦。”他自顾自地往下写，“你的敏感，你的丰富感情，你的聪慧，让你是个与众不同的女子。”

我想回他两句，可是一个字也写不出。

“我知道我们俩的路是不一样的。”他写出这句话后，沉寂了很久没有下文。

我敲打着键盘：“加拿大的枫叶很美。”

“德国的天空很蓝。”他回话。

“祝你好运！”我擦了一下眼角的泪花。

我知道自己并不是因为不舍他而流泪。我只是难过，爱情到底是怎么样的东西呢？像阿木这样善良率真的人，为什么我们互相爱不起来呢？！我甚至憎恨自己在他心目中的所谓“与众不同”。我多么希望自己可以是那个和他在坐标对角线上一起无限延伸的点。我厌倦了我的“与众不同”，我厌倦了一个人的日子。

我在一个人的日子里继续因城的大学生活。

学校的学生会经常在周末为我们这些外国学生组织一些到附近城市游览的活动。

学生会里的阿美莉是个非常腼腆的德国女孩，几乎每次出游她都会积极奉陪我们。从买票上车到当义务导游给我们解说，她都非常卖力。但她从来不善与我们打成一团嬉笑。

在一次去纽伦堡的旅途里，她和我坐在一起。刚开始时，她只是安静地看着我微微笑，那份从容的安静让我不知道该如何去开口和她说话。姜子曾经说过，在德国一年多了，还没交往过一个同龄的德国朋友，因为那些德国学生真的太不愿意轻易接受一个外国朋友。比起阿美莉来，我也觉得自己宁愿和公园里的那些老头子老太太聊聊，还更轻松点。

阿美莉从挎包里掏出一个本子来，她在上面写画了一会儿，然后递给我看。

“我在学中文。”上面是她歪歪斜斜写的字。

我接过她的本子，也在上面写了一句：“我教你学中文，你教我学德语。”

她看完后便“噗嗤”地笑了。我顿时有种千金难买一笑的轻松感，也对着她笑起来。

笑完后，我们还是不知道该继续说什么。她那份深沉的腼腆，很有拒人于千里外的力量。

最后还是她开口了：“下个周末我们一起做饭吃好吗？你到我那里吧，我给你做德国甜点吃。”她讲中文的调子很好听，有点像广东人说普通话一样的味道，软绵绵的让人觉得她在唱粤语歌。

阿美莉学习中文，是因为她准备明年到青岛的一所大学做交换生。

那天在她的住所，她拌好面条沙拉作我们的午餐，还用生大黄茎和树莓煮了一大盘饭后甜点。我陪着她说几句中文，当然，我们还是说德语的机会多。毕竟我德语的词汇量比她中文的词汇量大点。最后，我有点不好意思了，许诺下次来我这里吃饭，我给她做中国菜吃，还要和她说很多中文。

姜子知道我和阿美莉的交往后，有点大惊小怪。她说，去年这所大学就只有她一个中国人哪，像阿美莉那样想到中国去做交换学生的德国人有好几个呢，他们都在学中文，却没有一个人会主动来找她这个中国人来交往一下的，看来阿美莉是更喜欢我了。

我说，阿美莉不是什么德国帅哥，不用和我吃干醋啦。

“说实在话，我觉得你很适合在德国。”姜子侧着头看我，“你不会像我，在德国总会有份难以融入的隔阂感。”

2 番茄炒蛋的爱情

转眼之间，日历翻到了六月。六月初的那几天，天空还是被无边无际的一片灰濛所占据，夏的滋味还远没飘到德国。

因为我计划要在暑期去打工，于是，便陆陆续续给十多家大小公司寄出了我的暑期工求职信。

求职信寄出去后，德国的夏天也嗖地拉开了序幕。说它是“嗖地”，是因为明明昨天还是阴冷的雨天，今天一放晴，气温便“嗖”地蹿高了十来摄氏度，我马上可以收起薄毛衣，从柜子里翻出夏天裙子来穿。

穿着漂亮夏日衣裙的我，闲步在多瑙河岸。这些天，河岸的公园门口堆满了各式各样的木头、帐篷、铁架等等，工人们都在忙得热火朝天，河里的那群鸭子，也会不时大摇大摆地上岸来招摇一番。我好奇地问这些工人，为何在此大兴土木？他们告诉我，因城每年一度的夏季大联欢就要举行了啊。

联欢节持续数日，规模宏大，有来自世界各地的民间表演队，更有各式特色摊位助兴，大有一城欢庆、百方客至之壮观。每天我下课后，便直奔河岸去享受一出出免费的精彩表演，品尝着各地美食。安静的小城，好不容易有这样一场热闹景象，久违了喧哗人群的我，便尽情放纵着自己享乐的心。

在联欢节的最后一天，我站在古城堡的大门口，正目不转睛地盯着一个印度饰物的小摊看。我喜欢上那个五颜六色的小布包，但是被上面的标价吓住了。快快地回转身，这时，耳边传来一个男中音说出的中文：“你好！”我略微抬头，看到一件格子衬衫上的领口。我继续把头扬起，便看见了一张长长的脸。长脸还特别配了个板寸头，那脸显得更离奇的长了。长脸的高鼻梁上，架着一副与脸的长度不成比例的小圆片眼镜。镜片后透出的目光，有点像刚从多瑙河里出来的鸭子背，亮堂堂的很澄净。

他把手向我伸过来，“你好！我是爱德华。”声调全部是第二声。我也把手伸出去：“你好！我是鑫。”

“你是中国人？”这是他说的第三句中文。我点点头，心里却想：“废话，我不是中国人还跟你说中文！”

他继续开口说话，变成了德语。他说，他去年去了中国的很多地方，从普陀山到少林寺，从杭州西湖到北京的昆明湖，又从北京的八达岭绕到西安的兵马俑，转了一大圈哪，中国太好玩了。说话的时候他要稍微把身子往短里缩，以便能更好地扑捉到我平视他格子衬衫的眼神。

他说起中国来简直难以住口，说完上海小笼包又怀念全聚德烤鸭。说到最后我也兴奋不已，跟着他穿过古城堡的拱门走到河边公园。在路过一个卖雪糕的摊档时，他仿佛忘却了所有的北京锅贴、西安羊肉泡馍，低头轻声问我：“我们吃雪糕好不好？”

我还来不及拒绝，他已经对摊贩说要两个雪糕了。他把一个雪糕塞进我手中，自己便举起雪糕开始舔了。他舔吃雪糕的样子，像婴儿舔舐着奶瓶里最后一滴奶水，投入而意犹未尽。我告诉他我不爱吃雪糕。他像是看到了什么怪物似的，从塞满雪糕的嘴巴里吐出一声惊叹“是吗？！”不过他吞下嘴里的雪糕后马上又接着说：“那你先拿着它，我吃完了再继续帮你吃。”我说你有两只手的呀，为什么不自己拿？他笑嘻嘻地把我举起雪糕的右手放下来，然后他的右手牵起了我的左手。我浑身紧张，我说在中国第一次见面男孩子不会拉女孩子手的。他说，在德国他拉才认识了半个小时的女孩的手，也是第一次。

我懵懵懂懂地让他拉着手，穿过在小溪旁玩耍的人群，孩子们正无忧无虑地追逐着溪水里塑料鸭子的比赛。

两根雪糕被他火烫的舌头舔到肚子里去，他心满意足地擦了擦嘴角。我觉得他雪糕吃完，就应该放开我的手了。我把自己的手轻轻从他那滚烫的手心挣脱。

我们坐在一张长椅子上，他开始问我的学习情况。我简单回答完以后，他主动说自己在慕尼黑一家飞机制造公司工作。我虽然除了认识波音和空中客机这些公司，对别的飞机制造公司一无所知，但还是对他略表敬意：造飞机呀，多了不起！他马上补充，他不是造飞机的工程师，他是给造飞机的人管好财税而已。但是这家公司受到美国“9·11”事件的影响，销售额大降，正在申请破产，他一年后也要重新去找工作了。

德国那阵子的经济形势不容乐观，很多大企业都因为竞争能力的缺乏而相继关门。德国政府里的改革派和保守派，正在为如何重建一个德国“现代化”的劳工市场吵得不亦乐乎。我已经听到一些即将离校的学生在抱怨了，抱怨找工作难。德国的失业大军高达四百多万，差不多百分之十的失业率。有人埋怨全球化是祸首，让像中国这样的新兴国家抢走了老牌工业大国的很多饭碗。

但是这个面临加入失业大军的爱德华，好像对我这个来自新兴国家的潜在威胁者毫无怨气。相反，他很热情地在临走时给我留下了他的联系地址，当然也没忘记索取我的。

期末考试里，嬉皮士的这门课程，我和土耳其的丝丽都考了个满分：1.0分。以色列的毛安只得了个“满意”的分数：3.0分，相当于中国百分制里的七十分。他有点不服气，拿着试卷去找嬉皮士争辩。嬉皮士很耐心地为自己的评分标准辩驳，最后还对我们说了句赞美之话，对我们三个学生，他很满意了。上个学期修他这门课的七个学生，只有一个学生通过了考试。

到此，我觉得自己把欠嬉皮士的人情给痛快地还了。

当然，别的科目，我也考得不错。相对来说，我求职的运气就差了点。这些天来，陆陆续续收到一些公司礼貌的拒绝信，里面还附上我的申请资料，他们说很遗憾不能给我提供一个适合的暑期工位置，并祝我一切顺利。我失望之余，也很感动德国公司的较真劲儿：我在中国也发过求职信无数，我已经习惯于很多信发出后，便是石沉大海的命运，从来没试过人家拒绝我也会来封信道歉的事情。

姜子的运气比我好，她在因城得到一个暑期工位置，是生产汽车配件的流水线工作。她准备这个暑假一大半时间去工作，另一小半时间用来周游南欧。看到还在为找工作而郁闷的我，她又向我献计：可以到超市里面去应聘，暑假期间休假的员工多，所以还是有机会的。姜子虽然在考试方面没我厉害，但是她的实际工作能力却比我强多了，又善于出点子。

我便又开始投求职信。不久，我接到了慕尼黑西郊一个连锁超市的复函，我可以在那里打工。如果我愿意的话，一个星期后就可以去开始工作了。

从因城到慕尼黑西郊有一个多小时的火车路程，我打算这个暑假每天早出晚归奔波于两地，这样的话，坐火车花的钱比起在昂贵的慕尼黑租住房子还是划算。

自从那天我和爱德华一别后，第二天他就给我来了邮件。他说很高兴认识我，邀请我考完试后去慕尼黑玩，邮件里还附上一张他在阿尔卑斯山的照片。我一直没有给他回信。我记得他说过他住在慕尼黑的西郊，翻出他的邮件来看，给他回了信，把超市的地址告诉他，问他知不知道这个超市，这个地方离火车站远不远。

爱德华给我打来电话："这个超市就是我每个星期都去光顾的地方！明天是周末，你来慕尼黑玩吧，我带你去那里看看。"

世界上竟有这么巧合的事儿！我心里头嘀咕着。说实在话，和爱德华虽然只有一面之交，但想到他时便会想到他那副小圆镜片后面如水过鸭背般澄净无比的眼神。那眼神告诉我，这个人是不需要害怕他的，他不会伤害你的。我答应了他的邀请。

火车徐徐进站时，我就看见了在站台上伸着脖子张望的爱德华了。三十多岁的他，不知道是那张长长脸配上个小平头的缘故，还是那副执着地搜索每节车厢的神情使然，让人觉得他是一个二十出头的傻小伙子而已。看到从车上走出来的我，他便撒腿向我小跑过来，像迎接一个老朋友般把我拥抱起来，他弯下身，右脸颊轻轻碰一下我的左脸颊，然后他的脸继续往右移动，好像无意之间，他的嘴唇轻轻划过我的嘴唇，左脸颊很快便碰上我的右脸颊了。我轻轻地咬了一下下嘴唇，默默跟着他走，却听到了自己的心不规则地乱跳着。

我们在慕尼黑的玛丽安广场逛了一下。广场前面有一个面包店，店的前面是雪糕摊。爱德华看见了，便又兴奋地走过去。这一次，我大声提醒他，他只需买一个雪糕。我自己走进店里买了一个小面包圈。我们一边吃一边走到广场拐角处的农贸市场去。才一拐弯进去，香肠肉店里飘出来的香味便满满地堵住了鼻孔，再往前走进去，绕过几家卖蜂蜜奶酪的摊档后，我们来到了一个啤酒园。啤酒园里人头涌涌，餐桌旁坐着很多人，都在用那一升装的啤酒杯来喝啤酒。

爱德华这时已经把手上的雪糕吃完，他拉起我的手，穿梭在餐桌与人流中，找到两个空位子。

“我们在这里喝啤酒吧！”他一坐在硬板凳上，满意地吐了口气，“周末能在这里找到位置坐，太不容易了。一定要喝上一杯。”

我感到我的肚子在慢慢翻腾着，吃完雪糕又喝啤酒，这人的肠胃是什么玩意来的！

爱德华告诉我，我可以喝一种兑了柠檬水的啤酒，甜甜的，女人爱喝。他给自己要了一升装的大杯原汁原味苦啤酒。给我要了半升装的一杯柠檬啤酒。

看着他品尝苦啤酒的陶醉样儿，我问他：“德国男人吃苦耐劳，勤奋向上的精神是不是从喝苦啤酒喝出来的？”

他盯着我手中的柠檬啤酒，微笑着点了一下头：“那么，能喝柠檬甜啤酒的女人，她是不用受苦的。”

“可惜，我还谈不上能喝。我这人一碰酒精就脸红，那就只能认自己苦命罢。”我流露出一点懊丧。

“现在开始学会喝还不迟嘛。在德国，啤酒是一定要会喝的。没有啤酒的生活……”他停顿了一下，头摇得像拨浪鼓，“那根本不叫生活。”

柠檬啤酒很好喝，柠檬味的甜爽让人觉得是在喝一种消渴的饮料而已。带着酒气我们坐上了往他家方向开去的轻轨列车。

下车后，他带我到我要打工的超市去看。从车站走到超市，我们走了十来分钟。这个超市是全国连锁的，规模很大，里面除了卖食品，各种日常用品一样不缺，我的工作是货架工作。即推着货架车来回做一些轻度的搬卸工作。我觉得这项工作比坐在流水线上摸汽车零件还好玩点，毕竟我面对的都是些更能刺激感官的东西。爱德华买了一些食品，他邀请我到他的住所去小坐一会儿。

走出超市，我们沿着田野边上的小道走。田野里的玉米林已经挂满了壮实的玉米苞，收割完小麦的田地上，时而会有觅食的小鸟光顾。遛狗的人，放开手中绳子让小狗们尽情驰骋。我陶醉在这片田园风光之间："真没想到，离市中心不到半个小时的地方，竟是这般好的田园风光了。"

"我家门口就是一座树林呢！"听到我的赞叹，爱德华也很自豪。

他的住所是在一幢小公寓里面，那是一座三层的房子，里面住着十户人家。他那一厅一房的小居所，布置得很舒适：颜色素雅的布艺沙发，和落地的白色窗帘相辉映；靠着电视机柜的一个玻璃小酒柜里面，整齐摆放着各式酒杯及陶瓷工艺品，主人的爱好与品味全在这个柜子里显露无遗。

爱德华把阳台收拾了一下，让我到外面去坐。小阳台朝着西面，下午四五点的太阳虽然很刺眼，但是一点都不毒辣，浑身上下的毛孔被这刺眼的球团一晒，便好像被舒服地熨烫个遍似的。爱德华给我看那些他珍藏的飞机模型，告诉我哪个飞机型号是他们公司制造的，还翻出他坐在一架飞机上俯瞰阿尔卑斯山区里美丽湖光山色的照片，他觉得那是他辉煌的时刻。他还给我看他父母的照片。看到照片上白发苍苍的两个老人，我大吃一惊。他马上猜到我的心绪似的，告诉我他的父母都八十岁了。我说不对呀，你才三十多岁呢！他更得意洋洋了，说妈妈四十五岁才生下他这个唯一的孩子。

那个年代，四十五岁生第一个孩子！即使放在今天，我觉得也还是传奇，起码在中国会是传奇。

这时他的电话响了。他对着话筒喊了一声："阿妈！"随即回头朝我笑了一下，便又对着话筒往下说："阿妈，你知道吗，我认识了一个中国女孩，我正和她看你们的照片呢。"

不知对方说了些什么，他一下子"哈哈"地笑了起来，连说"不对不对"。我盯着小阳台上盛放的花儿，脸上有点灼热，和爱德华才见第二次面，他就和他的母亲提起我，而且，好像还展开了关于我的讨论。爱德华放下电话，乐呵呵地坐在我旁边。他说他能想象得到，他妈妈鼻梁上架着的眼镜，都要差点掉下来了。"她一听说中国女孩，就紧张地问，中国女孩个子那么小，要踮起脚尖仰起头才能看到我吧。可是我对她说，你个子有她那么高呢！"爱德华又呵呵地乐起来。

我心里的局促感却越发加速了。阳台花丛间有只黄蜂在自由地飞来飞去，就在我拿起杯子准备喝水时，它从我的唇边扑腾而过，我连忙抿紧双唇。我想起身向他告辞了。他看了一眼手表，也抿了一下嘴角，然后用手摸了摸肚皮："该是吃点东西的时候了。来，吃了晚饭我再开车送你回去。开车快，不用一个小时的。"

他从厨房拿出一大堆吃的东西来：面包，奶酪，番茄，香肠……我看着就想逃跑。虽然我来德国都一年了，但是大都是自己做中餐的，看着这些东西胃就开始翻江倒海。

我鼓起勇气问他："你有没有鸡蛋呀？"

我做了一盘番茄炒蛋和他一起吃。

没想到，这酸酸甜甜的一盘番茄炒蛋，他吃了一口后便不能自已，他一边吃一边啧啧称赞，直到用面包把盘里最后一点番茄汁抹得干干净净。他吞下最后一口番茄汁面包的神态，就像我小时候一手拿着毛主席像章，一手扬起甜甜紫红薯的幸福模样。

当爱德华把我送回因城后，我邀请他下周末来玩。

第二天，我和姜子说起爱德华。她一开始觉得不可思议，怎么我还没有开始打暑期工，就蹦出个爱德华来了！我缠着问她，可不可以爱德华下周末来的时候，一起过来包饺子。毕竟，我不能继续给人家做番茄炒蛋。

“快点老实招来，你这个工程师是造什么的，汽车还是大炮？他的公司在中国有没有分公司的？他英语水平怎样？有没有兴趣以后去中国工作？”姜子连珠炮地开始发问。

我举起双手往她身上胡乱捶了一通，她边躲边笑得喘不过气来：“我只不过是帮你把关一下。要不万一你堕入一个不该堕进去的情网，后果可不堪设想啊！”

“你到底答不答应帮我包饺子？”我故作生气地坐下来。

“包饺子没问题。你想吃什么馅儿？肉馅还是三鲜素馅？算了，还是我来决定吧，德国人肯定爱吃甜椒剁肉馅的。这个我做起来也拿手。除了吃饺子，还做个什么汤吧！这个汤，就由你这广东人搞掂啦。”

“在德国能做出什么汤来啊！我从中国带来的那些虫草花汤料，也不知道他喝不喝得惯呢。”我蹙眉思索片刻，“那我还是做个番茄蛋花汤吧！起码这是个保险搭配。”

“好啦，菜单都弄好了。现在该你来给本姑娘介绍一下食客的基本情况吧，我也得根据他的职业爱好来琢磨饺子馅儿要加多少调味品啊。”

“你这话什么意思呀？”我睁大眼睛盯着姜子兴奋而好奇的脸。

“没什么，如果我觉得这德国小伙子配不起你的话，我就在馅儿里多加点咖喱粉辣椒粉呗。我知道你心肠软。”

“他在一个飞机制造公司工作。”我开始支支吾吾地往下介绍。

“这是个很坏的开头。我还没听说过欧洲空中巴士会在中国造飞机的。我会酌情多加点盐。”姜子若有所思地点了点头。

“他们不造空中巴士这么大的飞机，他们只造中小型的飞机。”我不由自主想到他坐在飞机上俯瞰阿尔卑斯山的豪情万丈，“不过，他不是工程师。”

“哦？！”

我突然也回到了现实。我意识到他那些豪情都是明日黄花。我们第一次见面时，他就说过他的公司正申请破产呢！繁华往事，那堪回首？随着公司的破产，他当顺理成章迈入失业大军了。

像一个泄气的皮球，我幽幽地对姜子说：“你爱加多少辣椒粉就加吧！”

姜子听了我的心结后，却精神为之一振：“不行不行，不能多加！这不明摆着，他是牛股一只吗？！他要在德国找不到工作，中国现在机会多多，他便可以和你一起去中国了啊。得了得了，这锅饺子，我要让他吃完后还想吃！”我心里想，算了吧，和他认识才不到两个月，见过两次面，没必要把事情想得那么长远。大翔说我是个理想主义者，他觉得我在广州难找到属于我的幸福。可我现在觉得自己是个不折不扣的现实主义者。我不敢轻易去爱，我要言爱，一定要看清楚他是住草棚还是住瓦房。都说男怕入错行，女怕嫁错郎。我没有把男人当做我的救世主，可我已经失去和爱人住草棚淋夜雾的勇气了。我不喜欢把恋爱结婚和买股票的风险来相提并论，我想要的婚姻，是可以稳稳握住的心安，最好是我要嫁他时，他把炒菜的锅也买好了。想到这里，我对这个周末的渴望便慢慢有点降温。

德国少见的热天气，却在爱德华来访的这个周末出现了。我和姜子周六一大早便到超市去采购。虽然馅儿最后会被包在饺子皮里，姜子却很在乎用馅材料的色彩搭配，她选了红黄绿三色甜椒，肉馅有现成盒装的。包饺子的活儿耗时，光是发面团擀面皮，也要好一会儿功夫。我的住所虽然在最顶层，但是德国天气热的时候不多，所以平时也不觉得住顶层有什么不好。但这天在这个窄窄的厨房里忙碌一下，我们都挥起汗来了。爱德华到来时，我们还在捏饺子。他洗手坐下来帮忙，笨手笨脚的他捏出来的饺子都只能瘪瘪地躺着。他的脸却憋得涨红，我以为那是屋里气温高的缘故，便劝他到楼下的树荫底转悠一会儿。他却继续专心致志地捏饺子。

姜子开始烧水煮饺子。第一锅饺子出锅来，她尖叫：“谁包的饺子露馅的！”然后我们不约而同把目光投向爱德华。他傻傻地笑：“把我捏的饺子用来煎，我来吃。”我便拿出平底锅来煎他包的那些瘪饺子。忙乱之下，那个番茄蛋花汤我也忘记去煮了。

姜子的饺子馅味道调得非常好，爱德华吃完他包的饺子还嫌不够，最后还津津有味地吃了一碗水煮的饺子。

爱德华走了以后，姜子对我摇头："你呀，天生是个辛苦命。现在就舍不得让他受苦，多包几个饺子也怕他受热了。"我强力争辩："我是不好意思说他捏的饺子难看，所以想把他支开嘛！"

3 意外事故

我开始去超市工作了。早上六点便起床赶火车，下午五点多下班。爱德华会在我下班时打电话来，让我等他回来。我们有时候会一起到树林里散步，有时候会在他的住所做一盘番茄炒蛋下意大利面条，然后他再开车送我回因城。我不得不承认，和他在一起的时候，我总是很开心，不会考虑那些关于他工作的问题。

当然，我还没有和母亲提起爱德华。

又是周末了，天气很好。这一次，爱德华提议我们一起驱车到奥地利的山区玩。我自是欢喜不已。来德国一年了，还没有到阿尔卑斯山一游呢。

汽车行走了两个多小时，我们进入小山国奥地利境内。在一片湖光山色之间，我们把车停好，下来步行。

总是听人说前生来世的故事，我不知道自己是否也有。如果有的话，我想我的前生该是山石一块。我的童年在一个四面环山的小村落度过，小学校就坐落在大山脚下。我从小就喜欢那些逍遥地漫步于山谷小涧旁，与黄牛嬉戏，溅石于河波上，让年少的心情懒洋洋地裸露在群山之中的日子。这些简单的岁月，却让我学会了去捡拾最优雅的辞藻来修饰那有点无病呻吟般的山恋石愁。那段生活经历烙下我对大山的爱印，这个印记是如此固执而毫无理由，就像一个陷入初恋的女孩子，而我觉得这份恋情，会陪伴我一辈子。

如今，面对着这些比我的家乡还更壮观的大山，这座我在中学地理书里就已熟悉的阿尔卑斯山脉，心里头开始甜甜地疼着。我知道自己只有在大山面前，才可以尽情地释放自己。我向爱德华伸出手，任由他牵行。只要是在大山里，我便是幸福的女人。

我们沿着一条有徒步登山标记的路往上走。鸟语树高，草肥牛壮，偶从身旁路过的登山者，都会十步一驻足，深深呼吸山风林气。一坡一风景，峰回路转之时，又或见狩猎用的林中小木屋，那已被荒凉了许久的痕迹，还是诱人去追溯往日凯旋而归的猎人。走累了，我们便坐在木桩上小憩，咬一口自带的香肠面包，喝一杯早上出门前装在瓶子里的自来水。

走到山顶，爱德华松开我的手。他走到一座小石房前，兴奋不已："来，我们玩这个！"小石房前有很多大人小孩在排队，我想，令爱德华那么兴奋，又这么多人来排队等候的，肯定是值得我跟在后面见识一下的。我便跟着他在后面排队。快要轮到我们了，我看见原来是要坐上石槽里的滑山车上往下滑。我看着前面的人一坐上去车便"呼啦"一下，转个弯便消失了。我想那玩意肯定是跟游乐场里孩子玩的滑梯差不多，只不过这里稍长点，转多几个弯，让大人也要来感受一下滑翔的心情吧！我其实想和爱德华同坐一辆滑山车的，但是他们说两个大人不行。我便往后退了一步，让爱德华先走，爱德华和我互相推搪一番，便把背包托了托，轻快地跨进石槽里的滑车上。他把腿放在车上，便呼啸而下了。我也扯了一把衣服上的皱褶，坐上滑山车，双手紧紧扶着车的两旁。

"呼呼"，"呼啦"，"呼——呼——呼——"，载着我的滑山车在石槽里开始滑翔，我闭上眼睛，心里念着："别怕，再转一个弯，就到了。"滑山车转了一个弯，继续往下滑。石槽底有个鼓起来的地方，车经过时被轻轻地往上抛起，紧接着又贴回槽底，这一次，滑动的速度明显加快了。右前方有棵树木挡住了我的视线，我看不到前面的爱德华。我想，过了这棵树，就该是这场滑翔游戏的尽头了。滑山车从树后面绕过去，一个急弯却在前面守候着我，它的弧度扭成了一张狰狞的脸。我的心开始有点慌。滑山车在到达那张狰狞的脸时，和左右两边的石壁激烈碰撞起来，我踉跄的上身也跟着摇摆，臂膀被石壁上粗糙的石子擦破。我还没来得及看一下疼痛的地方是否渗血，一个弧度又出现在眼前，这一次，我的膝盖硬硬地磕上了石壁。滑车就像一个失控的皮球，在通往下山方向的石槽里蜿蜒着它有力的碰击，我便是包着球的那层皮。我看到了鲜血已经渗满我的双膝双臂，我扶着车的双手，关节突出的地方，也翻出嫩嫩的皮肉，可是我还看不到爱德华，只看到那条像蛇一样逶迤的石槽，一直往下，没有终点。突然，恐慌感油然而生。我知道我正在做的是一件愚蠢而危险的事。飞蛾扑火，是为了一场壮烈，而我，明明还没看到前面的火就已经踩踏上了。头脑一片混沌：我不是飞蛾，我是一块山石，烈火中永生的。啊，什么，我前世是块山石而已，今生已不再？那么我今生，今生是瓣叶子？那叶子也不会随便飘零的，我的父母还等着我幸福地带爱人回到他们身边呢，我自己还有那么多未曾实现的人生规划，还有，还有，还有爱德华还在前面，他如果知道我就这么无声无息地飘零了，他这一生便逃不过我这个阴影了……不行，我还不能，我还不愿意飘零……在滑车到达一个较为和缓的山坡时，我跃身而出，用手攀爬在石壁上，让滑车独自继续它的疯狂，瘫坐在乱石堆里，“哇”的大哭起来，那哭声好像是一种狂欢的暗语，暗示我的生命还在。从后面跟上来的一个女孩，她看见了我，看见了我满脸的泪满身的血，赶快停了下来。透过泪眼婆娑，我看到她从容不迫地把滑车放停，然后再从容不迫地把车放到山坡上，自己再爬出来。她给我拨了急救的电话，看我手脚还能动弹神志也还清醒，便让我在山坡上好好等着，她会去通知我的同伴。我告诉她，他的名字叫爱德华。

我止住了啼哭，目送她下去，又目送了一辆接一辆的滑车从我身边稳稳地滑过。山风吹来，身上的疼痛慢慢有点麻木，我把自己小心地放在草地上，头枕着几颗小石子，想伸手去拿走，才发现根本动不了自己的手臂。我的手臂，从肩膀，到胳膊，到手背的关节，都绽放着皮肉之花，我突然心生恐惧：难道这场壮烈的碰撞，把我的骨头也粉碎了?！我的双眼又被重新涌上的洪水泛滥着，我狠狠地闭上双目。

再睁开朦胧泪眼时，我看见了站在面前的那张长长的脸，那张一直如此阳光的脸，此刻充满了惊恐与惶惑。他想握住我的手，可是我布满鲜血的双手让他不知道哪一寸指头握起来没有疼痛。他想扶着我的肩膀，可是我的双肩一样是血肉模糊。他跺着脚，脸通红得像一堆番茄，他伸出双手轻轻抱住我的头，不停地吻去我脸上的泪痕，语无伦次地喊着："天呀，我怎么可以让你这样！天呀，你怎么可以这样！天呀，这到底是怎么了！"这时候，抬着担架的救护人员也出现了。他们小心地给我包扎伤口，然后架起我的腰部，把我从地上拉起。我移动一下双腿，走两步，坐上担架椅子——双膝虽然扯裂地疼着，但是，我为自己还能走动而舒了一口气。

爱德华开着车跟在救护车后，我们来到了一个周末开急诊的诊所。救护人员把我放在一张洁白的病床上，对我说了声"祝你早日康复"，就离开了。诊所的大夫，是一位老先生，他扶了一下挂在鼻梁中央的眼镜，对着我做了个鬼脸："呐，年轻的女士，你怎么也来凑热闹，让我这个老头不能在周日里休闲一下。"站在他旁边的女护士把我身上的绷带一条一条地剥开，他的目光也一会儿柔和一会儿犀利。他向爱德华了解事故缘由，爱德华一边解释一边紧张地研究着大夫的目光。大夫最后叹了口气："这个滑山车啊，经常出事。有的人在急转弯的地方也不愿意去刹车减速，太把生命当儿戏了。"说到这里，他把不解的目光投向我："但是，像你这般被撞成这个样子的，我还真是第一次看见。难道你坐的那辆车没刹手?"

我咬着下唇，一声不出。如果他们知道，我根本就不知道那滑山车要从山顶滑到山脚的，根本就不懂得那滑山车还可以自己刹车的，他们该会怎样想我？这个中国小女子，才真是太把生命当儿戏了呢！也太可笑了吧——居然连这个东西都不会玩！不会玩也不先问清楚是怎么玩！爱德华也没有问我会不会玩啊，也许在这里玩这个滑山车就像幼儿园里的孩子玩滑梯一样，没有哪个孩子不会的，爱德华当然也没想到我这个三十岁的人也不懂得玩啦。我有点哑巴吃黄连的感觉，决定在这位大夫面前沉默下去。我不需要向大家解释事故的来龙去脉，我有学生医疗保险，只需要他们能把我治好，让我的胳膊和腿重新动弹自如便可，最好是休养几天我又可以去打工，不能让家人知道我受伤。一想到家人，泪水便慢慢湿了眼眶，要是他们知道我现在的情况，肯定夜不能寐。

大夫看到我红红的眼睛，俯身安慰："没关系，没关系，不要难过，我年轻的女士，你看，你的脸蛋还是好好的，多幸运的一件事！至于手脚，以后留点疤也无妨！最重要的，是要看看有没有伤到骨头了，特别是手指关节这里。我现在先帮你处理一下伤口，明天你再到家附近的诊所去拍片确诊。"

当我们走出诊所时，天空挤压着乌云，空气里弥漫着一股无处可逃的闷热。爱德华打开车门，调低座椅，扶我坐进去。他说："山里的雷暴雨，说来就来，我们得赶快点了。"我却对他说，雨若要来，赶也赶不过，不急不急。我知道这个下午他的心一直为我颤抖，汗珠子一直从他的光亮额头上渗出，他的目光装满自责的痛。可是，这只不过是一个意外事故，原因在我身上，并不在于他，我没有责怪他的意思。我很庆幸自己从滑山车上跳出来了，要不，事故的结局，会更让人难以承受。

我们刚刚上了高速公路，大雨便倾盆倒下，下午四点多的天空，灰暗得像是抹了层灶灰似的。爱德华把车开到右边慢车道上，他不停地问我，坐得舒不舒服？座椅背倾斜度合不合适？伤口疼得厉害吗？我轻松地对他说："你看，老天都为我流这么多泪了，我这一身伤，也值得啦！"他听到我开始会打趣了，脸色便放缓了点。其实，我比他更紧张，心里在暗骂这鬼天气，骂今天这个破日子，我害怕他因为担心我而影响开车。刚经历了一回死里逃生的我，现在对自己的命紧张得不得了。

汽车在暴雨中挣扎前行了一个多小时，天色渐渐亮堂起来。

"彩虹！看，我这边，有漂亮的彩虹！"爱德华快乐的声线把我从昏昏欲睡之中惊醒。

果然，一条美丽的彩虹，横跨在两座山之间。我正想细数这彩虹有多少种颜色，飞驰的汽车已经把它抛在我们后面了，我想扭动身子继续追寻彩虹，一阵剧痛把我拉回现实中来。爱德华被我突然而来的一声“嗷呜”吓了一跳。

“你不能回因城去，我们今天一起回慕尼黑。你要在我的住所里养伤，我明天休假，和你去我的家庭医生那里。医生离我家才五分钟路，你若是每天去换绷带也很方便。”其实，他不说我也知道我不可能回因城的。我虽然还不知道自己有没有骨折，但是在因城要我每天爬四楼，肯定也是一场撕心裂肺的痛苦之旅。我很客气地谢谢他并接受了他的邀请：“等我过几天好了，给你做一大盘番茄炒蛋作谢！”

爱德华的家庭医生也是一个老大夫，花白的头发花白的胡子，再加一件白大褂，让人看着就有种缠满白色绷带的壮烈。他身旁的女护士利索地把我轻放倒在白色小床上，她要把我身上的绷带拆下来。昨日缠的绷带，已经紧紧地和皮肉粘一起，穆勒太太拿起一瓶消毒水轻轻喷湿了伤口处，再慢慢地掀掉绷带，我还是在绷带脱离皮肉之时“啊哇”地一声凄叫。他们给我的两个手掌拍了个X光片，然后，穆勒太太在我的伤口上涂满厚厚的药膏，重新把我包扎成半个石膏人。

老大夫对我说，都是皮肉之伤，没有伤及骨头，但有些地方伤得很深。接下来的两三个星期，我需要每天来更换绷带。我一听，沮丧不已。爱德华好言安慰：“超市的工作，我去帮你辞掉。你权当自己休假，别想什么工作的事了。在我这里养伤，让我来照顾你。”

我成了一块木头，方方正正的木头，它是一个没有四肢的躯体，它只会定时吃喝拉撒，连洗漱都无法自理。爱德华请了一个星期的假，把柜子里的枕头被子都拿出来，给我搭建一张合适的床铺：为了减少疼痛，我的头要斜靠着高枕躺，我的腿要晾高来放。每天早上，他为我准备好牛奶面包，在牛奶杯子里放进吸管，把面包切成小块。中午，他下厨做饭。我才知道他的厨艺有多可怜。他最拿手的便是清水煮面条，煮熟后捞出来倒半瓶番茄酱来拌，再洒些奶酪粉在上面，他连续三天都是做这个面条来喂我吃，我还得每次都要装模作样地赞一句“好吃好吃”。晚上他会给我换换口味，烤个速冻比萨饼，而他，面包加奶酪香肠是他永远的晚餐。

到了第四天，我一看到他又要烧开水下面条，我的胃便开始翻腾。我可怜兮兮地问他：“你这有大米吗？”他马上讨好地看着我：“我现在就去超市买，你喜欢吃什么样的米，糙米还是精米？牛奶米还是粳米？黑米还是白米？”我感激地回答他：“只要是米就行了。还有，买些新鲜番茄回来，我教你怎么做番茄炒蛋。”他兴奋地把煮面条的锅丢开，一溜烟便走出了房子。

过了半个多小时，他拎着重重的购物袋回来了。我盯着他从袋里掏出一包又一包的米，一盒又一盒的新鲜番茄，忍不住问：“我们是不是在接下来的几天，天天都吃这玩意？”他说今天午饭和晚餐他都要做番茄炒蛋给我吃。他掌勺的样子，像是撑船的船夫，永远只会把水往一个方向拨弄，连“翻炒”这一最基本的烹调动作也不懂。但这都不妨碍他追求成功菜肴的热望。他终于能把香喷喷的白米饭拌上番茄炒蛋来喂我吃了，我虽然没有尝到盐的味道，但我发现，他放的糖那么恰到好处，和着番茄的酸味，还是令我胃口大开。

我开始每天都给爱德华下菜单，今天我想吃小南瓜，明天我要尝蘑菇味。他切菜用的刀子很小，可是他切得很匀称。经过几次口授，他现在慢慢懂得了炒菜的一些要领，虽然还是没有学会“翻炒”，但“拨炒”的技术已经到了炉火纯青的水平，炒出来的东西，都是统一的一面烂软一面生脆，当然，还是经常忘记放盐。

这几天我都不敢给家人打电话，我想他们一定以为我每天忙于打工，所以无暇顾及罢了。但是爱德华他每天都给他的父母打电话，不是每天一次，而是每天早晚各一次。他把我的遭遇也一字不漏地描述给他的阿妈听，她马上就要和我说几句：“啊，我可怜的小姑娘，很疼是吗？别害怕，一切都会过去的。我真为你难过，你要坚强点啊！”我却惊讶于八十高龄的阿妈如洪钟般清脆的声音。

我打电话给姜子，她在电话那头开口就对我劈头大骂。她说找了我一个多星期，一个人影都找不到，电话也没人接（我的手机碰巧留在因城的住所了），她就差没去报警啦。她责备完以后，马上话锋一转，嘻嘻笑问："怎么样，我那饺子好吃吧?！你和爱德华是不是已经火热热地烧做一团啦，所以把我也抛九霄云外了？！"我告诉她我现在就是一个活生生的大饺子，被包在面团般白花花的裹伤布里，就等她来把我煎炸一番。她果真被我的话吓坏了，放下电话就坐火车来找我。

"你行行好，给我炒个鱼香茄子或者焖锅红烧肉来吃吧，要够味够香的。"我一见她便马上给她下达了任务。

"你还真是走运啊，哪里都碰着了，就这张脸还好好的！"姜子却只顾浑身打量着我，口里"啧啧"声不绝。我木然地看着自己的手脚，心戚戚然："我即使脸上没伤，这些胳膊腿儿，日后肯定也还会伤痕累累的，夏天要穿个裙子也发怵啊！"

"得了得了，你这真是大难不死，必有后福呢，你别担心，日后就守着这身疤痕来慢慢享福吧。"姜子就是姜子，看到的那一面永远是玫瑰色彩。

那个下午，姜子不但给我焖煮了一锅红烧肉，还给我捏了一堆饺子放在冰箱里冷冻着。临走时，她还不忘吩咐我，这些饺子不能让爱德华多吃，自己留着中午吃。我当然没听她的话，晚上爱德华下班回来后，我教他把饺子煎好，让他痛痛快快地吃了个够。我告诉他这是姜子专门做来犒劳他的，因为这些天他照顾我很辛苦。其实我的右手没那么疼了，爱德华白天上班时我自己中午煮点面条吃也没问题。他吃完饭后给他的母亲拨打电话，仿佛要把饺子的余香传送到数百公里以外的她那里，长长地呵了一口气："阿妈，你知道饺子有多好吃吗？饺子，就是中国的'口袋'。那简直是太奇妙的人间美食了。下次回去看你们时我带几个给你们试试，冷冻柜里还有一些呢，你们肯定会赞不绝口……"德国也有像饺子般的玩意，他们称为"口袋"。四四方方的样子，馅里面有菠菜，肉和奶酪末，我吃了一次，却是再也不愿意有第二次的。说完饺子后，他继续向他的母亲汇报我的伤势愈合情况。我听着他这个三十好几的大男人在那没完没了地和母亲拉家常，觉得这个爱德华和我没什么两样，都是对父母、对家人依恋不已的人。

我突然很想告诉我的母亲，我认识了一个德国小伙子。

是的，我认识了他。我认识他只有短短的三个月，和他朝夕相处也不过是大半个月。他也没有让我有过心跳加速的感觉，而那是我一直为爱情下的定义。和他在一起，我只有一份心安：他手忙脚乱地给我端洗脚水，他专心致志地为我“拨炒”小菜一碟，他每天记得把我睡觉的枕头垫高……这份心安感于我渐渐成了一种依赖，我不再愿意割舍掉。我忘记了他快要丢掉工作的事实，还没问过他是否会和我一起到中国工作，我并没有陷于热恋中，可是我会为了这份心安的感觉而情愿舍弃“心跳加速”的狂热。

我不用每天都去诊所换绷带了。爱德华给我在家里每天涂药膏，再轻轻地铺上一层纱布便可。我已经越来越清楚我身上哪个部位有多大的疤痕了，我也知道这些疤痕是逃不过母亲的眼睛的。于是，我给母亲编了一个谎，我说自己骑自行车不小心摔了一跤，幸亏有这个德国小伙子爱德华热心相助，现在已经痊愈，只是疤痕还在。母亲轻易地掉进了我的谎言里，当然她把我说了一通，责怪我的粗心大意。但是她还没意识到，爱德华已经在我生活中扮演越来越重要的角色了。

这个暑假，不仅仅是我遭遇了一场灾难。我受伤那天下的一场雨，没有因为我们看见了彩虹而停下来。阿尔卑斯山区，德国东部等欧洲中部地区，都在这个夏天遭遇罕见的洪水灾害。德国总理施罗德身披雨衣，脚踏高筒雨靴深入灾区慰问灾民的画面，感动整个德国。而我，也是一个施罗德的拥戴者。我拥戴他的原因很简单，因为他是“中国人民的好朋友”，他执政的这些年，中德关系正处于蜜月期呢，我也希望他在九月份的大选中能获胜连任。相对来说，爱德华对施罗德的连任还没有我那么热衷，他有时会埋怨这个政府把汽油价格抬得太高，因为燃油税非常高。爱德华平时上班要开车去，每个月他都会回去看他的父母，所以他对油价的敏感度很高。当然，他也没有否认，施罗德的对华政策给德国人更好更多地了解中国提供了便利。连电视也会隔三差五放映一些关于中国的电视片。这两个星期正在播放的，正是关于漓江/珠江流域一带的风俗人情纪录片，我很高兴可以在德国的电视节目里看到夜灯璀璨下的繁华广州，以及活色生香的西关茶楼。爱德华把他对我的喜欢也延伸到对我的家乡，对大中国，他还把自己这份感情发酵起来，膨胀到父母亲那里去。在电视节目开播前，他打电话过去吩咐他的母亲："快点开电视，中央台，有关鑫的家乡呢。"他还拿出中文教材来描画中文字。

我的伤口也在德国人英勇抗洪的斗争中慢慢愈合。施罗德也在九月大选中如我所愿连任了，我为中德友谊万古长青而高呼。

4 初见阿妈

2002.09

爱德华为了照顾我，已经快六个星期没有回去看望父母。他问我愿不愿意周末时和他一起去他父母家。他的父母住在德国中部图林根州的州府埃尔福特市。我不假思索便满口应承与他同行。

这是一个湿漉漉的周末。汽车在湿润中一直朝北穿行了三个多小时，我们终于到达横跨山谷的一座桥。雾气深锁，山林濛濛。桥的那端，从缭绕云气间升腾出一张醒目的绿字白底大牌子："欢迎进入德国的绿色心脏——图林根！"因为这个州有着一片长150公里宽35公里的图林根森林，得到了"绿色心脏"的美称。

爱德华的父母住在埃尔福特市北部的一幢公寓楼里，楼高四层，他们住最高层，也没有电梯。爱德华一口气把我们的行李拎到四楼，我却因为在过去的一个多月里，几乎没怎么运动过，所以便像一个老妪般，走走歇歇，好不容易才把这几十个台阶踩完。当我站在门口时，他的父母已经恭候在那里了。仿佛见到一个阔别多时的亲友般，爱德华的父亲一把揽我入怀，宽大的手掌在我肩膀上使劲一拍。八十多岁的他开心得像个小孩子，拉着我的手不停地重复，说其实按我的年龄，是可以做他的孙女了。爱德华的母亲一直在旁看着我们乐，她把双手贴在胸口上，不停地嚷着："真是太可爱的中国小女孩了！看看，这小红衣，还有这小裙子，呵呵，来来，我也要欢迎你来我们家！"

我们走进客厅坐下。客厅不大，只有二十来平米的样子，老式家具都在小小空间找到了最合适的位置。壁柜上形态各异的陶瓷人最引起我的兴趣，他们或是窈窕淑女巧笑倩兮，或是小小情侣恩爱细语。我坐在墙角的布艺沙发上，沙发前面是一张桌子，看样子也是用来做饭桌的，桌子上铺着洁净的绣花桌布。墙上挂着的风景油画，从斑驳剥落的画框可以看出他们是有些年代了，但是画很美，典型的德国田园风光，给这不宽敞的小客厅带来一份天高地远的广阔。

爱德华的母亲过来问："你们饿了吧？我已经做好土豆汤了。你们洗把脸就可以开饭啦。"爱德华对他的父亲喊"阿爸"，他的母亲也跟着喊："阿爸，过来坐好，我们准备吃午饭了。"我还不知道自己该怎样称呼爱德华的父母，像德国人习惯直呼其名，我叫不出来。像中国人习惯呼伯父伯母我怕他们笑我。爱德华大大咧咧地说，这还不简单吗，跟着我叫"阿爸、阿妈"好了。我抿嘴思索了一会儿，决定采纳他的建议。阿妈在沙发前的桌子上铺好四个饭垫，她把阿爸扶进沙发座，让我挨着阿爸坐下来，爱德华也坐在我身旁。阿妈跑进厨房去拿餐具，又转过身来在壁柜抽屉里拿出印着黄色小花的餐巾纸，一式四份整整齐齐摆好后，她把汤给端出来——汤装在一个精致的釉彩瓷盘里，揭开盖子的时候，一股刺激胃口的香葱味扑鼻而来。

当她把那盘用黄油煎过的小面包块摆在桌上以后，自己也在阿爸对面的一张木椅子上坐下来。她给每个人的汤盘装上土豆汤，我们接过自己的那份土豆汤，抓一把香脆的小面包块散在汤上面，便开始安静地“吃汤”。德国的汤不是用来“喝”，而是要用来“吃”的，因为土豆汤是由土豆和胡萝卜等各式蔬菜，甚至有时候会加进肉来一起炖好，然后用搅拌机搅成糊状，调味后便成了稠稠的“忌廉汤”。这一盘汤，便是一顿饭的全部。爱德华风卷残云般，很快就吃完一盘汤，阿妈继续给他盛第二盘。我却在那里慢条斯理地小勺啜食——这样的一顿饭，对于我来说真是一场考验，还没吞下这盘汤就已经能够预见我的胃在这个下午会怎样纠结了。

吃完饭，爱德华又张罗着要去超市购物。我积极地要求陪他去。他说每次他回来，都会把一些重的东西给父母采购好。在购物城那里，我一眼看见一个亚洲小吃摊，里面有春卷、炒面卖，我便撇下爱德华走过去买了半打春卷，抚慰一下我那被土豆汤纠缠不清的胃。在超市里，爱德华买了些土豆和啤酒，让我觉得有点难以理解的是，他还买了很多矿泉水。德国的自来水水质很好，从水龙头里流出来的水是可以直接饮用的，可是他们都喜欢在超市里买矿泉水来喝，而且还要买那种加了苏打的水，说矿泉水里面含有人体需要的各种矿物质，苏打水的感觉让人头脑清新。我对喝水没那么讲究，对于我这个喝惯了充满漂白粉味道的珠江水的人来说，德国的自来水真是甘泉一股，我用它来熬粥喝，还会带点石灰香味的，儿时在乡下用井水来熬粥也有这个味道，所以我很爱喝。如果阿妈他们把对饮用水刻意追求完美的精神用到烹调里去，还更能博得我的支持。

买完东西回去后，爱德华又带我坐电车去逛埃尔福特市。埃尔福特市是一座千年古城，内城里中世纪风格的建筑保留完整，我们来到这座城市的标志性建筑之——埃尔福特大教堂。这座教堂色彩凝重，但那直冲云霄的教堂尖塔却令整群建筑显得活力无穷。埃尔福特大教堂就像是埃尔福特人的呼吸一样重要，埃尔福特人无论信不信教，都以这个大教堂为豪，都以马丁·路德为荣。当年，马丁·路德的宗教改革之壮举，就是从他在埃尔福特大教堂里任牧师时开始的。他以极其人道的精神来重新诠释神职人员的“禁欲”问题，认为信仰上帝的虔诚度并不在于“六根清净”，人需要在平凡中真诚地生活。修道士或牧师的工作，在上帝眼里，和田间农夫及家里的主妇没什么两样，只是各司其职而已，所以，婚姻生活也一样可以属于神职人员。这个创举不只是诞生了福音教，释放了很多神职人员的尘欲，更重要的是，它让信仰变得更加亲切。

行走在这座城市里，很容易让人心生浪漫柔情万千。那些风格各异的木建筑，那座横跨在歌拉河上的石拱桥街，每一处建筑都有一段久远的历史，而每一段历史都还依旧写在今日的建筑上。走过博物馆或州长办公大楼，可以看见墙上印着“歌德和席勒当年经常是这房子的客人”之字样，想象着他们当年曾在这里举杯畅饮，写就豪情诗句留千古，你也不知不觉诗意盎然了。我很庆幸自己那天穿了一双平底鞋。我稳稳地漫步在砖头小巷里，感受着几百年前马车滚滚而过的震动，感觉自己是行走于古老之中，却装满新生的冲动。这座城市更让我亲切的是，我居然在市政府门口的地板砖面上，看到了中国的延安和埃尔福特市是姐妹城市，地板砖上的方向盘告诉我们延安在埃尔福特市的东北方向。这份姐妹情是东西德统一前结下的，图林根州在那个冷战年代里，是属于社会主义东德的，结交一个红色伙伴应是当年值得自豪的事情。

埃尔福特市人口不过二十来万，但这座城市的美丽，却让我尽生妒忌之感。在中国，我从小长大的地方是一座有十几万人口的小城，它也有着悠久的历史，可是，城里唯一的古文物保护建筑——矗立在江畔的文塔，却是近十来年才在原来破旧的基础上重新修建的。城中心的古木楼，早就没了影踪，全已变成钢筋水泥筑起的现代文明。而今天，走在异国他乡的一个小城里，我才清楚：挽留历史其实才是挽留一座城市的灵魂。我羡慕爱德华的故乡这么有血有肉。

爱德华兴致勃勃地对我介绍，埃尔福特市附近好玩的地方太多了。如果我的体力没问题的话，他说明天周日我们可以去大音乐家巴赫的故乡——艾森纳玩，那里有一座沃尔特古堡。虽然这一个下午的行走已经让我渐感体力不支，可是朝拜者的迫切心情驱使我不愿停下奔跑的脚步。我极力让爱德华信服我的强盛精力，我告诉他，即使翻爬一座大山我也可以胜任。

“到沃尔特古堡还真要爬山的啊！”他端起我的双手，轻抚手背上的疤痕。他的眼光有点浑浊，我的心“咯噔”一下，看出了浑浊背后那份疼痛。我把脸贴在他的胸膛上，告诉他，只要他一直在前面牵着我走，我便可以爬到古堡上去。

姜子那天给我包的饺子，我们留了一份带给爱德华的父母了。晚饭，我把饺子煎好，阿妈拌了一大盘绿叶沙拉，大家开始吃饭。阿爸咬了一口饺子，皱着眉头问：“这是什么玩意？”“中国口袋！”爱德华告诉他。阿妈马上站起身说：“噢，阿爸，我给你切两块面包吃吧。”阿爸挥挥手：“不用不用，这还挺好吃的。只不过晚上吃热的东西，有点奇怪。”

阿妈待大家都吃完饭后，便开始收拾饭桌。我欲起身帮忙，她把我按住，一脸正经的脸上写满慈祥，她说：“这里是我的厨房，工作是属于我的。你只需坐着。”阿爸摸摸自己的肚皮，满意地呵了一口气，便开始不停地给我唱读那些他从小就会的有“中国”字眼的歌曲或打油诗。他说：“一百多年前我们的铁血宰相俾斯麦就说你们中国人是‘黄祸’啦，你看看，现在这个祸串到我们家来，可给我们带来一场惊喜呢！”阿妈把饭桌收拾完后，从厨房拿了一个盒子出来，她把盒子放在阿爸面前：“阿爸，来吃药。这里有水。”阿爸像个听话的小孩子般，收回他讲故事的调皮样，把盒子里的药一粒粒放进嘴巴里，“咕咚咕咚”地吞到肚子里。他对我笑：“这是我的饭后甜点！吃了它们，我便能活到一百岁。”笑完后，他又问我：“你叫什么名字？”爱德华在旁边嚷叫：“阿爸，她叫鑫，已经对你说过好多遍了，你记一下好不？”阿爸恍然大悟：“啊，鑫，鑫，很简单的名字啊。我当然可以把它记住了。”爱德华对我耸耸肩，说半年前医生就开始给阿爸开一些老年健忘药来服用了，但好像没什么明显的效果。

第二天，我和爱德华吃完早饭后便去沃尔特古堡玩。阿妈切了几片黑面包，她在面包上涂好黄油夹上香肠片，放进一个盒子里，然后再洗好两个大苹果一起交给我们。红红的苹果，很适合我那份对沃尔特古堡热情向往的心情。天空一片灰濛，但也没能模糊我们出行的意愿。相反，我心中涨满着难以抑制的兴奋，我猜想着那高高屹立山头的沃尔特古堡，它要让我爬多少山路才能到达呢？我说过，爱德华从来不会让我有心跳加速的感觉，可是，他要是和我去爬山，我的心便会如树上的小松鼠般乱蹿，我好像忘记了身上那些刚愈合的还有点发痒的疤痕，满脑子装着的，都是青山的连绵。

爱德华对那一带很熟悉，他把车停在一座山脚下，领着我从一条人烟稀少的小路往上爬，他说这样走近很多。小路很窄，我们只能一前一后地走，一股山风袭来，有点刺骨的分量，还夹杂着绵绵细雨飘了下来。山路越来越陡峭，但是没能挡住我们攀爬的脚步。我戏谑：“不知道我们现在走的这条路，当年歌德是否也踩踏过呢？”爱德华马上肯定地点了点头：“他肯定来过。他的大半辈子都是在图林根州度过的，这个地方也不例外。这条路嘛，嘿，你不知道，这是通向古堡最美丽的一条路，歌德哪能没走过呢？！”他顿了一下，喘口气，继续往下说：“不过，这个沃尔特古堡可不是以歌德的诗文出名的。它更是因为一个女人而神圣起来的。”

我们跨过山涧木桥，来到山顶，从古老的拱形石城门穿过去，便是城堡的前花园。我在一张长椅子坐了下来，才感到自己已是饥肠辘辘。爱德华从背囊里拿出面包，有滋有味地啃起来，我也抽出一小块塞进嘴巴里。也许是饥寒交迫的感觉太深刻了，我发现，这黑面包的味道还真不错。在古堡博物展览室里，我读到关于“玫瑰奇迹”的故事：一个属于这个古堡里曾经的女主人——图林根公爵夫人伊丽莎白的故事，讲的是她曾经把面包藏在篮子里送给穷苦民众的事迹。爱德华刚才提过的神圣女人，就是指她——一个身在豪门却心系贫民的善良女人，她曾在沃尔特古堡度过了人生的大部分，她的一生虽然短暂，却因为积极行善的举止而受到普天下人的怀念与尊重，她是天主教有名的圣者，曾创办了第一座慈善医院，并身体力行担任护士。我踱步在古堡华丽的回廊，以及巧夺天工的雕梁石柱之间，在小教堂里合起祈祷的双手之时，心中也会荡起一股奇妙的豪情。当年宗教改革派领袖马丁·路德为了逃避教皇和皇帝的追捕而避难在这座古堡里，他能以神奇的速度将新约从希腊文翻译成德文，这本身也是写就了一个“奇迹”。也许，沃尔特古堡就是一个让人创造奇迹的地方，包括今天我能大口吞下这堆黑面包。

游完古堡下山，天色已经灰暗，疲倦感已经侵透我的全身，我们便放弃了到艾森纳市的计划，直接驱车回埃尔福特市。

到家后，我脱下粘满泥迹的鞋子，便瘫坐在沙发上去了。爱德华给我泡了一杯茶，他自己开了一瓶啤酒，和他父亲对饮起来，他们边看电视新闻边讨论施罗德的《议程2010》，那是施罗德政府提出的一个削减社会福利放活劳工市场的改革方案。阿爸虽然对几分钟前说过的听过的话会忘记，但是要他动脑子时他的思路还很敏捷，分析起问题来一套套的，我很快就发现，其实爱德华是专门诱导阿爸去思考问题的。我逗爱德华，让阿爸跟我学汉字吧，科学研究证明，汉字是开发左脑的，有助于活跃老年人思维，甚至可以延缓健忘症等老年病的发展。

只有阿妈一个人在不停地忙碌着，我看到她从洗手间里拎了一桶水走到阳台上去擦洗东西，待她转身进来时，她的双手竟然拿着我和爱德华的鞋子，连鞋底也被她擦得干干净净！我的脸“唰”地红透了，赶忙要起身帮她倒掉那桶脏水。她叉着腰摇起头来：“不，不！你别动，你只要坐着。这里是我的地方，我来安排一切，我们很快就可以吃晚餐了。”

一听到吃晚餐，不知道为什么，我这次却特别期待她会用漂亮的瓷盘端上冒着热气的土豆汤来，我蠕动不安的胃肠需要热的东西来安抚。我希望慈祥的阿妈会体谅到我们出去一天了，冷风冷雨中爬山游古堡，早上吃了小面包，中午啃了黑面包，晚饭再怎么样也不能让我们的胃继续受冷吧。可是我不敢多问，因为我怕她说：“不，不，这是我的厨房，我来安排一切。”

我只能蜷缩在沙发里耐心等待着我的热汤。

她端上来一个托盘。她卸下托盘里的东西：薄如纸张的各式腊肉片像一朵莲花般躺在圆盘上，切块的新鲜黄瓜新鲜甜椒和樱桃小番茄，整整齐齐地排在一个弯弯月牙形状的白色盘子里，还有铺着烟熏三文鱼片小方盘子，装着奶酪片的棱形碟子，盛着黄油的青花瓷器……最后上来的，还冒着一点点热气的，是一根根圆乎乎的火鸡肉香肠，亲密地相依偎在一个鱼形瓷盘里。她把空托盘放回厨房里，我热烈地期待着她继续双手托着我渴望的热汤走出来。但是她手中拿着的是一筐面包片，把面包片放在桌子旁边。我盼着她再次转身走回厨房，她的厨房。可是，她把双手往腰间的围裙一擦，舒了一口气："来来，过来吃饭！"她自己也在饭桌旁坐了下来。

"哇，这么丰盛的晚餐，我很久没吃过啦！"爱德华喝过啤酒的脸泛着红光。他拿起一块面包片，先放了一片奶酪，奶酪上面再放一片烟熏腊肉，最上面还放点黄瓜，然后把面包再切成小小块，他放了几块在我盘里。我把一小块一小块的面包哽在喉咙里。

夜里，躺在沙发床上的我，用被子紧紧捂住嘴巴，任由眼泪飞流。我想念我的母亲。我非常非常地想念她。我的母亲，如果我出门游玩回到家，她肯定会给我烧好一锅白米粥等候的。她懂得，人要走累了，不会对冷冷的大鱼大肉有胃口的，但是，你若要加点咸菜来喝下一碗清淡的大米粥，你的肠胃就会如同被熨烫过的衣服般，光溜顺滑，那满身的疲倦，也烟消云散。我不敢想象，如果我以后的日子远离了母亲的大米粥，我是否会幸福快乐？更不知道，是否我应该为了母亲的大米粥，还是及早收回我对爱德华渐行渐深的依赖。

第二天起床时，爱德华看到了我红肿的双眼。我搪塞他说，沙发床太硬了，睡不好觉。他有点怀疑地盯着我，因为他知道我只会嫌德国的床垫软。我被他盯得无精打采，蔫蔫地央求他早点回慕尼黑吧，我太想喝大米粥了。他说可以让阿妈煮给我喝的呀，紧接着他扯开嗓门喊："阿妈，鑫想吃米汤。你煮给她吃！"我大惊失色——我怎么能让一个八十高龄的老太太给我煮粥喝呢！阿妈听到叫唤，却颤着屁股"噔噔"地走过来了，她说家里没有大米，但有燕麦，她可以煮点燕麦粥给我吃。燕麦比大米更有营养呢，再打个鸡蛋进去，煮好后加点牛奶加点蜂蜜什么的，对身体好啊，她边说边打开柜子找燕麦。

那顿早餐，我吃了一碗很稠的燕麦饭糊。如果我知道阿妈煮出来的燕麦粥是这个样子，那么我宁愿去啃果酱小面包。爱德华吃完后，便搬来一把小梯子，把各个房间的白色窗纱布拆下来拿去洗。阿妈把挂在厨房里的日历拿下来，她在三个月后，圣诞节前的那个周末上面画了个记号：这是爱德华下一次要拆洗窗纱布的日子——德国式的墨守成规。随后，爱德华把我叫过去，从书架上拿下一本厚厚的书给我。我捧着书到客厅里坐下来，阿妈看见了，她的神情马上变得有点伤感，她把头轻摇，问我，是不是那个时候的中国真那么惨啊，“文化大革命”哪，可怜的中国人哪！这本书写的故事太引人唏嘘同情了。爱德华也在旁边插话，说这本书你在中国可能读不到的。我便翻开读了第一页。里面描述到：

1931年9月18日，发生了震惊中外的“九一八事变”，日本侵略了东北三省。同年，在广州岭南大学的一座教师公寓里，一位女人做了一个奇怪的梦。她梦见自己正白云山上畅游，突然，一块巨石从峰顶脱落，它越过山涧小道，撞倒岩石劲松，以无可阻挡的势头朝她滚过来，她从梦中惊醒。第二天，她怀孕了。

那个孩子就是关愚谦老先生，该书的作者。

我一下子便被吸引过来了，虽然我那时的德语水平除了能应付日常生活，最多也就只能看懂报纸而已，我还是决定要把这部厚书啃下去。数年以后，关老先生才在大陆出版了这本书的中文版，名为《浪：一个为自由而浪迹天涯者的自述》。

阿爸在旁边饶有兴趣地看着我，他“嘿嘿”地笑，说要给我念一首顺口溜：

在中国日子过得好苦闷，

那时的中国人
如若偷了几贯钱
肚皮也要被剐开

阿爸如今能出口成章的东西，全部是他儿时就学会的。

我佯装生气，也活学活用，回了他一首：

在德国日子过得好窝囊
早餐黄油涂面包
晚饭面包涂黄油
肚子受尽地狱苦

不知道为什么，和这个有点健忘的阿爸在一起，我会放纵很多。在他面前，感觉还真的有点如他所说“论年纪，你当该是我的孙女儿了”。他给我讲他小时候的事情，他出生在黑森州的一个小村落——费力登，他的母亲生了十二个孩子，他是最小的。“十二个孩子哪，活下来的有十一个，想一想，我可怜的母亲有多了不起！”阿妈在旁插话，“阿爸啊，你也可怜哪，才十二岁你的母亲就去世了。”我按捺不住好奇心：“埃尔福特和费力登相距也有二百多公里啊，你们俩怎么相识的呢？”

“战争呗！”俩人异口同声地回答我。阿爸一旦跌进回忆的漩涡，他的思绪便再也难以从历史中走出来：十七八岁的时候，他完成了自己的鞋匠学徒生涯，便去参军了，他在空军部里做飞行员。二战开始，不但是他，还有他的三个哥哥都披上了戎装，只留下体弱的老父和七个姐姐在家打理那牛羊满山坡的农庄。年少气盛的他怀着“神圣的使命感”，开着飞机在北欧的天空上翱翔，在硝烟弥漫之间给各战地的德军运送军需品。当时的士兵们都喜欢传阅那些来自后方女孩的热情洋溢的慰问信，那天，正在啃面包的他也接住了一封。寄信处落款：葛丽特，德国埃尔福特市。旁边的小伙子们起哄：

哇，埃尔福特市呀，出美女的地方啊……一年后，埃尔福特市中心的一座普通四层民居里，住在四楼的葛丽特听到门铃后就下来开门。门前站着一名身穿戎装的英俊少年，他有点腼腆地说："是我，那个和你通信的士兵。"

再过一年，见面时，他们在对方的右手无名指扣上了婚戒。婚后，他继续回到部队里。这一次，他飞得更远了，一直往东，那里的空气，充斥着弹药与伏特加酒精混杂的味道。战争还在持续，生离死别的未知数，鸿雁传递。德国战败，阿爸成了战俘。先是落入苏联红军手中，后来被转到美军方面。在德国南部，他和别的德国战俘被美军像一群动物般圈在一块大草坪上。白天饿了，美军会像喂狗一样向他们抛几块面包，他们便如饿狼般去抢食，而看守的美军就以此为乐。晚上困了，湿透了夜雾的草坪便是他们的床，满天的星斗是他们的被子。几经周折，他还是幸运地回到了妻子身边，只在下巴上留下一块刺刀伤口。

阿爸说，是埃尔福特市给了他无比强大的求生欲望。我却明白，是住在这座城市的葛丽特，就像黑暗旅途中永远照亮人的那颗天际之星，使得他的心脏顽强地跳动着。战后的德国，东西部劳燕分飞。他为了爱妻，选择留在东德。柏林墙竖起后，要去看望他在西德的亲人，成为一件奢侈之事。只有当亲人遇有婚丧之红白事，他才可获一纸探亲令独自回乡省亲。

我也不知不觉地深深陷入他的故事情节里，为这个十二岁丧母、二十岁便永远离开故乡的老人难过。我甚至不忍心让他去回忆了。我拿起关老先生的书，让他给我念。就像爷爷给孙女念故事一样。阿妈用手指着书，说相比之下，这个关先生的人生经历更令人难过，那个"文化大革命"，连妻子都背叛他了啊。

吃完阿妈做的午饭，我和爱德华便收拾行装回慕尼黑。临走时，爱德华把一大摞的报纸和塑料垃圾拎到楼下去，扔进分类垃圾筒里。我们坐进汽车的时候，抬头张望，阿妈和阿爸正从四楼的窗户探出头来，一个劲地向我们挥手。爱德华发动汽车，按了一下喇叭来回应他的父母。汽车驶出埃尔福特市后，我轻叹一声。爱德华在过去几个星期为了照顾我而不能按时回来看他的父母，这一次回来，可差点没把他累坏。我有点不解地问他，既然这么不放心父母，既然父母年纪那么大了，为什么还要到慕尼黑去工作，不留在美丽的埃尔福特市呢？他飞快地看了我一眼，笑着回答："因为要去认识你啊！留在埃尔福特就会错过你了。"

好一个有缘千里来相会！我心里嘀咕着我和他的故事。可是我马上向他说明："我可不想以后老陪你回去看父母，我的胃受不了那面包沙拉。"

"你想吃什么就可以自己做的嘛。你也看到了，我的父母是多么随和。"

"你的母亲总是说那是她的厨房，活都是属于她的，我哪敢随便进去添乱呢？可是，要她这么大年纪的人煮饭给我吃，我也心有不安。所以，还不如少点去见她好哪。"

"下次我会让她同意你在她的厨房大展一番身手的，给她看看番茄炒蛋有多好吃！"

我不禁大笑起来，又是番茄炒蛋。

5 日尔曼好"基友"

嬉皮士这个学期给我们上"世界经济"这门课。一天，他在谈论世界人口结构和世界经济发展之间的关联时，举了中国作为例子："中国作为农业大国，在广袤的农村大地上，在生产力还是相对落后的地方，还根深蒂固地世代繁殖着这样的观念——男人就是劳动力，是家里的顶梁柱，是养老的保障，农民们都喜欢生男儿，而且越多越好。女儿呢，再怎么粗壮能干，一旦出嫁了，便是泼出去的水。所以有些时候，在望子成癖的人群里，女儿便轻易成为牺牲品，或被弃掉或遭堕胎。”嬉皮士说这番话的时候，全班二十几个同学的目光齐刷刷地都往我这边看过来，坐在我旁边的毛安更是浅笑低语：“很幸运在这里看到你！”我只觉得自己满脸发热，心里暗自发誓：嬉皮士，你这门课我会继续拿个满分的，让你们见识一下中国女儿的厉害！

我和爱德华现在是周末情侣。周五上完课后，我便动身去慕尼黑。也因为这个缘故，我和德国同学赫德成了好朋友。他也住在慕尼黑，在汉莎航空公司做空中服务员，一边工作一边来上课，每次来学校都开着一辆两人座的Smart车，周五回去时，副驾驶座坐的经常是我。赫德有着一份让人感到阳光灿烂的帅气，脸上的笑容总把我迷倒，我有时盯住他那张笑脸就能傻笑半天。我曾感慨着问他：“你那么俊美的脸蛋啊，不知道要迷倒多少女乘客了！”他一本正经地回答我：“已经名树有主了，改天让你见识一下啊！”

当赫德有一天请了几个同学到他的寓所里聚会，他大大方方地把他的爱人介绍给我们认识时，我的眼镜差点从鼻梁上滑了下来：那是一个秃头的小伙子，我左看右看也看不出他们俩在一起有什么匹配的地方，我的脑海里甚至呈现出“鲜花插牛粪”的悲伤景象。小秃头自我介绍：“我是本·老人。”“老人”是他的姓，我更是忍不住喷笑，天底下真找不到如此“名”副其实的了。赫德握住他爱人的手，目光里尽是深情与爱恋。“老人”把我们引进客厅里坐下，便忙着张罗煮咖啡切蛋糕，赫德只管跷起腿儿和我们一起高谈阔论，好一个受尽千般宠爱的得意小男人！我悄悄打量起这个没有女主人的居室来，窗明几净不说，那木地板也是铮亮无尘，墙上挂画、橱柜装饰，尽是来自世界各地之艺术藏品。

赫德和他的“老人”无拘无束地向我们展示他们的相册，看到他们在公共场所里也毫无忌讳地尽显恩爱的图片，我不禁想起了大翔。我不能想象，如果大翔和他的男友一起手拉手走在广州的大街上，会收获什么样的风言风语。更有意思的是，赫德和“老人”都是天主教徒。世人大都知道，“同性恋”在天主教里是一块禁地，他们视之为违背自然与人性之大逆。很有讽刺意味的是，天主教会的神职人员，因为不许婚嫁，却催生了很多地下“恋情”——神职人员之间的同性恋。到底什么是违背自然与人性？科学研究也证明，同性恋者是自身天生的基因所致，他们的所作所为，也只是顺应天道而已。在德国纳粹时代，同性恋者也曾和犹太人一样，被列为“清算”对象，六十年后的今天，德国却成为同性恋的天堂。他们获得越来越多的尊重和理解，无论是身为政客或是媒体、商界要人，没有人会因为你是个“同志”而歧视你，相反，大部分的民众支持他们捍卫自己的权益：他们可以结婚，可以领养孩子，他们正在争取着和正常的家庭享有同样的权利。今日德国，在“尊重人性”上的发展，的确令人肃然起敬。

爱德华听我娓娓道完赫德的故事后，点头回应：“这是德国进步的缩影哪。二战后，特别是东西统一后的德国，的确在不断地进步，谁也不想回到过去啊。”十二年前柏林墙倒塌那个晚上，爱德华也在柏林。他正在那里读大学，选读的是外贸专业，因为他喜欢环游世界，而社会主义东德的居民出趟国也不容易，所以他希望以后能利用工作之便见识一下外面的世界。虽然东德的经济到了20世纪80年代也走上了穷途末路的困境，但是爱德华关于童年和少年的回忆都是满满当当的幸福：他从来没有缺过玩具，也从来没少穿过得体衣装。他出生在20世纪60年代，家里却已经有了黑白电视。父亲虽然没有汽车，也不再驾驶飞机，但有一辆三轮摩托车，可以经常带着他去度假。他们不可以随便去西德看望亲人，但西德的表姐表哥们，却会经常开汽车来埃尔福特市，还带些巧克力或者印刷精致的童话故事书去给他。随着年岁的增长，他才发现自己渴望的一样东西，是超越物质的，他向往拥有一片能自由翱翔的天空。当然，这片天空底下，也应该生活着他亲爱的父母。所以，柏林墙倒塌后，他做的第一件事，便是领着父母到西欧去游了一大圈。在那不到三十年的柏林墙历史里，不知道记录了多少小人物的悲喜故事。那些勇敢的东德人，无论是翻墙逃，或是挖地道逃，又或是创造吉尼斯纪录的自造热气球飞行，都用自己的生命和勇气写就了一本厚厚的“自由宣言”。爱德华的一个堂哥，就在20世纪80年代携家带口从东柏林去了西柏林，从此音信全无。

爱德华由衷地对我说："要是柏林墙没有倒塌，我们也不能相识，那该多可惜！"

关老先生的那部自传，我已经看了大半部。其实对于我这个学文科出身的人，中国近现代史的大事记也都耳熟能详。但是这样具体地跟随一个老人从他的童年开始走过这段历史，还是第一次。他童年便成了日寇铁蹄下的亡国奴；青年时一颗红心向革命，盼得彩旗高高飘，却在轰轰烈烈的"三反五反"运动中成了"反革命"，被下放到西北穷乡僻壤去改造。读着他的文字我也会想到我的父母。相对来说，我那贫农出身的父母在那个荒唐的年代里却得以独善其身。在那个"上山下乡"的年代，我的父亲刚从大学毕业出来便被分配到西南大山区去搞技术工作，离家上千公里呢，即使后来父亲和母亲结婚后，一年跋山涉水地回去探亲一趟也是难得之事。母亲和我们几个孩子在家守着那几亩耕地，守着几只会下蛋的鸡，我小小年纪便懂得每天早上起来去摸摸母鸡的屁股，摸到硬硬的蛋壳时便会把母鸡小心地围在铺满禾秆草的鸡栏里，这样才能确保它今天下的蛋能让我们吃上。比起关老的痛苦，我觉得我们一家子的生活也算是安安康康了。我的童年虽然只有小石子当玩具，只有溪水里摸鱼的游戏，从来不知道有钢琴和教会这回事，但我却觉得自己的世界是自由自在的天堂。虽然我有一个知识分子爸爸在远方，但他不是"臭老九"。虽然我的母亲身为乡下小学的民办老师，她却得到全村人的尊敬。爱德华却认为我的童年太没"人道"了。我的父亲不能给我天天讲故事，他一年顶多回来看我们一次。我的母亲有时候为了去探望父亲，要把我一个人撇给奶奶——因为路途遥远，她只能带上比我大四岁的哥哥。我告诉他，我对父亲的深刻感情并没有因为小时候的远距离而模糊，相反，我很崇拜他。

我也很崇拜母亲，为她在那段夫妻两地分居的岁月里所拥有的坚强与耐性。我觉得换了今天的我，绝对做不到这一点。

我在电话里告诉母亲，我恋爱了。对方是一个德国人，我跟她提过的，叫爱德华。母亲在电话那头好久没有作声。我的大拇指都快要被我咬出血了，她才长长吁气，问我还记不记得林阿姨。我说："当然记得啦，那个和你一起常去练太极的，还对你吹牛说她认识很多从外国留学回来的优秀才子，许诺要给我物色一个好对象的。""是啊是啊就是她，她有个女儿你知不知道？""我听说过啊，妈妈，发生什么事情啦，你的声音很古怪啊。""唉我的女儿，你有所不知啦，林阿姨的女儿前阵子跳楼自杀了，为情而死。"我说："犯得着吗，这个不行找另一个呗，她妈妈不是有很多候选名单的吗，天作孽啊！虽然这个林阿姨从来没有给我介绍过一个'优秀才子'，但我还是相信她真会认识那么多的好男人的，只不过在准备介绍给我之前先让她的女儿挑过了。""唉不是不是啦，我的好女儿，你真有所不知的，林阿姨的女儿相处了一个男朋友，俩人火火热热都准备要拉上天窗了，可是林阿姨对男方提出，要买车买房了才可以结婚，那个男的马上就黑了脸，提出分手，可怜那花季少女啊，就是受不了这个打击，从自家六楼的阳台跳下去，唉，可怜啊。"

这回轮到我噤若寒蝉了。我感觉到自己眼眶的湿冷，这人，说不活就不活了。母亲也陪着我沉默了一阵子，最后收线前她说了一句话："唉，中国好几个亿的男人，你都找不到一个做你的爱人啊。中国人也罢，德国人也好，你自己看吧，我也不敢干预你。你小心点不要上当受骗便好。"我听得出，母亲并没有为我高兴。

当河岸两旁的阔叶树把它们身上的最后一瓣叶子抖落时，姜子告诉我她已经在法兰克福申请到一个实习机会了，这个学期结束后她就去实习，然后再到美国的交换学校去读一个学期。

"你为什么不利用这个实习机会，在德国找一份工作呢？以后如果德国公司把你外派回中国，多好！"我看着她那永远的牛仔裤加黑色T恤衫打扮，不明白她为什么一定要去美国。

"在德国？我们这些用英语上课的，德语又不是很好，哪个德国公司会要我们？况且，这两年连他们德国学生都发愁找工作呢。"她对德国的绝望让我对自己面临的选择也暗自生惧。

“德语可以学的嘛！”

“我已经放弃学它了。与其花一年时间去苦读德语还不如到美国去见见世面。”她去意已决。

“你和爱德华怎样啦？”姜子换了个话题。

我耸耸肩，对她做了个鬼脸。她很关心地看着我。

“我的妈妈对我这段恋情好像不是很痛快。”我怏怏地对她说。

“唉呀，是你过的日子，又不是你妈妈过的，她操心那么多干嘛？”

“我的妈妈有着很传统的家庭观念的，她最喜欢的是以后儿女绕膝子孙满堂了。”我为母亲辩解。

“那你和爱德华一起回中国发展呗。现在在中国的德国人很多啊。”姜子说这话的语气，让我觉得爱德华是从石头缝里蹦出来的，无牵无挂，可以跟随我天涯海角地走。我想到他的父母，便默不作声。

6 番茄炒蛋式求婚

离圣诞节还有十天，德国南部普降大雪。德国的冬天需要雪来妆点，没有雪的德国冬天容易让人有一种人间地狱的抑郁感。所以，这白茫茫的世界，带来的不仅仅是给玩雪者的愉悦，还令人有如沐浴在一首首净修心性的佛乐之中。这是一个星期天，我和爱德华漫步在白色的小树林里。天空蓝得耀眼，太阳白得张狂。遛狗的人，都把手中绳子放开，狗儿如放野的彪马般，在林中驰骋回旋。在爱德华旁边默默跟进的我，却少了一份能融入这和美冬景的情致，我的脑海里一会儿浮现出母亲无言的叹息，一会儿又是爱德华那头发鬓白的双亲。

看到我有点愁云满布的脸，爱德华便笑话我，是不是天塌下来了。我狠狠地捶了他几拳，告诉他，学校放寒假时我要回国探望父母了。他的脸不知是冻的还是别的什么，像熟透的番茄般通红，只听得他大声嚷：“那我也和你一起去看你的父母，好吗？”我从路边的树枝上剥落一大块雪，在手心里化成一个小雪球，用雪球在他的红脸上来回滑动，从额头，到鼻梁，两颊，最后从下巴滑到嘴唇上，我踮起脚，把自己的嘴唇也贴在雪球的另一边。我们之间的距离，隔着一个小雪球。我们默默对望着，双唇慢慢舔动，让雪球渗进牙缝里，一点一点地，我们融化了小小的雪球，冰凉的嘴唇贴在一起。

两只小狗从我们身边经过，用最煽情的声线传达了它们的快乐。

我喃喃地问他：“你为什么现在才出现在我的生活里？”他有点莫名其妙地盯住我，我的眼泪便如开闸的大坝般，汹涌而出。他慌作一团，不知道自己做错了什么，跺脚解释说，以前从没有人告诉他番茄炒蛋会这么好吃的呀，所以他不知道到哪里去找做番茄炒蛋的人。我“噗嗤”一声笑了，两行泪珠便正好掉进了嘴角里，模糊了咸与甜的味道。他接着讲下去：“好啦好啦，我这不终于有机会吃上了吗？早点晚点吃上都没关系啊，重要的是我终于吃上了。有的人一辈子都没吃过这道简单美味的菜呢……”

“现在可不可以答应我陪你一起去中国啦？”他托起我的脸颊，我们的目光透过各自的眼镜片相遇在一起，我读出他眼里的热切期待。还没等我开口，他又接着说了：“你还有一年就读完书，我想在你的学生签证到期前和你结婚。所以，我要和你到中国去，向你的父母提婚。你知道，在德国结个婚，特别像我们这样的跨国婚姻，手续特繁琐，真要个一年半载才能办好的。”

我以为自己听错了。我从十五岁开始看文艺爱情片，我能想象到的浪漫求婚镜头不下千百个，但绝对不会有像爱德华这般的，像在吃着一盘番茄炒蛋般的实在。

我把手套脱下，露出布满疤痕的手背给他看：“你就不担心以后要天天对着这些难看的疤痕，没胃口吃番茄炒蛋啦？！”

“我做的番茄炒蛋，怎么做都做不出你的水平来。我只爱吃你做的番茄炒蛋。”他轻轻拿起我的手，抚摸着手指缝间那凹凸不平的伤疤，“这些疤痕会不断地提醒我，我要更好地照顾你，保护你。”然后他把我的双手重新套进手套里。

突然之间，我的心也“实实在在”起来了：番茄炒蛋，也要有个好锅才做得了啊！我抖出那一直被我深藏在心底而不愿去面对的恐惧，那份害怕自己“嫁错郎”的恐惧。姜子关于德国工作机会不乐观的话在我耳边回旋，我问爱德华为什么从不担心自己快没工作了。他大大咧咧地说，自己刚发出去十份求职申请了。我便厚着脸皮追问下去：“要是你一直没找到理想的工作，你是不是就不该想着要和我结婚，因为我自己对在德国能否找到好工作也没把握啊。”他俯视着我，然后仰脸一笑，一副滑稽的样，很滑稽，我想他当时肯定是笑我的俗不可耐。他说自己还年轻，怎么会有必要担心这样的问题呢？

我把自己的脸深深地埋进他怀抱，再也不愿意离开。

我知道是过去的伤害让我变得少年老成，畏首畏尾了。而他现在说的话，好像是自己二十岁那年曾说过的——只要还年轻……是爱德华的这句话，让我决定了这一生的选择。因为我还是相信着，用这样懂得生活真义的态度支撑出来的日子，不会坏到哪里去的。

第二天，我告诉我的母亲，放寒假时我会和爱德华一同回国去。我相信母亲见了爱德华后，会喜欢上他的。

圣诞前夕，我和爱德华回到他父母的家。爱德华按照他母亲的日历提醒，把窗帘拆下来清洗，还跑了两回超市，把圣诞节需要的食品采购完毕。我和他还去逛了位于埃尔福特大教堂广场上的圣诞市场，爱德华在圣诞市场的小摊上喝完一杯热葡萄酒后，扳住我的肩膀耳语：“埃尔福特圣诞市场是德国最美丽的圣诞市场！”随后，我们兴致勃勃地把一株两米高的圣诞树搬回家，小心翼翼地把它从一楼抬到四楼上去。阿爸和我一起把圣诞挂饰挂在树上。阿爸嘴巴里一直哼着《静之夜，圣之夜》这曲圣诞歌，我惊讶他还能把歌词记得如此完整。阿妈给我们端来一盘圣诞小饼，这些都是她一个星期前就烤好的了，一个个都形状各异，有星星月亮状，有小鹿和圣诞树形，更有一颗颗巧克力心。我一边吃着小饼一边讨好阿妈："太好吃了，你真是一个好面包师，可不可以也教我怎么做？"这一次我们会在阿妈这里住一个多星期，过完新年才回去，我很希望能有机会常进"她"的厨房，这样起码可以为自己在晚餐时做个鸡蛋面汤喝，所以，我迫不及待要争取和她在厨房建立亲密合作关系。

平安夜里，每个人都在圣诞树下找到了属于自己的礼物。爱德华和我从阿妈那里得到一本厚厚的彩色画册，题为《中国》，我翻开一看，里面竟是图文并茂，介绍了中国从青铜时代一直到现代的文化艺术，以及中国各地的主要风景名胜等。阿妈对爱德华说："你找了个中国女孩，就要了解她的国家，才能更好地了解你的女孩。"说完后，她又转过来看我："你也可以看这本画册，都是你熟悉的东西，读起来容易懂，对学习德语有帮助。"

爱德华趁机向他们宣布了要和我去中国的打算，他自豪地说："阿妈，我不但要看书了解中国，我还要亲自去鑫的家乡，看看她生活的城市是怎样的，还要认识一下她的家人。我甚至打算向她的父母提亲了。"阿妈的嘴巴圆圆地张开，她的手指摸着嘴角："什么?！你们都到这个程度啦，呵呵，真是恭喜恭喜！"我有点脸红地低下了头，毕竟，我和爱德华才认识半年啊，老人家会不会觉得我们太草率了呢。阿妈好像读懂我的心思似的，她一边"呵呵"地笑不拢嘴，一边指着爱德华的父亲说："我和阿爸，通信两年，才见了两次面，就结婚了。我今年八十岁，明年，就是我们的六十周年钻石婚纪念啦。"她的笑声很有感染力，把我心存的那点顾虑笑得烟消云散。

圣诞节的第一天，阿妈要做传统的德国圣诞大餐：烤鹅。从吃完早饭起她就开始在厨房里为这顿大餐准备了，我因为打着个"学习"的幌子便得以在旁边观看，要不早就被她一句"这是我的厨房我的活，你好好坐着等吃"

赶出去了。厨房不大，我们两个站在橱柜与灶台之间的长长过廊里，倒也不会互相妨碍谁。我没怎么仔细看她如何给进烤炉前的鹅调味浇汁，倒是被墙壁上橱架里的青花陶瓷给吸引着了：她用来装面粉和糖、大蒜和葱头的，都是些古色古香的瓷罐；连涮锅的那个刷子，也幸福地躺在一个白瓷女娃的头上；靠窗的墙壁上挂着一尾鱼，还有荷兰的风车，都是一色的青花陶瓷；更诱我翘首细读的，是一幅用青釉浇注的瓷画，画面上用旧体字写的一句谚语：*要尊重男人啊，他给这个家带回一切所需之物！*

阿妈正在把面包片切成小块，圣诞大餐的主食是图林根土豆球，土豆泥里面裹着黄油煎过的面包块。我帮她切了一小块黄油放进平底锅里，打开灶火，抬头又瞥了一眼那句谚语，装着不经心地试探："你那么能干，把小小的一家子照顾得这般好，你以前没有出去工作吧？"我曾经读过一篇文章，说一直到20世纪70年代末之前，原西德的女人，如果要出去工作，需得到丈夫的许可。我不知道，在东德的她，能把这样一句谚语像座右铭般挂在厨房最显眼的地方，是否也是一个典型的全职家庭主妇。

"你错了。我从十八岁就开始工作，一直到六十五岁才退休，我的职业是秘书。当然，生下爱德华以后，我在家里呆了三年，没有去工作。我那时候还要照顾我的高龄老母。"她充满羡慕的口气，看着我，"我没有条件像你们读那么多书啊。那时候父亲都没钱送我去读书，他辛苦攒的钱，正准备盖房子时，那场全球经济大危机来了，通货膨胀后那钱连买面包都不够啦，哪有钱让我们去上学啊。"

我也在课堂上听过德国这一段历史，早上能买一头牛的钱，到了傍晚只能买一根火柴而已。于是，善于宣传与煽动民意的纳粹，便轻而易举地用自己的"面包许诺"得到了民众的支持。

可是我看得出阿妈是个非常聪慧的人。虽然没有在学校里深造过，但并不妨碍她浑身上下透露出一股书香味。即使现在，她还坚持读书，而且都是厚厚的书，每天报纸里的填字游戏她都会认认真真去做完。

她把切好的面包块放进锅里，融化了的黄油便一下子被面包吸进去了。

她一边用勺子翻弄面包，一边调皮地对我眨眼：“手脚是越动越坚实，脑子是越用越灵活的哪。”她用自己灵动的双手裹好土豆球后，便开始准备沙拉菜。只见她把一根黄瓜洗干净后，架在切具上把黄瓜片出朵朵如玫瑰花瓣般的薄片，在用削皮器把胡萝卜的皮削掉后，她又拿出一个能切出萝卜丝的器具来，接着把洗干净的香菜小葱放进一个漏斗形的小容器里，用手摇动着旁边的小把手，那些香菜小葱便被碾成均匀的芝麻大小的碎末漏出来。当她把两颗大蒜剥好皮以后，我抢着来说要给她切碎，可是她摇摇头，连说几声：“不用不用，我有秘密武器呢！”然后她打开抽屉翻出一个同样是漏斗形的器具，小心翼翼地把两颗白花花的大蒜放进去，“吱呀吱呀”摇了几下，漏出来一小摊琼浆般的蒜蓉，麻利地把那蒜蓉甩进沙拉盘里。我看着在水里泡着的沙拉叶菜，心想这青嫩可人的菜叶该不需要用什么器具来搅拌一下的吧，便伸出手来把它们捞起来撕成小片。这一次，她转过身来打开窗台旁边的柜门，拿出一个像小锅般大小的塑料器皿来，她把我弄好的沙拉叶菜放进器皿里，按上按钮，我目瞪口呆地盯着那飞快旋转的沙拉叶，我不知道等待着它们的命运会是什么——是否也会在里面被均匀地搅成一瓣瓣玫瑰花？

“这是沙拉沥水器。把沙拉叶上附着的水甩干一下。”阿妈笑呵呵地给我解疑，“一大棵沙拉菜太多了，我留下一半晚上做，把它沥干水就不会变坏和滋生细菌了。”我不得不叹了口气，我七岁就懂得用干柴点火来煮米饭，十岁母亲就放手让我用大菜刀切菜了。但在她的厨房，我真是一个懵懂不谙厨事的深闺女。

鹅在烤炉里煎熬了三个多小时，快出炉时阿妈用高温把鹅皮烤得脆而带焦黄色。她用大剪刀把烤好的鹅剪成几大块，下刀之处犹如庖丁解牛般的游刃有余，只来回三两下便把一只肥淋淋的鹅支解开了。

阿妈终于可以给我们端上各自的圣诞大套餐了：每个人的盘里有一大块鹅肉配土豆球，另外还有一碟红绿相映的沙拉菜，一小碗用一双鹅翅熬出来的汤，上面都洒满匀称的芝麻般大小的香菜、小葱来点缀。如此的“节日盛餐”，我想如果被母亲获悉，她肯定会笑翻了。母亲手下的大餐，绝对是满满当当的八菜一汤，凑一个圆圆的吉利——“8”和“9”，发达啊，长久啊，都是中国人爱的数字。要是年夜饭的话，不但有鸡鸭肉，鱼还一定不能少，而且这鱼还不能吃完，要留着去过新年——年年有余（鱼）嘛！

但是爱德华和阿爸他们不懂得我母亲的八菜一汤，所以他们都非常享受阿妈的圣诞大餐，特别是爱德华最后一抹油嘴的陶醉样，让我看着都心疼：世界上竟然有对吃那么容易满足的人！

接下来的假日，我们都过得很懒散，阳光灿烂时，会出去郊游一下。有时候中午在外面吃饭，阿妈总是抢着来付款。她对爱德华说，埃尔福特是她的地盘，她要请我们吃饭。晚饭的时候，阿妈已经完全接受我的“特别胃口”了，会让我在厨房里给自己下一碗面汤，或煮点粥。当然，我在她的厨房所能动手干的活，也仅仅如此而已，她从来不允许我帮她收拾涮洗碗碟等等。

在我们起程回慕尼黑的路上，爱德华问我，这次在他父母家过得开不开心，吃得好不好。我说很感激阿妈终于让我进她的厨房了，所以这个假期总算没有让我的胃受委屈。但是，不知为什么，我还是对爱德华的母亲有份说不出的隔阂感。我的脑海浮现出我母亲曾经给我说过的话：“有的女孩子找婆家，可精明了，不但未来夫婿要过关，未来婆婆也是考虑的因素——未来婆婆若是年龄不大，身体又好，当然可以给未来夫婿加分，因为以后生了孩子便有个好帮手啊！”我对爱德华苦笑一声：“你的母亲什么事情都和你分得清清楚楚，就连吃饭谁付款都那么执拗，更别提什么‘她的厨房她的活’了，以后我们真要有个孩子，想让她来‘我的厨房’帮忙一下都是痴人做梦的事哪。”说实在话，我不觉得她八十高龄会是个障碍，我只觉得她那凡事爱标明个“楚河汉界”的做法，让我心生凉意。

2003.02

慕尼黑没有直飞广州的航班，我和爱德华便决定直飞香港，再转大巴回广州。

我们在汽车停靠的终点站——广州花园酒店下车。酒店的大门口，门前的大马路两侧，跃入眼帘的是如锦繁花。二月广州湿润的空气穿透了我那双薄薄的运动鞋，我感到有一股暖流从脚底渐渐提升，它轻抚我疲倦的双腿，按摩着我开始叫空的胃肠，快乐地扑打着跳跃的心脏，直到它涌上我那在空调车里干蒸了一个下午的脸颊，刹那间，我的脸便如芙蓉般绽放出一个花城来。

当我的父母为我们打开门时，爱德华一个箭步窜上去，握住母亲的手，把她拥进怀抱问候。父亲走上来给我们搬箱子，爱德华连说几声“不用不用”，也握过父亲的手拥抱起来。我注意到父母落在爱德华身上那游移不定的眼光，夹杂着几分不自然。

我扬声撒娇：“妈妈，饿坏我啦，粥煮好没有？”

母亲奔向厨房，父亲从房间里拿出新的牙刷毛巾递给我们。等我们洗刷完毕，饭桌上已经摆好了两碗粥，散发着热气的三丝炒米粉强烈地“侵犯”着我的嗅觉，绿油油的芥菜铿亮了我被舟车晃浑的眼神。我一口气把粥喝完，母亲立刻从沙发上弹起来，为我盛粥，她心疼地责备：“慢点吃，我煮了一大锅呢，会让你吃个饱的！”她转过身去看爱德华，他正慢条斯理地用筷子夹着米粉吃，他面前的那碗粥，倒还是一点都还没动过。母亲又赶忙走进厨房，拿出一个小碟，放在爱德华面前：“如果你不爱喝粥，就把米粉盛在这个碟里，多吃点米粉，要不会饿坏的。”我把母亲的话翻译给爱德华听。爱德华马上拿起勺子放进粥碗里，他连连摇头，吐出一口德式中文：“不是不是，我爱喝粥，我都爱吃这些东西。你做的饭，最好吃！”

与我第一次到爱德华父母家相比，毫无疑问，爱德华比我有风度。我也知道一碗白粥对爱德华的吸引力非常有限，但他却如此抬举我的母亲！我不爱吃他母亲做的土豆汤，便觉得把土豆汤默默吞下肚子里已经是给她很大的面子了，而不会去想到要盛赞她一番。

我们刚吃完饭，电话便响起来了。爱德华下意识地要起身奔向电话，他说，可能是他的母亲来电话。从德国打电话到中国很便宜，甚至比广州的市话费还要便宜，我们离开德国前，爱德华便叮嘱好他的母亲，每个晚上都给他打电话。

电话果然是阿妈打来的。爱德华一拿起听筒，便把我们这两天的旅途见闻一一详细道来。他声色并茂的讲述引得一万公里以外的阿妈开怀大笑，那笑声甚至跳出了听筒，跑到我们的耳朵里了。

母亲一直看着爱德华乐，她扭头对我们说："你们从来不会和我在电话上有这么多话说的，你们仨和我打电话时，说的话加起来也比不上一个爱德华和他母亲说的话！多有孝心的一个孩子！"

我和哥哥弟弟面面相觑。

还是哥哥先打开僵局，他对父亲母亲说，明天我们一起去肇庆玩吧，山清水秀的地方，爱德华肯定会喜欢的。这是哥哥想孝敬父母的行为，但是他总说别人会喜欢，而不直接说父母会喜欢。他还说，叫上老家的肖阿姨他们，我们在肇庆七星岩碰面。肖阿姨一家是我们家的世交，我和哥哥弟弟当年考上大学时，肖阿姨给我们每人送了一个行李箱——当时一个行李箱相当于我妈妈两个月的工资。爱德华来我们家这么大的事，他们肯定也要认识一下的。

晚上在小区花园散步时，我告诉爱德华，在中国，你可不要像在德国一样，和父母一起出去玩，吃饭时还要等着父母来和你抢着付账。还有，那个肖阿姨和肖叔叔，都是我们的大恩人。明天在肇庆玩，你更要积极点，吃饭买门票什么的，要抢在哥哥弟弟之前去付款。你若是这一点做得好了，自然在我父母面前会得到加分。爱德华咧着嘴巴乐："只要能让你父母点头把你交给我，你让我做什么，我就做什么。"

第二天，我们驱车来到肇庆，和肖阿姨一家会合在七星岩牌坊门口。

有"小桂林"之称的肇庆七星岩风光，完全把爱德华征服了。当然，让爱德华着迷的，不仅仅是喀斯特地貌的岩溶风光，迂回于青山绿湖间的亭台，还有那些热情非凡的年轻人——特别是年轻的女孩子，他们看见了爱德华都愉快地对他招手喊"哈喽"，然后还要求和他合影。胸前挎个大相机的爱德华，总会大大方方地去配合他们。

肖阿姨他们呢，醉翁之意不在酒，并不在乎眼前山水之间的一派旖旎，而只是一直在旁边观察着爱德华，那表情就像在观看一出喜剧似的。肖阿姨悄悄地把我拽一边，对我轻声耳语："你和爱德华真是有夫妻相的，很少见啊，一个中国女人和老外那么有夫妻相。"我笑着回她："我的脸没有他那般长吧！"

这时，我注意到慢慢落后于人群的母亲，她正独自倚栏观湖鱼。肖阿姨对我使了个眼色，我们便一起向母亲走过去。

母亲看见我们，赶紧拿起袖子擦了擦眼角。肖阿姨拉起母亲双臂，用一种鉴定完毕的口气，点了点头说："这个爱德华，又有礼貌又随和，一看就是品貌双全的人，你该满意了吧？"

"如果他是中国人就更好了！"母亲幽幽地回了一句。我顿觉心中石头放了下来——母亲的话，也就说明她其实也很满意爱德华这个人的。没想到母亲突然泪溅衣襟，哽咽着说："只是以后如果你们在德国定居了，要多久才能见你们一面啊？"

我告诉她，在德国，雇员每年都会有三十天带薪假期的，以后我们肯定每年都可以回来探亲的。

"一年一次，我有八十岁寿命的话，还能见你二十次。我都不敢想啊……"母亲越来越难以抑制她的情绪。

"可是我们每次回来肯定都可以呆上一个月啊，妈，我那些离父母只有二百公里远的同学，他们也是一年才见父母一次，有时候才逗留几天。"我说完这话以后，马上觉得自己这样来做很不高明。

果然，母亲很激动地回应我："但是你那些同学的父母如果有什么问题，生病啊住院的，他们马上就可以回到身边照顾父母啊。你可以吗？"

肖阿姨赶忙拉了一下我的衣角，对我使了个眼色，让我离开。她走到母亲旁边，把手搭在母亲肩上。我隐约之间还能听到她对母亲的轻言细语："人家多少做母亲的，还巴不得能把自己女儿嫁到外国去呢。你怎么这么顽固不化呢……女儿长大了，就该飞啦……”

我知道，母亲的眼泪一旦流出来，便不会那么容易被揩干。她不属于那些“巴不得”的母亲，她坚守她的顽固不化自有她的理由。

我们从肇庆回广州后的次日，爱德华便正式向我的父母提亲。他拉着我的手，走到我父母跟前，恭恭敬敬地把那两句已经练习了两个月的中文对他们说出来：“爸爸，妈妈，我想和鑫结婚。我会对鑫很好的。”

父亲点了点头：“你们以后要记得常回来看看妈妈就行了。”

母亲点完头后，便又成了一个泪人。我一点喜悦的心情也没有。我搂着母亲的肩膀，爱德华也坐在母亲旁边，握着她的手，一个劲地重复：“妈妈别哭，我们常回来看妈妈。”

在母亲的眼泪面前，我却从来没有想过，自己是否该对这门跨国婚姻重新考虑一下。

Four

第四章 中国媳妇

1. 婚礼

2. 回娘家

3. 居家的日子

4. 女人你要怎么做?

5. 舍不得老

1 婚礼

2003.08

当我们终于接到埃尔福特民政厅的通知，说我们结婚登记的资料齐备时，我已经结束了在因城大学的理论学习并开始在慕尼黑的一个公司进行实习。

我们的婚期定在金秋的一个周六。

爱德华和他的父母在谈论着来参加婚礼的人员。阿爸说，费力登老家的亲戚，全部都要请。随后，他有点忧伤，说自己本来在柏林有一个亲哥哥，20世纪50年代时英年早逝，亲哥哥有个儿子，在20世纪80年代初从东柏林移居到西柏林，那个时代的“移居西柏林”，其实是一条不归路了，他们一走便杳无音信。“可惜啊，我无法请到他们了。”老阿爸感慨不已，“他们也有个儿子，比爱德华大两三岁而已。”

这是一个没有我的父母参加的婚礼。我们打算年底回中国时，再和我的家人一起举办一个小庆典。我邀请了思丝和大志来参加我们的婚礼，他们算是我“中国娘家”的客人。

思丝和大志都不负我所望，爽快地答应来为我们助兴了。思丝还告诉我，她会带一个人来参加。

婚宴上，我便有机会好好认识了阿爸家族的亲人。他们中有好几个人，我在爱德华家保存的老相册里看见过。比爱德华大几岁的丽娜，按辈分，她当是爱德华的侄女了。没见她之前，已经看了她的很多照片——她还是小姑娘时，就已经常来埃尔福特探望爱德华他们一家。我也能想象得到，当她每次随家人跨过东西德的边境来到埃尔福特时，都会给爱德华带来多大的惊喜：丽娜会带来东德难买到的巧克力，会带来精装的格林童话故事册，还有汽车玩具……可是丽娜和我谈起那些岁月时，眼神却光芒四射，她说那时候真是些快乐的日子啊，每次来，葛丽特都会烤很好吃的蛋糕，她烤的蛋糕，是丽娜吃过的最棒的蛋糕。她告诉我，以后一定要跟葛丽特学烤蛋糕，一辈子受用无穷。我被她的活泼开朗所感染，因为我知道她经历过不幸的婚姻，现在是两个小孩的单身母亲。

吃完饭后，我们还继续跳舞欢庆。

我把白色婚纱脱下，换上一条粉红的旗袍。思丝轻拥我耳语："你今天真是太美了！人逢喜事精神爽哪，你的气色非常好。"

我想应该是那一杯杯香槟酒让我脸如粉黛神气清的。我昨晚只合了一两个小时的眼啊，本来我就是个一休息不好便会得个熊猫眼的人。

我也没忘对思丝说："你带来的马科斯帅呆了！你得抽空向我老实招来，你这个坐标点是怎么相交的啊。"

"我去给我妹妹买东西时，店里认识的，没什么浪漫的过程，来回买了几次东西，便走在一起啦。"思丝轻描淡写地说了几句。但是我从她熠熠闪亮的眼神里，读出了那份心满意足。

我们请来的乐手用手风琴拉了一个曲子，舞会的帷幕揭开了。爱德华脱下他的西服外套，里面穿的是一件丝绸质地的灰底暗花小马甲配上白色衬衣。他拥我入怀，我们在房间的中心旋转起轻快的舞步，我的旗袍摩擦上他的小马甲，丝绸与丝绸的相碰却突然有了电光火花的热度，舞曲的旋律越来越急促，我忘乎所以地放任自己晕眩的感觉，任由他带着我旋转起来。

父母缺席的婚礼，让我的心一直在隐隐作疼着。从此以后，我便要做一个远离父母的异乡人了。我的丈夫，爱德华，他拥有我少女时梦寐以求的一切优点：温文尔雅，乐观耿直，孝顺有爱心。当他站在我面前时，我测量不到心跳加速的频率，可我还是那么心甘情愿任由他握紧我的双手。他就要成为我的新生活，我没有害怕。可是我也不知道面对我们的将会是什么样的生活：我们是否会如愿有三两个孩子？我们是否会遵守对我母亲的诺言，经常回去看她？我们是否真能做到主婚人所说的那样，这一生，我们俩，无论是在人生高峰，或是低谷，都要携手同进退，直到终了……我的头突然被自己的思想炸疼了，我随着音乐旋转的力气越来越微弱，最后有如一只患了哮喘的小鼠，搭在爱德华的臂弯上，等待着音乐的终止。

大志和丽娜也一起旋舞了一曲，我瞥见他们在乐曲终止后便坐在一边聊天去，我看得出他们聊得非常投机。我走过去和他们打招呼。丽娜看着我，一副陶醉的表情："天哪！那么漂亮的裙子！要多么可人的身材才穿得了这样的裙装哪！"

大志露出他那如来佛般的盈盈笑意，眯着眼告诉我，这个丽娜真是个蕙质女子啊，又是大活宝一个，和她一席谈便似沐浴春风一场。丽娜虽然听不懂我们说什么，但也在旁插嘴说："鑫，你这个朋友太不容易啦，在这里用德语念大学要念四五年，他说还要继续念博士，明年还要找公司实习，我太佩服他啦，我一定要问问我们公司的人事部，看能不能帮上他。"

此时此刻，我明白大志那"如沐春风"的感觉由来了。不知不觉中，我也喜欢上爱德华这个热心的"侄女姐姐"了。

五十多岁的伊娃从辈分来说，是爱德华的表姐。可他们并不是真正有血缘关系的，因为她是被领养的孩子。在爱德华家那本发黄的相册里，她出现的频率也是和丽娜一般高的，甚至还有一张她在给小时候的爱德华洗澡的照片。当伊娃站在我和爱德华面前时，她拍拍我的肩膀，告诉我这个爱德华啊，是她看着长大的（这当然夸张得很，东西德之间的距离，我们都没有忘记），是好好青年一个，要我绝对放心。

我很喜欢爱德华家这些我才第一次谋面的亲戚，那个曾经养了十一个孩子的大家庭，他们繁衍的后代虽然说不上人丁兴旺，子孙满堂，但是这些数量有限的子孙们，他们之间却有着拳拳亲情。这是一场热闹而充满亲情味的婚宴。

爱德华的父亲——从今以后是我的公公了，他满脸红光，不时用纸巾擦额头上渗出的微汗。他愉快地和停留在他面前的每一位客人畅谈着，而几乎每一个和他畅谈过的客人都会走过来对我笑语一句：“你的公公总是问我，站在爱德华旁边的那个漂亮女子是谁啊！”我远远看着不停在擦汗的公公，就像听了一则幽默的故事，和众人狂笑一通。虽然这并不是值得去笑的事情——我的公公，两个月前在他还没成为我的公公时，我们曾一起去埃尔福特的园艺博览园去玩，当我撑起大大的伞来挡太阳时，他总是像个老顽童般闪进我的伞底下，尽情享受着过往行人投来的羡慕而友好的目光，他还会拍着我的肩膀告诉他们：“这是我美丽的中国儿媳妇！”而今天，当我真正成为他的儿媳妇了，他却模糊了自己的视觉。难道他的健忘症在我们的疏忽中又更上一层楼了？！

我把目光投向爱德华的母亲，我的婆婆，和不同的舞伴跳完一曲又一曲。我为她还依然灵动的舞姿着迷。我甚至奇怪她的脚趾，如何能自如地驾驭这些时而舒缓如蓝天白云时而欢快如小溪急流的旋律——要知道她有着与众不同的脚趾，她双脚的大脚趾，都是畸形的，不但弯曲，还垂直往上生长。我是在这个夏天，才有机会看见它们，才明白为什么她总是夸我那双大脚掌长得好看。我曾不只一次地戏问公公，当初为什么要娶有这样一双脚的女人。公公每次都回答：“我只注意看上面了。”

婆婆年轻的照片，那些挂在地下室的黑白半身照，浓密的卷发衬着一张明星脸，那神情、那气质总会让人联想到某个绝代佳人。我能体会到公公所说的“被上面迷住”了。当我再继续追问曾当鞋匠学徒的公公，为什么不为自己的爱妻亲自量脚定做一双舒适的鞋子时，他只是傻乎乎地摸摸自己的后脑勺笑，告诉我婆婆从来没有因为自己买不到合适的鞋而抱怨啊。

可我却深信婆婆这辈子一直都是用她的脚来把鞋子穿合适的，从来没有一双鞋从一开始便是适合她的脚的。她的那些鞋子，大脚趾那个地方都是被拱得变形了的，每次穿新鞋的痛楚，只有她自己知道。

现在，她成为我的婆婆了！她幸福地踮起不美丽的脚趾，舞出让全场生辉的姿态。

接近午夜时分，宴会进入另一个高潮：新娘子抛花。

这是德国婚礼的习俗，新娘子背转身，把今天新郎送给她的花束抛向后面的客人，据说，谁要接上这束花，将会是下一个新娘或新郎。

我把花束紧紧握住，我下意识地瞟了一眼思丝站立的方向，我祈祷自己挥掷的力度正好能抵达那个点，多么希望下一个步入婚姻殿堂的会是思丝，我为独立好强的她终于找到自己对应的另一个坐标点而开心。

“三，二，一，开始！”大家一起倒数，花束离开我的双手，从我的头顶越过，“嗖”的一声完成它不偏不倚的使命——站在最远处靠墙一角的思丝惊呼着伸出双手来接住向她飞驰而来的百合玫瑰花束，人群里又是欢乐的尖叫声。

子夜时分的钟声敲响，我们的宴会也跨进另一个神圣的时刻——爱德华的父母，迎来了他们的六十周年钻石婚。六十周年相濡以沫的日子，有幸沾上他们的幸福，对于我和爱德华这对新人来说，也是千载难逢的缘分吧！爱德华发表了简短的祝辞，醉眼朦胧的他，在这样的场合还能表现出正确的口算能力，他说，如果他和我也要迎来这个六十周年钻石婚，那我们要活到九十多岁才行啊。

第二天，爱德华的父母迎来了他们的“贵客”——埃尔福特市的副市长和他的助手，拎着一篮子水果亲自上门来祝贺他们的钻石婚庆，还带来了市长亲笔签字的祝贺信。副市长对着他们一个劲地感慨：“你们一点都不像八十多岁人哪，一点都不显老呀！”公公笑呵呵地回答：“是呀，活在美丽的埃尔福特，舍不得老呀！”婆婆放眼窗外那在风中摇曳的绿树梢，告诉副市长，他们有多老，看这些树就知道了啊。

副市长站起身走到阳台上。他这时才意识到窗外的这片葱绿，是从地上延伸了四层楼高度的。

“这一片小区很惬意舒适啊，很奇怪为什么现在的年轻人都不愿来这里住了，这里空置的房子挺多的。”副市长若有所思地低声嘀咕。

“我们在这里住了四十个年头啦！”婆婆一边说一边摇头，“时间过得太快了。当年我们都要参加修建这些房子的劳动，周末就来这里挑石头搅拌混凝土，实打实的体力活啊。也只有这样，我们才有机会分租到一套房子，再也不需要和父母蜷缩在狭窄的旧楼里。这些树都是我们亲手种下的，年轻人都嫌弃这里的楼房没电梯不够现代，只有我们这些老人，才真正懂得这里给我们带来的幸福有多实在。”

一只小麻雀停驻在阳台边上的鸟屋里，开始旁若无人地啄食。副市长的思维却还在被房子的历史深深吸引着，他向婆婆问了很多当时大家一起劳动盖房子的景象。他对婆婆这些从战争年代走过来的老人们，也深怀敬意。道别之时，副市长还用力地握了一下我的手，他对我爽朗一笑：“德国欢迎你啊，埃尔福特欢迎你啊，中国媳妇！”

2 回娘家

2003.11

十一月底，我结束了我的实习，也正式结束了在因城大学的学业。

拿到毕业证书后，我迫不及待地要以外嫁女的身份回娘家。只是我心里有点不安，我毕竟刚结婚，第一个圣诞新年便不和爱德华的父母一起度过，不知道他们会否有意见。爱德华让我临走前和他一道回埃尔福特市。

加了夫姓的我，再踏入爱德华父母家时，便不敢心安理得地以“客人”自居，继续那些饭来张口的日子了。我主动请求让我来做一顿饭给大家吃，为了让婆婆心甘情愿地把她的厨房给我用一下，我还特别强调，这是中国习俗，媳妇应当孝敬公公婆婆一顿饭。

“你一定要做番茄炒蛋给大家吃！”爱德华给我下菜单，“还有菠萝炒牛肉，他们绝对喜欢吃。”

婆婆说要在厨房里做我的下手。她看到我手中的菠萝，便马上拉开她的百宝抽屉，拿出一个“切菠萝器”。我坚决地摆摆手，拿起刀利索地把皮削下来，那些均匀陷入黄澄澄菠萝肉上的黑疙瘩便暴露无遗了，我接着把这些黑疙瘩分成一排排整齐的队列，用刀子把他们沿着队列切下来，那些分布在黑疙瘩之间的菠萝肉，便能最大程度地被保留下来——这在“切菠萝器”之下，早就被当作菠萝皮一道切掉了。婆婆看着我如此自如地把菠萝玩弄于股掌之间，当然是惊叹不已，连呼：“中国人真是手巧啊！中国人真是了不得啊！”

当大家津津有味地享用完这个“了不得”的中国媳妇做的饭菜后，婆婆还意犹未尽地回味：“这个手呀，真是巧，切个肉丝，那么快！炒个菜，十来分钟就可以！还这么好吃呢。”公公用纸巾擦干净嘴角，他挺了挺满足的肚皮，对我点点头：“以后你就是我们的厨师了！”

我看他们心情正好，便趁热打铁地把纠缠了自己好些天的顾虑说了出来：“阿妈，我准备回中国看我的父母亲。”

“噢，可怜的父母亲，他们肯定很想你的了。你当然要回去了。”婆婆放下她开始收拾餐具的双手，看着我诚恳地说。

“我想下星期便走了。爱德华会陪你们过完圣诞新年再去中国，我们在中国一起过中国的新年。”我说得很急，也有点心虚。我不但不和老人家一起过婚后的第一个圣诞新年，甚至要撇下我的新婚夫君。我知道圣诞节对他们的意义。

“当然，圣诞节时你们要来慕尼黑，这样我才可以和你们一起过节，因为今年我圣诞期间要上班！”爱德华快速补充说。

婆婆低头沉思了一下。当她再抬起头时，双手又开始拨弄眼前的餐具。她点点头：“哎呀，这都是你们自己的事，你们自己看着办吧。”

我感觉心中石头落地。突然，我很幸运自己有个德国婆婆，她把自己和子女的事情来个泾渭分明，这让一些在中国人眼里“复杂”的东西也简化成一道番茄炒蛋般，色彩明丽，甜酸适口。我忙站起来按住她的手，告诉她今天就让我来收拾餐桌吧，这也是中国传统习俗啊。

婆婆却一把挡住我，语气里没有回转的余地：“你在德国就按照德国规矩啊。我的厨房，我来收拾，你做饭辛苦啦，要歇会儿。”

一个星期后，我拖着小箱子站在父母的面前。

一别十个月，我发现母亲往日圆润的脸却好像瘦削了点。待父亲从厨房里拿着碗筷出来时，她忙不迭地给我添粥夹菜，端起一个粽子放在我面前，说心疼我那永远长不了肉的脸蛋啊，她已经包好很多粽子放冰箱里了，我在接下来的日子里可以每天都吃粽子。

我一听有粽子吃，便激动得不得了。如果是在德国，我肯定会给我的婆婆一个拥抱作为感谢了。可是，对我的母亲，我们没有拥抱的习惯。我只是拿起筷子来夹粽子。

粽子，那是母亲每年端午节都会包的，我记忆中母亲的粽子，从我五岁那年便开始清晰了，而且对粽叶香香的回忆总是伴着书页飘飘的故事。那时，端午节母亲包的粽子，小小的四个角，馅料用的是自家种的花生米自家养的鸡。粽子在锅里煮好了。母亲点上油灯教哥哥念古诗：“……笑问客从何处来？”我屏住呼吸在旁边听，然后便大声嚷嚷：“妈妈，我也可以背这首诗了，可不可以先给我吃一个粽子呀？”母亲总是开心地挑一个最大的粽子拆给我吃。

十岁那年，母亲在端午节来前采了很多粽子叶回来，然后包了长长的粽子。她说：孩子长大了，长粽子里面可多放点馅。我也觉得自己长大了。在学校里嫌老师讲课无味便和同桌一起偷偷看自己带的书。为了向同桌炫耀我的博学我把目光瞄向了父母的书架。第一次我拿了一本《红楼梦》，看了两天看不出个所以然来便又偷偷放回去。然后又拿了一本《第二次握手》，结果还没等拿回学校就被母亲翻书包发现没收了，母亲非常生气：“小孩子怎斗胆偷看儿童不宜的书了？”

十五岁那年，我开始嫌母亲包的粽子用了五花肉，太腻了，我不爱吃。

那时我在课堂上偷偷看课外书的癖好愈演愈烈。我已经和高年级同学一起传阅琼瑶小说了。晚自习还偷偷跑去电影院看琼瑶电影《燃烧吧，火鸟！》，我满脑子都是那玉洁冰清能诗会画的清雅爱情烈女，我也想如她们般的美丽清魂。所以我怎么会爱母亲包的腻粽子呢?！母亲还以为我学习太累了，所以胃口不好。

十七岁那年，端午节母亲包粽子时放了好多黑芝麻。她说，女儿要准备高考了，要补补脑子。我还清楚记得她抚摸我手背时眼中的湿润，她说："你要是选择在广州读大学就好了，我还可以老去看看你，北京太远了。"

她不知道，我那时已经看完三毛所有的书了，还把《简·爱》《飘》也啃完了，课余时间还跑到旧书店收集一本本《世界知识画报》杂志。开家长会时，别的父母都夸我的母亲教子有方，孩子一个个成绩都那么好。其实，是我对外面世界的极其渴望让我终于收回心来听课堂老师的话了。

二十岁那年的端午节，我在北京吃到了当地的碱水粽，里面夹个红枣果仁然后就着白砂糖吃，甜香甜香的。我渐渐淡忘了母亲的粽子。那时，我依然喜欢读古诗词，但只读李清照和柳永的词了。我还把他们那些描写离愁别绪的相思词句一首首在本子上抄录下来。我还爱上了看人物传记：《徐悲鸿传》《达芬奇传》《凡高传》……我连续两个月只吃最便宜的菜，储了钱去买了一套《陈香梅文集》。我幻想着我的风花雪情有朝一日也寄托在一个天才或伟人身上。母亲给我来信了，信中说女儿啊千万不要在大学里谈恋爱呀，回来妈妈身边工作再考虑。

我最后圆了母亲的心愿，回到她身边工作了。只是她盼的女婿总是没有出现——即使她曾多么努力地活跃在舞太极拳的老人群中。她不知道那时的我越来越爱看英文书了。一本厚厚的英文原版《欧洲印象画派》让我爱不释手，雷诺阿笔下轻倚阳台或嬉闹于花丛中的丰腴女人，最能让我感受美的陶冶。我已经不怕粽子油腻，可是我没觉得非要吃母亲包的粽子才算过端午。

于是，两年前当她问我想不想去德国时，虽然我的内心也曾犹疑不决，但是那份对欧洲、对德国的向往与好感，其实已经远远超过对母亲粽子的依赖了。

今年我三十岁。三十岁的端午节，我在离母亲万里之外的德国，正在满怀期待地盼着民政厅给我们安排的婚期预约。母亲告诉我，今年她又开始包粽子了，因为家人都说还是自己包的粽子健康卫生点，而且味道也纯正些。我当时在电话里对母亲很郁闷地嘟囔了一句："如果你以后只是端午节才包粽子，那么这辈子可能我再也没机会吃上你的粽子了！"母亲也在电话那头反驳我，说早知道当初不送我去读那么多书，什么饱读经书，经书读饱的话都是忽悠人的，只能让我越来越远离她的粽子。我不禁莞尔，是啊，书读得再多也比不上母亲的粽子那么能实实在在地填饱肚子啊。

这个时候，我不但把关愚谦写的《浪》看完了，还看了张勇的《野天鹅》，他们在"文革"期间那些触目惊心的亲身经历，让我这个在红旗底下长大的人想到了自己的童年。想到了自己父母那种夫妻两地分居的日子持续了十二年才结束。母亲不舍我的眼泪，是有理由的。她所经历的一切，使她对一家人团团圆圆如此义无反顾地执着。

于是，她把她的执着包进了那一只只粽子里，她现在不仅在端午节才包粽子了。她现在包粽子，是因为我回娘家了。

第二天，我带着父母去逛王府井百货大楼。母亲穿上那件紫色毛绒大衣，那还是我刚出来工作时给她买的。当年我的月薪只有八百块，可是我却花了四百块给母亲买了这件大衣。当她穿在身上时，表弟还曾装模作样地举起大拇指，夸她有撒切尔夫人的风姿。只是母亲很少穿它，她说广东的冬天再冷也不会需要穿这样的大衣。今年的冬天，有点异常，连我这个从德国的大雪天里飞回来的人，都觉得这份湿冷透着异常的刺骨。

张灯结彩的王府井百货大楼洋溢着浓浓的春节气氛，这样的气氛也刺激着我们的购买欲。我不但给父母挑了他们喜欢的衣物，也给自己和爱德华选购了满满当当的两大袋子，还给爱德华的父母也买了点礼物。

回家的路上，不爱言语的父亲扬起泛着红光的脸，对我说："儿子和女儿的区别就是：爸爸告诉孩子们说想去换双新鞋子了，很快，儿子会给他一张崭新钞票，告诉爸爸自己今天要陪朋友吃饭，让爸爸自己去商场逛逛买双新鞋吧。女儿来了，她会问，爸爸，今天是星期天，我陪你上街好不好？于是，女儿不但陪爸爸去挑了一双漂亮的新鞋，还不忘买了一盒鞋油和鞋刷。”

我笑着附和：“要不怎会说生男好听生女好命呢，老爸！”

我没有注意到，就在我和父亲嬉笑之间，母亲却挽起她那紫色毛绒大衣的袖子，在眼角上拭擦。

晚上，我们和大舅妈一家吃饭。大舅妈是个地道的广州人，能吃会玩。我喜欢和她在一起，因为她的性格和我那多愁善感的母亲比起来，有着极大的反差。我从来没看见她有皱眉头的时候，而她的人生经历却真可谓波浪汹涌。大舅妈的第一任丈夫因病早逝，留下孤母寡女独凄凉。大舅妈和大舅舅认识结婚后，又喜得一子。这样子一家四口乐融融，当是柳暗花明又一村的幸福日子了，却没想到那如花似玉的女儿染上了毒瘾，于是，本来可以担当电视台主持人的女儿，落得个戒毒所度日、男朋友离弃的下场。只有大舅妈始终对女儿不离不弃，鼓励她努力戒毒重新做人。可惜女儿终究难过自己那一关，选择自尽来报复这个世界。

不幸的人生，我只是在小说或电视剧里看过。可是，当它实实在在出现于我身边时，只能唏嘘生命之轻。而大舅妈化解悲痛的能耐，却更让我慨叹不已！她抹干泪后，便继续她的日子：大舅舅因为腿有点瘸，大舅妈便扛起家里头大大小小的活——几十斤的大米，她从一楼扛到五楼的家。几十平米的房子，她每天打扫得窗明几净。她为了能给大舅舅买到他最爱吃的新鲜鳝鱼，会骑上一个多小时的自行车到郊区的农贸市场去淘宝。她的快乐之源很简单：你只需对她做好的一桌饭菜付出一个好胃口。

这样的人就像一瓶润滑霜，你只要沾上了，便不得不润爽起来。

于是，在餐厅的圆饭桌旁，我挑了靠近大舅妈的地方坐下来。

大舅妈看着我右手无名指上亮闪闪的婚戒，就打开话闸门了：“阿鑫啊，你的幸福来之不易哪，跨越千山万水才碰到的姻缘，一定会天长地久的……”接着，她压低声线，悄悄告诉我：“你的妈妈啊，总是一提起你就流眼泪。我觉得她太自私了，只会想着自己的女儿再也不能常在身边照顾自己了。你可不要太往心上放，我会多开导她的。”

我连忙谢谢舅妈，心里头却是酸酸的，有份难以言喻的不畅之感。

每天早上，我还在梦乡之中，母亲便已经推出她的购物车，步行半个小时到一个农贸市场去采购。其实在我们居住的小区里面，也有一个菜市场，但是母亲不喜欢去。她说，那里面的鸡蛋啊，五块钱一斤，都是饲料喂养的母鸡下的蛋。她宁愿多走点路，去买八块钱一斤的走地母鸡下的蛋。看鸡蛋好不好吃，用它来做个蒸水蛋就能分辨出好歹了，母亲坚持认为，走地母鸡下的鸡蛋是最香纯的。买鸡蛋是这样，买鸡呢，也一定要买走地养的清远鸡、湛江鸡，只要是好鸡，随便用白水一烫熟便也清香可口。母亲不知道，她的这份坚持害苦了我。在德国，我已经不敢轻易去做蒸水蛋这道菜了，同样的，白切鸡这款家乡菜我从来不会拿德国饲料鸡来做尝试。因为知道它们真实的味道如何，便不会去敷衍自己的味觉了。我只能把鸡蛋搅浑了，和着番茄一块炒。

圣诞和新年过后两个星期，爱德华到达广州。

广州的天气依然是没有放暖的迹象，阳光也很少光顾我们。阴天的灰濛把城市上空的尘埃凝固起来，让人没了欢欣雀跃的欲望。

幸好广州还有一个年花市。那寒风中依然挣扎着绽放的芍药花、菊花，那金果串串挂满枝头的盆橘，撑起一个暖洋洋的花市场。裹着冬衣的人们，再怎么诅咒这个破天气，也都会依然来到花市，或是挑一把四代同堂的金黄果枝，或是捧一盆喜气洋洋的红菊，又或是把那弄得像座宝塔般的“步步高”竹子盆景搬回家。有花的广州，终于让人有了欢庆的缘由。

我和爱德华也从花市里搬回来一盆枝繁叶茂果盛的四季橘。就像装饰圣诞树一样，我们也要在四季橘树上挂满喜庆的大红利是封，在橘盆上面贴上大红剪纸。母亲还买回来一束含苞待放的桃花，她把桃花插进一个雕花彩瓷瓶里，也在枝桠之间挂满利是封。我们都盼望过年了。

大年三十那天，爱德华穿着厚厚的羽绒服坐在家里，他的脸色有点苍白。但他的兴致一直很高昂。他坐在客厅的沙发上，有滋有味地吃桔子——哥哥特意从老家的农场里买回来一大箱沙糖桔，个小味甜。我和母亲在厨房里忙碌着准备年夜饭。天气的确太冷了，我们的年夜饭会是吃火锅。

要开饭了，我走过去叫爱德华。我被眼前的景象惊呆了：爱德华面前的小茶几上，是堆积成山的桔子皮，那个装桔子的纸箱，还剩寥寥几只桔子。爱德华擦擦嘴角，憨憨地回应我："太好吃了，我从来没吃过这么小又这么甜的桔子，这个在德国没有。"

母亲看见我准备扯开喉咙嚷，连忙过来拉爱德华。她边推爱德华入座吃饭边回头对我喊："吃了就吃了，有什么好生气的，只不过一箱桔子而已，又不是一箱黄金。"

我还宁愿他吞下去的桔子会变成黄金出来呢，我担心的是另一个问题，但是大年三十的，有些不吉利的话不可以说，因为据说会很灵验的，一说就实现了。吃了一箱桔子的爱德华，继续他惊人的好胃口，在火锅宴上又风卷残云地吃了一通。

过了两天，大舅妈打来电话热情地问我，要不要带爱德华去帽峰山玩，她可以当导游啊。

我和爱德华便跟随大舅妈去帽峰山玩。

来帽峰山玩，除了游山玩水，就是吃山鸡，饮山泉，捞水塘鱼，木瓜地里畅游，玫瑰丛里流连了。

大舅妈是这里的常客，她经常自己骑自行车来帽峰山玩，所以她知道的帽峰山故事很多，都是些在书上找不着的。我津津有味地听她讲故事，爱德华在兴致勃勃地用他的大相机捕捉镜头。

在一片香蕉林里，沉浸在大舅妈故事里的我，突然发现爱德华消失在我们的视野里了。我们四处张望，大声呼喊，直到一声微弱的应答从一棵香蕉树后面传出来。

爱德华耷拉着脑袋，相机在胸前一晃一晃地抖动着，他惨白着脸，目光呆滞，走过来轻轻告诉我：“我拉肚子了！我浑身发冷啊。”

我担心的事还是发生了！我从大年三十他狂吃桔子那天，就担心的事，终于还是成真了！我知道这个德国人有着多么敏感的一个肠胃。他在德国面包掉地上捡起来又塞嘴里的，我不担心。他在德国把水龙头一拧开便喝水的，我不担心。德国是一个大温室，他的抵抗力是温室里烘出来的。他对温室以外环境的生存适应能力，我并不乐观——太热的日子，他喘不过气来。太冷又没暖气的日子，他宁愿让自己去冬眠。

我们马上出去坐出租车回家。

爱德华真的病了。他高烧40摄氏度，每隔半小时便要跑一次厕所。

我决定和他去医院。

现在还是春节放假期间，医院也只有急诊开门。

我和他去了人民医院的急诊处。

人山人海，好像所有的人都趁着放假才有时间来医院似的。医护人员都用口罩严严密密地把自己的嘴巴鼻子罩住。

好不容易轮到我们了。“我要挂号。”我对着厚厚玻璃窗下开的那个小孔高声喊。

“什么病？”

“发烧，拉肚子。”

“对不起，这里不接收发烧病人。所有发烧病人请到医院门口搭建的临时就诊处就诊。”挂号处的大妈穿过厚厚的大白口罩闷声告诉我。

“这是什么道理啊？！”

“非典啊，这个都不知道。”大白口罩显然被我的无知惹得不耐烦了。

非典，SARS，无名肺炎，我怎么不知道！去年我们回国，在香港还住了两个晚上呢。回来后就听说香港一个酒店的客人，把这个病毒带到广东，这个可怕的病毒继而蔓延到中国大江南北，甚至全球三十多个国家和地区。当时，我们还庆幸自己免遭一劫呢。但是，我明明知道现在病情已经得到控制，钟南山老神医还研究出一套卓有成效的治疗方案来对付这个病魔的啊，况且，世卫组织也解除了对中国的“旅游警告”了。

我极不情愿地带着爱德华到外面去找诊室。

临时诊室其实就是搭建起来的铁棚子。我们走进一个冰冷的小铁皮间去候诊。

这时，一个同样戴着大白口罩的女医生走了进来。她的眼睛毫无光泽，也许是已经在医院里熬了通宵。大新年的还要来上班，我觉得她也挺可怜的，所以也完全理解她的无精打采。我在旁边叙说着爱德华的病情，女大夫既不点头，也不摇头，更不说话。

女大夫撂起爱德华右胳臂的衣袖来抽血，给他切脉听诊，并开下处方，让我去拿药给爱德华打吊针。

还好，爱德华没有什么“非典”嫌疑，他可以转到医院主楼的急诊部里面，和别的病人一起坐在大厅的躺椅上打吊针。

离开爱德华，我走出医院门口。医院坐落在一个繁华的商业地段上，商铺却没有休假，相反，他们都期盼在假日期间能收获更大的营业额。我走进一间琴行里，在一架电子琴旁驻足不动。很快我和爱德华就要回德国了，我一想到可能又要再过一年才回来看望父母，心里突然空洞起来。

“请问你需要帮助吗？”琴行的服务员走过来问我。

“我想买一架电子琴，给老人家学的。”母亲曾是一位音乐老师，几年前她就提到过，等她的三个孩子都成家了，她就想好好享受自己的生活，学个电子琴什么的来消遣一下。

我知道我的选择并没让她快乐。音乐或许能减轻一点她的伤感。

“嗯，你面前这款式不错的，音质也好，老人小孩都适用。”服务员很热心，把琴插上电源给我试音。

我抱着琴坐上出租车回家，想象着母亲每天坐在琴凳上敲出她最喜欢的音符，想象着母亲伴着电子琴里流淌出来的乐曲翩翩跳起太极舞步，唱起革命老歌，我好像看到她荷花般绽放的脸，流光溢彩中充满了对生活的喜悦，对子女的满意——那是让我们作为子女可以安心的一张脸。

我抱着琴，就像抱着母亲晚年的幸福。

母亲看到我，还有我抱着的琴，她的脸上掠过一丝笑意，但很快笑意消失，换成满脸的忧虑。她问爱德华的病情如何了。我把铁皮诊室的情况告诉了她。我还不忘提起那一箱桔子的事，好像在提醒母亲，那箱桔子其实是爱德华今日得病之源，当初就不该姑息他的无度。

“我现在就去煮点白粥，你等会儿拿去给他吃。医院的饭就不要吃了，不适合他这个肠胃病的。你就辛苦点，多跑两趟，给他送饭吧！”母亲怎么这般确定，病中的爱德华也会爱吃白米粥?

“还有，你要是给他的父母打电话，别告诉他们爱德华生病了，老人家要担心的。”

我会心地对母亲笑了一下。我想起自己当初在奥地利玩滑山车受伤的情景，那时我也因为怕她担心而没有说实情啊。

母亲煮好粥后，我便送去给爱德华吃。

当爱德华打开保温瓶里热腾腾的粥时，他表现出的胃口却让我惊讶不已。“还是你们中国人有道理，生病了吃这个没味道的粥，还真的很舒服。”他边吃边啧嘴。

我想，也许是他饿了大半天的缘故吧，再加上那消炎点滴，把他体内的热量给慢慢化解了，所以这碗热腾腾的粥当然比干巴巴的面包更贴心。

我回到家里，母亲继续她的忧虑：“阿鑫哪，你看爱德华都这样水土不服的，你在德国，那里的冬天比这里更寒冷，你怎么适应得了呢？”

我说：“德国室内有暖气，很舒服的啦。要不，明年你和父亲到德国去看我们，夏天到那里去避暑。”

我相信他们在德国小住一阵，便会放心我了。

爱德华康复以后，我们也要开始收拾回德国的行李了。母亲给我们买的东西，两个大箱子都塞得满满当当，她在旁边不停地给我解说：“红枣枸杞子用来煲汤，黑芝麻搅碎了自己熬芝麻糊吃，这黑木耳可好了，是托熟人才买到的正货，难吃到豆腐，就煮点黄豆来吃，黄豆一定要吃，对身体好。还有，这里还有两条粽子，你们在飞机上吃。我另外还煮了鸡蛋，都是给你们坐飞机吃的，飞机上的饭肯定不会好吃的。”

爱德华说，他回德国可以开一个超市了。

我们启程回德国的那个晚上，全家人都到广州白云机场送行。

母亲抬起衣袖拭泪。不知道为什么，我突然对母亲有点不满。我觉得她的眼泪可以在我面前流，可是，我不希望她要向整个世界宣布。

我有点难为情地看着周围，害怕别人都会把责备的眼光投向我：看看这个负心女啊。

爱德华和我的每一位家人都相拥告别。他把母亲紧紧拥抱着，像在哄孩子一样：“妈妈，不哭，明年我们再见，明年你们去德国。”我收藏起自己的不舍，对我的中国家人抛下一个灿烂的微笑，便头也不回地走进登机口。

3 居家的日子

三月的德国，树林里躺了一冬的枯黄叶子，虽然经过了几场霜与雪，还是那么固执地不愿化为尘泥。那些紫色的，白色的，黄色的野花，却都从厚厚的枯叶堆里钻出来了。叶儿才刚刚抽芽，树影疏落，野花们便放纵地享受这片充满日光的自由空间。

我没有那份放纵的心情。每天送走爱德华上班后，我便努力投简历找工作。因为我的德语还不是非常好，所以选择性便大受限制。我集中精力找一些和中国有业务的公司。自己在网上搜索倒腾了一阵子后，打了很多电话，碰了满鼻子的灰。写了无数简历，收到礼貌的拒绝信也无数。

但不久，我还是接到了一个公司的面试通知。我着实兴奋了一阵，因为这个公司就在我们住所附近。

面试时，我和两位面试官用德语交谈了半个多小时。我虽然德语的书写能力不够好，但是口语交流是毫无问题的了。他们夸我德语好，说就凭这点，他们也相信我是一个学习新事物很容易上手的人。我心中充满了希望。

突然，其中一位面试官问我："你会很快考虑要孩子吗？如果派你到中国两年再回来，你能做到吗？"

他提的这个问题真是令我措手不及。我强装镇定，淡然回答，孩子迟两年再考虑完全没问题，至于独自回国两年，呵呵，我说还真的要和爱德华商讨一下啊。

面试在最后的客套中草草结束。

晚上爱德华回家，我跟他讲了面试的情况。我告诉他那家公司提的那些问题，对一个女人来说，太伤人了。

爱德华也很愤愤不平，他说这样的问题，要不要孩子的问题，是很私人的东西，这是不允许随便问的。

不允许问，和不想问，是两码事。如果这位经理不是如此直截了当，而是用另外一种方式，譬如："我们这个职位需要怎样条件的人，做怎样的工作，你觉得你能胜任吗？"这样，我会更释然。

几天后我便收到公司给我发来的拒绝函件了，这于我完全是意料中事。只是我更真实地体会到自己在德国的职场生活会有很长一段时间是灰色的。

婆婆这时打来电话，告诉我们她要做一个小手术，需要住院一个多星期。她问我们可不可以把公公接到慕尼黑来照顾他一下。

周末，我们动身回埃尔福特。

一路上，车窗外的满野春色并不能舒缓我心中的忐忑不安。爱德华一如既往地继续他无忧无虑的车速，看到我眉宇间的那丝烦躁，他只是用惯有的大大咧咧来应付："车到山前必有路啦。"

我不知道我的路通向何方。

婆婆一看见我们，满脸写着内疚，她不停地说："真是对不起，要麻烦你们了。特别是小鑫啊，白天爱德华上班，便是你一个人和阿爸一起啦。不过你可以让他帮你一起削土豆皮，让他帮你洗碗的，只要你叫他做，他懂得帮你做的。"

我其实一点不觉得公公会是我们的负担，他能吃能走，只不过有点健忘而已。和他在一起，听他唱唱老歌，说说古诗，总比一个人闷在家里为找工作而烦恼好。

我们帮婆婆收拾好行李，便送她去医院办好入住手续。

公公和我们一起回到了慕尼黑。

白天爱德华去上班，我和公公独自在家。天气好时，我们会经常到家附近的树林里去散步。

一天上午，正在林中陪公公漫步的我，被林子深处的一大片紫色小野花引诱着，我正想蹲下来，公公却一把拉过我，摇头晃脑地念了一堆韵律有致的句子。我听了个大概，觉得也是关于树林和野花的描述，我以为他也在惊叹这些出污泥而不染的小野花，便又欲转身蹲下来折花。阿爸这一次把头摇得像拨浪鼓了：

别别，别把花来折。
难道你要忍心
看我烟花寂落芳华尽？

我好奇地问他："阿爸，你怎么不成为一个诗人呢？你说话太有诗意了。"

"我给你念的就是诗歌啊！最后一段我根据歌德的诗改写的。"

"是吗！那你一句一句教我，我也想把这首诗背下来。"我兴致勃勃地央求他。和一个健忘的老人在一起，如果想不觉得无聊的话，最好的办法就是能找到一些对他和对自己都有兴趣的话题。我决定让阿爸把对诗歌的嗜好转化为对我的文学陶冶。

“当然可以，我的小姑娘！”他眼中的我，永远是“孙女”级别的小。我享受这种感觉。

他在教我念诗的时候，停顿之处，总会问一句：“爱德华呢，爱德华在哪里？阿妈呢，她又在哪里？”

我回答他后便又跟着念一遍他教我的诗句。这样，一个上午的散步时间，让我听懂了这首美丽而简单的小诗。回家后，我翻出爱德华书柜里的歌德作品集，把那首诗找出来，用德语诵读：

遇上

我走进树林
只是漫无目的的
并不为寻找什么，
这是我的本意

在树影里我看见
一株小花屹立，
如星星般闪亮，
如眼睛般美丽。

我想把它折下来
它轻柔地问我：
难道我应该
被折断枯萎吗？

我把它整个挖起
连同它的根，
放置在
美丽小屋旁的花园

然后，在安静的角落
重把它植上；
如今，它继续抽新枝
花儿开不断

这是一个多么愉快的上午，我和公公在一起吟诵歌德的小诗。生命的活力，只在于你懂不懂得发掘和呵护，就像林中的小野花般。

做午饭时，我们一起削土豆。我说我今天要给他做一盘尖椒土豆丝吃。他在旁边看着我炒土豆丝，每隔几分钟便像小孩子般发问：阿妈呢，阿妈在哪里？她什么时候回来吃饭？爱德华呢，爱德华在哪里？我们什么时候回费力登？

吸油烟机的噪音很大，我一边翻炒土豆丝一边扯开喉咙来回答他。

这阵子，他经常提起要回费力登，他的出生地。他总说他的母亲在那里等着他，还有他的哥哥姐姐们。我便哄他说，等夏天来了，我们陪他一道回去。其实我也很想去看看他的故乡，还有那些在我的婚礼上认识的亲戚。

他看见厨房窗台上的香蕉，便拿起一根来剥皮。

我从橱柜里拿出一个漂亮的魏玛瓷盘来盛土豆丝。

公公走出厨房，我听见了厕所冲水的声响。

我叫公公来进餐。电饭锅里的米饭和蒸肉冒出热腾腾的水汽，公公把他的眼镜摘下来用衣服擦了一下。他吸了一口气，问我：“阿妈呢？爱德华呢？他们在哪里？他们不吃饭吗？”

他们不在家。我们要吃饭。

我突然没有了耐性，每隔五分钟去回答他同样的问题了。我想安静地吃一顿饭，好好享用我的土豆丝，我切土豆丝的刀工多好啊，我炒的土豆丝软硬适中，味道极佳。我要独自享用我的午餐。我让他坐在厨房的小餐桌上用餐，自己却捧着盘子到客厅去了。我还不忘把厨房里的收音机拧开。

我不知道婆婆是怎样忍受得了和一个健忘的人日夜相守的。

吃完饭后，我在沙发上坐下来闭目养神。

迷迷糊糊之间，如雷贯耳的冲厕声把我弄醒——他上洗手间总忘记关门！

过了一会儿，“砰”，客厅的门被打开了。公公看见躺在沙发的我，便又想退出去。他摸了摸后脑勺，若有所思地问：“阿妈在哪里？我的房间在哪里？”

随着他的问题而来的，还有一股强烈的臭味。

我不由自主地站起身，捂着鼻子走向他。

我没发现他的衣裤有污迹，我放开捂着的鼻子，像一条狗般嗅着走廊，寻找臭气的发源地。

最后，我推开洗手间的门。

抽水马桶里，漂浮着一缸他的污浊物。我连忙重新捂上鼻子，用力按下冲厕水阀。抽水桶“咕咚咚”地闷响两声，喷出来的水没有足够的冲力把那堆污浊卷走，反而越发散布出一阵腥血般的恶心来。我忍着翻搅的胃，冲出家门口，奔向房子后面的丛林。站在一排参天松树底下，我还是没有勇气让自己敞开呼吸。丛林后便是铁轨，一列货运火车正飞驰而过，“轰隆隆”的声音把我胃里的那股浊气震荡着，我感到自己将要被摧毁的软弱神经。

我在一片混沌之中极力寻找问题的根源：厕所堵住了。被什么东西堵住了呢？我该怎么办？马上打电话给修理公司？——这不是德国人的第一反应。德国的人工太贵，别人来你家看一眼也要给他付车费了。家里有什么东西要修理了，爱德华总是先拿出工具箱来自己捣腾一把的。

所以，我还是得回家，先去看清楚。

我从林子里捡起一根细细的松树枝，闷着头向家里走。一上楼梯，便已经闻到那股腥臭味了。公公正好从门口探出头来，看见了我，他恍然大悟：“啊，你原来在这里！阿妈呢，她在哪里？”

我把他推进屋里，让他坐在客厅里别乱跑。

我拿起细树枝，插进那能让天地一色黑的浊臭里搅拌。在抽水马桶的瓶颈之处，我感觉到了异物的存在，我用力把异物往外勾起：那是一小块香蕉皮！

原来公公把香蕉皮扔进厕所里面引起堵塞的。

腥臭味没有因为我的新发现而减弱，香蕉皮我也只能把一小块勾出来。我却再也不能继续下去了。

我给爱德华拨打电话。爱德华告诉我，让我把那一大瓶平时用来定期疏通下管道的强力清洁液倒进厕所里。那其实是强酸剂，对头发油污等东西有极强的化解作用的。但是，对香蕉皮？

别无选择的我，决定试一试。

我把整瓶强酸清洁液倒进厕所里，把洗手间的门关上，然后叫上公公：“我们到树林去散步啦，阿爸！”

走累了，我们坐在池塘边的小长凳坐下来，看抽芽的新叶倒影水中央。渴了，我们在树林里的小啤酒园要来两杯啤酒对饮。

这样游逛了一个下午，想着爱德华快下班回家了，我才催公公快点回去。

没想到爱德华已经到家了。他说给我打了一百个电话，都没人接，我又没带手机，他一着急便提前下班了。他想着，万一这个厕所自己搞不通，还来得及让人上门来处理。

“再说，那个强酸清洁剂倒进去了，需要用水彻底冲刷的，要不，连下水道都会被腐蚀掉！”他责怪我的三心二意。“不过还好，我已经把问题解决了。厕所现在又可以用啦。这股臭气啊，可还要些时间才能散发掉。”爱德华也露出了倦意。

“你受罪了，我的小老鼠！”他摸了一把我的脸。

“我们还是把香蕉放在阿爸看不到的地方吧，好不好？”我心有余悸地向他提议。

要是他每天吃一根香蕉，等到婆婆出院的时候，我想，要进医院的会是我了。

婆婆的手术进展顺利，一个星期后，她可以出院回家了。德国的福利好，是表现在每一个细节上。像婆婆这种情况的人，出院时会有护士帮她把出院手续给办理好了，还安排好车送她回家的。

等我们把公公送回去的时候，她已经康复得差不多了。

见到我时，婆婆把我拉进她的卧房里，她摊开右手心，里面躺着几张钞票，她把钱塞进我的手里。她用近乎命令的声调对我说话："请你收下！一定收下！这些天照顾阿爸辛苦了，太难为你了。你就用这点钱给自己买件漂亮衣服啊或者买双鞋子啊什么的，让自己高兴一下啊！"

我喉咙里像是哽着只苍蝇似的，一个字也说不出来。

我不知道我凭什么可以让自己高兴一下。我只觉得心里头一股悲哀越来越深刻：她，我的婆婆，看来是会永远和我"明明白白"地算账的。我照顾公公，天经地义的一件小事情，可是，在她眼里，我却是要得到报酬的"劳工"。

我走进厨房去准备给大家做饭。可是我已经没有很大的心情去张罗一顿丰盛午餐了。我把冰箱里能找到的大小番茄全部拿出来，煮好面条，炒好番茄鸡蛋，加点葱花混了一锅番茄蛋面。

"很久没有吃番茄炒蛋了，我真开心今天又吃上啦！看看这盘面条的丰富色彩，红黄白绿尽在其中，你真是一个艺术家，我的小老鼠！"婆婆也学爱德华叫我小老鼠了。不过，我还没有感觉到我和她会有这般亲切的关系。

我在电话里跟母亲说起婆婆给我钱的事情。母亲说："你不用那么多虑的，她也只不过是出于好意，并不是对你见外。你给她解释一下，说我们中国人照顾自己的亲人是分内事，谈钱会伤感情就行了，她会理解的。"

母亲当然永远只能以中国人的思维来给我出谋划策。我却觉得这些话说给婆婆听简直是对牛弹琴。

4 女人你要怎么做？

我得到了一份为期半年的临时工，在一个展览公司里协助做一些零碎的项目管理工作。

公司离家有点远，每天坐完轻轨列车还要转一次地铁，才到达目的地。但是上班的感觉很新鲜兴奋。

曼是我的上司，年龄和我相仿。她长得很秀气，这个德国女人甚至有点我们中国江南女子的玲珑，这让她在我眼里显得很独特。曼对我非常友好，我们经常在午休时一同结伴去吃饭。

一天，市政府经济部有一个活动，是接待来自中国的一个招商代表团，曼把我也带上去参加活动。我没想到，这个代表团竟然是来自广州市的。他们向在场的听众描述了广州的发展宏图：南沙的开发，大学城的兴建，科学城的规划，留学人员创业园等等项目，言辞里透露出求贤若渴求资若饥的迫切。

这是一个让我听完后心情此起破伏的招商会，我至今仍能清晰地记得有一次父亲和我在电话里说起南沙的大学城开发时，他曾感慨地叹了一口气：“你要是在德国读完书后，能回大学城当老师，该多好！”

回来的路上，曼仰起她那张俏脸，对我说：“你的家乡真美啊！依山傍水，现代繁华。”

我想，因为她看的幻灯片，都是在蓝天白云映照下的广州。但是，我不否认，从地理位置来说，广州的确是一座美丽的城市，先别提那一衣带水的珠江了，就是那北部延绵的绿色山丘，城中零落分布的湖泊，也让这座城市无处不风景。只是，每次回去看到越来越灰濛的天空，成了我心里头难以挥去的阴影，我再不敢自豪地接受别人对美丽广州的赞誉了。

曼却继续兴致勃勃地告诉我，她的男朋友就要被派到中国去两年啦。我羡慕地对她说："那你一定要在他去中国之前，和他结婚哪，这样，你也可以名正言顺地和他去中国了。"

她低头叹了口气，明亮的眼眸有点无奈与哀伤。我没有再继续问她为什么叹气。我只是默默地想念广州，想念我在广州的家人。我不知道自己希望爱德华也能有朝一日到中国去工作，是否算是一个遥不可及的梦想！毕竟，这个世界，好像都在做有关中国的梦，即使那里的天空总是这般不争气……

曼的眼圈越来越红了，她告诉我，男朋友是有妇之夫，为了她要和妻子离婚，但一直还没履行。但是，他信口誓誓地保证，会离婚，会娶她。只是，现在要是去中国两年的话，还不知道会发生什么事呢。

我一听，便为她的"光明未来"捏了把汗。我不喜欢那些所谓的"小三"角色，爱情是让人容易心乱意迷的东西，可是再浓的情总会回归柴米油盐的平淡，婚姻的经营与维持却是靠一个"责任"，她伤害了另一个女人，怎么就能相信自己以后定能通向幸福之路呢？

而且，德国男人离婚的话，要付出很大的经济代价，他要继续给孩子抚养费，如果前妻没经济来源，还得继续养她。往往这样一折腾，一个中上收入的男人，离婚后便成了穷光蛋。若非真是爱之切情之浓，他们是万万不会轻言离婚的。

"你要真的铁下心来跟他，就得和他一块去中国。两年是个很长的时间，会有很多事情发生。"我还是给她出了建议。

"可是，我要放弃这里的工作，两年后我要是回来了，我没有工作怎么办？重新找一份像现在这般好的工作，并不容易。"她设计的理想生活，依然是世界为她转动。

"两年后，或许你们有了孩子，你便要在家待着啦。"我提醒她。

"哎呀，你别说了，他那点工资肯定大半都要给他前妻（她忘了，他还没离婚呢），他还怎么能养我和孩子呢？我肯定要工作的。”

我被她的话弄得有点晕了，心里想，这么复杂的网，你还一头栽进去。女人啊女人，又要情又要事业，有时候就是这般难哪。我以为我这个外国人在德国要两全其美何其难，没想到事业上风生水起的德国女人一样也会有难题。

好像只要身为女人，便逃不掉烦恼的宿命——我收到了姜子的电子邮件。

姜子，我多久没她的讯息了！自从她从德国去了美国做交换学生，然后又回北京去，我们便一直没机会再见过面。

她的信很长，出乎意料地长。要知道，她绝对不是一个喜欢在电脑上敲打的人。姜子向我诉说她回国后的遭遇。她说，自己出国前，说什么也已经是跨国大公司的营销经理了，因为自己有能力出业绩，所以从不需看上司脸色行事，是个实实在在的“无冕之王”。没想到离开中国三年，镀了一层“洋金”，喝了点“洋墨水”，满怀斗志重回故土时，却在职场上今不如昔，在国际公司里面，连一个普通的营销职位都难找到。原因是，如今中国的经济发展速度，你离开中国三年，再回去时人家都说你不再熟悉中国国情，一切都需从零开始了。

从零开始就从零开始吧，我给姜子回信。

我把我的求职经历也告诉她，让她知道我也是从零开始的。可是姜子的零点比我高多了，而且她化零为百的机会也比我强，因为她是在一个毫无语言障碍的地方，而且，她还是独身，在求职时不会有人担心她“啥时要孩子”的事儿。我建议她离开人才济济的北京，到南方去碰碰运气。我相信她的才能会有用武之地的。

作为女人，我们该做的，是要相信自己。

5 舍不得老

德国春寒料峭之时，邻家院子里的那株苹果树，树上的花苞憋了大半个春天，也迟迟不见绽放。我每天从阳台上眺望它们，都忍不住祈祷，祈祷老天把气温升高一点再升高一点，好让那些花苞儿张开那蝴蝶般的美丽。

“它们知道自己盛放以后的命运是什么，所以不急着绽开呢。”爱德华每次看见我痴痴地对望苹果树的样子，都会意味深长地打趣一句。

“还能有什么命运，落英缤纷后，它们便又结成一株株果实了。”我嘀咕着，世间没有任何一种生命，像一棵树这般顽强有生命力了。它抖落的一地叶和花，变成泥来碾为尘，来生又来护树长花果。生命长生息。

我忽然想到日渐老迈的公公，我想到他满腹的故事和诗歌。我想着，如果他有个小孙子在身边，每天给小孙子讲故事，念诗词，该是多么幸福的日子啊。我真不愿意看到，当我的孩子出生时，却已经没有机会和他们的爷爷奶奶一起共享天伦了。

我把我的想法告诉爱德华。爱德华傻傻地乐着，说他的父亲哪，最喜欢小孩子了，而且很喜欢女孩子。当年他就希望爱德华会是个女孩子，他把名字都给想好了，如果是女孩子的话，就叫她娜莎，那是他母亲的名字。十二岁便失去母亲的他，母亲在他心里却一直是难以忘怀的。

“哦，那我们就得要两个孩子了。因为我喜欢男孩子。”我抿嘴一笑。

“嗯，只要你愿意生，生个半打我都没意见。”爱德华嬉皮笑脸地咬住我的耳朵。

我突然觉得，这个生孩子的愿望，让我振奋不已，甚至比得到一份好工作更让我激动。

这个周末，我们懒洋洋地窝在床上，还有一个星期便是我的生日了。爱德华说我生日那天想和我到山里去度假。我却迫不及待地告诉他我心中的规划——我们有了孩子以后的幸福规划：

我们要搬进一个大房子去，最好有花园，我们要在花园里给孩子建一个秋千，还有滑梯。我要和我的孩子们讲中文，我要和我的孩子们每年去中国……

"叮铃铃……"电话响起来了，爱德华不情愿地从床上爬起，走进客厅里拿起听筒。

"什么？阿爸进医院了？"客厅里传来爱德华惊慌失措的喊叫。

我连忙掀开被子，赤着脚溜到他身后，他把听筒的喇叭按开，让我一起听。

"阿爸昨晚半夜突然肚子痛得很厉害，我叫了救护车来把他送去医院。我刚从医院回来。"电话那头，婆婆的声音有点倦意，但依然很清晰。

"医院要先给他检查，才能知道是什么病。"婆婆继续缓缓地叙说，"你们不用担心，也不用回来，周末好好休息一下。等下周阿爸出院了，再回来吧。"

放下电话，我们走到阳台上透气。阳台上已经洒满暖洋洋的阳光，抬头之际，我惊见那株苹果树，已是花满枝头了。苹果树的旁边，是一个小池塘，池塘清水涟涟，倒映出一树洁白的花儿，宛若天上云朵儿掉进水中央。我却担心，那湿了水的云朵儿，怎样才能抖干身子哪。

爱德华把早餐准备好，搬到阳台的桌子上，我们紧挨着坐下来就餐。

他煮的咖啡浓度适中，只是，我们好像少了点品尝的兴致。我们只是埋头填饱肚子，忘了自己在面包上涂的是蜂蜜，还是苹果酱，也忘了是否涂了黄油。

收拾饭桌时，我小心翼翼地问爱德华："是否真的不用我们回去？"

“如果阿妈这么说，那我们就再等一下。”爱德华的眼神里，写满了对他母亲的信赖。这份信赖是一个从小就习惯了母亲呵护的人才有的。

我陪爱德华到树林去散步。

爱德华对童年的记忆便如那葱郁的林子般，一丛丛地涌上眼前。他说自己从小就有一份莫名的恐惧，担心自己的父母等不到自己长大，便离他而去了。父母能分享到他今日的幸福，对于他来说，是非常令人安慰的事了。他多希望，父母还能继续盼到“娜莎”来临的时候。等我们真的有了“小娜莎”，爱德华说，我们便带上阿爸和阿妈一起回费力登去，去看看阿爸出生的房子——那座老房子里还挂着孩子的曾祖母——老娜莎的照片呢。

如果真有那么一天，那将会是老人家此生最满足的时刻了。

接下来的几天，我们怀着忐忑不安的心情继续我们上下班的日子。

周四的时候，我到了公司后，刚给自己倒了杯水，曼走进来，她满脸的光芒有如一树苹果花般烂漫。她轻轻地揪了一下我的衣角：“告诉你一个好消息，他正式离婚了。”

还没等我说声恭喜，她接着说下去：“我向公司递交辞呈了，因为我要忙着和他张罗结婚的事，然后和他一起去中国。”

哦！我嘴巴张成一个圆圈，找不到一个字来回应她的决断。几个星期前，在她和他的感情走向还不够明朗的时候，她对自己的工作忧心忡忡。但是，如今人家只不过刚刚恢复了王老五自由身，还没把她明媒正娶过来呢，她却已经毫不犹豫地放下自己得意的事业了。德国总在呻吟这个国家的生育率低，我想，也许是像曼这般的“性情女人”越来越少了。受过高等教育的女人们，为了家庭向事业妥协，需要的不仅仅是一份让人缠绵断肠的爱情，还更需一份能把自己放得下的勇气。

我由衷地祝福曼。

待曼走出我的办公室后，我的手机响起来。那是爱德华的电话。

我们担心的事情还是发生了。

“阿妈说，阿爸病危，要我们马上赶回埃尔福特。”爱德华颤抖着说。

我语无伦次地安慰了爱德华几句，告诉他我这就去请假。

我走进曼的办公室，曼听到我的述说后，同情地说："去吧，家庭是最重要的。一路上小心点开车。"

爱德华的样子让我很担心。他一边飞快地打开衣柜收拾行装，一边不停地自责："天啊，我真不该，真不该不回去啊，我太自私了。"

"也许事情没有我们想象中那么糟糕。阿爸是那么坚强的一个人，他或许可以挺过来的。"

虽然我至今不知道公公得了什么病，但是我宁愿相信那是一个可以让人存有侥幸之心的病痛。

"阿妈说，那是癌症，晚期的。天啊，怎么会这样呢！我可怜的阿爸！"爱德华双手捧着头，那一束束短发从他的指缝里透出来，散发出无尽的枯涩。

我也难过地垂下眼帘。

我们的汽车飞驰在通往埃尔福特的高速公路上。一路上，爱德华沉默不语。我担心爱德华一开口，便会模糊了行驶的视线，所以我选择配合他的沉默。车上的速度指示仪显示我们的时速为170公里，这远远超过了德国高速公路上的"建议时速130公里"——德国高速公路有的路段不限速，好像就是专门为了照顾如我们这些个归心似箭的游子，能赶在天黑前回到父母的家。

公路两旁的春色，被无边无际的黄色油菜花田占据着主角，那井然有序的如丝绸毯子般铺开的金黄地带，把日渐黄昏的天际上那一抹红霞油彩也映出一份黯淡来。

透过车窗外的倒后镜，我看到浓眉深锁的自己。我开始怀念从第一次看见公公，他便用打油诗把我逗笑的情景；我开始怀念，我们一起在图林根森林游玩时，每遇到上坡路，我总是在他后面，像个顽皮的小童，双手撑起他的腰，数着"一，二，三"来助推他一把；我开始怀念，在鲜花盛开的公园里，我打着太阳伞，他俏皮地躲进我伞底下的那些琐碎的欢乐；我开始怀念，每当爱德华给我们拍照时，我总爱爬到他后面的凳子或石头上，悄悄在他后脑勺伸出两个手指，让他成为一个长角的“怪物”。和他在的日子，我总是没有理由吝惜我的笑容。即使在他把香蕉皮扔进我家抽水马桶里的那个日子，我也没有忘记他教会我的第一首德语诗歌，给我带来多大的欢悦。

爱德华依然寡语。我想此刻他的脑海里，翻腾着的肯定也是他父亲的种种好。

爱德华一口气开了四百公里的路程，汽车下了高速公路，拐弯上了通向埃尔福特的普通国道。就在我们即将进入埃尔福特市时，一道刺眼的霞光穿过车前玻璃，直射向我们的脸庞。我连忙把挡光垫子拉下来。爱德华却依然迎着霞光保持车速，好像要把这道夕阳红揽进车内，让车厢里凝滞的气氛温和起来。

当最后一点晚霞泯落天际之时，我们到达了医院。

推开公公的病房门时，我们看见婆婆独自坐在里头，她的脸朝窗外，双手合在一起，不停地搓动着。

婆婆站起身来，与我们拥抱时身体有点颤抖，她不停地向我们道歉：“太对不起了，让你们赶得这么急，太难为你们，辛苦你们了。吃饭了吗？”

这个时候，有人敲门进来。那是一位医生，高个子，秃头儿，人却很精干。

医生和我们一一握手问候，他满脸兴奋地告诉我们：“手术很顺利，整个肿瘤都切除掉了，很干净彻底。如果他能从手术恢复过来的话，我们便胜利了！”

婆婆抹着眼泪：“让我怎样去谢谢你们啊！你们真是天使啊！”

医生像个小孩般，右手握成一个拳头，在空中漂亮地画了一道弧线，他跃跳起来：“是啊！让我们一起努力创造奇迹。不过，今晚他还需留在急救室待观察。明早就可以回到病房里啦，你们今晚都回家好好休息吧！”

我们都长长地吁了一口气。

回家的路上，我急不可待地开口说，公公那样的好人，就应该长命百岁的啦，上天会保佑他的！

婆婆疲惫地蜷缩在汽车座椅上，她的脸上少了那份常见的光彩。

到家后，她掏出钥匙打开家门，对面邻居沃夫一家正好也打开门出来。婆婆不在家的这几天，沃夫太太一直帮她打理一下房内花草，清理邮箱事宜。

“噢，亲爱的葛丽特，你回来啦！你怎么这般憔悴了？阿尔伯特怎么啦，他好点没有？”沃夫太太握着婆婆的双臂，担忧地问。

婆婆露出她整齐的白牙，“太感谢你为我做的一切了。我们会好起来的。只要我这个老太婆还能爬上四楼楼梯，这地球便没有不旋转的道理。”

一直站在后面的沃夫先生也伸出手来握住婆婆的手，他摇着头说：“天啊，葛丽特，这几天看不到你，这幢楼的阳光都少了很多。我这个糟老头虽然比你年轻几岁，但是爬楼梯的劲儿还比不上你哪。我心里一直纠缠着，想要搬去一处有电梯的房子呢。”

“搬家？不！绝对不可能。我们都在这里住了大半辈子啦，怎么可能说搬就搬？我是不会离开我这个家的。”婆婆的脸上又出现那份我熟悉的固执。

“唉，还真是阿尔伯特说的那样，舍不得老啊，舍不得老。”沃夫先生继续摇头，“不过人胜不了天哪。我正在写的关于二战中埃尔福特市的书快接近尾声了，等我写完，书付印后，我们便要张罗下一件大事——找房子搬家了。我的膝盖的确越来越不争气啦。”

不仅是婆婆，我和爱德华听到了，都很伤感。俗话说，远亲不如近邻，婆婆和沃夫一家，真的是几十年如一日，相扶相助好相处，两家的孩子也是一块玩大一起成长的。因为有这个邻居，远离父母的爱德华便多了一份放心的理由。毕竟，比婆婆年轻不少的沃夫太太，会经常过来关照问候他们一下。

和沃夫一家道别后，婆婆走进家门便把自己深深地埋进沙发座椅里。她的目光透过厚厚的镜片，投向窗外那在夜风中摇曳的树梢。那与楼同龄的大树，在一个老人面前，只需用它的树梢来向大家宣誓：我们，才是那个不老的传说，不是你们人类。

我把行李衣装收拾完毕后，走向蜷在沙发椅里的婆婆，我告诉她我想做点东西吃。婆婆受了惊般把头抬起来：“啊，我这老糊涂，怎么没想到你们长途跋涉来到这里，还没吃饭的呢！”她用双臂撑住沙发椅扶手，欲站起来。撑起她庞大身躯所需要的力气，好像双臂已经无法胜任，相反，沙发椅却在她的弹力作用下往后滑动，最终，她又疲软地让自己摔回沙发椅上坐着。

“唉，我这到底怎么回事啦？我一点都不懂我自己了，一点力气都没有。”她无可奈何地瘫坐着，“我可怜的小鑫，你自己进厨房冰箱去看看有什么东西可以吃吧。柜子里有面条，还有燕麦片的。”

我走进她的厨房，那个像陶瓷工艺店的厨房。只是，今天，我不再为洗菜盘旁边那个装刷子的美女陶瓷杯驻足，也不去看整整齐齐挂在墙上那套装鸡蛋的小瓷杯。我径自走向冰箱，打开柜门，一股酸馊的味道扑鼻而来——里面有一盘胡萝卜芹菜头大蒜叶熬成的汤，看来公公在医院躺了几天，它也在冰箱里躺了几天了。我把它拿出来倒进厕所里。发酵的菜汤，经水一冲，它所散发的气味便充满了整个屋子。我捂着鼻子继续走回厨房，我已经不再奢望能在冰箱里还能找到什么东西了，我只想帮她清理一下变质的食物。

“速冻柜里应该还有东西能煮来吃的，小鑫。”婆婆闻到馊酸味，把脸从窗外的方向转回来，隔着厚厚的沙发椅背对我喊叫。

我打开速冻柜，还好，里面躺着一包蔬菜，它混杂着豌豆和小指般大小的胡萝卜。这种速冻的蔬菜，平时我是从不爱光顾的。只是今天，我毫不犹豫地把这包蔬菜拿出来。我还从橱柜里翻出一袋面条。

幸福，幸福是什么？我这个时候能清楚地告诉你，幸福就是你饥饿难耐的时候能在冰柜里找到一包你从不爱过问的速冻蔬菜！

清香扑鼻的汤气把婆婆和爱德华的饥饿感也唤醒了。我们坐在一起就餐。

我们只是安静地喝汤吃面条，面条是意大利通心面，只有半截手指长短。我们谁也不说话，也许面对食物才发现，自己的嘴巴现在最需要做的事情是什么。

爱德华和我吃完了两盘面汤，婆婆才吃完她的第一盘汤。我们同时放下手中勺子，轻轻嘘出一口满足。这时婆婆看着她对面空着的位置，情绪开始有点激动：“啊，不知道阿爸现在醒过来没有。不知道他什么时候能回家吃饭。”

公公平时吃饭爱坐的位置，在我的旁边。

墙壁上，挂着一幅风景油画，旁边还有一个风景锡盆，锡盆上面画的是费力登小镇的标志性建筑：一座独特的天主教堂。现在公公不坐在这里了，婆婆的眼光便往墙壁上继续扫视。最后定格在这个锡盆上面。

“可怜的阿爸，六十年了，离开他的费力登六十年了。他老说想回费力登看看，看看他小时放牛羊的地方。我总是不太情愿陪他去。”她啜泣着。

“为什么你不愿陪他回去？费力登看起来是一座很美的小镇哪。”我有点不解，还有一点不满。费力登，离埃尔福特市也只不过二百多公里，本来东西德相分裂时，公公回一趟家乡都够不容易的了，好不容易等到德国统一，能够自由通行啦，他依然一颗乡心依旧。按理婆婆应该多点迁就他，陪他回去多走走才是道理。我想，如果我要坚持常回中国，爱德华不乐意的话，我会像疯子般向他嚎叫的！

“你不知道。你怎么知道呢！你不会理解的。那个时代的费力登人。”婆婆喃喃轻语。

爱德华接上茬说：“阿妈，你说的那都是半个多世纪前的费力登人了，现在大家对宗教都相对开放很多啦。”

我一头雾水地听着两母子的对话。

婆婆转过身来告诉我，公公的父亲，一个虔诚得近乎苛刻的天主教徒。他们费力登，整个小镇都是虔诚的天主教徒。“这个有着十一个孩子的父亲，他对教堂的爱比对孩子的爱还深。”她摇着头叹息。

她接着往下讲，“阿爸要和我结婚的时候，这个虔诚的天主教徒却不高兴了。我是为这个难过着呢。”

原来，生在埃尔福特市的婆婆，在这座让宗教改革领袖马丁·路德垂青的城市，她当然随着父母一起，信仰的是福音教。在那个时代，福音教在一些顽固守旧的天主教徒眼里，依然是“逆教”——虽然大家都是为一个耶稣走进教堂的。公公的父亲，怎么能容忍得了这份爱情呢？虽然他没有强烈到要横刀相阻的地步，但是，他释放出的冷漠信号，却足以让当时年轻而被爱情冲昏了头脑的婆婆受伤不已。

岁月如歌又如泣，故人已逝恩怨泯。婆婆最后对着锡盆坚定地点了点头：等着吧，等天气暖点，阿爸身体恢复过来了，我们一起回费力登去看看。

第二天，是一个特别的日子——我的生日。有人说，自己的生日，其实是母亲当年十月怀胎一朝分娩的疼痛纪念日，所以，我从来不会刻意去张扬我开始存在于这个世界的日子，我只是在这个日子里记得给母亲打个电话。

当然，自从我有了爱德华后，在这个日子里我成了一位主角人物。不仅仅是他，还有他的父母，他的那些和我谈得来的表姐们，都牢牢记住我的生日。从早上起床后，我便不停地收到电话问候和手机短信，都是他们的衷心祝福，祝福我万事胜意，身体健康。

我说，我要把我收到的祝福转给公公，他更需要这些。

吃完早饭后，我们到医院去。公公已经被送回病房里了。我们推门进去时，他已经醒过来，护士正在给他擦脸。

婆婆走过去握起他的手，对他嘘寒问暖个不停。紧接着，她指着我对公公说：“阿爸，今天是我们小鑫的生日。”

公公脸上的肌肉马上跳动起来，他摊开右手掌，挥动五指，示意让我靠近他一点。我俯下身，他张开双臂，紧紧地拥抱我一下，然后调侃：“你又长一岁了，可是你一点没变老啊！”他的拥抱是如此有力，还轻轻弄疼了我的臂弯。我心里暗窃喜：这说明他身体还健，力气尚好。

“阿爸，我也像你说的一样，舍不得老啊。”我向他打趣。

他更开心了。

但是，我还是觉察出这张笑脸所隐藏的苍白。还有那个塑料管，从他肚子里往外延伸的塑料管，那应该是排尿管，里面流淌着的，却是暗红色的液体。我感觉一阵晕厥，不敢再细看下去。从小我的父亲便一直希望我能成为一名医生，他却不知道，我最终不愿意也不能成为一名医生的缘故，是我不能与血打交道。

我走出病房去透气。远远看见昨天的那位医生正带着两名护士来查房，我闪进旁边的阅读室去。

过了十多分钟，爱德华出来找我。我迎上去，问他医生都说了些什么。

“手术顺利。康复看阿爸的力气。”他的喉咙有点干。

我本来想问一下关于排尿管的血，但最后还是把这个问题捂在心里。我的好奇心远远没有我对它的恐惧感大。

“走吧，我陪你到城里面去转转，今天毕竟是你的生日。阿妈留在这陪他就行了。”爱德华揽住我的肩膀，好像要从我这里找到一点力量似的，他重重地捏了我一把。

“那我们去彼得堡山！”埃尔福特市，最让我喜欢的地方，还是婚礼那天，我们上去拍婚纱照的彼得堡山。站在山上，便能从最美丽的角度去观赏埃尔福特大教堂，还有整个古城风貌。苹果树花开的季节，再游彼得堡山，那是另一份美。虽然我们的心都还因公公的病情没能好好放下，但是我们没法拒绝那扑鼻而来的花香，以及那悦耳的啾啾鸟鸣声，赏目的古城春景。

即使不是因为爱德华，我也会爱上这座城市的。如今，因为有了爱德华，我对埃尔福特这座城市的爱，更加踏实了。

傍晚，我们再去医院看公公，他正安静地睡着。婆婆晚上会留在医院陪他。他的健忘症在陌生的地方会更严重，所以婆婆留在他身边能给他很大的镇静作用。我匆匆瞥了一眼那个塑料管子，好像暗红色已经变成了鲜红。我又一阵恶心，转过身去看窗外，窗外的栗子树，正怒放着或红或紫的花，它们无比张扬的鲜艳越发让我觉得晕厥。

我催促爱德华回去。

没有想到，这是我们见到阿爸活着的最后一面。

接下来的第二天早上，他再次被推进手术室，就再也没回来了。

Five

第五章

千山万水总是情

1 故乡的味道

2004.06

公公去世一个多月后，我怀孕了。

这是一个来得非常及时的好消息。它提醒了大家，生命有限，但生命依然绵延不息。从此，婆婆和爱德华每天的电话问候里，我和我肚子里的小胚胎成了他们之间说不完的话题。

只是，我的妊娠反应很强烈。只要我走进德国超市，看见里面的奶酪香肠，就禁不住那份恶心呕吐感。我只想能吃到小时奶奶磨的嫩豆腐——那是奶奶用自家田地里长出来的黄豆，亲自推动石磨，让那白白的汁液流进木桶里，她再用白纱布把豆渣隔开，用石膏轻轻点出如蒸水蛋般的嫩豆腐。奶奶只需用一把韭菜去调煮，便能烹调出那盘让我走尽千山万水也忘不掉的山水嫩豆腐来。除了嫩豆腐，我还疯狂地怀念着奶奶自家腌的大头菜，怀念着一碗大米粥里撒上几粒咸菜头的味道——那是深植体内的属于故乡的味道。

我给母亲打电话，母亲听完我的诉苦，叹了口气："都是自找苦吃吧，谁让你嫁那么远呢！"我把母亲的话磨成一串亚洲店的板豆腐，干干地咽下肚子里。母亲在放下电话时向我许诺，下次教我用石膏做嫩豆腐。

和母亲说完电话后，我继续和父亲聊。

这才知道，母亲查出她得了糖尿病。

糖尿病？这是什么玩意！我心里大惊，忙在网上搜索一遍：肥胖可以引起糖尿病——可是我的母亲并不胖啊！基因遗传可以引起糖尿病——可是我的外祖父母没有这个病啊！饮食不节会引起糖尿病——我那可怜的母亲，几十年来，过的都是拮据生活，从来也没享受过大吃大喝的富贵日子，只是这些年，我们几个孩子出来工作了，家里经济条件才稍好点，她当有机会多去享受美食了，可是却得了这个富贵病！这是为什么哪！我继续往下看——心情忧郁可以患糖尿病。我心里一沉，我的母亲，难道她竟是因为放不下我远嫁的事实，日夜忧思成疾?！是的，肯定是的，我想到她在机场里红肿的泪眼，我想到她在大舅妈面前泛湿的脸颊，我想到她和我通电话时，那颤抖的声线，我的喉咙有如长出了一根锋利的刺，它穿过我的呼吸道，直戳进心脏深处，团缩成深切无望的窒息。

我拼命在网上收集关于治疗糖尿病的信息，然后在电话里一点点地读给母亲听："多吃糙米，少吃精粮，少吃甜食，少食多餐，还有还有，多运动，最重要的，心情要保持舒畅，你去好好学弹琴吧，我给你买的琴，你常弹吗……"

"我一摸琴就想起你……"听着母亲的声音，我已经感觉到她那红红的双眼了。

"那你每天到花园去和大家一起跳舞打太极拳吧。"我极力保持自己充满生气的声线。

"别人一看见我，就会问，怎么舍得把女儿嫁那么远……"我知道她此刻已经开始拿纸巾来擦眼睛了。

"就连你的表妹阿英，都说你嫁那么远，自己生活再好也都不完美的，因为我不能分享你们的幸福。"母亲的声音已经开始带点哭腔了。

"妈，这样对你说话的人，才真是不想看到你好呢！"我悻悻地说。

"可是我真是很想你啊。你走了以后，现在再也没有人陪我上街了，我生病了也只能来个电话而已……"她抽泣着放下话筒。

电话筒上的小屏幕，模糊映出我的脸，一张落寞深处痛难耐的脸。

我跨出家门，毫无目的地走在田野上。

我看到一处田野长满绿油油的嫩苗，样子像是小萝卜苗，那是母亲最爱做给我们吃的一道蔬菜，微微的苦涩里带着无尽的清鲜。我仰起头，天空是无边无际的灰白，我的心，也浸透着苍白，我的胃，翻腾着苦苦的绿水。我也想念我的母亲。多想她此刻就陪伴在我身边，给我做出嫩嫩的山水豆腐，也许还能告诉我，什么样的野菜最可口。我踱步在菜苗地旁，面对这满野的葱绿嫩苗，心里非常想摘一把回去用水煮，可是我又害怕那是不知名的毒菜苗，万一我贪吃了，肚子里的胎儿怎么办？我努力说服自己打消这个可笑的馋念。

我疾步要把菜苗地甩在身后，可是双脚却不听使唤。在菜苗地的终点，它们来了一个九十度大转弯，脚尖与菜苗地便成了一个大大的直角。我蹲下身子，用手抓起菜苗便疯狂地往外拔——就像一个饥饿交迫的穷汉子，看见了一张正在热锅上摊的煎饼，毫不犹豫地伸出双手去抓，丝毫不会去想到也许那是一张摊给晚上出没的老鼠吃的毒煎饼。我抗拒不了那大口大口吃菜苗的诱惑，我好像已经看到了自己双手捧着一碗水灵灵的青菜苗汤，我贪婪而满足地嚼食着——它的味道，和母亲做出来的一模一样。

是的，它的味道，和母亲做出来的一模一样。

后来，我才知道，那不是萝卜苗，而是油菜花苗。深秋播种的油菜花，不会再有花开满野的机会了。入冬前，它们便会被耕作机连根翻转过来，在冬雪的掩埋下零落成泥碾作尘，为来年的春耕备肥料。

我在采集油菜花苗的日子里送走了怀孕头三个月痛苦的妊娠反应，也送走了我那半年合同期的工作。

这时候的爱德华，已经顺利通过了他的半年试用期，被聘为永久员工。我便安心在家待产。

婆婆一个人在埃尔福特的生活安排得很充实，她每个星期都去进行桑拿、水上健身运动。

金秋时节，我们陪婆婆一同回到了公公的故乡——费力登小镇。公公的祖屋很大，能看出当年的大家庭模样——毕竟是曾经养了十一个孩子的大宅院。公公给我们描述过的牛羊满山坡的屋背，如今是平整的青草坪。门牌号旁，挂着一块刻着“亨氏”字样的彩陶片。

丽娜的母亲现住在这个房子里。六十出头的她，留着一头短发，精干中显出一股严母之风。她把我们迎进屋内。走廊的墙壁上，挂满了各式黑白照片。我停下来端详。婆婆用手指着挂在中央的那张照片，那是个留着两撇山羊胡子的帅气男人，告诉我这就是当年的一屋之主：公公的父亲。

“当年，他一看见我，就热烈地拥抱我了。很英俊的一个男人！”婆婆陷入了回忆之中。

婆婆还指着旁边一张发黄的照片给我解释：“看，这就是娜莎，多么慈祥的一个女人。可惜，我没有机会认识她。她一定是一个很了不起的女人，生了十二个孩子，养活了十一个啊！”

丽娜的母亲笑吟吟地把我们引进里屋客厅：“别急别急，我等会儿到地下室把那盒照片给你们拿出来，你们好好坐在这里，一边喝咖啡一边欣赏。”

她说的“一盒照片”，其实是一箱子。德国人不善于忘记，却善于从历史中学习改进。这一点可以从他们精心保管的一箱“家族照片”看到。翻开照片，就是翻开几十年甚至近百年德国的历史：二战前后的费力登小镇风光、战争中戎装在身的亨氏男儿们、军营里一双双或是热情满腔又或是充满哀怨的眼神、独守家门的母亲眼中流露出的麻木迟钝，然后，便是战后那些分裂的岁月。公公偶尔出现在照片上时，都是亲人们或是婚庆或是奔丧的日子。每一张照片都能让他们讲出一家子的故事，十一个孩子里，除了一个战争中丧命外，别的在战后大部分都集中在费力登小镇。只有公公为爱留在埃尔福特市，以及他的一个哥哥安托尼留在柏林。东西柏林的历史，却让公公和安托尼的家人失去了联络。

我以为经历了这么多天灾人祸的婆婆，在回忆面前心情会泰然一点的了。可是照片上一个纳粹的标志都会让她唏嘘不已。婆婆不会英语，她的少女时代，希特勒政府是不允许学校开设这样的课程。“我们那时候，希特勒说什么，便跟着做什么了。希特勒在很多德国民众眼里，就是英雄。”她缓缓地说，“一个国家，在经历了经济危机通货膨胀之后，突然出来一个强大的声音，他让男人们重新有了工作，他让女人们有了奶粉钱，你们想一想，谁不愿意有一个丰衣足食的安乐人生？谁会拒绝疯狂地拥戴他？”

他们这一代人，从小受到的宣传，从父辈那里得到的教诲，都只是好的一面，他们根本就不知道集中营里关于犹太人的故事。那都是战后，审判纳粹战犯时，他们这些普通民众才慢慢知道的。婆婆说，她自己要用很长的时间，才把历史的真相消化……我很熟悉这份狂热的拥戴，因为我自己也曾或多或少地经历和感受过狂热崇拜一个领袖的年代。

我明白德国民众的心，甚至能感受到他们在希特勒的日耳曼梦破碎后，当他们对纳粹所犯下的罪行越来越清晰后，他们那颗滴血的心有多疼。

可是，他们没有因此而一蹶不振。从废墟中重新站起来，背负着艰难的战争债务——那不仅仅是账目上数百亿的债务，还有那永远卸不掉的心债，这需要怎样一份死而后生的勇气。亨氏家族如今宽敞现代的祖房，便是德国战后经济奇迹的体现。而他们重新富强起来后，却从来没有骄躁之气。他们的家永远被家庭妇女收拾得整洁有条理，他们的男人会亲自剪除草坪修理花园栅栏——这些生活里点点滴滴的有条不紊，也许正是德国奇迹的缘由。

这也许也是为什么我越来越喜欢德国的缘由。不仅仅是因为这里有歌德，有爱德华。

晚上，丽娜下班回来了，她把我们接到她的家。她告诉我们，她的两个儿子已经在着急地等待着“一个中国人”了。

我也渴望认识她的两个小孩子，还没见到他们，心已充满怜惜——为他们没有一个完整的家庭。丽娜是独自和孩子们生活的，我不知道，既要上班又要照顾孩子，丽娜是如何做到的。

丽娜的家坐落在离费力登十多分钟车程的一个小村子里。车子在一座大房子前停下，我暗自打量，大房子有三层，一层写有“办公室”字样，房子后面是一个大广场，广场一侧摆放着很多饮料模样的箱子。丽娜领我们从一个门口走上二楼。

她一打开门，便从门后窜出来两个调皮孩子，一个手里拿着毛绒棕熊发出“嗷嗷”叫声，一个手里拿着一架Lego塑料块拼装的飞机“轰隆轰隆”地尖叫。他们一看见我，便突然羞涩地收起他们的不羁，乖巧地藏在丽娜的臂弯里。

“来来，中国女人来我们家啦，快点看看她的眼睛头发和脸蛋是什么颜色的，和你们在图书上看到的是不是一个样哈。”丽娜把他们从臂弯里脱出来。他们还是低着头，但是手已经伸了过来：“哈喽，我是本。”“哈喽，我是安。”我一一握过他们的小手：“哈喽，我是鑫。”

“你能告诉我，哈喽的中文怎么说吗？”本看起来有五六岁，他稍为大胆点，已经开始向我提问了。

“你好！”我蹲下来教他们。

“腻号，信！”本一本正经地对我说。

我被他的声调逗乐了。

世界上有什么东西，比拥有可爱的孩子更珍贵呢？我不禁摸摸自己的肚子，温柔地向往着。

丽娜以最快的速度，煮好一锅土豆汤，我们开始进餐。

饭后，丽娜把本和安带到阁楼上，给他们洗漱完毕并安顿上床。

她回到一楼客厅后，对我们连连说着“对不起，对不起”。然后，转身在酒柜里拿出酒杯和红酒，酒未进肚便满脸红光的她，坐在婆婆旁边，亲热地低语：“现在，是我们大人的天下了，我们要一醉方休！”

她永远精力充沛的样子，让我艳羡不已。我的母亲担心我会受苦，那么，如果她看见了丽娜，会怎么想呢？

甚至我也无法理解丽娜是如何安排这一切的。

半杯酒下肚后，丽娜向我们揭开了谜底：

虽然她和丈夫分居，但是丈夫还是顾这个家的。这个大房子的左侧，住着孩子的爷爷奶奶，右侧住的是小叔一家，房子后面是饮料批发市场，那是属于丈夫的家族的。丈夫平时也在那里上班。丽娜在和丈夫分开后，和孩子们继续留在这里住，当然，她也要负担房子的还贷任务。丈夫搬出去住，也常常回来帮忙解决家中重活。爷爷奶奶更是称职，每天负责从幼儿园接孩子回来。

“我的先生是一个好人，我们只是性格太不相投，才最终走上这条路的。我们都希望对方过得好。也希望我们给孩子带来的伤害能减低到最小程度。”丽娜虽然有点无奈，但透过她的淡淡忧愁却能看到她眼里的光芒依然。

婆婆张开臂弯把丽娜拥进怀里，她的脸上写满怜爱：“我的小丽娜，你太坚强哪。当初你也像阿尔伯特一样，违背父母意愿出嫁的，也因为你的夫家是福音教徒啊。我还那么清楚地记得你是一个美丽的新娘。”

“我也是从小耳闻目睹了你和阿尔伯特的幸福，所以才情坚意决的呀。我的葛丽特！”丽娜把脸埋在婆婆的怀里，就像一个有无尽娇意要耍的孩子。我甚至有点醋意。我和婆婆之间的关系，还少了这份亲密无间，我们之间更多的是一份相敬如宾的婆媳关系。我不知道这种感觉是自己主观臆造的，还是事实。

但是一个不变的事实就是，婆婆很享受她这次的费力登之行，费力登小镇上还能找到的关于公公的每一段小故事，都会令她开心不已。当然，她也很高兴，和她一起分享这些过去的，还有爱德华和我。

2 在慕尼黑租房

我们计划要换租一个大点的房子。我挑起了寻找房子这个任务。

每天，我在大小报纸缝隙里阅读每一个房子租赁广告，我在互联网的房产页上登记了用户名，让他们及时给我发送租赁房的消息。在慕尼黑这座到处充满工作机会的繁荣都市里，一直都在闹房荒，房子的供给永远是落后于人们对它的需求：一个房子贴出租赁广告后，马上便有上百人排队看房。如果最后只有十分之一的人有租房意愿，还得把自己的收入概况报给房东后，任他从中进行比较挑选。

我找了几个月房子，圣诞节倒比我们的新房子还更快光临。

婆婆同意在圣诞期间来慕尼黑和我们一起小住一个月。每天，我们把客厅的沙发床拉开又合上，婆婆倒也不嫌麻烦，白天起床后总是把被套床单叠得整整齐齐放回房间里。她教我做圣诞饼，做图林根圣诞面包。不知为什么，和她朝夕在一起，我却一直有一种强烈的愿望，很希望公公还能和我们一起装饰圣诞树。那种思念的情感如此真切，我不由自主地拿出小学生用的彩色铅笔，在一张普通的白纸上，对着他的照片，凭着自己对他的记忆，涂出他的肖像来。我从没画过真人的肖像，但是我在画公公时，我觉得他的音容笑貌就在眼前，我完全可以清楚地捕捉到它，甚至把它定格在这张白纸上。画完后，我悄悄把它镶在镜框里——想把它作为婆婆的圣诞礼物。

圣诞平安夜，当婆婆手中捧着这幅画像时，她和爱德华都惊呼：我画得太像了。他们觉得公公真的又在我们身边，和我们一起过圣诞了！

这幅画像，婆婆在以后的岁月里，一直挂在她在埃尔福特的房子里，挂在客厅他最常坐的位置后面的墙壁上。

每次我看到它，除了感觉到公公的那份亲切无处不在外，也还暗自惊讶自己在画技上那一点点无师自通的“天赋”。只是，我的“天赋”也就仅限于如此的雕虫小技而已，我从没想过自己会在这方面有什么发展，因为我缺少成为艺术家的条件：一份忘我投入艺术创作的境界。我的追求是如此的微不足道，和一个只懂得脸朝黄土背朝天的农妇一样，只有一日三餐的实在。而我从不为自己微不足道的理想脸红。

新年过后不久的一天，我在网上看到一个房价和位置以及房子大小都很适合我们的房子，照片上修剪整齐的柏树墙、花园里盛放的苹果花，以及宽敞的院子，明亮的居室，都让我有份众里寻他千百度的感觉。

我赶忙给正在上班的爱德华打电话，征求他的意见。他听完我眉飞色舞的介绍以后，冷静地问了一句：“建筑年代是什么时候？”

“上面写着1964年建，2001年翻修过的。”

“翻修到什么程度呢？你要知道，20世纪80年代前盖的普通民房，房子的保暖性都不太好，冬天很耗能的。”

我一听，气便不打一处来：“新盖的房子够大你又嫌花园只有巴掌大，花园房子都够大了，你又嫌它贵。现在这个花园房子够大价格也合适的，你又嫌它不够保暖。你这样的标准来找房子，找到儿子上学了都找不到！”

“好了好了，别气啦。你不是问我意见吗？我表达一下自己的见解总可以吧。你要觉得好就和他们联系去看房子吧。”这几天爱德华都在公司里加班加点，估计也没工夫跟我多讨论这个事情，所以便草草打发了我。

我坐在电脑前，再仔细研究了一下房子的信息。我摸着肚子里的胎儿，告诉他：“我的小宝贝，妈妈想让你度过快乐童年的地方，就是这样的院子了——既有绿草坪，又有大庭院让你驰骋童车。”我拨通了房屋中介的电话号码。

不管是新房子，还是旧房子，只要这个房子要放租，在慕尼黑这个被历来称为“人类最适宜居住地、世界最美城市”之一的地方，你就不用忧愁找不到房客。同样，这个在爱德华那里要打个问号的老房子，也是簇拥者众，观者来往不绝。房屋中介把我们排到周末的一个傍晚去看房子。

爱德华和我一样，被房子的大庭院迷住了。当然，房子的本身，旧式的门锁、深色涂漆的木框架窗户，的确没有我们所喜爱的那份现代明朗感。可是，向南的整壁墙，都是宽敞的窗户以及落地玻璃门，可以想象得到，在艳阳高挂之时这个房子会沐浴在一片辉日之下。至于保暖问题，我告诉爱德华，这个20世纪60年代盖建的“节料”房，那是与现在建筑用料极其讲究的“节能”房相比而言的，相比那些价格奇高、地皮奇小的节能新房子，即使让我们每年多付一点暖气费，这个价格也还非常合算。

我们决定要租这个房子。我相信我的父母来看望我时，会喜欢上这里的。

房产中介这几天不知道带了多少看客过来，有兴趣的也绝不止我们一家。爱德华需要填一张类似“家庭普查”的表格，要把自家的人口数量、年龄、职业，特别是收入都一点不含糊地填好，再附上过去三个月的工资单作证，然后交给中介。中介收集完资料后，便拿去给房东筛选。

等待房东消息的那几天，对我犹如是一场热锅上的黄豆粒般的煎熬——想要蹦出去，无奈爆破力不足，便只能熬在热锅里，直到满脸焦黄了，被人翻出锅。如果出锅后修成正果，成为可口可香惹人爱的豆子一粒了，那还不枉这场熬。怕只怕，我是那些粒瘪了点焦了些发育也不全的歪豆子，永远没有上碟的机会。

所以当中介给我打电话，告诉我房东决定约见我们时，我的激动之情绝对不逊于当年收到德国大学入学通知单时的心情。有了爱情还不算是握住了幸福，有了面包最多只能让爱情有延续的前提，而有了房子，房子啊，管它是租的还是借的，买的还是别人送的呢，只要我有了它，有了这片遮顶的瓦，我便可以实实在在地继续做我的幸福生活之梦了。

房东是个女的，我们称呼她为迈尔太太。她住的房子就在我们要租的房子旁边，只一栏之隔。她模样俊俏，才六十出头，却已经是孤独寡居，丈夫在半年前病逝。她看见了我的大肚子，怜爱地说：“这个时候了，还在折腾房子的事，太难为你啦。”她不知道，我多么高兴终于有这个“折腾”的机会！

迈尔太太同意把房子租给我们，而且，我们二月初便可以搬进去。也就是说，我在预产期的前一个月，可以搬进新家。挺着大肚子来操劳搬家事宜，那会是乐大于苦的事情。

更令我快乐的是，房子有了，我便可以计划父母来德国探亲的事情啦。我甚至可以在孩子出世前，和爱德华一起抽空去办理申请签证所需要的经济担保函。爱德华告诉他的母亲，二月份我们不能回埃尔福特看她了，因为要搬家。他希望等搬好家后，她可以自己坐火车来慕尼黑。

“你要过来帮忙，照顾一下鑫，给她做点好吃的。”爱德华给他的母亲下达指示了。

电话那头是婆婆爽朗的笑声，“没问题，我非常乐意去帮你们忙。孩子一出生，我就会自己坐出租车去火车站的。”

“你可以让司机上来帮你把行李搬到楼下去的，到了车站后再让他帮忙把行李拉到站台上。”爱德华的啰嗦让我觉得婆婆反倒是一个要被照顾的人。

准备搬家的日子，每个周末爱德华都要到新家去干活：窗帘要装，灯要挂，德国的男人大部分都是能工巧匠，从粉刷墙壁到电钻墙壁，无一不是自己动手的。每个家的地下室都会放着一个工具箱一把折叠梯子，工具箱里面的钳锤钉螺整整齐齐地排列着，它们之于男人有若珠宝首饰之于女人。在过去的年代里，这个房子换过好几家房客了。没有多少住“老房子”经验的我们，在布置新家的过程中，接二连三发生的一些“惊吓”却让我们那欢乐的心情开始慢慢发馊：当爱德华用电钻钻安装窗帘的孔子时，电钻只是稍一转动，墙上便掉下来三根手指头般粗细的涂料层来；墙壁上的电插座，稍用力拔插头出来，插座便开始松垮不堪；还有门头那把锁，蹭着发暗的金色在跟我们赌气，不但难打开，那本来用来固定锁把的螺丝还不争气，啪嗒啪嗒两下便掉出来了。

爱德华也有点赌气了，他坐在地板上，仰望天花板，思量着下一个“惊吓”会是什么。

我建议，我们去找迈尔夫人，那和我们只有一栏之隔的房东老太太。我们前些天还碰到她了，她又一次看着我的肚子感慨不已，给我们讲述了她家中的憾事——她本来有一个非常可爱惹人疼的孙女儿，可是儿子和女友闹僵了，一气之下女方带着女儿远走高飞，从此了无踪影。迈尔夫人说真伤心啊，她自己养了两个男孩，她多么喜欢有一个孙女儿。爱德华是个悲悯心强的人，他看不得别人那么多的泪。所以，虽然他经历了老房子的这些“惊吓”，最后还是决定不要为孤独的迈尔夫人添麻烦了，自己动手去修补一下而已。

我更不能为了这些事情动了胎气。虽然电视、电影里也看过不少生孩子的镜头，但是对于自己很快就要身体力行的事实，还是觉得懵懂不知。我每个星期都会去产科护士那里上一节“产前准备课程”，这个费用是由保险公司负担的，主要是让我们这些产妇练习怎样放松自己，怎样辨别自己该去医院的时候，以及自然顺产下的呼吸要领。

还好，等我们搬好家时，小家伙还是在肚子里乖乖等着。

3 初为人母

三月初的一个早上，天未亮我便被有规律的阵痛折磨得不能继续睡觉了。我爬起来坐在客厅的沙发椅上。我有种感觉，他很快就要从我肚子里出来了。爱德华也披着睡袍睁着惺忪睡眼走过来，他从书架上拿下那本关于怀胎十月的书，翻到了他要看的那页。然后，他跃进了洗手间，我听见了“哗啦啦”的流水声。我心里诅咒着，这个男人，明知我疼啊，他还有心思去享受泡澡。他又走出来，在客厅放孩子换尿布的桌子一角，找到了一个量水温的仪器。这一次，他还走向我，把我拉起来：“过来吧，你泡在浴缸里，疼痛可以减缓一点。况且，我要记录一下，你阵痛的间隔是多少，这样，我们才知道什么时候需要去医院了。”在这个问题上，我对他是言听计从的，因为那本书我从没有好好看过，而他，总是一有空就会翻看，看完后，还不停地向我提问，直到我的回答跟书本上的描述有点吻合了，才罢休。

我躺在浴缸里，让那水暖暖地漫过我的大肚皮，水温计显示的温度是42.5摄氏度，很舒适的温度。爱德华拿着笔和纸，蹲在缸旁。我的阵痛一来，便轻轻举起右手食指，他就开始记录下时间：九时零五分，九时十二分，九时十八分……在这当中，他还不断地往浴缸里加热水，水温计显示的永远是舒适的42.5摄氏度。当他记录下十时十分这个钟点后，开始把浴缸的水放掉，并把我扶出来。

“我们肯定要今天去医院的了，只是，现在还不是时候，也许下午吧。”爱德华一边给我擦干身子一边兴奋地说，“那是很有规律的阵痛啊，很明显的，小家伙等得不耐烦了。哈，你看，医生给你算的预产期早过了几天啦，我给你在网上算的预产期就是今天，多准。”

既然下午才去医院，那么，便要在家吃午饭的。我打开冰箱，把里面的新鲜排骨拿出来，准备在去医院前给爱德华做一盘甜酸排骨吃。做饭之前，我给母亲打了个电话。母亲忧心地叹了口气：“女儿呀女儿，嫁这么远有什么好处呢！你的嫂子自从半年前生下孩子后，便一直有保姆二十四小时伺候，平时还有我和你爸爸帮忙。她坐月子的时候我从乡下给她捉了十只鸡来熬汤哪。”母亲总只懂得把我和那些比我“幸福”的人比，而不会去和那些比我更“倒霉”的人比——你看，我的一个女朋友灵，因为生了个女孩，夫家不高兴，孩子还没满周岁，丈夫便张罗着离婚事宜了。

爱德华给我收拾去医院的箱子。我开始张罗着做饭。两个阵痛到来之间的空隙里，我站在灶台前掌勺翻炒，阵痛到达之时，我便坐在椅子上，忍受着孩子在肚子里面剧烈的拉扯。我不知道是不是因为他闻到了菜香味，所以更加肆无忌惮地向我出示暗语：“让我出去！让我出去！”

当我把两盘菜放在桌子上时，那阵痛的强度已经让我没了进食的力气，我瘫坐在椅子上，眼里浸满泪水。

爱德华飞快地吃完饭，我们便驱车去医院了。医生给我做了检查后，让我继续去走楼梯，上上下下地走。我有气无力地盯着他，似乎在说：“坐着可以么？”医生好像读懂了我的眼神：“先苦后甜哪。现在多动动，等会儿生产的时候容易点啊。”我只能拖着爱德华的手把医院的三层楼梯来回爬了八八九十一个台阶，直到那撕扯的痛让我再无力支撑下去，我央求爱德华带我进去找医生。

我被一名护士带到一个小房间。她把一个水管模样的东西塞进我的臀部，我感觉自己的内脏正在被汩汩流水清洗着。

我终于躺进被他们称为“产房”的一张床上，床的上面悬挂着一个手环，当疼痛来临时，我便紧紧握住它。我已经被疼痛模糊了视线，只是懵懵懂懂地感觉到有几张男男女女的脸孔在眼前晃动，爱德华也一直在旁边陪伴着我。护士的手指往我体内一探，我便感到体下流出来一摊水，暖暖的。但是疼痛并没有因此而减弱，反而越加强烈，间隔时间从三十秒缩短为二十秒，又从二十秒缩短为十五秒，我听到医生在那喊：“用劲，用劲，往下用劲，吸气，吸气，往下吸气。”

我不会用劲，也不会向下吸气，只会憋着气往脑门上用劲，不懂得把劲用到下面的肚子上，一个月的产前课程，理论遭遇实践，我有如一只不懂拍翅的笨鸟。我不再抓住手环来缓解疼痛，把爱德华的双手紧握住不放，我甚至把自己的指甲深深抠进他的手臂，好像这样才能把体内的痛转移一点出去。我感觉到那班医生护士们开始拼命用手臂压我的肚子，想把孩子压出去。我害怕他们把孩子压疼了，在又一次撕裂的阵痛来临之时，突然明白了我要把浑身的劲用在哪里。随后，我听见“哇”的一声响，拖着虚空的身子，软软地瘫在床上。

“真可爱。”

“头发真多，真密。”

“眼睛真大。”

…………

紧接着，一个暖融融的尤物贴在我的胸脯上，他在上面找呀闻呀，最后把小嘴巴贴在了恰到好处的地方，开始了贪婪的吮吸……

我成为一名母亲了。

整个生产过程只有一个多小时，我想，母亲会为我放心的。嫂子在医院里折腾了一天一夜才把孩子生出来呢。

晚上，在医院里，我得到了成为一名母亲后的第一顿饭：黑面包加两片香肠奶酪，沙拉菜是一碟白晃晃的生大白菜，德国人叫中国卷白菜，还有一瓶酸奶作为饭后甜点。我咬了咬干裂的嘴唇，把饭推给爱德华吃。中国人吃大白菜，煮熟着吃还要放块姜进去中和它的寒气，在这里，我这个新鲜出炉的产妇，却要享用这样一碟和我的虚弱体质相克的新鲜生大白菜，我宁愿把泪水吞进肚子里充饥。

爱德华赶忙到走廊里给我冲了杯热热的茴香茶进来："喝这个，茴香茶在德国就像你们的'鸡汤'，有利于奶水的形成，我明天在家做好鸡汤拿给你喝，你告诉我怎么做。"

孩子生下来的第二天，婆婆马上收拾行装坐火车来慕尼黑。一看到孩子，婆婆便笑得合不拢嘴，她说这孙子神态太像公公了，活脱脱一个亨氏孩子，那下巴，典型的亨氏下巴啊。

我却怎么看都觉得他就是一个中国孩子，长着一头浓密的棕黑头发，眼珠也是黑色的，连他的脸色，都异乎寻常的黄。我给他起了中文名：粤子。粤人之子。

不少德国妈妈生完孩子不到一个星期，便会拎着孩子到湖边晒太阳，她自己也一个咕咚跳进水里去畅游，但我对爱德华说："我是中国人的体质，我要坐月子，我在月子里不会到外面吹冷风的。"

当然我的月子不能和国内的女友们相比。虽然爱德华也休假两个星期在家，婆婆也把家里晾晒衣服收叠衣裤的琐碎活给包揽了，但是，厨房里的活儿，还是多多少少要我操心。因为婆婆对"我的厨房"很不熟悉，对我要吃的东西还不太会做。我所用来切菜的刀，它的大小只有我母亲所用菜刀的一半，可是对于一辈子只用手指头般粗的小刀子来切菜的婆婆，那已经是一把"巨无霸"了。巨无霸在婆婆的手中变成了"巨无能"，用它来切胡萝卜西红柿，她用得很笨拙，还胆战心惊的。用它来切肉片，她根本不敢下手，她一辈子只懂得要么把肉整大块烤箱里烤烂了，炖锅里炖软了，然后再大块大块分到每个人的盘子上，吃的人再自行用刀叉切割一番。

每天早上她总是第一个起床的人，她会把面包烤好，咖啡煮上，餐具摆齐，才把我们叫起来吃饭。家里虽然有洗碗机，可是她总是把那些不能放进洗碗机的东西用手洗，而我，袖手旁观的时候，却还喜欢对她吹毛求疵——她拥有一个很“德式”的洗碗方法，她洗碗时把餐具放进有洗洁精的泡沫水里一泡洗，便拿出来用布擦得干干净净。我曾气急败坏地为此声讨她，她呢，反过来笑话我，说自己一直都这样子洗碗的啊，现在八十好几了身体还不一样硬朗着呢！我是个惜命的胆小鬼，我不敢拿自己的健康去做试验，我便要在厨房里蹲点，提醒她记得把餐具上的洗涤剂用清水冲涮干净。

婆婆也乐得干活的时候有个人陪着她。这天，婆婆要给我们煎猪排，她翻遍我厨房的柜子，也没找到一把锤子。她在埃尔福特的家，专门有一个棒槌肉排的锤子，用它来槌打过的肉排，便会松嫩起来。没有锤子她便没有勇气去煎这块肉排了，她说这样煎出来的肉排，会硬梆梆的没吃头。我心里堵着一股气，暗中咕噜了声“德国人那死脑筋”，然后利索地从抽屉里拿出我的切菜刀，反过来用厚厚的刀背往肉排上斜着直着剁了一番，把这一块块肉排硬是剁了个浑身松软。婆婆在旁边看得目瞪口呆，只懂得一个劲地喊：“中国人真了不得。”

只可惜我这了不得的刀功剁出的肉排，这天却被婆婆煎砸了——她还不熟悉我家炉子的特性，而她煎肉排的时候我正好在给孩子喂奶，没能及时看住。满屋飘洒的焦糊味把爱德华给引到厨房来了。他看到如焦炭般的肉排，便不满地嚷起来：“我一大早买回来的新鲜肉排啊，鑫没得吃了，不够营养了，你怎么这么不小心哪。赶快去煎点鸡蛋来吧。”

婆婆也觉得自己做了大错事似的，任由爱德华在那数落。她把肉排倒进垃圾桶，把锅洗干净，然后从冰箱里拿出鸡蛋来。

开饭的时候，我发现只有爱德华的盘里装了两个煎蛋，我和婆婆的盘只有两根香肠。爱德华也发现了，他的脸色马上又暗下来，把他盘中的鸡蛋放在我面前，对婆婆叫起来：“你怎么回事，你不知道吗，该补身子的是鑫，不是我。再说，你为什么不多煎点，让大家都可以吃上呢！”

婆婆静静地回应他：“因为你们冰箱里就只剩两个鸡蛋了，我又不会下蛋。”

我虽然也不高兴婆婆没有给我煎蛋吃，但是，我觉得这是最自然的母爱反应吧，面对最后一份煎蛋，一个母亲总是先会想到她的孩子。

这个鸡蛋肉排事件让我越发想念我的母亲。我迫不及待地想我的父母快来德国。母亲已经说过，要带黄豆和石膏来教我做嫩豆腐，要带粽子叶来教我包粽子，还会带一些青菜籽在院子里种菜吃。

要他们来，必须快点办好签证。

因为不放心第一次出国的父母，这一次，我的哥哥会陪同他们来。办理签证所需要的文件，比我想象中还要复杂。爱德华已经给他们出具了经济担保函，担保我们会负担他们在德国的食宿。此外，他们还需要买医疗保险，医疗保险的价格让爱德华也大跌眼镜。他们还要出具和我的亲属关系证明，证明我是他们的孩子，还有我和哥哥的兄妹关系，然后还要到公证处去盖个大红章来鉴证。他们还要到银行把存折前六个月的交易流水账打印出来，以证明他们有收入保障。哥哥还需要单位证明，证明他可以休假去德国探亲，还有所有的文件都要翻译成英文或者德语，连户口本和身份证也要翻译。

吃完饭后，我给母亲打电话，想问问她资料准备的情况。母亲说，这些资料要弄齐全，并不是一件容易事。为了证明我是他们的女儿，他们跑到老家的派出所去开证明，派出所的工作人员翻了大半天，却没能找到二十多年前的纸质文件了。因为我们兄妹几个自从十八岁上大学后，户口便从父母的户口本里消失了，大学时我们随着学校拥有一个集体户口，出来工作后我们的户口一直挂靠在单位或者亲戚家里。如今电脑上他们存有的资料，只有父母的资料，而没有他们孩子的记录。他们没有办法证明我是父母的女儿，也不能证明我是哥哥的妹妹。父母便又跑到自己退休前工作的单位，给领导说明情况，领导怜之悯之，便出了一张证明，证明他们单位的退休职工某某某，育有孩子某某某。还好，公证处也许也不是第一次碰到这样的事情，他们也接受了这样的证明，最终给他们办了这个亲属关系公证。

母亲最后说：“女儿啊，去探望你一次，要把父母的筋骨都跑断累垮啊。为了这个银行流水账，你父亲又不懂，在银行排了两个小时的队才弄到。德国是天堂吗？难道怕我们去了赖在那里不行？我只不过是去看看我的女儿，也要这般过五关斩六将的折腾。”说着说着，她的声音又转为啜泣，“去一趟都这般难，以后想让我再去就更难了。我就当自己把你白送给德国了吧。”

我听不得母亲的哽咽，我的心也仿若被一万只蚂蚁蚕食一般，细细密密地痛着。我对着爱德华咆哮：“你们德国怎么回事，以折腾人为乐啊，你看看你去趟中国多容易，填张表交几十块钱就能拿到签证了，还不用你亲自去呢。我们中国人犯了什么贱啦，我让父母来看我，都要这证明那公证的，还这保险那担保的，弄得他们还没踏上德意志的土地上就已经兴趣索然了，太伤人啦！”

爱德华任由我对他发飙。待我说累了，他扶着我的双肩：“我也觉得这些规定莫名其妙。既然我们这边已经出经济担保了，他们就没必要又去折腾什么银行存折证明了。”

我伏在他身上，双手握成拳头，疯狂地对着他的背脊乱打一通。我说：“那不是钱的问题啊，如果你每次去中国，都要办这般复杂的手续，你还乐意跟我不停地跑吗？”况且，我的父母是年近七旬的老人了，他们现在却为了能见女儿一面，要这般受罪，我于心何忍？我甚至后悔嫁为德国妇啊！我觉得自己是个大逆不孝之人啊，让父母如此劳心。我的眼泪如洪水泄闸般流淌出来。

正在客厅里折叠衣服的婆婆，也许听到我的哭泣声，她走到房间门口，她敲了一下门，轻喊了一声：“天塌下来了么，里面的人？”

我抹着红肿的双眼冲到客厅里，搬起婆婆收拾好的衣筐回到卧室，一边把衣服放进衣柜一边继续数落我的委屈：“在德国坐月子也要干活，吃的东西又单调，我还不稀罕在这里呆着呢，看看，这是谁的内衣啊，我还没机会吃这么胖吧……”说着说着，我把一件显然是属于婆婆的白色内衣扔到走廊里。我继续尖叫着：“还有，这小孩子的衣服，我说过一百遍了，折叠时不需要把衣服扣子扣上，我要给孩子穿衣服时还要费时间费力气来解扣子，你什么时候才能记住我说的话呀……”

隔壁房间传来了儿子的哭声，爱德华愠怒地看了我一眼，便跑了出去。

婆婆捡起走廊上她的内衣，对我轻轻说了一句：“世上有比这更糟糕的事呢，你生什么气哪！”

我疲惫地把自己摔倒在床上，用被子紧紧捂住脑袋。

爱德华把儿子放在我旁边：“孩子饿了，给他喂奶吧。”

我把衣襟解开，儿子一贴近我，便如饿狼般张开嘴巴搜寻，当他终于把猎物衔于口中，便开始了安静有节奏地吮吸。我目不转睛地盯着他一吮一咽中流露出来的满足与快乐，也感到自己那疲惫的身躯在慢慢舒展。我不由自主地把这小人儿搂紧，再搂紧一点，好像他是我的一副安心贴，是我存在于这个充满离愁别绪的苦闷世界唯一的理由。他在吮吸中又睡了，我擦了擦被他吮红的奶头，带着一股微微的胀痛，合上自己混沌的双目。

“起来吃饭吧，”不知过了多长时间，迷迷糊糊之间听见爱德华在我耳边呢语，“我去买了排骨，母亲用来和土豆熬了汤，很好吃的。”

窗外，天色已暗。原来，我竟然睡了一个下午。中午那顿没有肉排的午饭，已经消化完很久了，空荡荡的胃肠，开始激烈地抗议起来。我起身走进厨房。

婆婆已经把餐桌摆好，看见我进来，她合起双掌，脸上是她那一成不变的微笑：“希望你会觉得好吃，我的小鑫！”

好像大家都不记得我今天发脾气的事情了，我也就装作没事一样。对他们说声对不起，我也说不出口。

4 父母在德国的日子

2005.04

又是苹果花开的季节，我们送婆婆回埃尔福特。公公去世一周年的日子里，我们踏进埃尔福特墓园。他安息的青草坟地已经开满紫色的蝴蝶花，黄澄澄的复活节水仙花也依然舞动着最后的灿烂。微风飘过，记忆中他的憨爱笑靥又呈现在眼前。

婆婆决定在埃尔福特小住一阵子，用她的话说，是小歇一会儿。她说她想念她在埃尔福特的朋友们，她想念她的桑拿和水上体操，她离不开埃尔福特的家。

我的父母就要来德国了。准备签证资料的过程繁琐而苛刻，但是，一旦资料齐全，送到领事馆去申办时，却很顺利。我的心情在这个春暖花开的日子里，也如满园的樱花般，绽放出它最霸气的美。

我在花园一角开辟出一块地来，作为菜地。我让爱德华到亚洲店去买好一大袋泰国香米，我要让父母在德国能吃到香软的米饭，家乡的味道。我已经把州地图看了无数遍，心中规划了无数个和父母出游的路线，我要让父母好好享受德国美丽的风光、洁净的环境。

在父母和哥哥上飞机来德国的那天晚上，我彻夜难眠。

第二天下午，爱德华开车去飞机场接他们。

我在家做晚饭，不忘煮上一大锅粥。五月的德国，正是吃芦笋的好季节，我特意到田间卖新鲜芦笋的小木屋去买了一大捆回来，然后，把它们斜切出最优美的薄片，就着肉丝在锅中翻炒出一盘色香佳全的中式菜。在过惯了一盘番茄炒蛋便能把一家人满足的日子后，我其实麻木了自己追求美食追求烹饪技艺的本能。父母的到来，让我在做每道菜的时候，都多了一分追求唯美的心思。

我在给父母准备的房间里，把他们的被子叠了又叠，把给他们准备好的睡衣整齐放在枕头上。在客厅里，茶几上摆着的花被我挪来挪去：我想让大家从客厅进来时，看到的是它最美的角度。沙发上的枕头套，也被我翻来覆去地调置着——我希望父母对我们家的第一印象会很好，希望他们会为我自豪。天知道，我有多在乎他们对我生活的评价，我有多在乎他们放心我。

夜色快降临时，爱德华终于领着他们到家了。哥哥第一个从车里钻出来，他大大咧咧地喊：“你原来住在乡下的呀！”紧接着是父亲，他的头发浓黑了很多，我知道他把头发染了。这样也好，显得年轻有活力。母亲最后一个从车子里出来，虽然天色昏暗，可我还是被母亲的模样惊呆了：她整个人好像小了半圈似的，甚至有点弱不禁风之感。她脸上露出的笑容，也让我心如刀绞——我的母亲，她年轻时便是村里村外有名的“美人”，她曾经被我的同学公认为“美丽母亲”的——可如今，那夸张的笑纹，填满了她瘦削的面孔，她竟然如此苍老了！

“女儿啊，你是不是被妈妈的样子吓一跳？！”母亲看到我的反应，便收敛起笑容，“我自从查出有糖尿病后，饭也不敢多吃，肉也不敢多嚼，半年多里，体重轻了快二十斤哪！”

“可你又不是肥胖型的糖尿病患者，你不需要减体重哪！”我忍住心头那份苦涩，扶她进屋里去。

他们走进卧室里逗了一会儿孩子，便到客厅里坐了下来。父亲环顾四周，感慨不已：“还是我的女儿会持家啊，看看，这般干净有条理，我觉得女儿遗传了我勤快爱收拾的好习惯。”我把他们引进厨房去就餐，给他们盛好一碗碗熬得香喷喷的白米粥，粥的稀稠度正好，对于颠簸辛劳了一天一夜的他们，会是适到好处的开胃食物。

父亲和哥哥捧起粥就像捧起了久违的宝贝，开心地啜食起来。一直以来，我都习惯了享用母亲给我熬的粥，如今，我也有机会给她熬一锅，我多希望这有着家乡味道的白米粥，能把她脸上的皱纹熨平。可是，母亲把她面前的那碗粥往我这边一推，她说她现在不可以喝这种熬得很烂的粥了，因为身体吸收快，对血糖控制更不利，她只喝糙米煮的粥，而且米只能煮得刚熟。

“明天我去买糙米，你要天天喝糙米粥都没问题的，这里什么都可以买得到。”我赶快安慰母亲。

“这里还有很多全麦面包，很适合糖尿病患者吃的。瓜果蔬菜也不缺，连红薯都可以买得到。”我怕母亲担心在我这里会挨饿，继续往下介绍。

父亲抢着说：“对呀，这次就好好利用在德国的这段时间，享一下女儿的福，调养好身体。起码这里没广州热，在这里住上三个月，可以少出很多汗哪。”

吃完饭后，他们洗漱完毕就上床休息了。

晚上，我躺在床上。儿子的小床，就在我们的床沿，我聆听着从他鼻孔里透出来的韵律平和的气息，却感同一道道无形的针刺，混乱地扎在我的心上。拉下来的窗帘，不能把今晚的朗月星空完全隔开，那斑驳的光影，让我更难把魂守住。还有爱德华，他沉睡的样子，竟是如此的无声无息。这一切，都令我找不到自己的位置，我有如漂荡在岸与岸之间的无帆孤舟，无风，我便没了方向，只剩下无尽无边的摇曳，摇曳的动力，是载舟的一脉静水，如此微弱，了无声息，接近窒息。我寻求爆破的力量，我不知道，我如何才可以逃离这份窒息感觉，我咬紧被单，让一股洪流如猛兽般从体内汹涌腾出，它的泄洪口，是我在过去的二十四个小时里从没有安静地闭上过的双目，我尝到了释放的味道，痛快地呜咽着。

我呜咽着，为母亲那张布满皱纹的脸。

我呜咽着，为母亲不能喝我熬的白米粥。

我呜咽着，为母亲得的那个可恨的富贵病。

我呜咽着，为母亲今生打了折扣的幸福。

…………

被单被洪水浸透，我在一片湿漉中昏迷了。

当我醒来时，隐约听到走廊里窸窣的脚步声，看了一下表，才早上五点多。我起身出去一看，原来父母他们因时差问题，已经起来了。

“今天带我们到慕尼黑城里玩吧！”哥哥精神抖擞地建议着，“我可想见识一下慕尼黑的啤酒和德国咸猪蹄了。”

我有点踌躇地看着母亲，不知道她的身体能否胜任今天出行。

“哥哥要你带他去，你一定要去啊，他这么难得才请假出来玩几天。”母亲说。

我们不但让哥哥他们尝了德国啤酒和咸猪蹄，爱德华还驱车和他们到奥地利去玩，在因茨布鲁克山城里，他们坐着马车穿越大街小巷，尽情欣赏了雪山的风景、古镇的多姿。

只是母亲出去跑了两天就吃不消了。她吃不惯一盘好端端的面条里，却沾满了黏糊糊的“鼻涕”——那是她对奶酪的形容词；她吃不惯披萨饼，说这个东西上火不说，那里面的香肠片还咸得出奇，根本无法入口；她吃不惯沙拉菜，德国五月的天气对他们来说，是广州的寒冬，她觉得冷冷的沙拉菜怎么能属于这个温度呢？总之，她不愿意再跟着大家跑了。她宁愿在家里，给我包粽子吃。

可是哥哥玩兴很浓，他甚至幻想着能去巴黎一游。中国人都会觉得不到巴黎不算来欧洲。可是爱德华觉得德国这么大，这么多的好地方，他都还没玩过，为什么要急着去巴黎？他建议哥哥去柏林玩。柏林，德国的首都哪，不到柏林不算来过德国吧！而且，去柏林的路上，还可以在埃尔福特市中转逗留一个晚上，爱德华可以顺便看看他的母亲。

最后，哥哥同意和爱德华去柏林了，父亲也和他们一起去。

我在电话里对婆婆说，熬一锅白米粥给这些来自中国的客人吃。婆婆固执地说，只是白米加水，怎能吃得饱肚子？她执意要给他们做一锅加了排骨的粥。我一遍又一遍地叮嘱，要多加水，要煮用来喝的粥，不是用来吃的粥。

虽然我不能确定婆婆是否能做出这样的粥来，但是有一点很坚信，那就是父亲和哥哥会像我一般，喜欢上埃尔福特市的。

哥哥从柏林回来后，在母亲面前一个劲地夸婆婆。他说，爱德华的母亲性格太好，太开朗了，你要向她好好学习。

母亲却问他们在婆婆家吃饱了没有。哥哥马上耷拉着脑袋说："她煮了一锅很稠的排骨粥给我们吃，我都吃不下。不过，她煎的土豆，味道还不错，所以也不会饿着吧。还好，早餐是爸爸亲自去煮的鸡蛋燕麦粥，吃饱了能顶大半天肚子。"

我惊讶不已："你们才住了两个晚上，就可以在她的厨房煮东西吃啦！"想起自己第一次拜访婆婆时的挨饿情景，唏嘘不已。

"德国风景很美，环境很好，人的素质也顶呱呱，但是饭菜太难咽，我是无法在这里过日子的啦。"在哥哥踏上回国的归程前，他这样对他的一周德国之旅做了总结。对于"食为天"的中国人，无论走到哪里，都无法潦草对付自己的胃，我理解他的感受。我适应德国的饮食也是和爱德华在一起以后，才伴着爱情的调料渐渐吃出了自己喜欢的味道。哥哥叮嘱我："你们在家里自己做饭，要吃什么便做什么，别把父母饿着了，拜托啦。"

其实不用他说，我也知道自己该怎样做。

我常推着婴儿车陪父母到家的附近散步。离家二里之外，便是一望无垠的田野。今年这里的田地，长满了油菜花和小麦。我指着那一地嫩黄的油菜花田，给母亲讲了关于我妊娠期间贪嘴错把油菜苗当萝卜苗挖来吃的故事。母亲识别野菜的能力很强，她在田间小路上走了一圈，便摘了满满一把样子像芥蓝菜的嫩叶子。她兴奋地说："这是粗纤维哪，又不含农药化肥，美味！"母亲找野菜的本事很高，在去超市的路上，路过一座桥，桥的两旁凌乱长满了各式叫不出名的植物，她竟然一眼看到了杂长其间的枸杞叶——枸杞叶哪！什么都会吃的广东人，把那嫩嫩的略带苦味的枸杞叶烹调出一盘上汤菜，清肝明目。她不但把枸杞叶摘下来，还把枸杞的梗也揪回家，插在花园的小菜园里。母亲告诉我："这个枸杞，野火烧不尽，春风吹又生，生命力顽强，你就等着明年吃个够吧！”就这样，离不开绿色蔬菜的母亲，开始渐渐适应了德国的饭桌。

父亲的一生毕竟是走南闯北过来的，适应能力比母亲更强点。他喜欢吃面食，德国那品种丰富的面包让他有应接不暇之快感，他学会了自己去面包店买面包，手指是他的语言。

天高气爽的日子里，我会带着父母坐火车到处游玩。我带他们去位于多瑙河畔的古城雷根斯堡，坐在古石桥边上的啤酒园，温煦的夏日能把他们对德国的好感慢慢升温。我带他们去位于德奥边界的名城萨尔茨堡——那是音乐神童莫扎特的故乡，父母不懂得莫扎特的音乐，但是他们会在皇家公园一隅的街边交响乐演奏团里，找到令他们兴奋不已的旋律。我带他们去基姆湖，我们坐船到湖中小岛去观看那昔日国王的夏宫，旖旎的风光引我不停地为他们拍下“到此一游”的快乐。他们惊叹德国交通的便利，惊叹我推着婴儿车随时可碰到的帮助——台阶挡路时马上会有人过来帮我抬车，惊叹德国火车的舒适宽敞——我们可以把孩子从婴儿车里放出来，让他躺在座椅上，任由他尽情踢腿伸臂。这一切，父母说，若是在广州，那是不可能的。

天气不好的时候，我们便用厨房的香味来妆点日子。母亲从乡下亲戚那里要了几斤自家种的黄豆带来给我，我们用搅拌机把豆子搅成浆，这比小时候手推的石磨要有效率，母亲用棉布袋把豆浆装起来，一点一点地把豆汁榨出来。她拿出石膏粉，放进小碗里加点水用小木槌磨，直磨到没有粉粒的感觉了，便倒进那锅烧开了的豆汁里面——我那梦萦魂绕的家乡嫩豆腐就渐渐凝固起来了。

在德国的这几年，我已开始习惯了对一些中国传统日子的含糊应付，甚至忽视——中秋节我不再吃月饼了，因为嗜食巧克力的爱德华却说月饼太甜，不爱吃。元宵节的汤圆，我也只煮过一次，便把对花灯高挂的思念冷藏为雪糕——因为爱德华觉得圆圆的雪糕球没有汤圆的那份腻人，更可口。而这次，父母在德国逗留的日子里，我们却一起过了一个传统日子：端午节。母亲给我们包粽子，那陪伴了我三十年的粽子。

对于粽叶香香的记忆，一如母亲曾经的感叹，对我来说，是伴随着书页飘飘而越翻越渺茫。在我的生活忙碌于换尿布和洗锅瓢之时，已没有奢侈的时间来捧书阅读了。德国的有声读物很普及，新的畅销书一出来没多久就马上会有有声读物出来。爱德华给我买回来并把它们刻在只有大拇指般粗细的MP3机上，让我在晾晒衣服和涮洗锅盘之间听书。我便如饥似渴地一本接一本地听，那都是些关于欧洲历史的故事，有时侯我随着书中人回到中世纪去看他们如何建筑雄伟的教堂，有时候我沉浸在二战的间谍那场血火爱情中难以自拔。母亲看我总是这般着迷地听，便又重复着她那句遗憾："要是不让你读这么多书，你就不会离我那么远了！"

如今，面对这沁人心脾的粽子香味，我恍惚不清，不知道自己此生因为读了那么多书而最终远离母亲的粽子，是否算人生的一个遗憾。如果人生的轨迹可以重写，我是否会选择留住母亲的粽子。这样的话，也许母亲就不会得这个糖尿病了，母亲就会永远美丽了。

我已经分不清到底是母亲舍不得我还是我舍不得母亲，我只知道如今在父母面前，我温和如绵羊，从不会对他们乱发脾气。我要把这些日子的欢乐储存起来，它要起码够我用一年。

欢乐的日子是飞逝的。七月的德国，收获的季节。金色晚霞里映照着的麦田，每一株麦秆都弓了腰，初夏时的窈窕与翠绿已沉没，如今，它身材臃肿，脸色暗黄，只等待着收割机轰隆隆上来的日子。母亲还是喜欢经常在田野里散步，虽然现在已经没有野菜可找了。漫步在这片田野之间，好像已经成为她缩短德国与中国距离的理由——她说，感觉真像年轻时候，在老家的田埂上。小菜园的蔬菜也进入了它的收获季节，我每吃一顿水煮菜心便会酝酿出一分离愁的恐惧。

在离父母回国还有一个星期的时候，爱德华驱车回到埃尔福特市，他要把婆婆接过来。

母亲见了婆婆，对她赞不绝口。她说，八十多岁的人了，那皮肤，咋还不显一丝皱纹呢？还有那口整齐的牙齿，真是羡煞人哩。而婆婆面对我的母亲，也是惊叹声阵阵：身材这么好，如此灵活，真是令人羡慕啊！

这对一见倾心的亲家母，便开始了不需语言的痛快交流：母亲教婆婆打太极拳，婆婆扭动着她粗壮的腰肢，认真跟学。虽然婆婆的跟学实在是有点邯郸学步之嫌，但是她如此认真地重复她的笨拙，引得大家都开怀大笑。我很久没有看到母亲笑得如此畅怀了，连忙端着相机给她们拍下一张又一张的照片，我要把这份灿烂永远留住，然后在思念的日子里，慢慢释放。

父亲在我们去慕尼黑机场的路上，对我说了一句话："女儿啊，看见你们一家子和乐，我也放心。但是，一个幸福完美的人生，是由安居和乐业两部分组成的，你可不要只让自己停留在家庭而已，你读了那么多书，可以为这个社会做更多事情的。"

这是我的父亲，他的大半生都为了他的所谓事业而和妻儿两地分居，他用了一辈子去坚守他的红色信仰。而母亲呢，她对我说："你的婆婆精神很好，人又勤快，你要对她好点，想办法让她多在你们这里住，这样可以帮帮你。"

母亲的话，我记住了。

一如母亲在转身进机场安检时那张泪光闪闪的脸，我也没能挥走。

5 剩女传说

2005.08

八月份的时候，姜子来德国旅游。

我们两年不见了，老同学相聚，有说不尽道不完的话儿。当年毕业时，已三十出头的她因为想念北京烤鸭，想念走在故土的那份逍遥与安心，暂且别了德意志，做了一只海龟游回什刹海去了。

只是等待她的并不是满池鱼儿任她捕。离开职场好些年了，她重回去等于从零开始，虽然她回国后的第一份工作薪水只有她出国前的三分之一，但凭着她的努力和聪颖，她很快就遇到更好的工作机会了。如今，她在一个跨国语言培训机构做管理工作。

工作慢慢称心了，她父母催着她考虑终身大事。白领一族的世界其实往往是除了办公室，就是住的那个小窝，运气好的话会在搭公交时碰到心动之人。可她住得离办公室太近，走路十分钟就到，所以更没什么机会去认识男人了。

姜子给我讲她在国内的遭遇，那些故事在我听起来都像是电视或者小说里才能读到看到的，如今都实实在在地发生在她身上，让我感慨不已：

姜子有天陪父母到公园溜达，遇到很多老人家在那用手高举纸牌子。他们呢，刚开始时大惊一跳，以为是什么人在示威呢。待走过去一瞟，啊——其中一张纸牌子上写："家有一儿，35岁，美国博士，收入丰，觅25—30岁秀丽女子为偶。"她爸爸乐了，呵呵，今天逛公园逛对了！便一步跨上去打听："我家闺女稍为超点年龄，可不可以呢？""不行！"老翁斩钉截铁地粉碎了姜子爸爸的乘龙快婿梦。

幸亏现在还有个互联网了。好心的同事都在为她操心，网上一搜索，列出候选人，逐一小纸条过问，发现愿意和她见面的，就只剩那些四十多岁，离过婚的了。大家一研究，发现虽然历史不清，但都是些博士、老师类的高知人物，便选了三位去见面。

第一位是个中学校长。他在电话里告诉姜子，约在某某街的麦当劳见面吧，"我没有汽车的，我是骑自行车来的啊！"姜子乐了："呵，有趣，骑个自行车来和我在麦当劳约会！"麦当劳这玩意在中国的象征还不那么普通的，但自行车却在自行车王国的首都里沦为老土寒酸的事物了。

入得座来，校长娓娓道来："我这小小校长呀，工资不高。但每到夏天某个度假村找我来组织一批学生去夏令营，我就能得一笔可观的介绍费了！再有，给学生每人每年来一套新校服，也足以让我高枕无忧了。很多女教师都想攀我，我还看不上她们的水平呢！我就欣赏像你们这些在外企的白领……”

姜子却不敢高攀他。

第二位呢，是某大学的老师。

他们约好了去吃日本拉面。

面条上来了。姜子娴熟大方，微笑一声：“慢用！”却惊见对方已端起面碗，如饿俘般三两口便把一碗面咽肚里了，还伴随着“嘛，嘛……”的满意，“嗯，我第一次吃这日本拉面呢，味道还真不赖！”

好不容易等姜子也吃完了，要付款。对方伸手往裤兜一摸，一把零碎钱皱巴巴地哭丧着脸。他翻呀翻，要筹够四十二块钱好不容易啊！姜子看着旁边等久了的服务小姐，实在不好意思，便掏出信用卡给了她：“我来付吧！”

姜子并不是向他炫耀自己使用信用卡，她只是觉得，来约会了，也不收拾一下，对她是一种不尊重。

还有第三位呢，其实，姜子有了前两次的经验，好久都没兴趣再去提约会的事。同事一而再，再而三地规劝，这可是博士生导师啊，不一样的。虽然他离过婚，但孩子都读高中啦，没什么负担的。

拗不过大家的热心劲，姜子便答应赴最后一场相亲宴。

初见面时，感觉还不错，毕竟是博导，谈吐优雅，学识广博。他们一起天南地北，话古论今，聊得可欢了。回到家里，姜子心里还想着：或许这个会有点戏好好发展发展一下呢。

次日，同事问她：“你想知道你昨晚见面的那人给我的反馈消息吗？”

“当然想了，我对他印象也不差啊……”

“那博导说，你很优秀，很独立能干，可他想找一个小鸟依人型的。”

姜子听了这话，口中刚喝的那口水便“哗”的一下喷了出来。

姜子说，如今国内，像她这样的单身大龄女，越来越多了。她们都有一个很不雅的称号——剩女。但这些剩女们，便干脆以“圣女”自居，还给自己一个很美的名字：月光一族。无忧无虑的生活，月月痛快花光自己的积蓄，享受生活每一天。

我突然觉得生为中国女人的悲哀。小家碧玉般的巧笑倩兮柔顺人，那是大小男人的梦中情人，她们的聪颖恰到好处，从不会给男人造成威胁，她们的容貌虽不一定是闭月羞花但却是福气招人，她们会懂得在适当的时候给男人撒娇。除此之外，比这些方方面面少点的，是些凡女，凡女们一般也不用发愁，因为凡男的比率往往比她们还高，这样能“门当户对”地拉上天窗的，倒也不难。但若比那些小家碧玉们的方方面面都强了一点的，你便会有一顶奇怪的帽子，它的名字叫“女强人”，你一旦被扣上这样的帽子，就会在人生的婚姻感情路上被钉上艰难的十字架。可是，身在中国的你，无论你背着多重的十字架，都要遵守大自然赋予你的规律：必须出嫁。如果你保持单身，你的同事、你的家人、你的朋友不会放过你，他们会觉得你是世界上最可怜的人，会把你当怪物来看，他们觉得自己有责任去帮助你脱离苦海，不会对你采取放之任之的态度。你会在这样的环境下感觉到密不通风的窒息。

姜子叹气，说连过来涨房租的房东都用奇怪的眼光来看你啊。她不知道，是否自己该转向海外市场来找对象了。我鼓励她，是是是，天涯何处无芳草！如她这般知书达礼、秀外慧中的女人，在男女比例日渐失调的中国，其实是国宝啊。而那些总在空谈爱国的男人们，却不懂得先去爱这些宝贝。也许，要等这些女人流失海外了，男人们才会惊呼痛失国宝的悲哀。

“不过，说归说。真要嫁作外国妇，留在外国生活，如你这般，生完孩子便要在家做全职主妇，我如何也下不了决心哪！工作在我的生命里，占的地位还是挺重要的。”姜子说话很直，她不会去顾及听者的心情。我仿佛听到她心里对我的评价——“读了这么多书，就只为了在家做个黄脸婆。早知今日，何必当初？”

我隐隐感到自己内心的挣扎。我想为自己找到一个堂皇的借口，来说明对自己生活选择的满足。我挣扎着，想去说服别人，让他们也认同我的所谓“碌碌无为”其实是最真实的幸福。

坐在客厅一角的婆婆正在折叠衣服，一件一件的小孩衣物，在她手里像经过了熨斗的熨帖般，平整四方地被叠放起来。姜子也注视着我的婆婆，她说，如果在国内，孩子一般都是交给老人带的，母亲生下孩子三个月后，便又继续在职场滚打了。她喜欢这样的模式，这是一个双赢的事情——老人也因为孩子的存在而减少了一份寂寞，母亲又可以不耽误工作。

可我，从来就不是一个聪明绝顶的人。当初母亲就说过，别人挑男友，还会看看未来婆婆是否健康、年轻的，以便将来可以帮忙带孩子。我呢，明明知道爱德华的母亲已是八十高龄了，还一头栽进去。换句话说，我不知道，如果我有一个才六十岁的活力四射的婆婆，是否她对我的帮助会更大呢？其实我也看过身边很多朋友，虽然她们年轻的婆婆或者自己的母亲就住在相隔二十公里的隔壁小镇而已，可是她们对孩子的照看也永远只局限于有限的“钟点援助”而已。相对来说，我那高龄婆婆还可以在我们这儿小住两三个月帮帮忙，再回她自己的家休息一阵子，已算是难能可贵了。

叹气归叹气。姜子在我们家小住几天以后，便收拾行装，到南欧去逍遥游了。她渴望地中海的阳光沙滩，能带给自己新的生气，甚至是运气。

送走姜子后，我打电话给柏林的思丝。我在姜子那里找不到共鸣的地方，很想能与同样嫁作德国妇的思丝沟通一下，或许从她那里我能得到更多的精神支持。

电话那头是思丝的先生马科斯，他告诉我思丝不在柏林，她已经回中国一个多月了。回中国我也要找到她，我突然那么需要思丝的鼓励与认同。她见证了我在德国的每一个脚印，知道我能够走到今天，是何其不容易。我怀念她那些总能适时给人以鼓舞的“西瓜理论”，我还记得她那些梦想，关于汉德瓦萨般的梦想，我想知道，曾怀着如此清高梦想的她，如今可好吗？

我给思丝写了封邮件，询问她的近况。

很快，她给我回了邮件：

亲爱的鑫：

别来无恙？很高兴收到你的邮件。忙碌的日子里，有时候友情容易被忽视。请谅解我的疏懒。

我和马科斯结婚不久后，我便过着奔跑于中德两地的生活了。在这一年里来，我大部分时间都在国内工作。你也知道，在去德国之前，我有着貌似无忧无虑的富足生活，可是内心却浮躁不安。德国留学这几年的艰苦生涯，是最让我值得感激珍视的时光。我一直追求的幸福，它是实实在在，苦中无尽甜的。这个梦想，即使在我遇到了马科斯也没有改变。

你还记得我和你讲过的梦想吧，我喜欢德国是因为德国的夏天像我的家乡一样美。我的家乡作为西南旅游古镇，四季如春，天空湛蓝，我要回我那山清水秀的美丽家乡盖一座旅舍，我要把德国家庭旅馆的理念带进来，融合古城园林建筑之风，极尽自身的审美与个性，设计建造一座别有古典风格的家庭式客栈，那会是一间让所有到我们那里寻找一片心灵净土的人都喜欢入住的旅舍。况且，我的母亲其实也和你母亲差不多，她不情愿我留在德国，舍不得我从此只能成为她思念的对象。我的这个旅馆，也就是为了母亲而建的。我要让我的母亲也住在里面，住在里面她就好像看到自己的女儿陪在身边。

曾经，我也为自己的爱情与梦想不能在同一天空下，而彷徨与不安过。

但是，我很幸运。马科斯他很理解并接受了我的一切。他放手让我去做我要做的事情。但愿我的马科斯会始终耐心地等待我。

无论我们的足迹走到哪里，其实心里始终忘不了的都是那方乡土。这里有我们父母一如既往的守候，能把梦想变成现实，植根在那永远的家园里，会是多美的一件事情。

等我的小别院落成后，我盛情邀请你们一家人来做客。

最后，让我们一起为我们的幸福祈祷！

你的
思丝上

我合上电脑，心里被掏空的那份疼痛感又油然而生。仿佛是同路攀爬山峰的一行人，渐行渐进间我被山涧的一脉风景迷醉而驻足了，从此，我便安心地在自己编织的海市蜃楼里满足地过着那些琐碎的日子，我有如一只井底之蛙般口口声声地为自己的幸福辩护——无忧无虑，相夫教子，再也不需所谓的鸿鹄之志。

突然之间，我对自己有点厌恶之绪，有点恨铁不成钢之怨。

刚醒过来的儿子，“哇哇”地哭喊着，婆婆一颠一颠地摇过去哄他：“喔，我的小宝贝，我的小王子，我的小甜点，你怎么哭啦，你怎么不高兴啦。不要哭，不要闹，奶奶在这里陪你。”

我冲过去一把抱起孩子，冷冷地对婆婆甩下一句话：“这样说这样唱有啥用？孩子又听不懂，要抱起来拍拍才能哄着。”

婆婆低头整理凌乱的小床，幽幽地吐出几语：“我这老太太要抱着个小孩，走路都晃悠悠哪，你不怕我把孩子摔了？等我坐到沙发上，你可以把孩子抱给我，我来帮你哄着。”

“帮我哄着？我又是帮谁哄他啊？”我尖叫着，“我读了那么多书，就为了在家守着你们一老一少，守着这个家做煮饭婆，还要远离我的父母，我这都是为了谁呀？”

“这是你的生活，你必须自己过啊。”

“可是我想要的生活比这多！”

“你还有什么想不开的——看看，你有一个这么可爱的孩子，有一个这么好的丈夫，你的婆婆对你也不错。”婆婆坐在沙发角上，孩子舒舒服服地偎在她又软又大的胸膛前，小嘴巴一撇，咧嘴傻笑着……

我转过身去，不愿意多看这幅太温馨的天伦之乐的画面，它会让我的心融化。而我，需要让自己的心重新坚硬起来，让自己重新燃起继续攀登的动力。

“连你这样没有读过大学的人，也工作到六十五岁才退休，对不对？”我问婆婆。

“我是没办法，20世纪30年代的那场经济危机，我爸爸连给我们一家子填饱肚都有问题，哪里还会想去多读书那么奢侈的问题。我十几岁就开始出去干活帮补家用了。”

“但是你还是不能跟我比，你一直守候在你的父母身边。而我，远离我的父母千山万水，如果我只是躲在家里看孩子做饭，我会疯掉。我希望我拥有这样一份工作，经常可以利用工作之便回去看望父母，也可以在工作之中一解乡愁。”

“工作是一辈子的事。而孩子的婴儿期只有一次。”婆婆的上身左右摇晃着，为孩子架起一艘漂游在和风之中的小舟，“爱德华出生后，我也休了三年的假，全职在家带孩子。那时，我还有个卧病在床的母亲要照顾。”

“那你起码能在你的母亲面前尽孝，你的母亲也当无憾了。而我的母亲却因为我远嫁伤心不已，甚至得病在身。”

“你不要总是跟自己过不去，给自己戴枷锁。”婆婆抬起头来，叹了一口气便又低头继续叙说，“世上有比这更糟糕的事呢。我的母亲本来有两个儿子。一个儿子，那是我从未谋面的哥哥，在一战期间因病不治而早夭。另一个儿子，那是我的弟弟，二战中是海军，德国战败后沦为英国手下的战俘，被监押在埃及时染上了热带症疾。战争结束后，东西德相分，弟弟携家眷离开埃尔福特，投奔他妻子在西德的亲人去。却没想到，才刚过了四十岁生日，他便一头栽倒在家里的厨房，永远离开我们了。面对命运如此多舛的母亲，我难道还忍心置之不顾吗？”

我低头无语。

手足之情，一朝如飞花湮灭，何以堪？

回首自己的路，脚步越提越高，翅膀越拍越远，何不皆是因为自己上有兄下有弟，便肆无忌惮地觉得父母有所依，自己可以为追求所谓的自由与梦想而暂时卸掉对父母的牵挂与关怀。如今，每次我回国，再出来，送完我上飞机后，哥哥或者弟弟便会陪着父母去逛街购物，去旅游，去做那些过去我和父母常做的事情。他们说这样一来，父母那份因为我远离的感伤便会稍微得到抚慰。

只是，婆婆的伤口毕竟是长在她的身上，再深重我也只能感觉到一点蚂蚁般的叮噬。可每当母亲满脸的皱纹在我脑海间晃荡时，我感受到的却是有如黄蜂般，直蛰心窝深处的了无尽头的痛。

6 大枫林谷

初秋的一个周末，阳光挥洒出诱人的辉彩，我们在家坐不住了。

爱德华建议我们到大枫林谷去玩。大枫林谷，那是位于德国与奥地利交界的卡文德尔群山（Karwendelgebirge），它被称为阿尔卑斯山区最美丽的风景地之一。酷爱大山的我们，在有了小孩以后，只能把很多的登山活动搁置一边。.

早就听说这个山谷也是适合孩子们游玩的，大人们甚至可以推着婴孩车漫步山谷间的小路上。这不愧是一个能安抚我们那大山情结之好去处。我高兴地响应爱德华的建议。

婆婆也和我们一起去。驱车两个多小时，我们到达大枫林谷。

进得谷中，我们的双目便被那还残留着积雪的大山擦亮了。奶牛们簇拥着在绿草地上嬉戏。婆婆如小孩般一个劲地雀跃：“太美了，太美了，我要留在这里不走了！”

那就不走了吧！我们把婴儿车从车厢里拿出来，把孩子稳稳地放在里面。婆婆便把婴儿车当做是她的助步车，推着车儿稳步走在我们前头。在枫林谷饭店吃完一锅香喷喷的自制奶酪面片以后，我们就赖在旁边的小溪里不走了。溪水多是由山上融雪流下来的，进入秋季，小溪已是离干涸不远了。我坐在溪边小石头堆里，用手掬一把清凉溪水，放进嘴边亲吻着那份久违的山泉味道。爱德华呢，开始忙碌着搬石头筑坝拦水了。

小溪的旁边，一株枫树干从地面部分开始就在中间裂开为两半了，可是树的上半截还继续健康生长着。想到冬季里被大雪压得枝桠弯弯的这株山枫，就这样过了几百个年头，坚守着每年的吐绿，染红，零落成泥，眼睛不由得有点湿润。

旁边有一小孩溅石激起的水花，溅上我的衣裙，他咧开小嘴巴得意地笑。山风轻抚下的小粤子，激动地挥舞着小拳头，“呜呀哎呀”地用他的语言来表达兴奋之情。舍不得离开这里的婆婆，却浑然不理周围的群山奇树，而只是一个劲地逗粤子玩。他的每一声“呜呀哎呀”，都是她开怀畅笑的理由。爱德华那将近一个小时的筑坝工程已见规模，一个小小的水坝成型了。他是如此地投入和专业，先用大石沉底，然后抓来各种小石和杂草来填满其间的缝隙。身处大枫林谷，让一个大男人也有了孩童的执着，多美！

我深深呼吸了一口山风，对着爱德华喊：“早知道这里会让人如此松弛快乐，应该早点来，多点来。”

“能看到你的笑靥，我太开心了。”爱德华伸出他被溪水泡红的手指，小心地往我脸上点抚，他的冰冷手指一直沿着我的脸颊，脖颈，手臂移动，最后停留在我的手背——中指与手背相连处，那凹凸不平的疤痕上。

“只要你喜欢，我们就常来这里。”他捏着我的疤痕不放。

我把自己的双手插进他暖暖的衣兜里，头埋进他隔着皮夹克的胸膛。我才发现，我们好像已经很久没这样只为对方而站着了。儿子出生后，家里便不再只有我和他。我们忙碌着各自的角色，我只关心那些在他之外的人和事。而他，除了玩命地工作，回到家后，也是儿子前儿子后地恭迎着，他可以不厌其烦地给儿子换尿布，可以不辞劳苦地抱着孩子让他打嗝，可以不分昼夜地给孩子拍下每一天成长的录像，可是，他却没有察觉我这些日子里经历着的心灵煎熬。

而他，爱德华，是这一切煎熬之源。如果当初没有那盘让他此生都不愿舍掉的番茄炒蛋，如果当初我在阿尔卑斯山上驾驭滑山车的能力有那盘番茄炒蛋般出色，也许，便不会有今天这一切喜怒哀乐。

“知道吗，我的生命里有你们，我觉得自己那么幸运。”就在我胡思乱想时，耳边传来了爱德华的轻轻呢喃。

我移了一下埋在他怀里的脸，我的眼睛又看到了那株贴近地面的树干被天然劈成两半的枫树，几个孩子正在来回跑动，他们从树干的缝隙间窜来窜去。有些看似伤疤的东西，在无心人那里，却依然是欢乐的玩具。

“其实，你有没有觉得，和一个中国女人结婚，是很麻烦的事情。”我缓缓地对爱德华开讲，“第一，这个女人会很贵。因为她起码每年都要见她的中国家人一次，这样飞来飞去的，把一年度假的预算都花光了。第二，这个女人在德国就业，和德国女人相比，处于劣势，不容易得到好的工作。第三……”

还没等我罗列完，爱德华那冰凉的手指已经捂住我的嘴巴——“你是我的无价之宝。金钱本身从来不会保证一个人的幸福。”他俯下身来，把我的脸捧起，“我希望你要的幸福，也是我能给的。我只想你做你自己，我不会强求你做你不喜欢，或者不能做的事情。”

“那么，你可知道，我能做什么？除了一个家庭主妇，我还能做什么？”我近乎哀伤地问。

“你当然能做很多事情。你是个聪明的女人，你当然可以做比家庭主妇更多的事情。”爱德华那毫无置疑的神情，让我觉得自己是天际一颗耀眼的星星，“只不过人生的旅程是分段的，每一段有每一段的精彩与责任，就好像孩童时代我们的任务是玩与学习，成长后我们的任务是学会独立自主，成家后我们的任务是经营婚姻养育儿女。如今，我的工作能保证你们母子安稳生活，你可以全身心去照顾孩子，享受为人母之乐。等孩子可以上幼儿园了，你便有更多精力做自己想做的事情了。”

噢，爱德华！原来，他并没有忽视过我！原来，他懂得比我更透彻！

原来，我该学会的，并不是如何尽快地让自己走出家门，而是，如何让自己享受守家的日子。因为这些日子，过去了便不会重来。因为这些义务，错过了，便会遗恨终身。他说的话，婆婆也说过，可是，从他嘴里出来，我却觉得有不一样的分量。

抬头一望山林秀，突然间，我也舍不得离开大枫林谷了。

从大枫林谷回来，婆婆便又提出要回埃尔福特了。

她对我说："小鑫哪，不是我不想帮你，而是我想能更好更长地帮你啊。让我回家歇歇这把老骨头，锻炼放松一下，养好精神了再来帮你抱孩子。这娃儿越长越结实，抱着抱着我手都软啦。"

我怎么能说不放她回去？

送婆婆回去的时候，我们顺便绕道去了一趟费力登镇。丽娜他们对加入亨氏家族的这一个新生命已经很向往了，一直希望我们能再次见面。

这一次，在费力登镇的亨氏家族里，焦点人物不再是我这个来自中国的媳妇。粤子以他出色的混血样貌征服了大家：他有点赤铜的肤色始终是令人赞叹的骄傲，还有他那与德国孩子不一般的浓密头发，更是诱人去抚摸。"他的下巴，看看，他笑的时候，那个下巴鼓起来，典型的亨氏脸谱啊！"丽娜的母亲由衷地点头。

只是丽娜，这一次看到的丽娜，却让我们隐隐多了份担忧。她依然喜欢微笑，她依然是在每一个聚会场所上让气氛维持活跃的重要人选。

可是，我们没有忽视她脸上的疲惫与沧桑。

和丽娜分居的丈夫，他的家族企业因为生意不好而宣布倒闭了。他也走上了失业大军的行列，从雇主一下沦为要四处求职的雇员。随之而来的，是经济上的受创，丽娜为了能继续在房子还贷方面多尽力，她增加了自己的工作时间。经济上的创伤，其实咬咬牙勒紧裤腰带便也过去了，令丽娜难以释然的，是这位分居了的丈夫——木讷安静不苟言笑的他，却没有足够的勇气去面对生活和事业的变动，他的情绪一落千丈，找不到可以振奋的目标，抑郁患者成了他新的代名词。

在聆听丽娜讲述的时候，婆婆一直握着丽娜的手，她好像可以把自己体内的一股力量传给丽娜，这令丽娜说到痛处时，也依然能在嘴角挂着一份难以察觉的淡然。

丽娜突然转向我，她直直地看着我，动情地说："小鑫，你知道你有多幸运吗，能够和爱德华在一起。爱德华在葛丽特的潜移默化之下，成长为一个非常乐观积极的人，而这是人生的无价之宝。"

爱德华马上伸出手把我拉到他怀里："应该说，是我很幸运，能够得到这么可爱的一个中国女孩。"

"你们是天造地设的一对儿，既相似，又互补，我说的准没错，你们慢慢来验证。"丽娜露出真心的笑靥，为我们。

7 沉重的爱

当冒着热葡萄酒气的圣诞市场出现在各个大小城市和村落时，爱德华去把婆婆接了过来。经过两个月休养生息的她，的确又多了些用不完的精力。她把厨房的壁柜上上下下擦了个遍，把地板拖了又拖，把粤子的玩具整整齐齐叠起来，把爱德华堆积了一个多星期的衬衣熨好，才又坐下来整理自己的衣物。

转眼到了春天，这段时间里总有一个挥之不去的念头，在疯狂吞噬我安静的日子——我迫不及待地想回国去看望父母了。

爱德华和婆婆说让孩子陪我坐十几个小时的飞机，真不忍心啊。

我赌气地说："我也不想带孩子回去啊。我多想我可以一个人轻松地走，这样，我可以好好休息一下，顺便能陪一下父母。”大家听完我的话，都缄默不语。

我知道自己说话的语气有点像一个受尽委屈的怨妇般。

“这样吧，把孩子留下来，我帮你带孩子吧。”婆婆突然打破了沉默，她的表态却令我和爱德华大为惊讶。

“你这么笨重的身子，孩子若是摔地上，你也不能弯腰把他抱起来，我们怎么可能把孩子放心交给你?！”爱德华马上反对。

“小心点啊，你！这样来说你的母亲！”婆婆故作生气。

“这样吧，我打个电话给缇娜和穆特，邀请他们来小住一个月，这样他们便能和阿妈一起看护粤子啦，你就可以放心走了。”爱德华把他的计划一说，我们都觉得很可行。我催促他马上给他们打电话。

缇娜是婆婆的外甥女，他们自己没有孩子，却无比喜爱孩子。

不出所料，缇娜和穆特很爽快地答应了我们的邀请。

2006.05

我独自收拾行装踏上了回娘家的路，特意带上了粤子成长一年里的录像带，深信粤子会是他外公外婆的快乐之源。

已经两年多没回来，我记忆中的广州已面目全非。白日里的天空好像更灰了，晚上的霓虹灯却越来越辉煌。楼群，毫无疑问地越来越密集。流动的车辆，用车水马龙来形容已不贴切，他们更像是一望无际的蚁群，为了继续匍匐前行而累得气喘吁吁。

母亲说，广州的楼价，像是吃了膨胀剂般啊。要是你和爱德华两年前在这里供个房子就好啦，现在把它卖了你们或许都可以在慕尼黑买房子了。我说是啊妈妈，如果我有这个先见之明，当初就不该出国，干脆把出国花的钱用来囤积房子来发财，多好！

母亲不喜欢听我贫嘴。她知道我这个人，即使没出国，也不会发财的，因为我脑筋里缺的正是这个发财筋。我不会创造出衣锦还乡的风光日子的，我最多能成就的，也只不过是能保证买得起飞机票常回来看看他们，然后陪他们四处逛逛。

是的，陪陪他们。一年不见，母亲的脸色和去年相比，稍微红润了些。她说，现在慢慢懂得如何更好地去少食多餐，既控制血糖又保证不挨饿了。

我想带父母去厦门一游。厦门的鼓浪屿，这座有着“海上花园”之称的岛屿，它的亚热带风情早就令我们向往，想去厦门还有另外一个原因，我的大学挚友马莉，她也住在厦门。马莉大学毕业后，便到美国去深造，然后在洛杉矶的一所金融机构里谋得一份令人艳羡的好职位。可是，她还是选择回国，也就是做一只“海龟”游回来了。她这只“海龟”，沐浴着的依然是来自太平洋的海风，只是风向不同而已。我很想知道，她的近况如何，是否依然水土相服。

周末，我和爱德华他们进行了视频通话。

粤子已经可以独立走路了！他在电脑前走来走去，可是，对屏幕中的母亲，好像并不是非常热衷。他更投入地和缇娜玩着扔皮球。

我连忙把母亲也叫到电脑前，让母亲看看会走路的粤子。我对着话筒喊：“粤子，过来，叫阿婆婆，这是你的中国阿婆婆，妈妈的妈妈……”

“阿嫲……”粤子看着电脑里的外婆，下意识地吐出这个称呼，在德语里，它的意思是祖母。无论是祖母还是外祖母，德语里一律称为“阿嫲”。母亲听到这声“阿嫲”，脸上的皱纹便紧紧地聚拢在一起，像一朵康乃馨，它的美丽在于它褶皱起来的花瓣。

“我们准备去一个海边城市旅游，厦门，一个非常漂亮的海港。”我告诉爱德华。只是，我没有跟他进一步解释，那里有个鼓浪屿，有着“万国建筑博览”之称的鼓浪屿岛建筑群，是当年殖民时代留下来的痕迹，德国也曾在这里留下分割鼓浪屿的历史。对于当年读书时代历史能考一百分的我，却是不喜欢和爱德华谈论历史的。

还记得当年曾和公公对德国的历史进行了一席谈，他很惊讶我对俾斯麦和魏玛共和国这些德国故人旧事的了解。而同样令我惊奇的是，他们对中国的知之甚少。除了一些名词如毛泽东、蒋介石、文化大革命、中国姨太太，别的就没什么了。当然他们也知道中国的四大发明，喜欢用中国货，会说我们中国人真聪明。告诉我俾斯麦当年就用“黄祸”一词来形容中国人，以此来警告德国人需要对这个“睡狮”有防范之心。

爱德华说他在学校只有欧洲历史的课程，别的大洲的历史大都是他自己课外阅读了解。有一次他拿出一本厚厚的世界历史年鉴给我看，翻到中国史部分，我一看欧洲殖民主义的侵华史也在里面，我便信任地往下翻了。

很多事情也不是我们这些无名之辈可以左右得了的。我也知道自己曾经读过的那些书，并不可能全部都反映了真实的历史。但是起码现在我懂得，对任何一件争执不下的事情，都要站在双方的立场上去考虑一下，才能得到一个比较公正客观的观点。

因为当你知道，一个普通的德国人去北京旅游过，他游览的都是完好的故宫博物馆、神圣的天坛、鸟语花香的颐和园、壮观的八达岭，他不知道圆明园的故事，因为他所参加的旅游团没带他进这个地方。即使他知道中国曾是半殖民主义国家，但没进过圆明园就不能体会到中国受的伤会是多深多重。你能强求他陪着你一起来哀悼那段历史吗？

我其实已经很感激，爱德华能体谅我的思乡情结，并大力促成了我这趟单枪匹马的中国自由行了。

我邀上大舅妈和大舅舅一起去厦门。

在厦门，我们入住在一间离海边不远的酒店里面。从十六楼房间往外望出去，并不是海景，而是厦门城区一角景。再怎么风景如画，依山傍水的中国都市，都不会缺少这样一道景观——一边是现代气派的摩天大楼直耸云霄，一边是杂乱无章的简陋旧建筑拥挤求生。

马莉已经在酒店附近的一个餐馆里订了一个小包厢，准备好为我们接风洗尘之晚餐。她说，要让我们尽情品尝厦门最有特色的菜肴。能吃会道的大舅妈，啧啧称赞厦门菜的精致美味，很多菜的名字，连她都叫不出来。母亲也小心地挑选她能吃的菜肴来品尝。她对马莉说："肯定是厦门的海鲜把你从美国召回来的，对吗？"

马莉莞尔一笑："是啊是啊，在美国吃了几年汉堡包，够了。回来后，我再也舍不得走了。"

她舍不得走，还因为她在中国安家了，她的一对可爱宝贝已经上幼儿园。当年她在美国生下孩子，也是一边找人帮忙照顾孩子一边上班的。马莉在我心目中从来就是一个完美的知性女人，独立，聪明，善良。她知道自己要做什么，能做什么，应该做什么。如今，她回到厦门来，很快就在一家美国公司找到她想要的工作了。海龟，在她的字典里，是一枚女娲断鳌立极前，那长有四大巨足、能顶天立地的鳌龟。但她没有龟的那份横行霸道的恶气，她是一个心存大慈悲的智慧女人。

母亲也很欣赏马莉。因为马莉回来后，在厦门供了一套面朝大海、春暖花开之美景尽收眼底的公寓房。母亲总喜欢拿我没有的和别人有的相比，她又想到我在异国租住的那点地方。虽然德国的环境比厦门还要好，虽然我租住的房子比马莉的公寓还幽静，但是，母亲说，你的是租的而已，人家的是买下来的啦！

幸好她是把我和马莉比，我甘败下风。

只是比着比着，她又开始黯然神伤，甚至泪涌入眶。她说，为什么别人的女儿走得多远都还是回来了，我的女儿就一去不复返呢？整个餐桌的气氛，突然被她的哽咽凝固住。大家放缓了夹菜的速度。不知是谁，打落了手中的筷子，闷闷的一声"咚"响，像重锤敲打。

我为自己突然之间被降为不孝之罪人而恼羞成怒。我一直在我的朋友们前卖弄我在德国安适悠闲，幸福满足的生活，如今我却在我的女友前面丢尽风光。

马莉走到母亲身边，给她掏出纸巾，按摩着她的肩膀。马莉安慰我的母亲说，最重要的，是鑫开心。孩子开心幸福了，当父母的也放心，你们便可以好好享受自己的晚年，把自己的生活安排得丰富多彩一点。

母亲的感情大阀门一旦打开，便如泄洪般，难以收拾。她又开始重复着她那坚如磐石的忧虑："一年才能见一次，我身体又不好，还能有多少次相见？等我需要照顾时，女儿又不在我身旁。我怎么开心得了？"

我的脑子也一片混沌，味蕾的功能也被麻木，我不再对满桌佳肴甘之如饴。

"开心开心，来来来，今朝有酒今朝醉！一年见一次，一次呆一个月，多少孩子即使呆在中国也不能对他们的父母做到这一点啊。你就是喜欢身在福中不知福。如果我是你，有这么乖的女儿，我会乐开了花笑掉了牙哪。"大舅妈举起手中盛满矿泉水的杯子，邀大家一同干杯。她的话语，多多少少让生气重回小包厢。

如果，如果，如果会有如果，母亲，你知道吗，多少次我因为你对我的牵挂而不堪重负时，我幻想过一些"如果"——如果我的母亲也像阿景的母亲一样，即使阿景是独生女儿一个也全力以赴把她送出国读书，还不希望她再回来。如果我的母亲也像阿欢的母亲一样，对远嫁美国的阿欢说，你们好好过日子，不用老惦记我们，于是，阿欢五年才回去看过父母一次。如果有这些如果，那是否是件很美好的事？

其实，我从来没有真正渴望有那样的如果，因为我对母亲的牵挂其实不比她对我的轻。只是，母亲却善于把她对我的爱对我的牵挂变成一把利剑，直插我柔弱不堪的神经。她从来不懂得说一些让别人听起来更舒服更受用的谎话，譬如像阿欢的母亲般。

年少好读书的那些岁月，我曾遗憾自己没有这样的如果——如果我的母亲，是一个如杨绛般博学多才，胸怀世界的女性，那我的人生之路，当会被照得更亮堂。我迷恋那些学识丰富而有着豁达人生观的人。

当然，我的母亲是农民出身，她读完中学便算是村里有学问的人了，不到二十岁便开始了在村里小学的执教工作。那时，她是一个民办老师。后来，嫁了父亲这个读书人，在父亲的鼓励下，她坚持在余暇之时去进修。做了民办老师的她，户口上依然是个农民，除了教学还要耕田，她的田和三个孩子的田，还要抽空走到十里之外的镇上去进修。我想，她的艰苦与付出不会比当年杨绛陪夫婿钱钟书留学英法时的少。虽然，她的观念永远桎梏于“以我为本”的小农意识里，但是，对我们孩子来说，她是个尽职尽责、为孩子无私付出的好母亲。

我也没有杨绛青春少女时爱上钱钟书后，还能如此理性地告诫钱钟书的那份通情达理——“现在吾两人快乐无用，须两家父母、兄弟皆大欢喜，吾两人之快乐乃彻始彻终不受障碍。”我一开始就知道母亲对我的选择心不畅快，可是我还坚持着我的路，如今，我的所谓快乐幸福感觉不时被打个折扣，应也是因果相报的道理。

临分别时，马莉抱住我的肩膀，告诉我，母亲这样的反应是很自然的，没有哪个母亲不喜欢儿女绕膝的天伦之乐。当生活和理想唱反调时，我们作为晚辈的，只能尽力去平衡出一条对大家都伤害最少的路。“你应该开心，你的母亲这般在乎你，这说明你是她掌心上的宝！”

8 婆婆的礼物

这个冬天，粤子二十个月大的时候，我再次怀孕了。

这一次，我渴望自己生个女儿。我的渴望并不是基于简简单单的有男有女便写就了一个大大的“好”字，又或是“生男好听生女好命”的民间真理。

我渴望自己生个女儿，是因为觉得自己很想实践一下做一位女儿的母亲。有人说自己没实现的梦想，总希望延续到下一代，让他们来帮助你梦想成真。我觉得自己这辈子没能做到一个令父母无怨无悔的女儿，所以，我很想知道，如果自己有一个女儿，我应该怎样做一位母亲，才能让我的女儿无忧无虑地幸福着她的幸福。

爱德华和婆婆，更希望这次会有一个“娜莎”降临。

“那肯定会是非常可爱的小公主，中国芭比娃娃。”婆婆已经难以抑制住她的兴奋了。

也因为这份兴奋，这一次，她破例在我们这住了好长时间——圣诞节前就来和我们团聚的她，一直住到春天的到来。

这个春天，林子里躺了一冬的枯黄叶子，虽然经过了几场霜与雪，还是那么固执地不愿化为尘泥。那些紫色的，白色的，黄色的野花，透过厚厚的枯叶地毯，惬意地迎着同样穿树过林才到达身边的春日。树枝叶刚刚抽芽，树影疏落，野花们还能放纵地享受这片自由空间。

我们在这个放纵的春日里，迎来了复活节。

复活节是一个仅次于圣诞节的令人向往的节日。它让人纪念耶稣的复活：当年，耶稣沿着通向耶路撒冷的路前行，路两旁站满了围观等候的人们，人们把自己的外衣、棕榈树枝投掷在路中央。他在这座城里，向人们传递爱与希望。一个月冷之夜，犹大把他出卖，他被钉上了十字架。

他的墓穴门口是一块大大的岩石。数日之后的一个早晨，人们发现那岩石已被搬移开，守墓的士兵还在沉睡。天使们雀跃：“噢，他复活了！我们的耶稣！”

我不是基督教徒，但是我也和孩子们一样，会热切地等待着复活节兔子给孩子们送来象征孕育生命的蛋蛋。当然，如同巧克力圣诞老人一样，这些让孩子们翘首期待的蛋蛋，也都会是些大大小小包装精美的巧克力蛋。

当晨曦透过百叶窗帘，粤子便飞快地睁开了眼睛，只等着去寻找，那些躲在树桩旁，睡在三轮自行车座底，趴在石头堆上，扑闪着窝在美丽的勿忘我花丛中的蛋蛋……每一份令人迷醉的惊喜，伴随着一串铃儿响叮当般的笑声。兔子们很慷慨大方，让粤子通过自己辛勤的劳动，收获了一大篮子蛋蛋。

还没有来得及剥开蛋彩纸，粤子就要往嘴里送。爸爸刚给一个蛋蛋脱光了衣服，他就贴过去咬。只有婆婆，安静坐在旁边，给我们重复当年爱德华找复活节蛋蛋的趣事。

春日越来越耀眼，那些在夜里春眠的花儿，也开始放纵地溢出香气。原来，可以放纵地吃巧克力的日子，生命是如此的迷人，如此的蓬勃向上。

带着复活蛋的甜蜜，我们送婆婆回埃尔福特。

虽然她已经三四个月不在家，但隔壁的沃夫太太会常常进来帮忙浇花，打开窗户通风。所以，我们一走进家门，便可以坐躺下来深呼吸房间的清新空气，把四百公里的劳累慢慢蒸发。

婆婆一进门，放下行包后，便穿上围裙，走到阳台去拿了一个小桶和抹布。她一边装上热肥皂水一边自个儿说话："今天是轮到沃夫太太他们楼梯值日，我要去帮他们打扫楼梯才好。我不在的时候，都是他们给我顶值，我这老太太过意不去啊。"

一头栽在客厅沙发的爱德华，有气无力地喊了一句："放下它，阿妈，先歇会儿，那脏东西不会跑走的。"

我和粤子在床上也开始迷迷糊糊地进入了梦乡。

直到一股浓浓的饭香把我们从沉睡中唤醒。我一看表，这一觉，竟然睡了三个小时！

厨房里传来叮叮咚咚的锅盘声。我走进去一看，婆婆正用木勺子翻搅着一锅热气腾腾的牛肉卷。

"我去我们小区里的肉店买的，新鲜极啦。你们起床吃饭吧！吃完饭爱德华还要去帮我购物才行，重的东西我拎不了。"她摇着头。

我幸福地闭上眼把这牛肉香深深吸进五脏六腑里。如果婆婆在她的厨房能烧出这么香的牛肉，那么，且让我在这多呆两天吧！

这一顿饭，粤子用牛肉汁拌上意大利通心粉，吃了满满一大碗，到最后，他把自己的整张脸埋进碗里舔。待他再仰起脸时，婆婆看着他满脸的牛肉汁胡子，竟是笑弯了腰。她一边笑一边捂着肚子："呵呵呵呵，我不行了。我肚子疼得厉害，我不能吃了。呵呵呵呵。"

她没能把自己做的这盘美味之餐吃完，我们以为她真的是笑疼肚子，才吃不下去了。虽然盘中留剩饭从来不是她的做法，有时候，明明已经吃饱了，她也还会把盘中剩食慢吞细咽完，只为了一个原则：不浪费。

这时，有人在按门铃。婆婆捂着肚子去开门，那是邻居沃夫太太。

两个老太太在走廊里热乎乎地拥抱叙旧，粤子也从他的椅子上滑下来，奔向奶奶。

“啊，我的小甜心，快来问好沃夫太太。”婆婆开心地叫。

“哇，都长这么大啦！这时间不是在流走，是在飞逝啊！我的上帝，这么漂亮的小中国人。”沃夫太太用夸张的高音来给婆婆和唱。

“你不知道，这个妈妈多用心带这孩子。她天天用那把大菜刀把土豆和各种蔬菜切小，熬汤给孩子喝。你知道她切菜有多快吗——简直就是一个出色的艺术家。她还总是给我们做中国菜吃，太多名堂了，番茄用来炒蛋，土豆切成面条那么细来炒，中国人真是厉害！小鑫真是棒！”婆婆如此大言不惭地在外人面前夸奖她的儿媳，我不是第一次听到了。我和爱德华在客厅里掩嘴轻笑。

爱德华把他的手从桌子一端伸到我这边来，把我的手扣起来。“我们五月份去度假吧！去西班牙的加那利群岛。这样你可以轻松一下，不用天天为我们做饭了。”

“加那利群岛？”我圆瞪双目，有点难以置信。心想这个爱德华，他是否能够穿越时空，偷看了我少女时代曾经撒落过的梦？！

“是，那里阳光灿烂，四季如夏。是德国人爱去度假的地方。”

“嗯，我知道。你们这些去那里度假的北欧候鸟们比当地的居民还多。”

“候鸟？这么可笑贴切的比喻，谢谢你了。”

我心想，不用谢我，我不是这个词的原创者。

她才是。

三毛。

不过跟爱德华说，他也不懂三毛是谁。

他更不会知道，我曾在中学里，故意偷换了别人一张有个小洞的课桌，只为了上课时能从小洞里偷看三毛的书。

那时我读初三。所有的人都在苦苦为自己的未来拼搏：或是升高中，或是考职业中专。而我，迷上了她。迷上她只有一个原因，我觉得自己那么懂得她。她是我们那个时代很多少女们的偶像。

我觉得自己懂得她的自闭，懂得她的敏感，懂得她行云流水的幽默笔触下那颗脆弱的心。

她初中时因为数学成绩不好，总考零分，后来发现老师出题的技巧，便事前把那些题目背个烂瓜熟，结果连续考了六个满分，老师认定她是作弊。她否认。老师便又给她出了一份考卷，让她做。当然，这一次，她得了个零分。于是，这位残忍的人类灵魂工程师，便用毛笔在三毛的双眼眶圈了两个大大的零字。

从此，她退学在家，过起自闭的日子。

我升中考试没有如父母所愿考上小城的重点中学，而父母固执地认为他们的孩子上重点中学是必然的事。于是，他们四处活动，给我在重点中学要到了一个代教生的名额。他们付出的代价是，每个学期给学校交四十块钱的代教费。那时候，我母亲在小学里教书，一个月的工资是三十五块。

我跻身在那群优秀人才中，并没能有发奋向上、向他们看齐的决心。相反，心里头那份自卑感从此便肆无忌惮地滋长，我厌学，我迟到，我早退。老师惩罚我的办法，是在别的学生上早读课时，让我去扫地。扫完操场，扫走廊，扫教务室，连油印室也不放过。我当然是怀着莺歌燕舞般雀跃的心情去完成罚令——扫着操场上的一地落英，我便顺手拣拾一口袋纯白的玉兰花香。扫着教务室，我便恶作剧地把一撮垃圾藏在桌子一角，那是罚我的老师坐的地方。至于油印室，那是一个非常神秘的角落。那个时代，没有电脑，没有打印机，学生的学习资料，包括考试试卷，都是老师用手写好以后，在油印室里用油印机复印出来的。我至今还不明白，为什么那天老师还会罚我去打扫油印室，难道他不知道还有一个星期就要进行统一的期中考试了么？

难道他不知道油印室的秘密么？反正，那天扫完油印室后，我的命运便改变了它的方向。

那一次的期中考试成绩，我竟然从平时的班上三四十名一跃而上得了个第三名，还在全年级近两百名学生中排第十名。我还有幸得到了学校颁发的奖金。父母顿时觉得自己的坚持没白费，老师顿时觉得他教学有方，把山鸡变成了金凤凰，他让我在班上介绍学习心得，要我用自身经验去激励更多后来者。从此，我骑虎难下，可我却没有因此而突然变得聪明了。我依然害怕学习，我害怕学校，我的物理考试总是不及格，在绝望之余也曾经把整本物理练习册的题目和答案背了个滚瓜熟，可考试时老师把题目改动一下，我便不知所以，于是，还得继续我的不及格。也许我比三毛幸运一点的是，我碰到了一位仁爱的老师——我的老师不想我这颗新诞生的星星坠落，物理老师是我父母的好朋友，他甚至有意让我做物理课代表。但是，老师的好意却让我的自卑感有增无减，我简直就认为自己是扶不上墙的烂泥一摊。

只有在文学里我能找到自己安静的灵魂，只有在阅读里我能把真实的世界暂时搁置一边，那是支撑着我继续上学的理由，因为在学校课堂上我可以偷偷看我喜欢的书。我深深地沉浸在三毛的撒哈拉世界，她的加那利海岛生活里。我总会觉得自己离她那么近。我也对自己说，如果我处在她那个环境，我也会去写她那样的优美文字，过出她那样的精彩。因为我们都属于同一类人：我们有着超凡的敏感心，我们追求的美好世界和纯粹物质享受没有绝对的联系，我们懂得只需用一沙一石，一岛一海，再加上一个永远的爱人便能成就那份让浩淼天宇沧海桑田也震慑的幸福。

但是，在我读完了她的《梦里花落知多少》，读完了她痛失荷西的故事，我便再也不去碰，不敢碰她了。

记得当时年纪小，

你爱谈天我爱笑，

有一回并肩坐在桃树下，

风在林梢鸟在叫，
我们不知怎样睡着了，
梦里花落知多少。

那时我想，如果苍天真有眼，怎么舍得让这对神仙眷侣阴阳相隔?

如果神真在佑护苍生，为何无情先夺他人爱?

我为她的故事伤心，因为那是她的真实故事。我年少的心灵在悲痛中煎熬迷惘，我宁愿相信好人一生平安的神话。天若有情天亦老，为何人未老时天无情。

我没办法给爱德华解释三毛，没有读过她的文字，是没有办法感受她的灵性的。他也不会明白，对很多有心的中国人来说，去加那利群岛就意味着去追忆一个逝去的灵魂，而她，曾经深深影响过年少的我们。

我只给他讲了我初中打扫油印室的故事，他听完后，身体前仰后合地配合着他的狂笑，就像一个滚动的皮球般。我出神地盯着他在那滚动。在他眼里，快乐就是这么容易。

“但是，我跟你说去加那利群岛，你怎么想到油印室去了？”好不容易止住笑，爱德华言归正传。

“哦，那时在油印室偷窥到的世界地理考试卷，有一道题目——加那利群岛隶属哪国的。”我随口一编，也不用脸红，我知道不管他是否相信，也不会追究下去的。

“怪不得你那么聪明，在学校学这么多的东西！”他又像他的母亲一样，给我戴高帽子。

我越来越喜欢和他们在一起，我在他们面前能享受到前所未有的认可感。我连煮一盘番茄炒蛋都成为他们心目中的英雄，他们从不要求我还能做什么或者我还应该做什么，他们只是接受我所做的一切并恰到好处地给予我肯定。而我发现，这使我变得越来越自信。这份自信的愉悦更激发我去不断思考，我还可以做些什么更好的事情，能让大家更快乐。

婆婆终于结束了和沃夫太太的谈话，她拉着粤子的小手，一颠一颠地晃了进来。爱德华把他的加那利群岛计划给婆婆一说，还问她想不想一块去。

“我不和你们去了，坐六个多小时的飞机，我这把老骨头受不了。”婆婆走到她专用的靠背椅，双手撑在椅子扶手上，她把自己重重地摔进椅座里，深深地吐了一口气，“怎么回事啊，我今天的力气都被偷走啦！”

“阿妈，来，喝啤酒，还有巧克力，补充能量！”爱德华飞快起身到厨房去拿啤酒。这是他们母子晚上经常做的事情：打开电视机，手里捧一杯葡萄酒，或者啤酒，再嚼几块巧克力，巧克力在他们眼里是有着安神功能并能使人快乐的东西。

“你们好好去休息一下吧，特别是可怜的小鑫，应该去休养一阵子。这趟旅行，我来给你们付款，小鑫的生日快到了，作为小鑫的生日礼物好了。”婆婆的话一出，令我吃惊不小。

爱德华拿着啤酒和巧克力走进来了。他嬉皮笑脸地看着婆婆：“你想好了，不要后悔啊，这个价可不是小数目呀，是你一个半月的退休金了。”

“嗨，管它钱多钱少，你们开心就好！”婆婆把巧克力掰开放进嘴巴。

而我心里知道，婆婆的这份礼物，对于我的意义有多大。

9 天伦之乐

2007.06

我躺在妇科医生的检查台上。医生手中冰冷的仪器在我的肚皮上来回划动。“看看，一个小公主！恭喜你，这样就和哥哥凑好一小对儿了。”

一个小公主！我怒放着心花，一个中国芭比娃娃！我的眼前好像已经舞动着一个身穿花裙子，扑闪着明亮大眼睛的美丽公主，她就像一朵花儿，亭亭玉立，娇态万千。

小公主的预产期是九月底。这一次，父母说要在我坐月子的时候过来照顾我，帮忙带粤子。

我要让他们的逗留时间避开德国寒冷的冬季。我不会只让他们服侍我，我想继续带他们四处游玩一下。对，我要让他们八月中旬便过来。八月份，广东正是酷暑天，这样，我还能让他们享受一下德国这里清爽舒适的夏季，也不影响我十月份要坐的月子。在德国做产妇，只要没进产房，就没有对自己惺惺相惜的必要。

我酝酿出和父母的旅游计划——我要带父母去博登湖旅游。博登湖位于瑞士、奥地利和德国三国交界处，由三国共同管理，湖区风光迷人，阿尔卑斯山区景色美不胜收。

上次来德国时，父亲就曾说起，他的一个好朋友告诉他，来欧洲旅游一定要去苏黎世，那是一座美丽得难以用言语表达的山城。所以，父亲也不停地念叨着苏黎世。这一次，我想圆了父亲的梦，打算在博登湖度假时，和他们到苏黎世一游。我们预订了一家家庭旅馆。入住家庭旅馆的好处是，那里一般配有独立厨房，厨房里烹饪的工具一应俱全，对于不能习惯德国饮食的父母，这是非常实用的事情。

广州和慕尼黑，在我眼里，是两座有很多共同点的城市。不仅仅是他们都位于自己国家的东南部，都有一条美丽河流穿越城中心，都是发达的经济中心，还因为这两座城市所流淌出来的那份共同气息——有序而无拘束，自由而不散漫，文明而不刻板。所以，居住在这样的地方，我没有陌生的理由。只是，很遗憾的是，这两座我喜欢的城市，他们之间始终没有直航。即使广东和巴伐利亚州已经签署了友好省份的姊妹协议，我的父母还是要转一次机才能到达慕尼黑。

他们出发之前，弟弟把他们的飞行信息用中英文列在一张纸上，让他们随身带着。如果转机遇到问题，不会说英语的他们便可以拿着纸条去问路。出一次国门，对他们来说，是一条远征路。这次是相隔一年零三个月没见父母了。我看到从车里钻出来的父亲，发根处新长出的一缕缕灰色装饰着他那染过的一头黑发，他戴着一副厚厚的眼镜——因为白内障，他需要佩戴一副深度近视眼镜。母亲呢，也许是十几个小时的航程，让她的脸更缺了水分，她比我上次见到的时候，又苍老了几许。但是她穿着很得体大方，一件合身的唐装，再配上新烫过的发型。她的气质风度，还是没有辜负我的婆婆曾经对她的惊叹：窈窕女子啊，令人羡。

母亲向站在我旁边的粤子伸出双手，“过来，阿婆抱抱。”粤子把他的双臂伸展开，再加上一个鲤鱼反跳的姿势，准确地接住了阿婆传过来的热爱。世人说尽血浓于水的情理，血管里流着同一脉血的祖孙俩，即使外祖母是孩子懂事以来第一次出现在他面前，他也能立即感受出来自外祖母的慈爱是非他莫属的。爱德华也在旁打趣，用中文叫粤子：“亲亲阿婆。”粤子便把头一侧，对准阿婆的脸颊左右开弓地亲个不停。母亲不敌这阵势，不由自主地往后一仰，一屁股坐在院子里硬硬的石板上。她看着父亲呵呵地笑：“我这辈子从来没有得到这么多的吻呢！”

是的。不但是母亲从来没有得到过这么多的吻，我记忆中也没有多少次来自母亲在我脸颊上留下的吻印。她和父亲是属于那个年代，那个不懂得用亲吻来表达爱意的年代，起码在他人面前我从未见他们相互亲吻过。我和我的父母也属于这样的年代，我们长大以后，我们之间表达爱的方式，不要说亲吻，连相互拥抱也从来没有发生过的。有一刻我想，如果我和父母之间的肢体接触多一点，是否我们对彼此的爱与牵挂便会轻松点？

我告诉父母，等他们时差调过来了，我们就到博登湖去度假。母亲看着我那还有六个星期便分娩的大肚子，有点忧心忡忡：“这个时候还到处跑，不在家静静养胎，行吗？”我告诉她我已经请示过我的妇科医生了，医生说我要干啥就干啥，走到哪里我都可以把孩子生出来的。

当你远离了父母四百五十个日子之后，终于盼到了和他们日夜相伴的时候，你会觉得，能有机会按照自己的思维给他们多一点快乐，挺着个肚子多受点舟车劳顿根本算不上什么。你会舍得去为他们做任何一件你力所能及的事情。

是的，我会舍得。我陪着父母走在洒满夕阳红的博登湖畔，晚风习习吹走天际最后一抹遮月的浮云，日月交替之间我听到自己狂跳的脉搏：如果要我告诉你什么是世界上最值得追求和珍惜的事情，那么，你来看看爱德华为我们留下的这一张张天人合一的幸福瞬间，读那一张张纯净安详的脸孔——老人忘记了脸上的沧桑，小孩模糊了那些没有老人陪伴的岁月，而那被大家众星捧月般挤在镜头中央的我，张扬着如天空高挂的满月般鼓圆的肚子，恣意而霸气地展示着我存在的意义。这难道不就是那为世人所乐于诠释而固守的天伦之乐吗？寸草之心难以报得三春之晖，可是，寸草之心起码也能给予父母最微薄的快乐。即使这快乐母亲从来不善于储存起来，即使这快乐比起母亲养育我所付出的艰辛是如此不足挂齿。

这样，你们就会懂得，这几天的博登湖之旅，对我的意义是多么的不同凡响。我们一起坐船到湖中的小岛——曼瑙岛漫游。曼瑙岛有花之岛的称呼。小而精致，博登湖得天独厚的位置让这个居于其中的小岛拥有的气候也别树一帜，在曼瑙岛上，竟然可以生长着棕榈树等属于亚热带的植物。虽然错过了我最心爱的花——紫藤花开的季节，我们还是在一丛丛醉人的玫瑰花香中让快乐继续发酵。走在温度和湿度都充满着亚热带气息的蝴蝶屋里面，千姿百态的蝶恋花让父母亲兴奋得脱下了外套，仿佛他们也要学蝶儿飞舞花儿吐蕊。一直不愿坐在婴孩车里的粤子，更是张舞着小手奔腾着小腿儿，只想能把花蝶握在手心上。父亲赞叹欧式园林那份由井井有条拼整出来的气势，母亲流连园林与城堡那一脉相承的笃深结合。而我却被城堡教堂前那一幕正在举行的婚礼所吸引。我看见幸福的新娘由她的父亲（我深信那是她的父亲，我从他们之间的肢体语言感觉到）引领着走进教堂，那一刻，我知道自己的心里浮起淡淡的酸楚。我想起了自己那个父母缺席的婚礼，想起了婚礼进行曲响起时我眼里吟着的泪光。我知道，世上有些完美的事情不会总是属于你，于是，学会在不完美的世界营造一份完美的心情便是我一生的功课。

爱德华陪着父母泛舟博登湖，带他们到苏黎世——父亲念念不忘的美丽城市。他们爬上山顶俯瞰这座以其旖旎风光和奢贵生活闻名世界的山城，他们闲步在古老建筑与湖光之间，他们似懂非懂地膜拜着教堂的神灵。同样是从大山里走出来的他们，当然会为阿尔卑斯山区居民的富足与悠闲日子震撼，震撼之余，便是感慨，感慨他们吃的东西，还是没有粤西老家山区的东西好吃。我和粤子没有随着他们走这么多的地方。我们守候在旅馆里，一起在花园水池里逗逗小乌龟玩，我陪着他荡秋千，吹气球。我做好一顿简单而可口的饭菜等待爱德华和父母归来。这就是我向往的要和父母进行的度假方式，他们玩好吃好，我便也很好。

在我们离开博登湖驱车回慕尼黑的途中，父亲心满意足地扶直他的厚片眼镜，他把目光投向车外，道路两旁投入视线内的，或是挂满枝桠的累累苹果，或是碧玉成珠的串串葡萄，他舒心地吐了一口气："博登湖之旅，不枉此行啊！"

而此刻，我的小公主正在我体内进行剧烈的拳击训练——总是在我坐进行驶的汽车里时，她便会了无尽头地进行抗议，直到在下一个高速路上的停车场，当我们停下来休息一会儿时，她才会安静下来。也许，如果她能看见我们的快乐，她便不会如此对待我了。

离预产期还有一个月，我在父母的照顾下在家静养待产。

母亲觉得这次来德国，最大的收获，莫过于每隔三两天，就可以摘一把我们自己种的番茄来吃了。

今年二月时，当院子里的万物还被皑皑白雪覆盖着，爱德华便开始在我们窗台上播下番茄种子了。

八月份，待我们从博登湖度假回来，那红彤彤的番茄，已经是每隔一天便可以摘一篮子了。我们用自己种的番茄，尽兴地张罗出一盘盘番茄炒蛋。

九月份的时候，番茄炒蛋已经满足不了绿色的母亲了。两年前她给我插种下去的枸杞树，因为总被爱德华当做杂草来看待，未等长茂便遭夭折，所以，我还从来没有收获过一顿枸杞叶汤。母亲说，她要去田野里看看，找点野菜来解馋。

自从七月底附近田野的麦地被收割后，我便没有再去看过。我也想象不出母亲还能在那一片光秃的田野间找到什么绿色的东西。

第一天的寻找，果然不出我所料，她是空手而回。

第二天一大早，她对我说，今天要到树林另一边的田野里转转。

等她中午回来时，我的眼睛傻了——她竟然从袋子里倒出一大摞豌豆苗来。

"整个树林后面的田野都是，长得那么茂盛，那么好。现在还没到膝盖高。天啊，他们现在这个时候种来干什么用，你们这里这么冷，肯定不到开花结果便被霜冻冻坏了！可惜啊，可惜，没人知道这豆苗现在正是可口时。"母亲的兴奋已经有点语无伦次了。

父亲皱起眉头，不太信任地看着那堆豌豆苗："有毒怎么办？"

"你不敢吃就别吃好啦。怎么会有毒，豌豆苗长什么样，我还不清楚？它的叶子有几条纹路，我都可以说得出来！"母亲赌气地打开水龙头，把豌豆苗放进去洗。

我咽了咽口水，按捺住自己的激动。母亲肯定还会记得我跟她说过的，两年前我挖油菜花苗吃的事。我告诉她，这些秋天播下的绿苗，长到十月份，霜冻之前，便会被人用机器连土翻过来，化作绿肥来年育耕地。

"那太好了，我更不需担心他们施农药或者什么的啦，这个九月份，我们的维生素C便有了着落啦。"母亲在德国的快乐来得如此简单。

当然，仅仅为了一个维生素C，每天来个柠檬便解决了。她的快乐来源于，在异国他乡，在她的女儿那里，她竟然也能找到故乡的味道，这样的味道让她踏实。况且，她这些天的身体，已经出现了不少水土不服的征兆：午夜梦醒，总会觉得口干嘴苦，这是糖尿病患者容易患有的症状，德国偏阳的饮食，更加速了她的阴阳失调。而且，她的皮肤也变得干燥易痒。"如果不是为了让你好好坐月子，我早就住不下了。"母亲无奈地叹气。

阵痛的开始也是在一个早上，中午时分我们来到医院，医生同样让我到院子里散步。直到我对疼痛忍无可忍的时候，他们才让我进产房。

“生女好命！”我在产房那一刻已经强烈体会到这句话的真义。我的小公主，她只让我折腾了半个多小时，便“哇”的一声出来报到了。

护士用一条白毛巾裹起温软湿润的她，把她放在我的胸膛上。比起粤子，她的发丝柔软而稀落，皮肤苍白而多了些皱褶，一个令人看了会顿生满腔怜爱的小生命。我抚摸着她额头上还湿湿地粘在一起的一缕毛发，感受着她微弱而有节奏的呼吸，有如看到一朵莲花正慢慢升腾而起——它如一块温香软玉，散发出无尽的芬芳，默默安抚疲惫的我，让我忘尽了才刚过去的撕心裂肺。

“娜莎，小娜莎，我们的小娜莎！”——婆婆在埃尔福特听到我女儿出生的消息后，她语无伦次地喊出了这一串“娜莎”。对于她，娜莎的出生甚至是一个圆了故人梦的象征。

“养女方知母亲心哪！”我的母亲，在医院里看着我怀里的小娜莎，淡淡地说。

Six

第六章 爱蔓延

1 婆婆手中的抹布

2007.11

十一月初，在父母就要踏上回国的归程前，爱德华把婆婆接了过来。老人们再次相逢，相互之间无尽问候无尽祝福只能用肢体语言来表达，粤子在他们中间间或扮演翻译的桥梁，其乐也融融。这一次，她们不可以在寒冷的花园里玩耍太极拳，舞动太极扇了，她们大部分时间只能蜷在屋子里，与孩子们共嬉戏。

父亲每天拉着购物车去购物，母亲每天守候在灶台上为我们弄出一日三餐，婆婆呢，她义不容辞地把厨房杯盘狼藉的收拾工作包揽过来。我知道这些幸福日子的终结对于我来说，是指日可待了，所以，我更肆无忌惮地任由自己慵懒着。

母亲偷偷对我说："你的婆婆啊，看看，在灶台上站了一个多小时，把锅的每一滴水分，杯盘的每一点水迹，都擦得干干净净，擦完洗完后，还在灶台上放盆花，我可学不来她这份耐心哪！我这人最没有耐性子的了！"

我笑问母亲："是否现在不会认为我有一个高龄婆婆是'命苦'了？"

"唉，你就是劳碌命一条啦！只能求天保佑她长命百岁，健康能干了。这么一把年纪的老人，如真要你来照顾，那有你辛苦的时候了。"无论面对多么美好的眼前时分，母亲都习惯了她远忧近虑的思维。

我赶忙把她的思维拉到一个充满快乐憧憬的时段——我许诺，明年秋天，待小娜莎一岁时，我们便一起回中国。"这样，我们只需等十一个月，不需等一年那么久，便又可以见面了。”我要在母亲意识到她的下一个忧伤到来前给她先打上一针强心剂。

在慕尼黑降下入冬以来的第一场鹅毛小雪后，我的父母开始收拾启程回国的行装。

相见时难别亦难，这一次的分别，母亲的不舍里又多了一个主角——粤子。飞机场的安检口外，这一老一少在那里忘我地拥抱亲昵，一个说阿婆你很快又来德国吧，另一个说小粤子你让妈妈带你回中国，我给你做最好吃的鸡腿，中国有很多好吃的东西等着你呢。

虽然，我又看见了母亲那熟悉的泪光泛红的眼眸，但我已不是那泪眼的唯一原因，于是，我稍觉轻松一点。

这份轻松没有持续很长时间。很快我就发现，这一次，婆婆摇晃在我们身边的日子，渐渐偏离它正常的轨迹。她开始变得丢三落四了，早餐用完的黄油，她忘记放进冰箱里；正在灶台上煮着的土豆，熬干了水她也不察觉。总是在我把饭菜摆上桌子时，她便捂着肚子，说肚子胀呀，没胃口。只有一件事，她永远不会糊涂：每天当她拿出她的药盒子，都要仔细辨认一下药盒子上面写着的日期——她一年前就开始服用高血压方面的药物。如果盒子上面标着星期二，她便会嘟哝着自言自语：今天是我的水上体操日啊。如果是星期三，她马上兴冲冲地告诉我：我的女朋友们今天都在桑拿房里聚会了，你不知道，给我们按摩的那个小伙子，多有趣。我总是告诉她，我们这个小镇上也有桑拿和水上体操，她也可以去的。婆婆却把头摇得像个拨浪鼓：不不，那要和我的那些女朋友们在一起，才有意思，我一个人才不会去。唉，我该回去了。

爱德华在婆婆的药盒子里，每天加了一片银杏片进去。“这个据说是中国奇迹来的，对延缓老年记忆衰退有帮助。”爱德华捧着银杏片时，那虔诚的样子像是捧着一盆婴孩受洗的圣水。让婆婆回埃尔福特？他好像一点都不为她那近乎哀求的愿望所打动。我明白他的用心良苦，他是心疼我。

相对于粤子来说，小娜莎是一个难以伺候的孩子。她晚上从来睡不了整觉，每隔三两个小时便会醒来，醒来便要哭着来寻找我的怀抱。因为晚上我从来没能休息好，于是，便只能靠白天零零散散地补一下觉来维持自己的精力。我无法想象，这样的日子里，如果没有婆婆陪粤子玩，给粤子讲故事，没有婆婆推着小娜莎出去散步，没有婆婆给我们晾晒和折叠那一件件大小衣服，没有婆婆给爱德华熨好一件件笔挺的衬衣，没有婆婆站在灶台前一两个小时帮我擦洗烧煮，没有婆婆在我躺沙发打瞌睡时给我盖上被子，那么，我的劳碌命该用什么的笔墨才能书写得出来。

不知不觉中，婆婆在我们这里呆了四个月。三月份，在粤子度过了他的三岁生日后，终于拗不过婆婆的坚持，踏着初春的料峭寒意，爱德华送她回埃尔福特了。

当我花了两个星期来习惯这些单枪匹马招架两个小孩子和家务事的日子时，独自在埃尔福特的婆婆传给我们一个措手不及的坏消息：她要住院，还要动手术。她得了膀胱癌。

难怪她前段日子老捂着肚子喊没胃口，难怪她有时候一蹲厕所便蹲半个小时，我们还笑她是否需要拿把剪刀来帮忙。突然之间，我们为自己对她的熟视无睹而歉疚不已。特别是我，如果小娜莎打个喷嚏，粤子脸上长个红包，我便会慌得四处团团转，可是如果婆婆在站立劳作了两个小时后，把自己重重地摔在沙发里吁口气时，我却只会用她的口头禅来笑她："工作，再工作，你便将青春永驻！"我好像忘记了她是一位高龄老人，很多老人在这个年纪已经是需要晚辈照顾衣食起居的了。我以为她的精力就像那取之不竭的阿尔卑斯山泉，她永远能够为我们静静地坐在沙发角落折叠衣服，为我们站在厨房把锅里最后一滴水珠擦干。

爱德华在慌乱之间打开网络，把"膀胱癌"这个词搜索了一番。当他看到网上介绍，说这个病一般来讲不会是致命的，手术成功率很高的，他稍缓了一口气。但他还是急着问婆婆入院手术的日子，他想回去陪她。

"你不用来这么快，我会打电话给医院，他们来接我便可以了。我做这个手术，起码前后要折腾好些天。你不能留小鑫一个人在家带孩子，她很累的。再说，你来了，也帮不了我，你又不是医生。”婆婆在电话里的声音还是那么清脆悦耳，一点都不像是一个即将走向手术台的患癌病人。

“那我这个周末回去。”爱德华不依不饶。

“等我快出院的时候，你再来接我，就这么说好了。”婆婆的语气没有商量的余地。

放下电话，爱德华呆呆地看着客厅书架上公公和婆婆的照片。“怎么又是春天？”他喃喃自语，脸上有一丝惶恐与不安。

我明白他的担心。四年前，也是在这个春意盎然的季节，公公被推进手术间，然后便再也没有回家。那时婆婆也是对我们说，不用急着来，她会安排好一切。

我告诉他，他应该回去陪伴他的母亲，我和孩子不用他操心。其实我内心里比他还更紧张婆婆的身体状况，我不能想象如果从此以后她不能再为我们助一臂之力了，我的日子会一塌糊涂到什么程度？

周末的时候，爱德华回埃尔福特了，那时，她已经做完手术。其实说他是去照顾他的母亲，也是有点夸张。他最多也只能每天去医院看望一下，陪她聊聊天而已。婆婆一日三餐在医院吃，晚上也不需要家属陪伴，反而，爱德华每天都要绞尽脑汁来想自己该吃什么。手术后婆婆恢复得很正常，一个星期后她便可以出院了。

出院后的婆婆，要继续一个人留居她在四楼的公寓房里，已经是一件非常吃力的事情了。爱德华便收拾好她的箱包，和她一起回慕尼黑。

粤子没想到这次这么快又可以见到奶奶了，他兴奋地围着她“阿嫲嫲、阿嫲嫲”地喊个不停。

做完手术后的婆婆，力气大不如前。她的健忘症，好像也在以一种奇怪的方式来加速：只是对自己几分钟前说过的话做过的事不再记得。但是，对于过去，又或是眼前的事情，她一点都不含糊。所以她还是乐此不疲地给粤子念书，给粤子讲她小时候就听来的故事，教粤子唱她小时候就会唱的儿歌。

是的，她并没有很大的变化，只不过是因为体力和健忘的缘故，不再能胜任独立生活了。但是她住在我们这里，依然是我的好帮手。

小娜莎晚上爱折腾我的毛病，也没有得到什么改进。我还是要不断忍受那些不眠之夜来侵蚀自己本就不强壮的身体。

一个晚上，已是三更时分，半梦半醒的我听到走廊传来一阵物件碰撞的倒腾之声。我爬起来去看个究竟。打开房门，一股臭味飘进鼻孔，我强忍着那份恶心，循着灯光之处走过去。只见婆婆正在洗手间拿着一块布擦洗地板——原来她大便失禁，来不及之间把洗手间弄脏了。看见我走过来，她很难为情，并且忙不迭声地向我解释："太对不起了，我真不是故意的。我多希望是在自己的家里，这样弄脏了也无所谓啊。我到底怎么一回事，在别人的家里弄出这样的事情来……"

我一边用手捂着鼻子一边把窗户打开，但是我没有勇气对她说"我来帮你吧！"我只是从捂着鼻子的手掌里透出三两言："擦好了就回去睡吧，没关系啦，明天臭味就消失了。"

对她这份西方式的独立，我虽然觉得有点无所适从，却也暗自庆幸自己无需接过她手中的抹布。我承认，如果当时我面对的是我的母亲，我肯定马上抢过她手中的抹布了。对于婆婆，我好像已经习惯了那份相敬如宾的距离感，她对我再好，我感受到的温度也只是恰到好处——虽然当我和爱德华之间发生口角时，她总是会先护着我。

2 又是飞翔时

在这些锅碗瓢盆，尿片奶粉成为我生活主角的日子里，我心中对文学的爱与激情反而在悄悄地发酵膨胀。爱德华一直担当着我用德语来阅读的启蒙者，我读的德语书都是经过他筛选的，他认为有趣有意义的书，便推荐给我。当然，他这两年的阅读侧重点都在那些“全球畅销书”上，特别是瑞典的侦探小说、英国的历史小说等等。而我，听完和读完几部德语译作后，却慢慢地渴望阅读德国人的著作了。我的德语水平，如果用考试的标准来给我打分，那肯定还不会是很好的，因为我不爱好好去练习正确的德语语法。但是，这一点也不妨碍我如饥似渴地去阅读和欣赏德语著作。我朗读歌德那些总像是他信手拈来的诗句，在德语单词的韵律中我尝试着用美丽的汉字来撰释。我喜欢他那些能把每一个琐碎的场面平凡的日子用诗意的心情来描述的句子，那是一份对生活充满无比深情的豁达悲悯之心。

一天，爱德华把一本有声读物放在我面前，那是托马斯·曼的《布登勃洛克一家》。1929年，托马斯·曼凭这本描述十九世纪下半叶德国北部一个贵族家庭没落史的书，获得该年度的诺贝尔文学奖。这本书在中国也有着“德国的《红楼梦》”之称，我一直就想着能啃它的德语原版了。托马斯·曼所用的德语，很多词汇对我这个半路者却是显得有点稀奇古怪甚至晦涩难懂的，但是朗读的那把男声很是绘声绘色，我还是很喜欢听这本书，听不懂的地方总会反复地再听，有趣的地方在忍俊不禁之时再重复听它的精彩。爱德华还给我找来了同名影碟，看完电影录像再听书，对书中人物以及情节的发展自然便有了更为形象的轮廓。最后，爱德华在一次回埃尔福特处理事务的时候，给我带来了《布登勃洛克一家》这本书——书页已经发黄，那是婆婆家的藏书。爱德华觉得我现在可以去慢啃细赏这本书了。他这种一步一个脚印，从简到繁地引领我走进名著欣赏的方法，让我受益匪浅。就这样，在他的帮助下，我还开始去读托马斯·曼的另一部有“交响乐”之称的著作——《魔山》。如果没有他陪着我一起先观看了这部长达四百多分钟的剧集，并在旁边不断给我解释，我后来是没有办法听得懂或者看得懂这本书的，即使是中文版，我也会被那冗长的对话沉闷的情节描述吓倒的。但是，当我喜欢上它以后，我发现自己跨进了成长历程的一个新阶段。

我读别人的故事，为别人的故事大喜大悲。可是，我的故事，平庸得如同一杯白开水，我用切菜刀拼写着酸甜苦辣的曲子，用吸尘器奏出心中不安的音符，从早到晚忙得精疲力尽，可是我只能把自己定义为碌碌无为者。我感觉自己体内有一份力量，它强大无比，它着急着要破体而出，它告诉我，它不想让我如此碌碌无为，它不想错过生命中的每一段精彩。我有着一份迫切的使命感，要为它寻找一条出路。

我开始在电脑里敲打文字，书写我天使般的孩子，书写我在德国生活的点滴感受，我用诗歌般的语言来描述孩子们之间的吵闹撒泼，用诗歌般的心情去浇灌自己过劳的神经，重新捡拾自己荒废了近二十年的文字拼写能力——我找到了一条支撑我在责任与梦想之间平衡的路径，在书写内心的过程中尽情地发挥自己对文字的驾驭能力。

时间，在丰富之中飞逝。

转眼之间，到了公元2008年的夏天。

还记得，当年第一次离开中国时，我曾对母亲许诺过，2008年，我陪你到北京看奥运。

这话我再也没有重提了，因为，拖儿带女的我，已经没有这个能力和心情。我也希望，母亲已经彻底忘记了我那个没有标明有效期的承诺。但是，我要兑现去年对他们的许诺——等小娜莎一岁时，我要带她和粤子回中国。父亲今年身体一直欠佳，他那本来停止了好些年的眼底出血症状，又复发了，我没有理由让自己不去飞翔。

当然，奥运会八月份在北京举行，我不会选择这个全世界的人都奔向北京，奔向中国的时候回去的。我决定了等奥运过去以后回国。

可是，婆婆怎么办?

每每这个时候，我便为爱德华只是一个独生子而遗憾。赡养老母的责任，只能由他一个人来担当。

我和他再三讨论，最后我建议，让我和孩子们回去，爱德华留下来。只是，没有人能够接受我一个人带两个小孩子坐十几个小时飞机的愿望。即使是我自己，也不知道自己是否能胜任。可是，婆婆看样子是不可能再回埃尔福特独立生活了，我不可能因为她而模糊了自己的乡愁。大家最后在忐忑之间接受了我的计划。

我开始张罗给孩子办签证的事情。这时候，弟弟给我带来一个令人振奋的消息：他九月份要来欧洲出差，途经荷兰、爱尔兰等国，他可以把回程的票订上和我同一个航班从法兰克福飞回广州。爱德华和婆婆听到这个消息，都长长地嘘了一大口气。婆婆抹着眼角说："我一想到你带着两小孩坐飞机，我便开始腰疼了。我其实可以回埃尔福特的，让爱德华陪你们一起去中国。"

"你别痴人做梦了，阿妈，你在埃尔福特的房子最好退租了吧！"爱德华没好气地回应婆婆。

"你可不要这样无礼！我的房子谁也不能退。我所有的东西都在这个房子里，我总会回去的，那里才是我的家！"我还是第一次看到，婆婆可以这样生气的。

2008.09

从慕尼黑飞法兰克福，只需不到一个小时的旅程，粤子一路上扑闪着激动的大眼睛，不停地问我关于中国的事情："那里有滑梯玩吗，游乐场离阿婆家远不远？那里有游泳池吗，有没有给小孩子游泳的地方……"我告诉他，等我们到了法兰克福，他可以亲自问小舅。

法兰克福机场是德国最大最繁忙的机场。我们在机场里折腾了半个多小时，走了数里路，终于来到了飞往广州的航班登机口。我举目四望，寻找弟弟的踪影，却是落空。离登机时间还有半小时，他早该到达了，我心里开始有点发毛。拨通了他的手机电话，电话那边是他从遥远地方传来的无奈："我来不了法兰克福啦。我的签证出问题了，从荷兰出境入爱尔兰，爱尔兰不是欧盟国家，再次从爱尔兰回欧盟国家便不允许了。我要改机票明天走。"

竹篮打水一场空的滋味，也不过如此吧！我按捺住自己那足以让我在无人处痛哭痛叫一声的失望，把粤子抱进怀里，给他，也给自己打气：“虽然我们不能和小舅一起坐飞机，但是飞机不会因此而飞得更慢。我们在飞机上睡一觉便到广州，明天你便可以在阿婆家的花园里滑滑梯了。”

婆婆和爱德华的担心不是多余的，这不是一趟轻松的旅程。小娜莎的座位是过道之处能拉出来的一个小篮子，她可以在里面睡觉。可是，飞机轰隆隆的噪音，让她一直睡得不踏实，只要把睡着的她一放进篮子里，她便马上感觉出异样，并引喉抗议。整个机舱里的人们，劳累了一天后都回归沉寂之中，飞行的嘈杂音波也不能阻挡大家入眠的需求。我不想小娜莎把这份相对的静寂打破，把酣睡的人群吵醒，所以一直把她抱在怀里。我闭上眼睛醒着脑子以秒针的速度来数数，我希望那十一个小时的飞行时间也能如秒针般“嘀嗒”一声便已成过眼云烟。我在无数的“嘀嗒”声中任由大腿和手臂在小娜莎越来越沉的身体下变得发麻。

当飞机终于慢慢往下降，在灰色的广州城上空飞翔而过时，小娜莎拉开喉咙焦灼不安地哭喊起来，我知道她的耳朵在受罪。粤子也蹙起双眉，但他很安静，这反而令我有点担心。我把一块口香糖放进他嘴里，让他拼命嚼并吞咽口水。他听话地重复这个吞咽的动作，直到飞机“砰”一声停落在机坪时，他才突然失控般“哇”地大哭了起来。

走出机舱时，粤子已把泪擦干。他看见放在出口处属于妹妹的婴儿车，便扬起小腿儿跑过去把它扶起来。

来接我们的是父亲。他那双藏在厚镜片下布满红丝的眼让我心生不安。

“你的哥哥出差了，所以我来接你们。”

他现在的头发完全没有染过的痕迹了，可是看起来竟如一地霜雪覆盖在一堆干草上。他把行李车上的箱子搬下来，手臂之间鼓起来的青筋真切地提醒我——父亲又比去年苍老了。

经过两天两夜迷迷糊糊的日子，我们渐把时差倒过来了。来自爱德华的电话每天都会准时响起，我和粤子轮番和他还有婆婆在电话里絮叨个不停，母亲总是在这个时候斜靠在阳台的躺椅上吃苹果，小娜莎就在她的脚边坐着。她有时候会酸溜溜地对小娜莎说："小娜莎啊，你妈妈和我打电话从没这么多说不尽的话哪！"

我却认为错不在我。她不是一个能够感染别人和她多说话的人。很多时候给她打电话，我如果问她今天做了些什么，她会赌气地说你要知道这么多干什么，你又不在我身边。我如果问她今天有没有去练太极了，她永远的回答都是她没心情，不想去见那些勾起她伤心的人（因为练太极，她把我送去了德国）。我如果让她上街买件漂亮裙子穿，开心一下，她便会赌气地说"你马上回来陪我去吧"。于是，我必须学会每次和她通完电话后让自己的好心情不要发馊，必须学会把泪水当做加了盐的汤水回吞到肚子里，必须学会每天榨出最新鲜活泼的情绪去拨打那个烂熟的号码。

我喜欢和婆婆这样的人通电话。你只要跟她说一声今天吃了什么菜，怎么做的，她都会全神贯注地聆听，并且对这道菜的味道给予分析想象，然后会和你一样心满意足，就好像她也和你吃了这道佳肴般。母亲说，我的婆婆这么开心乐观，是因为有这么好的儿媳妇，还有这么可爱的孙子孙女。我问她这个儿媳妇不就是你的女儿，那对可爱的孙子孙女不也是你的吗？她便耷拉着脑袋，悲伤浸满了整张脸："就因为这么好的女儿，却不能留在身边，我才伤心啊。"

她的伤心是我眼角里永远擦不干的泪痕，那是我的宿命。

我的挚友大翔知道我回来了，便吆喝上几个好友一起来看我。其实我知道他们更想看的，是粤子和小娜莎。我们一起到附近的公园游玩，我的父母也和我们一起去。我的这些相识相知多年的朋友，父母都非常熟悉。一见面，母亲就拉着大翔的手问个不停："什么时候结婚哪？你要快点完成人生大事，这样你的母亲才开心的啊。"大翔乖巧地应答："阿姨，不用担心，我会让我的妈妈开心快乐的。"母亲便松了口气，说这样才是孝顺儿子嘛。

小溪也和母亲很相熟，她们两个在一起有着说不完的话。小溪其实已有一女读小学了，但是她还一直想追加一胎。她们两个便研究起有些什么策略可以做到。小溪说，她有一个朋友，也是超生的。但是，这个朋友非常熟稔“上有政策，下有对策”的攻略，她花一百多块钱办了个假身份证，用假名住院生下来孩子，再到乡下找个同姓的家庭帮着入了个户口，简单极了，连国家那十多万元的罚款也省了。两人越说越欢，母亲又说到那天看见一邻家女，屁股后跟着一个，臂膀上还抱着一个。闲聊之下，才知道她刚在香港生下了第二个孩子。在香港的医院注册一下，交几万块钱就可以生个香港籍婴儿了。

我在旁边听着，心想，看来国人非等闲之辈，想生几个还是有办法。看德国政府为了提高生育率，绞尽脑汁，低三下四，又贴银子又陪笑脸，只为德国女人能挺起个大肚子。无奈不少德国女子宁愿挺个啤酒肚子也不愿为人母。

我不禁唏嘘：真的是生于忧患，死于安乐呀！

我和大翔娓娓聊起我这次短短几天的广州见闻，那些让我真实地感受泱泱大国之国民所创造和表现出来的一个个传奇：

广州只用了两年的时间，便在珠江的小谷围岛建起了大学城，可容纳20万大学生，集“学、研、产”一体化发展的新城区。世上只有中国才可以创造这样的速度奇迹，因为我们有足够的劳动力夜以继日地工作。而在德国，我亲眼看到我们所在的小区，他们要盖建一幢新民宅，十几户的两层高建筑物。工人们严格遵守朝九晚五，午间两个小时“安静时”，周日为“休息日”的作息时间，等到终于完工时，也用了两年时间。

在广州的住所里，我早上七点多就被工地基建的拉锯声撕心裂肺地折磨着，他们没有午休，直到太阳下山才罢休。可是我的父母却依然和周边人群谈笑风生，怡然自乐。我不得不佩服他们的修养的确做到了：处世须存心上刃，修身切记寸边而。他们是一群能踩在刀尖上悠闲地舞着太极拳的人！而我在德国久居，已经习惯了那些设在居民区的儿童游乐场上，那高高挂着的告示：“午休时间不可使用游乐设施。”

十多年前，地产开发商向刚解决温饱不久的国人灌输美式“超前消费”

观念，鼓励人们做自己房子的主人。不少人把父母的几万血汗积蓄也贴进去交了个首期才换来个“房奴”之称。欢欢喜喜搬进新居，没几个月，楼上的下水道破裂了，殃及自家的天花板；没几年，水管水龙头锈了，大动工程来换修，怎一个“破财”了得！大家发完牢骚后还是心平气和地自掏腰包来接受这些“质量”问题：毕竟房子是自己的了！我却为他们宽广不计较之心胸而动容。而德国就不同了，全国范围内三分之二的居民都是租房子，像柏林、汉堡等大城市租房率更达80%。德国房客有着极大的权利，房子质量不好，马上投诉房东；水龙头坏了，房东得派人修理。德国人工那么贵，所以房东一般都会负责任地用上质量好的东西来防以后夜长梦多，一个水龙头能用上个二十年是很正常的事。

我告诉大翔，相比之下，我们中国人，实在是威武不能屈、富贵不能淫、悲苦不低头、能屈又能伸的尤物。

我转过身去，站在路边一树开得正娇艳的大红玫瑰旁，它枝干上的刺和它的花瓣一样夺目，我不自觉地伸出手指抠进枝干的刺儿……

“公园的花，你弄坏它干什么？”冷不防后面传来了父亲的声音。

与带刺玫瑰般的母亲相比，父亲是一罐蜂蜜，他永远舍不得说些让我不安或者不痛快的话语，他即使也想念我也舍不得我，但是他最多选择沉默来掩盖他的悲伤。

大翔折回我身边。这时，我已经能够挤出一丝笑意来迎接他关切的目光了。

“如果我的母亲有你这样的儿子，那她才真会是觉得苦海无边了啊！”我开始打趣大翔。

“嗯。我很幸运，我母亲对我的男朋友也很接纳。在中国，有这样的母亲真是三生有幸。”大翔一点不掩饰他对他母亲的敬爱。

“要是你的母亲不接纳你，也许你也会像托马斯·曼一样，学会抑制自己同性恋的倾向，照样结婚生孩子了。”我的思绪一下子回到了德国。

“哈，如果这样的话，也许我也会成为一个大文豪或者大思想家了。悲痛总是灵感之母，我想，托马斯·曼的一部部巨作就是在灵魂煎熬之中成就的。”

“你是说，幸福中的人，是很少能创造出感人作品的？”我疑惑地盯着他金丝眼镜框后那双有点散漫和自以为是的眼睛。

“嗯，起码没有经历过磨难的人，他们会缺少那份刻骨铭心的刺痛来创作感人的作品。感人的作品多是悲剧收场，像《红楼梦》，又或者《布登勃洛克一家》。”

“幸福的家庭也都是不一样的，每一份幸福的得来和经营都有着外人意想不到的付出。可是却从来没有人去书写一下维持一份琐碎的家庭幸福的艰辛和感人之处。我们很多人连这最简单的幸福都把握不住——即使是托马斯·曼，他写出那么多震撼世界的文学作品，他也养了好几个孩子，自己却不能做到一个合格的慈父。”当我阅读关于托马斯·曼的传记时，我却对他经营幸福婚姻家庭的能力遗憾不已。

“嗯，是的，童话故事里都是这样结束的——公主和王子结婚了，从此相亲相爱生活在一起，幸福到永远。至于他们怎样生活的，便留给人们美丽的遐想了。”

大翔顿了一下，他收回自己那有点散漫而自以为是的目光，注视着在前面奔跑玩耍的粤子。“我可以想象，你在德国的生活也不容易，上有老，下有小，光是柴米油盐就能把你折腾坏了。”

“你是第一个对我这样说话的人。德国的家庭主妇，都是三头六臂大能人来的，持家育儿，任劳任怨。无论你是博士，还是清洁工，一旦回归家庭做主妇，便以家庭的正常运转作为事业来做了。所以，像我这样的人，在德国天空下，是很正常的一名主妇而已，没什么特别值得宣扬之处。”

“家兴则国盛，德国这种传统男耕女织的家庭模式未尝不值得推崇。”大翔骨子里还是个理想主义者。

“嗯，德国母亲一般会等孩子三岁上幼儿园时，就开始考虑自己再就业的问题了。不过也有的母亲在孩子一岁后便去工作了。无论工作不工作，家庭的重担还是女人来扛，家里的事并不会因为你出去工作了而减少，所以，很多在职妈妈还是选择半职工作而已。”说着说着，我脑海里掠过婆婆家厨房所挂的那幅瓷画上写的谚语：“要尊重男人啊，他给这个家带回所需的一切！”我突然有一份冲动，觉得那个厨房也应该有这样一块瓷匾，上面写着：“尊重女人吧，她给这个家创造了一个避风海港。”像婆婆这般吃苦耐劳大爱慈悲的女人，这样一块匾是当之无愧的。

“德国半职工作的存在，其实是非常人道的。”大翔的话让我听起来，感觉他成了一个不折不扣的“德国迷”了。

“有利有弊吧，这样，女人就更少机会和男人平起平坐了。”

“女人生来就不是用来和男人平起平坐的，如果这样，还要分男女干嘛？”大翔脸上的眼镜因为激动而滑离鼻梁，他赶紧扶好，“男人也不是天生就一定要求比女人强的。每个人，能按照他的天性，选择最适合自己的生活，才是尊重生命。”

我说：“大翔，你虽然是生活在蜜罐里的人，但是你的感悟一点都不会比那些饱经风霜的人浅薄。我喜欢有你这样的朋友。”

爱德华给我打来电话，“最近股市跌得很疯狂啊！”电话那端的爱德华大惊小怪地喊起来。看来从美国开始的金融危机，也蔓延到德国了。

“跌就跌呗，反正我们又不等着用钱，让那些股票放三五年等它再上涨。”我轻描淡写。我从来也不热衷什么炒股，我体内对投机性的东西好像缺乏适当的荷尔蒙。炒股票根本和人的智商没什么相关联，它只需要运气，投机的运气。因为能控制股价的并不只是漂亮的财务报表或公司的发展前景或政经大事记，还有无数只隐形的贪婪之手。人一旦和钱打上交道，诚信便不再是主角。好的裙带关系也能让一个拥有糟糕财务报表的企业从国家银行里拿到巨额贷款，说不定过了些年他们之间的关系更上一层楼了，银行还会帮它把贷款转为坏账，从此一身轻装再逍遥。所以，我从来不屑于以一个人的社会地位和金钱拥有量作为衡量这个人的成功标准。

“嗯，我也觉得天不会塌下来的。像上个世纪三十年代般的大危机应该不可能。我还要趁这个机会多增加持股呢。”如果说炒股还是和智商有关联的，那么就体现在对这些最基本的常识能好好把握住吧。我支持爱德华的做法。

放下电话，我对母亲叹了口气：“金融危机哪，股市大崩溃。”

母亲似懂非懂地答话：“你看看，我就说过，当初你们要是在广州买房子，现在都发达啦！”

“我也不稀罕自己发达。”我淡淡回了一句。

发达与落魄，其实也只是一步之遥，其相同之处，便是都会让人血压飙升。而我和爱德华喜欢选择中庸之道，不富亦不贱，不大喜亦不大悲。当然，这并非无为之道，只是我们把自己贪婪的程度控制在适当的坐标上而已。

当然，在这个世界上主沉浮的，永远是那些曾经发达过或者依然发达着的人物。

一如这个“麦多福传说”（Bernard Madoff），这个曾长达半个世纪领导着美国经济传奇的“发达”犹太人，他能把这个世界玩得团团转。二战以后，欧洲的犹太人很多都流落到美国这个自由王国去了。他们精明的经商才能得到了淋漓尽致的发挥，他们逐渐重建其受尊重的地位。麦多福，这个半个世纪前以5000美元在华尔街股票交易市场起家的美籍犹太人，他一直成功地经营着他的投资公司，以极高的回报率来吸引全球的资金。远到亚太地区的不少银行，近到自己身边的职员，都倾尽所有来信任他。他发行的债券，被认为是“犹太人债券”，其信用级别等同与国家债券。犹太人的世界里都以他为豪，都把他当作自己民族翻身的象征。

如今，他自己一手操作的雪球终于滚不动，他的欺骗现于人世，500亿美元的资产不再存在，这个从美国引爆的金融危机瞬间席卷全球。其中受害者有九十多岁的老太太，再也交不起养老院的费用，有养儿育女的工薪一族，再也负不起孩子的学费，七十多岁的麦多福，也面临着二十年的牢狱。

母亲又说话了：“发达当然好啦。你不知道，我和你爸爸每个月的药费保健品费，都要花上一两千块钱，平时小病小痛去看个医生，退休单位不会给我们报销药费，只有住院做手术了，在单位指定的医院做，才可以报销百分之八十的住院费。如果不是因为有你们几个孩子接济一下，我们俩老的那点退休金，都不够我们看病就医了。”

说到他们的药费保健品费，前些天弟弟和父亲还因为这个吵了一场。

父亲最近迷上了一种保健用品：茶色素。他说，这东西可灵了，老年人身上很多如高血压高血糖失眠症的老毛病都可以被治好的。

而弟弟呢，他多多少少算是这行业的“行家”。他说，中国唯一的茶色素权威他都拜访过，本来就只是普普通通的一种能清利头目、化痰消脂的胶囊中药，对某些疾病有辅助疗效而已。现在被吹捧成一种可以天天服用、长期服用、包治从冠心病到老年痴呆症等五十多种疾病的神药。里面有咖啡因的，天天吃能对老人好吗？可是父亲就是不相信他。

我刚听到“茶色素”这个名字，也一下子有点晕厥。仿佛看到了父亲的脸变成了隔夜茶的颜色。我知道他，这些年头，为了那些个老人病，从蜂王浆到螺旋藻，从著名中医院研制出的秘方到祖传医家的针灸术治疗白内障，他都尝了个遍。虽然药吃了，钱花了，病还在。可他还是矢志不渝，这次这个茶色素据他说是经过两年时间的观察与印证，才下了决心试用这项“重大医药突破”。现在，父亲觉得他和母亲的健康也离不开茶色素了！

母亲也说，女儿离我那么远，儿子们又忙得不得了，真要生大病，也没人管哪。所以，你们不要对我们吃什么保健品有那么大的意见，吃了见好，是我们的福气，吃了不见好，就当做是喝了杯白开水好了。

3 毕太太买房

我还在国内的时候，爱德华就告诉我毕太太找他帮忙的事："毕太太啊，我们以前的好邻居，她说在法院拍卖房子时去买了个房子，现在交易时遇到些麻烦，要我帮他们看一下购买合同。太突然了，他们竟然买房子啦，赶在现在这个金融危机的当口。"我一听，也愣了一下。如果是财大气粗的朋友说他买房子了，我不操心。但他们，毕家！我的心提到了嗓子眼上：他们虽然在德国这么久了，但毕先生不会说德语，毕太太的德语也是让人很费力才听得明白的，现在他们竟然去法院买拍卖的房子了！而德国的法律条文框框，其复杂程度几乎是全球之最！他们这勇气真是大无畏哪。

十月中旬，我和孩子们结束了在中国一个月的逗留，回到了德国。

我前脚刚到家，毕太太他们就后脚来到我们家了。

她向我讲述了这个有点传奇的买房举动之来龙去脉：某日，毕太太和邻居老太太聊天，说起买房子的事。老太太告诉她，去找拍卖房子买，便宜很多的。毕太太马上去翻报纸，正好读到那天唯一的一则法院拍卖房子公告，两人便打算去拍卖会里见见世面。

拍卖场里，来凑热闹的人不多，正是金融危机时，很多人都有了上顿却害怕下顿没着落，谁还敢这个时候来买房子。即使是平常，德国人对买房子还是慎之又慎的。拍卖场上，拍卖官开始叫价了："起价为：二十一万欧元。竞价的请举手……"

安静。安静。安静。没有动静。

毕太太突然举起了手："二十五万欧元！"

大家哗然。

拍卖官一问，二问，三问。"好，没人继续还价，成交！"

毕太太浑身血液凝固了。她觉得有点冷，有点在梦游的感觉。最后她有点哆嗦地用那口音浓重的德语和拍卖官讨价，双方最后同意以二十四万欧元成交。大家又一阵哗然，有觉得不够公平的，有觉得有点儿戏的。

无论怎样，这一槌下来，房子就是他们要买下来的了。给法院付的利息马上就开始计算了，而他们，还不知这房子长啥样，在哪里。

毕太太问，什么时候可以拿到房子钥匙？法院回答："那要你们自己和现任房主磋商，看他们什么时候搬出去！"毕太太感觉身子更冷了："天呀，他们的房子是被强制拍卖的，谁会情愿搬出去呢？万一他们不搬，怎么办？"

旁边的一老头安慰她："那就请求法院强制执行，让他们搬走。不过，他们是否会在搬走前把东西砸烂就很难说了。"

法院给了他们两个月的时间来筹集资金。他们来找我们商量，该选择哪家银行，该贷款多少。爱德华给他们打出了利率较为优惠的一些银行列表。然后问他们有没有和原房主见过面，看过房子没有？他们说不敢去问，只在房子外头偷偷瞄了几眼，见有个不小的花园，觉得还不错。现在只等把贷款弄下来，交完款后再理直气壮地跟他们谈判。

但不久，毕太太接到原房主的电话，邀请他们有空过去商谈。周末，毕家第一次目睹了自己拍买下的房子。还没等他们坐下来，原房主便"啪啦啦"翻出一张清单放在他们面前，开始数落："你们想快点搬进来是吗？我告诉你，我这房子评估值二十八万欧元，你们二十四万欧元就买下来了。我这些门呀，暖气呀，灯呀全都是新换的，你们想搬进来就付这个四万欧元的差价给我们！要不我们也没钱搬走。如果你们不付钱，我们就把这些东西都砸烂了再走！"那人说话快快的，一会用英语一会用德语，带着令人难以辨认的口音。

毕太太一回家就给我打来电话，把他们的遭遇诉说了一番，边说边涕泪横流，一个劲地悔不当初。

我问了一个法官朋友，他马上就说："你们赶快去警察局，出告示，告他们威胁！"

毕太太发愁了：自己德语就这水平，怎样对警察说清楚呢？！正在一筹莫展之际，她一个曾在法院工作的热心邻居向她伸出援助之手。她告诉毕太太，必须马上找律师，接着她很快便联系到一位律师给她。

每天都被噩梦缠绕的她，也顾不上考虑请律师的费用有多高昂了。毕太太赶快约好了律师见面，还把她那十二岁的女儿带上做翻译。然后，律师让她在家静候佳音。

很快，律师给他们转来一封信。是原房主写给律师的辩护信。他说毕家误会了他们，他们根本没说要毕家付钱，也没说要砸烂东西之类的话。他们家的老母亲病了，得的是肺炎，所以不能及时搬出去云云……

也许原房主也只不过想吓唬一下同为外国人的毕家而已，没想到毕家还会出动律师来！这一来，倒把他们自己给吓坏了。

人在山穷水尽时，要不气短了，要不再做垂死挣扎。而不幸中的万幸，就是原房主终于想息事宁人了。他们最后也只拿走那个大壁炉和几盏灯，别的东西都原封不动留下来了。

这厢忧愁那厢乐。我也替毕家终于拿到了房子钥匙而高兴，虽然最后律师寄来的账单有点令人心疼。

婆婆是抹着眼泪听完毕家的房子故事的。"这么好的人家，怎么能受欺负呢！我告诉你们，这一家人，你们要一辈子和他们做朋友的，多么善良的人！"

毕家买房子的举动，引我重新思考一个我已经差不多要放弃的问题：我们是否也要买房子？

我对爱德华提了关于买房的想法。因为爱德华的工作稳定下来了，因为我不喜欢他把钱放在股市上碰运气了，因为婆婆要一直和我们居住下去，这样，我们的房子便显得狭窄了，我再也没有兴趣去换租大房子，只想再找一个房子的话，我们会成为它的主人。虽然我们现在租住的地方，夏天时是孩子们的乐园。但是，冬天时，即使把暖气开到最高档，婆婆也会叫冷。况且，这暖气还时不时会罢工，房东迈尔夫人便要张罗着找人来维修。卧室靠外墙的地方，还出现了黑霉点，这是典型的老房子问题：墙壁太薄，窗户却加厚了，水汽便难以散发出去。去年冬天房子的大玻璃门破了，本来这是属于房东的事，她却提出让我们这里住的三户人家和她一起平分费用。

我告诉爱德华，如果用德国人精密的脑子来做这道关于租房还是买房的算术题，得出的结论或许是租房合算。但是，这样的算法并不能得到一个合适的性价比——住自己的房子，会更有归属感（我没有忘记自己是中国人），会更自由（自己想怎样捣腾房子就怎样捣腾），这是和租房的生活质量不一样的。你看，上次我们把院子里露台边上那株松树砍短了一半，迈尔夫人也有点不开心了，而那松树不只是挡了房子的光线，还会在春天时四处飘粉，让有点过敏的我痛苦难耐。如果我住自己的房子，就不存在这些恼人的问题了。

也许爱德华也开始厌倦了沉浮股海——他在一个基金上热赚的钱，在这场金融危机里，已被下跌的股价抵销，曾是坚定租房拥护派的他，竟然在开始考虑我购房建议的可行性了。我继续苦口婆心分析下去：追逐风云股市劳神伤身，不如换成实在四壁怡然享受，夏时弄花院子里，冬令壁炉照温情。

“好吧！你有空就去了解一下房市。”他在电脑里面捣鼓计算了一番，便给了我明确的授命。

4 做一名义工

很快，我发现自己目前要面对着的是比买房子更重要的问题：我的婆婆。

她晚上上洗手间的频率已经上升到每隔一两个小时了。她睡的房间，是和粤子的房间共同享用一个门的，也就是说，她起来亮灯时，总会影响到别人。通向洗手间的走廊地面，铺的是地毯，每天早上起来，我们都会闻到地毯上散发出来的刺鼻尿骚味。

一天，等爱德华出门上班，等我把粤子送去幼儿园后，我便拿出地毯清洁液喷洒污迹处，然后再用吸尘器来回拖。脸上还带着倦意的婆婆，穿着粉红睡袍走过来要把我手中的吸尘器接过来。

“我的小鑫啊，我太难为情了，我真的不想这样给你们添麻烦哪。你可不可以让爱德华送我回埃尔福特，在家里我从来没有发生这样的事情，回到家里便一切都好了。”

“阿妈，你快点去洗漱完后吃早餐吧，然后可以帮我削土豆，为午饭做准备。我等一会儿要和娜莎去打预防针。”

孩子们的儿童医生就在小区上，走路要十来分钟。今天是入冬以来难得的好天气，从医生那里出来后，我推着小娜莎去游乐场玩。在那里，我们碰见了西蒙太太和她的小女儿琳达。西蒙太太还有一对双胞胎孩子，他们和粤子在同一幼儿园。琳达比小娜莎大一岁，但还不能走路，此刻她正坐在沙池上全神贯注地做泥沙蛋糕。我也把小娜莎从车上放下来，让她们两个一起玩。西蒙太太是一位优雅苗条的德国女人，她的嘴唇总是涂着鲜活的玫瑰红。自从粤子上幼儿园以后，我便有机会接触更多的家长们。大家聚在一起谈论最多的是孩子，谈完孩子后也会谈谈自己，孩子上幼儿园后有没有开始上班啦，以前是做什么的呀等等。有一个博士母亲重新回去工作后，便上全职工作，而她的先生，本来也是一个公司的项目老总，为了支持太太的事业而自己去谋了份半职工作，下午回来接孩子买菜做饭。西蒙太太呢，曾为建筑工程师的她，四十高龄才产下双胞胎，然后便无怨无悔地做起全职太太了。

“重新回去工作？不可能！我工作过完瘾后才选择归家的。女人也不是三头六臂的，能做好一件事情就不错啦。况且，我的小琳达，这辈子都要我来照顾呢。”西蒙太太毫不含糊地把自己定位好。

她的小琳达——这是一个来到这个世界上才两天就被医生确诊为患有“唐氏综合症”（又称先天愚症）的小女孩。她长着与这病症不太相称的一双美丽大眼睛，虽然不是很有神，但总散发着一股诱人的柔和之光。

对于残疾孩子，曾有一位诺贝尔获奖学者以“人道”的口吻宣称：“那些母亲应该在孩子没出生前，如果确认孩子有缺陷，就应该采取堕胎方式，这样就避免了日后无边无际的痛苦，无论对孩子还是对父母！”西蒙太太是一位乐观的知识女性，对于琳达的病情，她谈起来总是从容平静，说那时孕期检查一切正常，所有对高龄妈妈要求的体检项目，她都去做了，也从没发现异常。我曾经问过她，如果孕期时就被告知，你的孩子将会不正常，你会怎样决定呢？她微笑着顿了一下，然后以坚定的语气重复了好几遍：“不会放弃的！这么可爱的小琳达，这么快乐的小琳达，是我们的极大幸福！”

听到她这样说话时，我有点心虚。我不能确定，如果换了是我，是否也能如此从容地接受命运的安排？都说人的性格决定他的幸福。西蒙太太的豁达精神，让她懂得把痛苦定义为生命的一部分，生命中的快乐也因有着痛苦的衬托而更令人珍惜。小琳达，因为她的“不正常”，能不知不觉中获取更多的爱与关注，这对于她来说又何尝不是一种难得的幸福！在她身边的人，也会被她不懂“人间凄苦”而能常挂脸上的灿烂笑容而融化，这又是何等珍贵的一种快乐！一个社会的进步与文明程度如何，看看它是否让残疾人同样拥有生存的尊严，便知道了。

“你呢，等娜莎上幼儿园了，你会出来上班吗？”西蒙太太问我。

我的脑海里马上又闪过地毯尿骚味的事情。

“我是有这个打算。只是，现在孩子的奶奶也在我们家住，她越来越需要帮助了。”我心里头为婆婆的事儿很纠结，我不知道如果她的身体状况越来越糟糕了，我该如何去应对。

“你可以到小镇的社会服务机构了解一下，也许他们能给你一些建议。”西蒙太太好心地建议我。

西蒙太太的这个建议，对我有如是漆黑夜空里指路的星星。爱德华他不会有时间操心这些还没来到的问题，但是，我需要对德国的社会养老体系如何操作了解一下，未雨绸缪应有好处。因为我其实也渴望自己在小娜莎上幼儿园后重返职场，所以，把家里的一切安排妥当我才能去做自己的事情。

我踏着轻快的脚步推着小娜莎回家。

推门进去，扑鼻而来的是一股夹杂着土豆和熏肉菜花的味道。午饭已经做好，婆婆还在厨房里洗洗擦擦的，这是她的能耐：一边烧饭一边收拾厨房狼藉，等饭熟菜香时，厨房也已经井然有条了。不像我，做完一顿饭后除了那盘中佳肴是有条有理青红有序外，整个厨房倒像被人打劫过一般凌乱不堪。

“痛痛，阿嬷痛痛。”小娜莎突然指着婆婆叫。

我顺着她手指着的方向看过去。

“天啊，阿妈，你的脚怎么啦？整个袜子都是血！”

“哦，哦，我切菜时用你的大刀，不慎从手中一滑，正好掉在我脚趾头上了。”

“那你还不赶快找个创可贴来，然后坐着休息一下！这顿饭，等我回来再烧也不迟啦。”

“没关系啦。我也不知道你们的创可贴在哪里。况且，我这把老骨头，还有足够的血呢，流这么一点，不怕。我也不觉得疼痛难忍，坐着休息血一样会流啊。”

我赶快去把药箱拿出来，让她坐着，脱下血淋淋的袜子一看，她的大脚趾被菜刀片开了一层皮。

“痛痛，阿嬷痛痛，痛痛，呜呜呜……”站在旁边目不转睛地观察着的小娜莎，突然害怕地哭了起来。

“乖乖，阿嬷不痛。快来阿嬷这里，阿嬷给你唱歌。”婆婆伸出手把小娜莎拉过来，把她抱在膝盖上，哼唱起那首每次小娜莎和粤子摔跤以后都会哼的小调：

救赎，救赎和祝福
明天来场大雨吧
后天飘起小雪花
脚儿不再疼的啦
…………

我忍着自己对血的恐惧，用消毒水把她伤口周围的血迹洗干净，再敷上药膏，贴好创可贴。

“太感谢你了，我的小鑫。你真是一个出色的护士！”

吃饭的时候，我和她聊起我的想法。

“我想到小镇的社会服务机构去看看，去做点力所能及的义工工作。我不在家的时候，你要帮我看一下娜莎了。”

“当然可以！你去做些什么工作？”

“嗯，还不知道有什么可以做的。明天我预约一下和他们见个面。”

“你尽管放心去，我们一老一小在家会相处得好好的啦。”婆婆那充满活力的表现，让我觉得自己去社会服务机构的真正目的是多余的。

我还要把我的想法和爱德华解释一下。

晚上我和爱德华手中各执一杯红葡萄酒，坐在电视机前，电视里播放着关于前苏联总书记戈尔巴乔夫的一些旧事。德国明年将迎来柏林墙倒下二十周年，德国人一直对这个成就了东西德一统的功臣感激不已。没有他，就没有1989年的柏林墙倒塌，就没有冷战的结束。德国人热爱他的程度，甚至可以和那位十九世纪统一了德国各诸侯王国的俾斯麦相比。

柏林墙倒塌那晚，正在东柏林的一所大学宿舍里睡觉的爱德华，醒来后和室友到勃兰登堡门一看，才发现世界真的不一样了。一个来自西柏林的老太太，塞给他五十马克，说小伙子啊，你去喝杯咖啡吃块蛋糕来高兴一下吧！爱德华坐着柏林免费开放的公交车从东游到西，从北荡到南，飘飘然之间还以为自己一不小心真的从社会主义东德进入了共产主义的美好世界里，那里如马克思所描述般的物质极度丰富人们随意各取所需，那份激动人心的感觉如今还是弥久如新。我其实是个饮水会思源、有恩也知报的侠义之士，离乡别井确非我本性，无奈人算不如天算。母亲常感叹她养女儿是为人民服务的，自己享受不了女儿福。其实，这些年来，我也少不了内心的折磨：自己满腔爱心无法回报祖国，自己满腔孝心无从身体力行。对于德国，我感觉自己也像个蛀虫儿一样——我没有给这个国度做过任何贡献就享受了它的免费大学教育。为人母之后，呆在家里就跟着爱德华享受家庭医疗保险，虽然说他辛苦工作也纳了税，可是他孤家寡人一个也是要纳税要上保险啊，捡了个只吃饭不干活的女人回来其实就是增加了国家的负担。为此，我这个从小接受“社会主义革命教育”出来的人，想起这些事情还是会被这份嗟来之食的不安感折磨着。

我告诉爱德华自己想出去工作了。

当然，我这个要工作的念头在爱德华听来，是有点不切实际的。他马上联想到的是小娜莎和他的母亲。

我耐心向他解释：“我并不是马上出去工作。也许这是两年后的事。小娜莎总会长大，将来会上幼儿园的，那不会再是障碍。你的母亲，却不会越来越年轻。所以我现在要开始做一些计划，我要去了解一下德国对老人护理的信息，我还要开始关注一下就业市场。”

爱德华好像对这个话题的兴趣非常有限。他只是扔下一句：“你可要量力而为，家里的事都已经够你忙乎了。”我想只要他不反对我，便够了，反正我又不指望他来帮我忙。

第二天，我敲开小镇社会服务机构的大门。接待我的是贝克夫人，她长得标致，打扮得体，握过我的手后就转身给我上咖啡，让我觉得自己倒成了来视察工作的领导了。她听了我的自我介绍后，兴奋不已：“欢迎您啊，会说中文的义务工作者，我还是第一回遇到啊！”然后她向我推荐一项家访工作，就是去和一些老人聊天，每周一次，让那些没有亲人盘膝的老人还能感觉到人间温暖。

我也兴奋不已，我说老人都是宝啊，和他们聊天就是读一本本历史书。

5 幸福的含义

离圣诞节还有两个多星期时，姜子出现在我们家里了。

她给我们每个人都带来一件小礼物——印着京剧脸谱的T恤衫，那是给粤子的，画着可爱胖娃娃的拨浪鼓，那是为小娜莎准备的，婆婆得到一个刺绣小手袋，爱德华和我的礼物是精美的国画小屏风。

她变得越来越时髦了，一头弄了波浪圈的长发，配上合身的小裙装，让她显得很年轻优雅。和她相比，我这个整天一袭宽大衣装套身的“灰脸婆”，有如一个土气的村姑。

姜子谈恋爱了。对方是一个德国人，也住在慕尼黑，其实他们在五年前便有了一面之缘，兜兜转转之间，缘分还是把他们拉到一起了。她这次来，是准备和他一起过圣诞节的。去他那之前，她想在我这小住几天。

“我心里忐忑极了啊，这些日子我得好好和你聊聊。”姜子没我想象中的甜蜜。

我拉上她去逛街采购，为圣诞节做准备。

我们到附近的大超市去预订了一只农家鸭。

回家的路上，我心里美美地复习着母亲做的陈皮鸭，一点陈皮，一些酱油，那个香喷喷呀……

“小鑫，我要是和他结婚，要来德国，我在北京的工作没了，我德语又不好，在这里肯定找不到好工作，便只能在家给他当家庭主妇。我不能想象那样的生活！”

姜子的话打断了我的陈皮鸭梦。

“小鑫，你知道吗，我现在已经是一个部门经理了。明年公司可能会派我去上海，让我负责上海分公司的业务。我怎么舍得放弃呢？我其实希望他能够到上海去工作三几年，然后我们再一起回德国定居。可是他不愿意，他说中国空气太差，他受不了。”

我还没有插嘴的机会，她又说下去了。

“小鑫你是我所认识的人当中，唯一一个能为了孩子任劳任怨毫无悔言的。我可做不到为了孩子而没有我自己的生活啊……”

我安慰她说：“等孩子大点，你还是有机会的嘛！我现也在考虑过两年出去工作呢。”

她憋红了脸：“等孩子大，要等多大啊？三年，五年？我却红颜老去矣，重就业的困难更大！”

“过不了自己的关，就慎重点啊，毕竟是人生大事。”我小心地提醒她。

“他人很好，很老实巴交的，是好丈夫的那类型。对我也够好。”她无奈的语气让人听着生疼。我其实很理解她的那份无奈与恐惧，因为这样的感觉当初我也有过。女人难做，是因为女人对自己要求太高。我们既想自己是一名贤妻良母，又想自己是能与男人一样叱咤在职场上的“成功者”。我知道，能两者都做得很好的女人，并不是她们比我们聪慧，而是人的际遇不一样而已。

“车到山前必有路，你还是先好好和他过完圣诞节吧。”安慰的话语从我口中出来，也显得有点无力。

晚上吃饭的时候，我喜滋滋地向爱德华汇报我们订好了的鸭子，我的陈皮鸭。

爱德华打开了收音机，里面正在播送新闻。

“欧盟抽查来自中国的黄豆制品，发现豆奶、酱油等里面含有人工添加的×××，对人身体健康不利，已经对中国的黄豆制品采取了禁止进口……”

我盯着爱德华，想着我的陈皮鸭，心虚地问：“我就用那么一点点酱油调味，又不是像喝牛奶一样大口大口来，没大碍吧？！”爱德华也很同情地看着我：“能避免的，就避免吧，德国也有一种类似中国黄豆酱油一样的调料，你可以用那个。”

“那怎么一样呢！你们那个调料是用各种香料调出来的，没有豆的那份香醇，做不出陈皮鸭的。”

“那就用德式做法嘛，一样很好吃的，让阿妈帮忙。”爱德华的轻描淡写，哪能感受到我心如刀割般的疼。

没有酱油的日子，我该怎样做饭？那一口抚慰乡愁的饭。

姜子不以为然地用筷子拨动碗中饭菜，她瞟了一眼爱德华，对我使了个眼色：“欧洲人就爱小题大做。咱们十几亿的人都在吃都在用这个酱油，也没见中毒啊。他们的标准总是鸡蛋里挑骨头而已。你别管那么多，照用呗！反正你的爱德华又不会做菜，他也不知道你的美味鸭子是怎么烧出来的。只要好吃，他便把这个酱油事忘得一干二净了。”

我傻傻地盯着她乐：“酱油和中餐，同生同死！”

“家庭和事业，对于女人来说，有时候却是你死我活。”原来姜子时刻惦记着的，还是她的事。

“也许爱德华说得对，没有酱油了，便用德式做法，也会好吃的。去年我们烤的鸭，就是他的母亲做的，味道还不错。入乡随俗吧。”我若有所思地看着她。

“你这不是在转弯抹角地提醒我吗，我还不了解你！”她把一块豆腐夹进嘴巴里。

“对呀，我就是说给你听的！别以为我们读了个硕士出来就有多么了不起，德国这里的女博士，生完孩子后一样是很长一段时间在家做全职主妇的，少则一年，多则三五年，甚至一辈子。女人并非生下来就为了和男人平等的。”我想起了大翔对我说的话。

婆婆听爱德华介绍了个大概，知道我和姜子脸红耳赤地在辩解的话题后，稳稳当当地插了一句：“工作随时随地都能找到，爱人和家庭却不是。”

我已经能够很好体会婆婆这句话的含义。而且，我也不会再和姜子争论在家带孩子是否值得的问题了，如果说孩子是社会的未来，我在家培养好孩子，难道就不算是贡献社会了吗？

怎么样的生活才算是有意义？幸福的定义又是什么？这些问题不仅仅是我总在思考，这个冬季里，整个德国都在谈论这些话题。

这是一个不再流行东欧基金、石油股票的冬季。在德国，大家都在抢读一本哲学书：《我是谁》，作者是理查德·普瑞赫特（Werbinich-undwennja，wieviele Richard David Precht）。

我们的经济体制，我们的生活方式，我们敬重的楷模——我们这个社会的基本价值，正处于危机。作者叙述了缺乏安全感的德国人对哲学重新的兴趣：寻找失去了的人生意义。

哲学总是在危机之时盛放。古希腊在经历其从辉煌到没落时，诗人和哲学家是这场灾难的见证——埃斯库罗斯、柏拉图、亚里士多德可以告诉我们，他们是见证人。在此之前的雅典，从没有经历过如此繁荣的艺术及涌现出如此丰富的观点。

一个设计师，辛苦工作，好好存钱，只想要为他的爱妻和小孩买一个大房子。突然间他被告知，他十几年来信任的银行，也是受美国雷曼兄弟的拖累者，他的钱已经不复存在了。

什么是幸福生活重要的因素？是金钱，是地位，是荣誉？当我们失去这些时，我们是不是就挥别了幸福？这本书出版后不久，正好碰上了金融危机的爆发，迷惑中的人们，便把该书当做是救命草一般，如饥似渴地要在书里面寻找答案。

那个失去了存款的设计师说，即使现在要从零开始，我还是要坚持下去，努力工作，我还是希望将来买个大房子给他们。他的幸福是他的爱人和孩子，是实在的。这份实在的幸福感支撑起一个乐观的人。

爱德华呢，虽然他的股票现在跌得很惨，但是他说，高高低低，太正常了。过了两三年，肯定又会好起来的啦。他是那种不需读哲学的人，他自己本身就是一本叫“乐观”的好哲学书。所以他总觉得自己很幸福。他这份乐观通达是遗传了他的母亲。

有了这份乐观精神，幸福便不会离你很远。

6 中国护照，德国居留

婆婆小便失禁的问题越来越严重。我们在日用品店里给她买来了老年人用的尿片，可是她拒绝使用，她说，她不是小孩子。于是，我们只能在她的床铺上垫上粤子以前用过的隔湿毯子。放在地下室的洗衣机，几乎每天都要进行一轮高温洗涤程序。

但这一切都没有妨碍粤子对奶奶的喜爱。他还是喜欢坐在奶奶的身边，听奶奶给他读格林童话，读蓬头彼德的故事。“你是我的小太阳，如果不是因为你，我早就想回埃尔福特了。”她总是这样对粤子说。

只是我和爱德华，鼻子的灵敏度像一条训练有素的猎犬般，越来越能捕捉到从婆婆身上散发出来的些微异味了。我们对她软硬兼施，使尽法子让她用尿片，还常常在她刚步入厨房准备吃早餐时，把她挡在门外，要她先去洗手间洗澡，换好尿片才能进来就餐。

饭后，婆婆总还是要求包揽厨房的收拾工作。只是，她已经有点力不从心了。有时侯洗碗机里干净的碟子还没完全拿出来，她便又把脏的放进去，我和爱德华会像踩着一摊狗屎般暴跳起来，她却不紧不慢地说：“这没有什么大不了的，我重新收拾就好啦，用得着这样生气?！世上有比这更糟糕的事呢！”

当雪白的墙壁上布满了孩子五颜六色的涂鸦时，我和爱德华会气急败坏地指责她为什么这么不小心，没好好看管孩子！她却心平气和地把我们的火气吞下去：“你们怪吧，反正你们都需要有一个人来当你们出气筒的！我这个老太太呢，总是那个犯错误的人！”

我不能否认，与她朝夕相处的日子里，我的确潜意识里把她当做我的“出气筒”。我甚至觉得当自己情绪不好时，我有足够的理由来向她咆哮：我离父母太远了，却要在这里照顾你，我已经舍不得向父母发脾气了，所以，你便要做个替罪羊吧。

有时，可能我们咆哮的强度也太大了，她便会气鼓鼓地转过头去，告诉我们：“你们对我这个老太太也太过分了，为什么不干脆把我送回家呢！起码在自己的家我可以做自己想干的事。”

“过去的好日子不再了，你便老实接受要我们监管的现实吧，这是我们的义务。”爱德华说这话的神情还带有一丝为幼不尊的味道。

这些不痛不痒的你一言我一语的顶嘴，几乎是我们每天的家常便饭。它们并没有能让洗衣机洗涤的频率放缓，也没有能让我刷洗地板地毯的次数减少，更没有令她成为出气筒的机会降低。

“要是我们有这样一个房子，地上铺的是瓷砖，然后是地板暖气，我们就省事多啦！”一次，在擦洗完走廊的地毯后，我对爱德华重提我对新房子的向往。

“最好地面这一层还可以有一间客房，让阿妈住在里面的，这样，她也不需爬楼梯。”

“这样的房子一般不多啊，慕尼黑寸土寸金，横向发展受限，楼房一般都是纵向发展的。地面是厨厅，一楼二楼才是睡房。”

“而且，除了房子结构外，房子的位置是重中之重的考虑因素。我不会接受一个比现在我们租住的位置更差劲的房子的——我们这里离树林不到五分钟远，离火车站也只有十分钟之遥，而且又安静，实在是很理想的居住地。”

“那我就在我们这附近找找，看有没有房源吧！”我接过了这个烫手山芋。

“唉，这些日子为了阿妈，你辛苦啦。”爱德华把我揽入怀里，“这样吧，六月份我们去海边度假，轻松一下。”

“那阿妈怎么办？”

“一起去。我们到土耳其的锡德吧。只需要三个多小时的飞机，老人孩子都可以接受的飞行时间。”

“继续我们的酒店三餐全包？”我这次很向往那种德国特色的慵懒海滩度假方式。

“当然了。”

“那就说好了，去吧！再说，我还是上次在加那利群岛那里的海滩学会游泳的呢，两年啦，还没有机会重新在大海的怀抱里畅游。”突然间，我很渴望自己能再次和大海相拥抱。

虽然我护照里面有着德国长期居留的大钢印，但是，外国人认的是封面那赫然的金字：中华人民共和国护照，所以，去土耳其度假，我需要办签证。

这天是母亲节。我一早起来，快速地把小娜莎洗刷完毕，便推着婴孩车路过面包店买了两个小面包圈，及时赶上了进城的公交列车，再转坐公交电车，折腾了差不多一个小时，到了土耳其共和国驻德国领事馆。隔着院子的栏杆望过去，却见乌压压的一片人群，那条长龙已经差不多排到了马路旁的人行道了，我懊恼地倒吸了口凉气。

终于可以进入大厅了。工作人员热情地给我一个号码，并指着荧屏说，下一个就到我啦，要快点填表。看着挤满在等候室里的人群，觉得虽然不会都是来办签证，但也不至于马上就轮到我。我诚惶诚恐地接过号码，拿起表格疾笔。签证窗口处，漂亮的女工作人员递给我一张土耳其美丽歌女的CD，然后飞快审阅我的资料，她抱歉地对我说："你资料不全，要再来啊！"我双腿发酥。她随即指了一下小娜莎："你有小孩，下次来办也不用排队的，资料齐全马上可以拿到签证。"

带着欲哭无泪的沮丧回到家里，我赶快给母亲打电话，祝她节日快乐。

母亲说，今天弟弟过来，给大家包饺子吃了，真好吃。"有你包的那么好吃呢！"母亲有点赌气般向我宣布。

饺子是妈妈爱吃的东西，但我们广东人，会自己包饺子的寥寥，多是到超市买速冻的吃。而我在北京念书时，就学会包饺子了。到了德国，包饺子是中国人聚在一起时的首选，我也跟姜子学会怎样擀饺子皮了。所以当初母亲在德国说起要吃饺子，我们就马上自己动手，还用上德国韭菜来配出她最爱吃的韭菜馅料来。

那次吃着饺子，妈妈便赞不绝口："唉，你的饺子可是越来越好吃了，煎出来的饺子，香而不硬！"然后她还感叹着说："现在能吃上一口你做的东西可不容易啊，虽然我很喜欢吃你做的菜。"

我不知道，母亲喜欢吃我的饺子，是否也像我喜欢吃她包的粽子那么多。这些年里，没有她在身边的日子，我已经学会撑起自己的天。我淡忘了自己撒娇的本领。虽然每次回国，我都忍受不了她总在我的朋友们面前晒她的"苦命"——女儿不在身边的苦。而我的朋友们也总会对她说一些冠冕堂皇的话："只要女儿在远方幸福，做妈妈的就该为女儿开心！"可是，我知道这样的解释在母亲那里只是一个谎言而已。

晚上爱德华下班回家了，我把签证的事情向他一汇报，他又啰嗦起来了："你看，让你加入德国籍你又不愿意，现在去玩一趟都不容易，你要是不想再去折腾签证了，那我们就放弃去土耳其，转去希腊或西班牙这些欧盟申根国好啦。"

我连忙说不用，我们要去土耳其。下星期我会再去办签证的。心里却自个儿嘀咕："我若拿了德国籍，那以后回趟娘家也要到中国驻德国领事馆办签证，而且，我在中国领事馆里推着个婴儿车还不一定能受到优先待遇呢！"

德语里称自己的祖国是父亲之国，而我们说起祖国时总是：祖国啊，我的母亲！手中那本暗紫色的中华人民共和国护照，起码让我觉得：我和母亲之间的那点距离，还是很容易跨越的。

再说，母亲那个秋天给我带来的中国韭菜苗，在冬天里没能坚强地活下来。所以，拿着德国长期居留的我，依然愿意持着中国护照，只因为不想远离母亲的那盘韭菜焖豆腐。

我每天送粤子去幼儿园的路，都经过一个有着大片紫藤的小区。五月的德国，是紫藤花开的季节。紫藤，在中国画描摹下最能牵动我的灵魂。如果说那些枝桠藤干是花之母，那么，有哪种树会像紫藤般让树干如此谦逊地躲起来，而把那眩人的美丽尽情地让给紫藤花？在国画的泼墨里，墨客们却都是有心人，总在那一树烂漫的紫花之间，用上最遒劲的笔力勾画出那枝藤树干，让人感受到母子相依偎的缠绵甜蜜。

那天我和小娜莎正在紫藤花圃里休闲流连，一个骑着自行车的老太太"哇"地惊呼一声，跳下车来忙不迭声地喊叫："太美了，太美了！"她坐在我旁边，开始喋喋不休地讲起来了："我呀，十几年前从罗马尼亚移居德国的，我们是德国人的后代。我在罗马尼亚的家，也种着很大一株紫藤，我走时它也都像这里的紫藤那么粗大了！我还是想念罗马尼亚呀，我的大半辈子都是在那度过的！"说完，她对着我一乐，说自己现在都八十多岁啦，但还是想可以有机会回一趟罗马尼亚。我心里惊羡不已，嘴巴却搭讪着：

“啊，你八十多岁啦，还能这么矫健地骑自行车转悠，真了不起！”老太太哈哈大笑，说自己其实住在柏林的，女儿一个人住在慕尼黑这边，她没事便坐六七个小时的火车来看看女儿了。

“女儿四十多岁了，可还是像个孩子般，不愿意长大，不愿意结婚，唉。”

望着那似锦繁花，再看着奔走在紫藤园里的小娜莎，我突然失声大笑。我想起自己的母亲，当年也是因为操心我的终身大事，所以亲自来到我身边督战。难道在德国的母亲，也有这个传统？可怜天下父母心哪。

回家后，我对爱德华说：等有天我们的孩子们长大了，他们若要离开我们去很远很远的地方寻找幸福了，如果德国护照还是比中国护照行走方便的话，我就换上德国护照吧。然后，我们自己还要健健康康的，没事就坐飞机坐火车去看看他们，给他们做碗韭菜饺子。

7 快乐暑假

不知不觉，婆婆已经离开她的家一年多了，期间爱德华回去看过一次。我们都知道婆婆能再回去独自在这个房子里面生活的机会已经是零，爱德华不会放下他母亲一个人在那里的。但是要把这个房子退租？——婆婆说：“我有能力负担这个房租，我的事不用你们管！”

幼儿园八月份放暑假，我和爱德华商讨了一下，决定利用这个暑假圆了婆婆的心愿，陪她回埃尔福特小住一阵子，我们还可以顺便带孩子在附近游玩一下。

相隔了一年多的埃尔福特，风景依然独好。我们一起去墓园看望了公公的墓地，夏日的阳光洒在坟地上，五颜六色的花儿争相竞艳，孩子们忙着追逐蝶儿，婆婆和爱德华坐在墓地前的长椅子上，爱德华紧紧握住婆婆的手。婆婆幽幽自语：“阿爸，我又回来了。我不再离开埃尔福特啦。我以后每天都来看你。”

我们带着孩子们去爬彼得堡山，让他们也感受一番鸟瞰整个埃尔福特大教堂以及市区全貌的爽快感觉。我和孩子们坐在旧教堂那橙红色的大门前——那里曾是身着婚纱礼服的我们拍过婚纱照的地方，任由爱德华把我们瞬间的欢笑定格。我不是信徒，却是热爱教堂的人。站在直冲云霄的雄伟教堂前，会不由感叹以前的信徒该需要多虔诚执着的心才可以成就这些巧夺天工之作来。他们为了能与心中的神更加接近，可以忍受饿其体肤空乏其身之苦，也要用一砖一瓦堆砌起他们的信仰。

我们去埃尔福特花园游玩时还带上婆婆。花园里面千姿百态的芍药花展，直引得婆婆不停地感叹：“我美丽的埃尔福特，我独一无二的埃尔福特。”当我们走进里面的仙人掌植物馆里时，一股亚热带的气流把我们团团围起。挥手抹额头汗珠之际，我们却在那一株株仙人掌奇葩面前失去了言语的能力——我从来没有看过品种这般齐全的仙人掌花，除了仙人掌，还有仙人球，仙人柱……在一个个长着很张扬的刺的仙人球前面，爱德华一把拽过我，神秘兮兮地告诉我：这个东西别名又叫“丈母娘（婆婆）的沙发椅”。

“婆婆的沙发椅？”我失声大笑。要知道，当年刚成为亨氏家媳妇时，我学来一个德语新单词“Schwiegermutter”，那是对配偶母亲的称呼，当时我还活学活用，马上把这个词改为“Schwie（ri）geMutter”，意为“难对付的母亲”，本来都已经为自己的“发明创造”叫绝的了，因为自古以来婆媳关系便是难对付的。没想到德国人更绝，还把这样一株长满了刺儿的仙人球给了这些难对付的母亲做专座！

“阿妈，请坐啊！”我不怀好意地把婆婆拉过来，指着这些个又大又圆的椅子给她看。

“那个啊，是说这个椅子专门给我的儿媳妇来坐的，是我做来给你坐的椅子，知道不？”婆婆“呵呵呵呵”地笑个不停。

周围的人群都被她的笑声吸引过来了，大家看了一眼仙人球，又看了一眼婆婆，然后也对着我呵呵乐：“你肯定舍不得给你的婆婆坐这样的椅子的，多可爱友善的老人啊！”

埃尔福特不仅让婆婆沉浸在欢乐之中，也让我们对它依依不舍。我对爱德华说，那就随着婆婆的心意，先别退租房子了，我们可以有空回来住住，把这里当做我们的假日旅馆好了，虽然这旅馆有点昂贵。

爱德华也点头同意：“嗯，德国中部好玩的地方太多了。我们可以以埃尔福特为中心，带孩子到处去游玩一下。”

他停顿了一下，有点神秘兮兮地看着我，“知道我下一站想带你们去哪里吗？你一定会喜欢的。”

“哪里？魏玛？”

“魏玛小地方，不是都去过了吗！”

“别卖关子啦，难道是松鸡岭？”

“娜莎那么小，爬不了山啦。”

“你快点说啦——”

“我们去坐蒸汽火车，穿越哈尔茨山脉，登上巴罗克山峰。可以推着婴孩车上去的。孩子们肯定也很喜欢。”

我不知道怎样去表达我此刻的心情，只感到自己手脚冰冷，浑身发颤——这是我心情激动的一种反常态表现。我把粤子高高抱起来，手舞足蹈地乱语一番：“去坐火车啰，头顶上冒黑烟的火车啊，‘咔塔咔塔’，像魔鬼出山啊……”

“不要太激动了，留点精力明日用。”爱德华把头脑发热的我稳下来，把粤子从我怀里抱下。他走出去敲对面邻居的门，沃夫太太出来开门。我听见爱德华在询问她，是否明天可以过来帮婆婆把午饭热一下。沃夫太太爽快地答应下来，并祝我们玩得愉快。

晚上，睡觉前，我手里还拿着从爱德华的书柜里翻出来的一本发黄小书，低吟着：

看那树连着树，
从面前迅速推移，
山脊伛偻，
岩鼻长垂，
像在吹气和酣睡！
穿过乱石和草地，
千溪万涧奔流去。
分不清水声或歌声，
是昵昵恩怨儿女语？
是飘缈天乐弄簧鼓？
凡所希望所爱慕，
尽被回音反应出，
宛如古代传奇诗！

爱德华一把抢过来："我给你翻一下，告诉你歌德描写瓦尔普吉斯之夜的章节在哪里。"

这个晚上，我没有被激动冲胀了脑袋，我睡得非常踏实。

第二天早上，我们驱车直奔温尼格罗德，一座被称为哈尔茨山区里最多彩的小城。歌德当年来到这座城市，却是乔装成哥达市的一位画家，来解救一个面临着"维特"式命运的不幸青年。

在小城的火车站上，我们踏上了开往巴罗克山峰的蒸汽列车。汽笛长鸣，浓浓的黑烟喷向蓝天，窄窄的轨道托起古老的轮子，随着轮子的转动，"吱呀吱呀"的红色车厢隐没在森林里。树从窗边飞过，仲夏窒闷的热气透过旧式窗玻璃，若不是孩子们的呼叫声，我是懒得动一动的了。他们要上厕所，推开厕所门，从那所谓的茅坑洞里可以看到飞速后退的铁轨，厕所没有冲洗的水，火车的速度消化了一切污垢。坐在横跨哈尔茨山脉东部的窄轨蒸汽火车里，我们回到了一百年前的工业文明里。哈尔茨山脉，是德国最北部的中等高度（海拔一千米左右）山脉，横跨德国下萨克森、萨克森一安哈尔特和图林根三州。如果说，孩子们是奔着这个蒸汽火车来的，那么我呢，毫无疑问，还是怀着少女般的情怀来继续圆梦。

二百多年前，那年歌德二十七岁，他沿着现在铁轨延伸的方向，一直往上，第一次的旅程，是在一个白雪皑皑的冬季，寒冷，原始，饥饿都没能阻挡他的决心，绕过一山又一山的树，踏过一地又一地的雪，他终于攀上了哈尔茨山脉的最高峰：巴罗克山峰（海拔1142米）。这在当时，是令人难以想象的壮举。此后在他的有生之年，他又两次登峰。他热爱的这座山林，传说中在瓦尔普吉斯之夜女巫跳舞的岩石板就在哈尔茨山脉里。于是，在他的巨著《浮士德》里，就少不了瓦尔普吉斯之夜魔鬼摩费斯特与浮士德飞走于哈尔茨山林之中一幕。

蒸汽火车“轰隆轰隆”地行驶了两个小时，终于上到了巴罗克山峰。走在山顶上，那来自天际的嗖嗖凛风让我爽爽地深呼吸了一下，火车里闷出来的汗也已蒸发成汽。我少不了在高峰上的大岩石上攀爬留影，更忘不了以久别爱人的深情抚摸一下歌德以及他的挚友席勒的塑像。好像是从少女时代读了爸爸买回来的那本《少年维特之烦恼》开始，我就游离不开他的世界——他写下的诗篇，他留下的生活箴言，以及，他一生被疾病折磨却还能在八十二高寿之际完成了《浮士德》巨著才无憾地离世，我一直把这一切小心翼翼放在心的一角。于是，在德国的我，每次踱步在有他足迹出没过的地方，竟然感觉自己是走在回家的路，回家找一个熟悉的亲人。如今，当可以稍为用德语来吃力啃读他的文字时，我喜欢与他越来越近的感觉。

孩子们翻爬岩石的嬉闹之声诱我收回无边的思绪。我们在巴罗克峰顶上的花园里流连一番后，便继续坐窄轨蒸汽火车下山，回到我们上车的温尼格罗德站。这座小城的特色在于那些中世纪框木结构为主的建筑，它们至今依然如童话世界里的积木房子般缤纷绚丽地屹立在城市中心。市政厅更如一颗明丽的珍珠，吸引着游人在它面前驻足忘情。位于市政厅门前的一口新哥特式喷泉井，是十九世纪中叶建成的，孩子们看到汩汩流水便就如放飞的鸟儿，把倦意全甩到半空中了。这口华丽的井，见证着小城曾经的富足繁华，以及二战时小城未能免于空炸的灾难。

小城最令人叹为观止的克鲁姆尔斯舍，是1674年由商人克鲁姆尔建造的，房子的前面全部是用木板无缝粘贴而成，上面有着精雕细刻的木版画。传说中跨着扫把飞行的女巫，今日却在克鲁姆尔斯舍门前跨上了摩托车，在憨憨地献俏摆姿。粤子却也一点不怕女巫不修边幅的样子，勇敢地握着摩托车把手，欲与之同飞舞。

我们坐上小城的特色老式车，往山上走，那里是温尼格罗德城堡，那是这个城市骄傲的标志。一座被称为北德历史的代表性建筑，有着北德的“新天鹅城堡”之喻。这是一座在中世纪时只是为了让德国皇帝狩猎路过时有个落脚点的小城堡，几经变迁，到了十九世纪下半叶，由当时在俾斯麦的德意志帝国官至副总理职务的温尼格罗德伯爵大兴土木，修建成今日的规模。也就是说，我今日看到的城堡之貌，非歌德昔日所见也，但是当年，他也该如我今日一般，站在城堡的角楼远眺到巴罗克山峰。

回程路上，孩子们很快便进入了梦乡。我却还能精力充沛地数着车窗外渐行渐退的山林村舍，那份静谧甚至能让人心生萧瑟之感。

“你是否为你们德国诞生了一个歌德而自豪？”我打破这份静寂，斜眼看着正在聚精会神开车的爱德华，向他提出这个有点中国特色的问题。

“呐，用自豪一词有点不妥。我觉得德国曾有这样一个人，很好，我敬重他。”

“那你是否为你是一个德国人而自豪？”我紧紧追问下去。

“我觉得自己能是德国人，很好。”还是他那不痛不痒的回答。

“那你对什么东西对什么人会有自豪之感啊？”我不知道是不是我们对这个词有不同的理解。

“我很自豪我能拥有你！你那么善良，给我送来两个可爱的孩子，还对我的父母那么好。是的，我很自豪，很幸福。”他不假思索地回答我。

这一回，我倒是目瞪口呆了。

“那不叫自豪，那叫幸运，或者幸福。”我尽力纠正他。

“我为我的幸运自豪！”他毫不让步。

我无话可说，燕雀安知鸿鹄之志，连一个词都用不好的他，我也别想指望他这辈子能做出什么令我自豪的丰功伟绩来了。

“那你爱德国吧，你的祖国。”我做出最后的尝试，希望他起码能用这个词，因为，我们每个中国人都会说我爱我的祖国。

“我爱的是你，我爱的是我的家庭。对德国我怎么能用爱这个词呢，不靠谱。我喜欢德国，我喜欢在这里生活，我喜欢我是德国人。两种不同的感情啊。”他的解释彻底让我放弃了与他纠缠下去的兴致。

“你呢，你还爱我吗？你觉得和我在一起幸福吗？”轮到他向我提问了。

“……”

“如果有下辈子，下辈子我还是愿意和你在一起。我再也找不到像你对我这般好的女人了，每天我一下班回来便把热饭菜端放我面前……”

仿佛心底有一股电流把我轻轻刺痛，我无力地接下他的话：“下辈子我是无论如何也不来德国的了。我会选择留在父母身边，来还我这辈子欠他们的孝。”

“我能理解你，我可怜的小老鼠。我其实也不能想象，我的母亲如果没有我在身边，她现在该怎么办。不过你还好，你还有两个兄弟在父母身边。”

“情债是无人能替还的，无论是亲情，还是爱情。”

“我希望你还是会觉得和我在一起是幸福的……”他很小心地瞟了我一眼。

我没有回答。

我的心在疼着的时候，我不能思考属于自己的真实感觉。

当我们回到埃尔福特婆婆的家中时，已经是晚上八点多。婆婆正坐在阳台上看书，一抹夕阳红穿过翠绿的树梢，化作一缕祥光斑驳映在她的银发上，我恍若看到了一幅印象派画作，阳光与她的背影相映着调配出最和谐的色彩。

孩子们一看见她，便“阿嫲，阿嫲”地叫唤着，向她飞奔过去，一个坐在她的左腿上，一个坐在她的右腿上。他们开始吱吱喳喳地汇报所见所闻：“火车会喷黑烟的，里面的厕所可以看见铁轨在动的，女巫会骑着摩托车的，山顶上的石头很高很大的……”一幅安静的印象派画作霎那间成了一池鸭子嬉戏的湖水，那掀起的一圈一圈欢乐涟漪漫出了阳台，洒向红红的天际，那镀了金的晚霞，也摇曳出最柔美的温情，幻成一道道暖洋洋的光环，把这幅天伦之乐凝固成湖水中的一尊石雕。

有阿嫲的孩子们，像块宝。

阿嫲的家，是孩子们的天堂。他们可以在阿嫲的床上，在客厅的沙发上尽情地翻跟斗；他们可以把阿嫲那些收集了一辈子的木狗石像拿下来玩弄，不小心弄坏了还不需受到责备；他们甚至可以钻进阿嫲的大衣柜里玩捉迷藏，为了把自己藏得更隐秘便干脆穿进阿嫲的大衣里面……

我呢，也对婆婆的家有了眷恋之情。临行之际，我流连在她的厨房与客厅之间，抚摸着那些釉彩青瓷，竟是满怀不舍。婆婆笑吟吟地看着我，说了一句：“等我去世了，这些东西都归你来继承的。”本来我还打算问她，可不可以这次带上几个古色古香的盘子回慕尼黑去。听了她的话，便不敢提这个话了，怕她误解呀。

“阿妈你别胡说八道，你会长命百岁的。我的父亲第一次看见你，便说你肯定能活到一百岁的。”我真心希望我对她这些收藏品的继承会在她一百岁那时才发生。

“我觉得自己的力气越来越少啦。”

“阿妈，你害怕死亡吗？”

“怎么会害怕呢？自然的规律而已。如果自己没有力气去活了，当然死亡是一种解脱，对己对人。再说，我对自己这辈子也很满意了，我有一个好丈夫，有一个乖儿子，有一个巧儿媳，有一对天使般的孙子孙女。死无憾矣。”

8 爱蔓延

我在小镇社会服务机构的义务工作还在持续着，十月底的时候，贝克夫人有天致电我，说有新任务给我。原来是一个来自中国家庭的四岁孩子，因为其父母需奔忙于工作之间，他从小就在中国姥姥家长大，现在他刚被父母接回来在德国上幼儿园，可是因为不懂德语，出现一些融合的障碍，贝克夫人觉得我和我的两个孩子们可以帮一下他。

于是，我便和这个家庭取得联系。粤子和小娜莎第一次和那小男孩玩，大家便如鱼得水，相见恨晚了。我对孩子的妈妈说，我们也不用以社会服务的名义来搞什么名堂了，以后有空就让两家孩子一起玩玩吧。这个朝九晚五都要忙碌于工作上的中国妈妈却对我感激不尽，第二天就给我来了电话，请我们全家周末去吃鸳鸯火锅。一听鸳鸯火锅，我顿时心跳如鹿，使劲舔了舔即将流出来的口水，嘴里还是很不好意思地推搪着："多麻烦啊，吃饭就不用啦，有时间让孩子玩一会就行了！"

当然，这场火锅宴我们还是去赴了。德国冷冷的十一月天，我们两家围坐一起，餐桌中间摆放着来自中国的电炉，以及鸳鸯电火锅，锅里的鸡汤热辣辣地翻滚着，我这条蛀虫蜕变成一条滑溜溜的大鲨鱼，游走在食海之间，狼吞着鲜味鱼丸软滑芋头，虎咽下桂林米粉和涮羊肉，最后擦擦油腻的嘴巴，恭敬地说："太过瘾了！太好吃了！"我都多久没享受这纯正的中国火锅了！主人家开心地说，好吃就好，以后常来他们家一起怀念故国味道。收拾好饭桌，他们宣布：现在是卡拉OK时间！我神志恍惚，以为自己这条蛀虫身的大鲨鱼不小心翻了个筋斗，跌回昔日在国内的奢侈腐败时光里：那时，总是在和客户吃完万元宴后，便去娱乐城包大房卡拉OK到天亮的啊！

原来，主人家有一台步步高卡拉OK机，里面收录歌曲上千首，粤子兴高采烈地拿起麦克风，在那引吭高歌："世上只有妈妈好，有妈的孩子像块宝……"我从来没有像今天这般享受做妈妈的感觉。爱德华也在那里温柔地唱："Only you……"我简直就觉得他们的卡拉OK演唱会是专门唱给我听的。

后来我向贝克夫人汇报工作进展，我没敢把这场火锅宴说出来。虽然我已经对她说，和这个中国家庭日后的交往，就不以社会服务机构的客户名义来处理了，纯粹是私人交谊，贝克夫人很理解也很高兴，可我还是觉得人家是通过这个机构才认识我的，我吃的这个火锅宴真有点以公济私的嫌疑，要反起腐败来，我罪该万死。再想想，如果我和他们是在大街上打声招呼互相认识的，他们肯定也不可能一下子对我如此信任，而且中国人互相认识了孩子就自然会互相走动了，根本就不需要盛宴来款待我们一下的，都是这个社会服务机构给我戴的光环呀！我本来想着好好为人民服务，没想到还没来得及，就又做回蛀虫儿了。而且这回这条蛀虫，不只是"扒外"（钻德国的米袋），还要"吃里"（混进了同是来自社会主义革命大阵营的同胞那里）了，我越想越汗颜。

我决定要将功赎罪，便主动向贝克夫人申请，每周再多分配一个小时的工作给我。贝克夫人直接管理的一个项目，叫"居住与护理"。那是一个环境优美的老人住宅小区，是专门针对于那些生活上某些方面不可以自理，但还希望拥有自己独立居所的老年人而建立的。居住在这样的小区，老人们既能拥有自由的生活空间，生活上的困难又有社会服务机构的护理人员来协助解决，这实在是很多老人的福音。有一天，贝克夫人带上我到这其中的一个小区去家访。我突然异想天开地向她提了一个问题："这里可不可以接收短期居住的老人呢，譬如一个月？"

因为我想到了婆婆。和婆婆同在一个屋檐底下，其实我这个中国媳妇倒也没什么怨言，毕竟她还可以给孩子念念故事，一起玩耍，甚至还坚持着给我折叠衣服收拾厨房。据说，和孩子们一起玩乐对老年健忘症可以起很好的治疗作用的，所以，我一直认为，她在我们家是一件两全其美的事，我当然不会不成全了。只是，也因为她是我们的牵挂，我们便再也不能随便潇洒走天下了。去年我回国是单枪匹马拎着两个孩子走，爱德华留下来照顾她。但是，这样也的确不是办法，爱德华如果总不能和我一起回趟娘家，国内的三姑六婆都要对我这个外嫁女起疑心了。

贝克夫人告诉我，他们这种小区没有这个服务，但是一些养老院提供这样的服务。我和她讲起了我婆婆的事。她马上问我："你给她申请了护理级别没有？"

"护理级别？什么玩意来的？"我盯着她，倒抽了口凉气，"是不是没有这个护理级别就不能享受这项服务？"

她的眼睛睁得比我的还大，说："你拖着俩孩子照顾婆婆这么长时间了，都不懂去申请这个护理级别？"

然后，她给我详细道来：原来，在德国如果老人不能自己独立生活了，需要家人照顾，那么医疗保险公司就会每个月给她补贴护理费用。德国养老院的费用不菲，如果申请到这个护理级别，养老院的部分费用就可以让保险公司负担，否则，得自理。

我突然如释重负，笑着对贝克夫人说："看来，我这两年不知不觉中还是为德国政府分忧解难了！"她却一本正经地催我："你如果想明年按计划全家出游，就要尽快去填这个护理级别申请表，最好今天去保险公司那里取表，明天就来我这里，我协助你填。现在保险公司很苛刻，不能自理了也不一定保证得到护理级别。所以我要教你怎样准备，才能确保成功！"哈，我笑得更灿烂了，我想贝克夫人呀，你帮我想法子去怎样钻德国米袋呢，岂不知我正为此有着不安感！

不安归不安，这个护理级别看来还是要申请下来。养老院要是看到她还没有护理级别不愿意接收她，到时爱德华不能和我们一起回中国，然后和岳父母的感情日益生疏，那我个人的利益损失也太惨重了。小我的利益没有得到保障，就不存在大我的繁荣富强——爱德华也说了，他爱我、爱家庭，为我为家庭自豪，而对德国，只用了喜欢一词。

第二天下午，我揣着打印出来的申请表格，按照约定时间去找贝克夫人。

贝克夫人还在忙碌地干她的工作，看着她走来走去的背影，我突然对自己为了这点私事去打扰她，有点于心不忍。终于等到她喘了一口气，她走过来叫我："很对不起，让你久等了。"然后我们就一起埋头在那研讨起来，不知不觉中，一个多小时过去，我们把表格填好了。

贝克夫人提醒我："最后别忘了到家庭医生那里开健康证明。"

我对贝克夫人感激不尽："我婆婆又不是你这里的客户，你自己今天忙得连午饭都还没有吃，还要花这么多时间来帮我，太感谢了。"

她开心地大笑起来，"我的确是出自内心要帮你啊，我不想你得不到应有的帮助。"

我独自感慨，我这条蛀虫儿啊，现在不但已在横方向发展成一条"吃里扒外"的虫儿，下一步就准备要深挖广收了。我不能不慨叹德国这个资本主义国家对我这个小社的仁慈：我不出去干活，就已经成了蛀虫儿，我一走出去想干点善事，就已经收获了一大筐米。我还有什么理由，不任劳任怨下去孝敬我的婆婆？因为我知道，这条路上，我不会是一个人。我对别人付出的爱，是会无限止蔓延开去，最终我也会收获一份爱。

Seven

第七章

嫁给德国人，你图个啥？

1 寡妇街的故事

2009.10

因为找房子，我一直在留意我们小镇的房子——老房子，新房子。

我所住的这一小区，很多街道都是用花来命名的：玫瑰街，水仙街……住在花街上的人家，爱花如命，把自家院落收拾得像个园艺圃，我特爱和孩子们穿插花街小巷间散步嬉闹。而其中的雪绒花街，是我们每次出去必会绕过的。雪绒花街里住着很多老太太，她们若是看见我家孩子路过，都会喜欢出来逗笑几句。这些老太太们多是独居，所以，人们背地里称这条街为“寡妇街”。

来来往往多了，我便慢慢了解一些关于这条街上的“寡妇们”的故事：

穆勒太太是最近才加入寡妇行列的。那天，我和孩子们路过时，她正在花园埋头除草，我大大咧咧地问候：“你怎么一个人在这里呢，把穆勒先生丢在房子里干吸尘的活啦？”她眼圈一红，告诉我穆勒先生两个星期前心脏病突发，过世了，说着说着泪珠儿就止不住了。我紧紧抱了她一下，她用力抽了一口气，眼睛直直地看着身后的大房子，无奈地诉说——我不是为他哭，人终有一死，他去得挺安详的，很好。我是为我自己哭，你看，这么大一个房子，里面有三个租户呢，以前都是他一手操持这些租赁事，现在要我这个老太太来折腾了。

我也替她难过，是呀，这么大的房子，水龙头坏了暖气房不工作了草坪长高了，全要她来张罗找人来干，她唯一的女儿在瑞士生活。我说，要不把这房子卖了，搬到女儿附近去住，也好有个伴。她一下子激动不已，说她不会的，她要像她先生一样，老死于斯地，斯房。

她总爱唠叨起20世纪50年代那阵子的事情——那时的德国，多不容易呀！当年夫妻俩省吃俭用，花了一千五百马克买下这块一千二百平米的地皮，然后贷款盖起了这幢二层四户的大房子。这些战后初期盖建起来的民房，由于当时物资紧缺，房子的质量都不会很有保障，到了今天，其实都被划归为价值为零的旧房了。如果要出售，房产商肯定会把房子推倒，然后再规划新房。但是，穆勒太太会得到一笔可观的款项：这块地皮按如今的地价，可是要七十多万欧元呢！那可是一百五十万马克呀，比起五十年前可是翻了一千倍啊！她完全不用受这份大房东活罪，而可以在老年人公寓里舒舒服服租套配有现代化设施的房子来安度晚年了。

可她还是坚持在大房子里住下来。每年圣诞节女儿一家会回来住上几天。

离穆勒太太家两户之远是巴斯太太。她已经寡居十年，后来患上了老年痴呆症，两年以来，每天都是靠护工来给她换洗，社会服务机构给她送来一日三餐。她有一个儿子，儿子的家就在同一个小镇上，她在镇南，儿子在镇北。她健康的那些年头，每次见到我都会“中国女孩，中国女孩”地叫个不停。后来在她痴呆症越发严重之时，见到我和孩子也只是目光呆滞面无表情了，可是她还是一个人守候在她的老房子里。偶尔可以看见她的儿子和媳妇周末时在院子里剪草坪修理树木。我总是担心，她晚上一个人摔倒了怎么办！

终于有一天，养老院的车子把巴斯太太接走了。她的儿子每个周末都过来修整房子—门窗焕然一新，外墙也找人来加厚加固使之更防寒。我说，这老房子都这么老了，老人也不能在这里独自生活了，你还来修整它干什么？小巴斯先生咧开那隐藏在满脸络腮下的大嘴巴，憨憨笑着：“我儿子长大了，这房子让他搬进来住。”我心里一阵悲凉：为什么他没有在老人需要他们时让他的儿子来陪巴斯太太住一阵子呢？或许，天伦之乐能让她的痴呆症发展延缓些呢。小巴斯先生没注意到我紧锁的眉头，他接着说：“我妈妈现在在养老院里过得很安全，我们每个星期去看她。但她不认得我们了，所以也不会在乎我把她的房子装修一新了。”

与巴斯太太家紧挨着的是西蒙的家。她也有一个儿子，还是个博士，住在慕尼黑市中心的一套公寓里。她在世时，我每个周末都可以看到她的儿子出没在她的庭院里。那是一个寡言少语的高大男人，年过半百，我从没看见他带着女人或者孩子来。后来西蒙太太要坐轮椅了，每次她的儿子来到，都会推着轮椅和她一起散步，但是他从来不会对路人笑语。即使西蒙太太紧紧握着我孩子的手，在那笑着说着，他也只是面无表情地在旁边耐心地等待。

西蒙太太是前年去世的，这个房子就一直空着，但是她家的信箱却塞满了各种各样询问出售的广告和信函。人们都希望能把自己的新家建在这样一个安静幽雅的小街上。邻居们都说，这个小西蒙先生啊，太与世隔绝了，这个房子他迟早要出售的，他没有能力管这么一个大宅院。可是，小西蒙还是坚持每个周末来看看老房子，然后清扫一下院落花草，卖房子的事，一直没听说。再后来，他干脆把信箱给封住了。每次我路过，看到黑漆剥落的木窗户，以及日渐长绿苔的屋顶，我却有着一种特殊的亲切感。它让我觉得西蒙太太还住在里面，然后，一如既往地，等待她的儿子来推她出去散步。

谁说小西蒙是个孤僻君子呢？他对老屋的眷恋，就藏着最真切的世间亲情。

我目睹着这些“寡妇们”渐渐从她们的老房子里消失，这好像更加提醒了我生命有限的这个现实，也更激发我赶快去找到属于我们的舒适房子：在新房子里面，婆婆可以在地面这层拥有属于她的房间，我们会专门给她设计一个“无障碍”洗手间，而我和爱德华也最终可以重新回到属于自己的卧室，孩子们也会拥有自己不受干扰的世界。

2 左右为难

2010.02

我对母亲说："这个春天就回国看望你们，那时天气暖和些了，我陪你们去旅游。"

母亲说，父亲最近身体不舒服。我说："等我回去带你们到熟悉的医生朋友那里去全面检查一下身体。"母亲开心地掰着手指头盼望我的归期。

然而，一个月后，父亲被突然来临的疼痛击倒，他还等不到我回来，就已经躺在医院的手术台上了。

听着母亲在电话那头哽咽的声线，我让自己的泪水放纵地流淌。

放下电话，我去打听机票，去寻找安置婆婆的方案。我希望在寂静的病房里陪伴父亲的，还有他最疼爱的女儿。

可是就在这个时候，婆婆身体也突然有不适，她也要进医院治疗。

正在一筹莫展之时，哥哥体贴的三言两语暂时让我取消了提前回国的打算。曾经，我看过一幅关于蚯蚓的再生能力之漫画，一条闲得发慌的蚯蚓把自己斩为两段，长成两条蚯蚓，然后可以互相下棋去……我牢牢记住了这个再生的故事，是因为我自己嫁出去以后一直不愿意成为被泼出去的水：一去不回！我幻想着自己也有个再生能力多好，这样，一半的我留在夫家继续尽妇道，另一半的我飘回娘家为父亲捶捶背。

父亲做完手术住院的这十多天里，一天二十四小时都需有家人在身边轮流值守。母亲白天做好了汤拿去给他喝，哥哥和弟弟下了班后来轮值，此外，还找了两个表弟来帮忙守夜。因为晚上父亲若有疼痛，或要喝水，或要上个厕所什么的，没个家人守候，也不方便。一人入院，全家奔忙。而我，不在这忙碌之列。

母亲说："女儿啊，知道我为什么舍不得你了吧！我们老了，有个什么病痛住院，靠的就是儿女来服侍啊。如果没有你的哥哥去找老同学帮忙，以最快的速度联系上好的专家医生给爸爸做手术，还不知道病情被耽误了的后果呢！"养儿防老，便是如此吧。

在父亲手术后恢复得差不多时，哥哥和弟弟回老家扫墓去了。走在城南旧事之间，弟弟感慨良多地给我拨来电话，问我还记不记得那座古石桥，还有河边我们曾经的家。成长的岁月里堆积出来的记忆，又怎能轻易被磨灭？人们都说父亲是个书生气十足的人，他的文学藏书是我的文学启蒙之地。从三毛、琼瑶到托尔斯泰、歌德的书，通俗的古典的，父亲都买来藏在书架上。而他却常是因为工作繁忙而来不及读那些闲书，我便一本接一本地啃。他曾在我旁边悻悻地说："等我退休了，我就好好地读这些书！"可是等到他退休了，他却因为长年过度的工作劳累而使眼睛成疾，那些书他也就一直没有去翻。即使后来好点了，他也只看老年保健的书，更不用说在电脑上和我写信聊天了。

我对自己说，如果有一天我要写书，我会为我的父亲写一本，留给他的那本，我要用最大最清晰的字来印刷。

可是，我向父亲母亲许过太多的诺言了，而很多都不会实现。就像这次我许下要亲自陪父亲去医院的诺言一样，转眼就成了一场迟来的春天。

不过，春天它毕竟是归来了。虽然风过时樱桃花瓣洒满肩头，我的女儿小娜莎却在那惊呼："妈妈，妈妈，下雪了。"原来，樱花如雪，春归闺心。

我告诉自己，不能再错过要在这个春天回去看望父母的诺言了。

与父亲几乎同时住进医院的婆婆，在医院里呆了一个星期。那时，我只和孩子们去看过她两三回。爱德华每天下班后，会顺道去看她，他最多也只呆一个小时。婆婆住院，对于我们来说，是让我们能暂时轻松一下的事情。

她一日三顿在医院吃，她从来都是赞医院的饭好吃的（也许那是纯正的德国饭菜，更合她口味吧）。每次我和孩子们去看她，她总是说，医院不是孩子们呆的地方，没什么事就不要和孩子来了。

在德国，婆婆住院不需要我们操心。但是，让我们担心的，是婆婆出院后的日子。她的双腿因为血栓而浮肿了，所有的鞋子都穿不进去，即使我把她那双可以调节松紧的拖鞋调到最宽处，也装不进她那臃肿的脚趾，我只好拿了两个橡皮筋把鞋面接驳起来加宽。她因为关节疼痛要开始服用激素类药来缓解了，不过，她忍受疼痛的能力让我惊讶。我明明看见她每次从椅子或者沙发上起身时，都要用双手撑住桌子或者沙发背才能艰难站起来的，可是她还是拒绝我们拉她一把。她总是说："我必须自己来，如果我连这点都不可以自己来了，我就完蛋啦。以后我回去埃尔福特了，还不是得靠我自己？"

她还是坚持要帮我做点家务。于是，我把不能放进洗碗机里的锅盘洗涮好放在桌子上，让她坐在旁边给我擦干。她不希望自己闲着无事，她总会想办法去找到一些她力所能及的事情去做——她一有空便去做她的填字游戏。

在我们为婆婆寄出了护理级别申请一个多月后，医疗保险公司派来一名鉴定师。她和婆婆交谈了一番，让婆婆做了一些记忆力测试。婆婆在鉴定师面前表现得非常好——鉴定师问她能自己穿衣洗澡吗，她说这还用问吗？！鉴定师问她能自己做饭吗，她说她做的土豆汤，连她的中国媳妇也爱吃。鉴定师掀起她浮肿的双腿看，问她疼不疼，她说这点疼算什么。最后，鉴定师临走时，婆婆紧张地问："你可以证明，我很快便能够回埃尔福特的家去了，是不？"

送走鉴定师以后，我瘫坐在沙发椅上，对着婆婆咆哮："让你逞强，让你逞强，如果这个护理级别申请不到，我也不再管你了，就让你回埃尔福特去！"

"求之不得。"

不过，老天还是有眼，一个星期后，婆婆收到医疗保险公司的函件，证实她已经获得护理级别一级。护理级别分一、二、三等级。申请到护理级别的老人，每月会获得养老保险公司一定金额的补贴。婆婆从今以后如果由我们家人对她进行护理，她可以每个月从保险公司那里获得225欧元（2010年标准），护理级别越高，获得补贴的金额也不一样。如果她是获得外来护理人员上门护理服务或者住进了养老院里，她获得补贴的金额也相对增加。

有了这个护理级别，我们便松了口气。我准备着为她联系养老院短期护理的事情。

那天，吃完早饭后，婆婆正在逗小娜莎玩。

我小心翼翼地和她讲起这个到了非提不可的话题："阿妈，我准备回中国看望我的父母了。"

"那赶快张罗啊。你的父母肯定开心得不得了。对了，他们还好吧？你那英俊的父亲，玲珑的母亲，我可喜欢他们了，多友善的人！"

"谢谢阿妈。我爸爸刚刚做了手术，所以，我一定要回去看看。"

"嗯，你可以让爱德华把我送回埃尔福特了。"

"阿妈，你在我们这里都住了差不多两年了，你根本就不可能一个人在埃尔福特生活的啦，你的身体不允许了。"

"两年？胡说八道！我才来你们这里两个月！再说，我要有什么事，那里的邻居也可以帮忙呢。我想回去。我的房子都要想念我了。"

"阿妈，我们回国的一个月，你到养老院里住一阵子，好吗？等我们回来，你还是会跟我们一起住的。"

"什么？养老院？我不会去那里的。我为什么要去养老院！我有自己的家，你们把我送回埃尔福特去，我自己的家那么舒服，我为什么要去养老院！这个事情我不想再听到了！"

"你这人怎么这么自私哪！我为了照顾你而推迟了回国的日子，我也有父母要照顾的啊。况且，我们又不是把你甩在养老院里不管了，就一个月而已！"

"一天我都不去。我要回埃尔福特！"

我沮丧地闭上嘴巴，拎起小娜莎便走了出去。

我和小娜莎走进了小镇的图书馆。小娜莎在角落处玩木马，我翻看着一些杂志，想让那些零碎的文字把自己烦躁的心安抚一下。

在一本杂志上，我被里面介绍的一个故事吸引住了：五十多岁的苏珊娜一直和她那九十高龄的母亲共居。她的母亲需要坐轮椅，让人喂食，脑子相对于同龄人来说还算清晰，但大小便失禁的麻烦事也出现了。她的母亲常对女儿说："你要对我发誓，千万不要把我送养老院去。我要在自己的房子里终老。"她尊重了母亲的意见，几年如一日，她曾把自己的工作也辞了，做起了母亲的专职护工。只是到后来，母亲不但身体状况每日愈下，还睡眠不安稳，每个晚上都会突然大叫起来，苏珊娜受不了每晚最多只能睡2个小时整觉的日子。她决定请人来看护母亲。可是，雇佣一个二十四小时的贴身护工，那个费用不是她能负担得了的。于是，她也像很多有着同样命运的德国家庭学习：从东欧"进口"黑护工。一名来自立陶宛的壮实女人，住进了她们的家，全天陪护，一个月一千欧元。从此，苏珊娜可以睡个安稳觉了。只是，如此艰辛的工作，没有一个女护工可以坚持三个月以上，苏珊娜就每隔三个月去物色一个新人回来。

俗话说，久病床前无孝子。这话道出来的其实是一个常情：人的承受能力是有限的。这根本和孝道不孝道没有关系。苏珊娜不知道这样没有了自己的生活的日子还能折腾多久，她是否真能遵守自己对母亲的誓约：不送养老院。

我竟然对苏珊娜有份同病相怜的感觉。虽然我的婆婆还没有她的母亲那么严重，但是，她也口口声声拒绝去养老院——那只不过是一个月的短期护理而已，她也不能理会我的需求，我觉得自己很受伤。难道德国的养老院也那么可怕吗？我决定预约一下养老院，打算和爱德华周末去参观参观。

"阿妈，我今天和小鑫去看过了，那里的养老院很舒适，还有个大花园，阳台是向南的，从早到晚都可以坐在那里享受阳光。你每天还可以和别的老人一起玩扑克牌画画什么的，会很有意思的。要不要明天带你去看看？”从养老院回来，爱德华满怀期待地看着他那正在涮锅的母亲。

“我为什么要去养老院?！”她闷闷一声便把爱德华堵回去。

“因为我们要去中国啊！小鑫也要回去看她的父母啊，你不知道，小鑫的爸爸刚刚住院做了手术。”

“那把我送回埃尔福特不就可以了吗？”

“不可以。如果你不去养老院，那么便跟我们一起去中国。十六个小时的旅程。你可以选择一下。”

“别对你的老母亲这般无礼！我又不是你们的孩子，为什么要跟随你们。把我送回埃尔福特去。”

“去养老院。”

“如果你们把我送去养老院，我告诉你，我便从养老院的窗户跳下去！”

“如果你有本事能爬上窗户，我们也不用送你去养老院了，阿妈！”

“你太无礼了！”

“你太不体贴人了。看我们，为了你连自己的卧室都让出来了，为了你小鑫已经一年多没回去看她的父母了，你就不能为我们着想一下。”

“我不明白，你们把我送回埃尔福特，然后你们一起去中国，这有什么问题呢？这不是两全其美的事吗？今天我就可以收拾我的箱子，明天我们就能走。好不好？”婆婆哀求的语气让我心酸难禁。

我向贝克夫人求助，把婆婆对养老院的态度告诉她，问她有什么办法。

“她是不是健忘很严重的了？”贝克夫人问我。

“怎么样才算是严重？她依然可以给孩子背诵她小时候学过的儿歌。”我耷拉着脑袋回答。

“如果你们告诉她，她不是去养老院，而是去一个地方度假，住在疗养院里，会怎么样？”她给我建议。

“嗯，这个还真可以考虑。有时候，她的确是不知身在何处的。”我马上谢过贝克夫人。

“还有，你从中国度假回来后，可以考虑给你的婆婆申请‘健忘病人护理资格’了，这样，我们社会服务机构会每周定期派人上门来陪老人散步，聊天，讲故事，做游戏，还会定期组织几个老人一起相聚半日的，这也可以大大减轻你的负担。”贝克夫人的关心总是来得恰到好处，她好像也感觉到我们被婆婆日渐糊涂的脑子所困扰了。

“你知道吗，我还打算今年秋天去参加一个为期半年的再就业培训课程的，是半天制的。我不知道自己是否能如愿。现在婆婆每天早上洗澡时都不能自己跨进浴缸，要我帮忙的。”

我把自己心里头的疙瘩一股脑倒了出来，我其实并不指望她能给我多大的帮助，但是，有个人听听我吐苦水也不错。

“唉呀，那你赶快到她的家庭医生那里开个处方，开一个需要洗澡辅助椅子的处方，然后你到保健店里面去提取。有了这个放在浴缸里面的洗澡椅子，便安全多了。”又是一个意外的惊喜。

还没等我口中的一声“谢谢”出口，贝克夫人又接着说下去：

“你秋天要去学习了，这种情况下，你可以申请护工上门给老人提供护理服务，从给老人洗澡，到准备早饭，药物等等，都可以让护工完成。你同时还可以向医疗保险公司申请一个妨碍金——你是因为照顾老人妨碍了你自己的正常工作和生活了，便可以得到一定的补偿。这笔妨碍金一年大概有1500欧元，你就可以用这笔钱来支付部分上门服务的护理费用。”雪中送炭的感觉，不就是如此这般么？我觉得自己差点便要热泪盈眶了。

人，从来就是群居的动物。我们离不开彼此之间的互助。

从贝克夫人那里出来，我的心情是清爽的。

回到家里，婆婆和小娜莎正在玩掷球游戏。小娜莎一看见我进来，便撒腿跑向我，指着我说：“妈妈，阿嫲臭，阿嫲臭。”

这时，我也闻到了从沙发一角传来的一股腥臭味。我一手捂紧鼻子，一手把婆婆从沙发硬拉起来。婆婆挣扎着甩开我的手，“你们别胡说八道，不是我。”

“阿妈我求求你，你起来到厕所去看一看，不就知道了吗？！”我屏住气息，伸出双手用上吃奶的力气把她从沙发里架起来——我这个只有五十多公斤的“小块头”，要对付她那八十多公斤的大块头，还有点难度，我一个趔趄，她便又“啪嗒”地坐回去了。

“啊哟，这弄疼人的嘛。看看，你把我的手臂都弄出淤血了，黑了一大块啦。”婆婆甩起胳膊挽起袖子给我看。我大吃一惊：她刚才被我抓过的地方，还真的是青一块紫一块的了。

“好了好了，别把你给吓着啦，我自从吃了那些稀奇古怪的药，便这样子的啦，轻轻一碰都会淤血的。”她倒有心情来安慰我了。

“阿妈，我再说一遍，你如果不起来上厕所，我明天就把你送养老院去。”我使出最后的杀手锏。

她满脸疑惑地望了我一眼，又低头看了一下自己双腿，嘴巴里细细碎碎地嘟哝着一些只有她自己才能明白的词语，随后，她把双手握成拳头样，撑在沙发座上，她尝试着用劲把自己那庞大的身躯撑起来，她来回试了三两次，才终于成功地让屁股脱离沙发座。站起来之际她的身体突然摇晃了一下，她迅速把双手搭在沙发靠背上——“啊，我发生什么事了？我到底发生什么事了？我一点力气都没有，浑身疼得慌。”她发出一声呻吟。

我连忙把放在沙发旁边的助步车推过来给她。她双手压在车把上，努力找获自己身体的平衡点，然后，一步一步地，向洗手间走去。

铺在沙发上的毯子，她坐过的地方，我没看到有污迹，心里便舒了一口气：起码，她今天是穿了尿布的。我打开客厅通往花园露台的门，让那股难闻的气味疏散出去。花园的草坪上，一朵朵紫色的黄色的红色的小花已经破土而出，料峭春寒，也挡不住生命力的爆发。

就这样过了大概半个小时，我还没听到婆婆从洗手间出来的动静，只听到里面潺潺流水声。我走过去轻敲门。她把门打开，双手还湿漉漉的，手中拿着她刚洗过的内裤。她的下身一丝不挂。但是那股强烈的腥臭味依然存在。

“阿妈，你要去洗个澡。让我进去，我扶你进浴缸洗一下。”

“我已经洗好了。我用小毛巾擦洗干净了。你让我出去，我去换上新的衣服就行啦。”

她转身回去拉她的助步车之时，我看见了那些还斑驳黏贴在她大腿上的棕黄色污迹，忍住想呕吐的感觉，一步跨进去并把门锁上。

“阿妈，你如果不同意去洗澡，我便不让你出去了。”

“你这个人，对我太无礼了！我不是小孩。你们让我回埃尔福特去，不就什么事都没有了吗？”婆婆的抗议总是那么千篇一律，我已经听得麻木了，对她的痛苦我一点都不愿意去体会和抚慰。我觉得此刻受难的是我。

我扯起她上身的衣装，要帮她脱衣服。她挣扎谩骂了两声，最后还是选择了配合。

那滴滴答答洒落在浴缸里的肥皂泡，在我眼里突然幻变成一个个仙人球，浑身带着醒目的刺儿，随时都欲要从水里飞腾而出，扑向满腔屈气的我。

当婆婆换上清香扑鼻的衣装，舒适地坐回那浸满着新鲜春草气息的客厅时，她却突然很满足地对我说了一句：“非常感谢你，我的小鑫。”小娜莎又开心地扑进奶奶怀里，嚷着要和奶奶玩开汽车了。

我把她的脏衣服拿到地下室洗衣房去洗。60摄氏度的高温是我最起码的选择。洗得掉的，是衣服的脏，洗不掉的，是我对以前那个总能给我无形力量的婆婆的眷恋。

晚上爱德华回家，我对他讲了贝克夫人的建议。

他听完后，便一把拽上我，走到婆婆那里。

“阿妈，五月份我送你去疗养院住一个月吧，让你好好恢复一下身体！”我没想到爱德华这般直接彻底地照搬贝克夫人的建议。

“你们别想方设法来把我赶走！我没病，我哪里也不去。我要回埃尔福特。”婆婆的毅然否决也同样的彻底。谁说她脑袋不灵活了？关键问题上一点也不含糊。

我注意到爱德华那一下子红起来的脸，忙把他拉进客厅。

爱德华对他的母亲越来越缺乏耐性，每次和他的母亲吵完后，他只会痛心顿首地自责：“我真的控制不了，我真的接受不了，我的母亲怎么会变成这个样子了。”

“我已经知道她不会接受我们的谈判的。”我向爱德华说出我的计划，“这样吧，我和孩子们先走，你迟两个星期再来。你留下来陪她去养老院，你要在她身边多陪她，先让她熟悉习惯新环境了，她便会渐渐忘记自己身在何处了。”

“那又要辛苦你一个人了，带着俩孩子坐飞机。我太难过了。”

“嗯，我也为你难过，你又要比我们少吃两个星期中国美食了。”我假惺惺地安慰他。

3 嫁给德国人，你图个啥？

2010.05

慕尼黑飞机场。

爱德华陪我们办好了登机手续。在安检门前，爱德华一左一右把粤子和小娜莎抱起，左亲右吻个不停：“你们要好好听妈妈的话啊，要天天和爸爸在网上视频电话啊，不要忘了说德语，爸爸两个星期后便来找你们了……”

小娜莎把双手伸出来，两个手掌之间的距离能放进一个苹果那么宽，她露出洁白的小门牙，吝惜地对爱德华说：“爸爸，我会这么这么想你的！”

粤子马上高高举起双臂，还把脚尖踮高：“爸爸，我会这么这么多地想你！”

说完以后，他们却都有点迫不及待地往安检口里面张望了。

爱德华一直在安检门外看着我们走进去，直到看见我们进电梯了才转身回去。

到达广州机场后，来接我们的是弟弟，当孩子们钻进弟弟汽车里的后排座位时，他们便急忙地寻找安全带系上。弟弟笑着告诉他们说："在中国，坐在汽车后座不系安全带也行，警察叔叔不会来找你们的。"孩子们沉默不语。

就在弟弟开始发动汽车的时候，粤子突然语出惊人："妈妈，中国是不是一个让孩子死的地方？"

我大惊失色，扶好鼻梁上的眼镜，扭头紧紧看着他。

他不慌不忙地往后一靠，有点赌气地说："你看，他们这里没有给孩子用的汽车座椅，也不需要孩子系上安全带嘛！"

我赶忙贴上笑脸，告诉他不用怕，中国人车技比德国人好。

当弟弟把我们安全地送抵父母住所时，粤子又是第一个从车里蹦出来。他好像还非常清楚地记得阿公阿婆住在哪里。

给我们开门的父亲，他的脸色还有点苍白，本来不胖的他更瘦削了很多，我能感觉到那场手术对他的影响。而母亲呢，相对来说她显得精神多了，她在厨房和客厅之间灵活地跑来跑去，端出一盘盘菜肴粥汤来。

小娜莎一个箭步冲进洗手间，用手掬起一把水洗脸。她拿起一个杯子在水龙头接了水，就往嘴巴里送。她用还湿润着的手擦了一把脸，把剩下的半杯水捧在手上，走到粤子那里问："你要不要也喝水？"父亲一把抢过杯子，紧张地摸着她的肚子，告诉她水龙头的水不能直接喝，要喝阿公煮开了的水。他转身从一个瓷壶里倒出一杯冒着热气的水。

粤子蹙眉拒绝："我不喝热水！我要喝冷水。"

这时母亲端着一个杯子走过来："来来来，别吵，这是阿婆特意为你们晾好了的冷开水。"粤子便捧起杯子仰头一喝而尽。

父亲微笑地看着他，问："这杯水有没有你们德国的水那么好喝呢？这可是阿公今天新制作好的频谱水呀！"

父亲几年前花了近万元买了一台频谱水机。他说，这台水机是利用频谱物理原理，把自来水里面的有害元素过滤掉，这水机里出来的水对人身体非常好！

孩子们坐在饭桌旁准备吃饭。母亲靠在他们旁边的椅子上，满怀希望地问："你们看看，我特意做了土豆汤，德国式的土豆汤，阿公用他从德国带回来的搅拌机搅成糊的。怎么样，每人来一碗？"孩子们转了一下小眼球，不做声。母亲继续讨好地推介："我还做了蒸水蛋，还有白粥，萝卜干……"孩子们的眼睛顿时一亮，异口同声喊起来："我要吃咸菜加白粥！"

母亲疑惑地看了我一眼。我耸耸肩，也拿起碗来舀了一大勺粥。

"你还真有本事，在德国养了两个爱喝白米粥的孩子。"母亲兴奋地说。

"嗯，妈，你们想去哪里玩？我陪你们去旅游啊。"我喝完粥后，用手一抹嘴角，便迫不及待地想着要做下一个计划。

"哪里也不想去，你的爸爸才出院一个月，需要静养。你照顾俩孩子，也够辛苦了，别跑来跑去啦。隔天让你弟弟带孩子们去大学城放风筝好了，那里人少空气也比这边清新点。希望他们能够适应这里的气候，这两天，像夏天一样闷热啊。"母亲这番体贴我的话，让我听在心里酸溜溜的。要知道，我在德国时，电话里的母亲总是很善于用最简单的叹息来让我陷于不孝女的自责之中。

两天后，大舅妈拎着大包小包的水果来了。

"这是越南火龙果，这是泰国龙眼，这是石竹果，还有枇杷，快来吃快来吃，德国吃不上的好东西。吃在广州哪。"她把那些红红的塑料包打开，露出馋人的热带珍果。

弟弟也过来了。他手里还拿着两只风筝。

"我下午开车带你们去大学城放风筝吧。那里凉快些。"他的建议马上得到孩子们的热烈拥护。

大学城放风筝的地方在中心湖公园。那里不但是大学生们喜爱的休憩娱乐之所，还越来越多地吸引着大学城外面的人来这里放风筝休闲。

中心湖一带，以前是一个小村落。后来政府出了大学城这个宏大的建筑项目后，那里不少村落都要拆迁，位于中心湖的这个小村落也难免拆迁。

漫步在中心湖的湖岸小径，大舅妈说起那些拆迁事便感慨不已：这年头，还是做农民好呀！地被征了，有年分红，一直分到你作古。房子被拆了，有赔偿，搬进去的那些新安居房又现代又便宜。哪像我这个老广州，眼睁睁看着我一年的退休金贬值得只够买一平方米的房子。

母亲也在那里感叹，说这里环境这么好，也难怪一些村里人不愿意搬走了。谁舍得就这样离开家园呀。然后她看了我一眼，接着说："不过像我女儿这样的人，偏偏要离乡背井嫁那么远，是她自找的啦。"

我不得不为母亲的联想能力折服。只要她愿意，她可以在任何一个话题里面扯上和我相关的"不幸"。这好像已经成了她这几年里的一个习惯，她能找到太多的理由来挑剔我这个外嫁女了。

弟弟把他的手搭在我的肩膀上，以智者的口吻来应答母亲："我一直都认为，姐姐的选择是正确的。起码她在德国要买个房子，以后她的曾子曾孙都还可以继续享用。"

一提房子，母亲更加激动了："买什么买？你姐姐出嫁时住的是五十平米的公寓房，还是租来的。现在两个孩子都这么大了，换了个九十平米的房子，也还是租来的。别人还以为我把女儿嫁到国外去，是贪图什么荣华富贵呢。以她的条件，若是在广州，找个住大房开豪车的人还难吗？"

"快了，快了，我们快买房子啦。到时一定会把你们接过去看看，好让你们安心的。"我连忙出来打圆场，紧抱住母亲的手臂。我知道，若是让她继续说下去，母亲的眼眶又要红通通的了。

我明白，自己对她解释什么德国人购房消费观念是没有用的。在德国，自购物业的平均年龄是四十二岁。我们在德国"租"房子住，也并非是穷人一等，低人一丈。

大舅妈这时露出一副杞人忧天的样子了："在中国，不一样哪。我们的社会保障制度没有老牌资本主义德国那么好，当然每个人都想买套房子以防万一了。"

我心里却对自己说，最近老牌资本主义德国也有点扛不住了啊。金融危机的阴魂还未散，又冒出个希腊债务危机来，拖着欧元一个劲儿地往下滑。现在德国人悲观情绪渐蔓延，很多人也觉得能让自己心安的，是能拥有自己的房子，他们不再相信银行了，也不再热衷股市了，于是，本来就供不应求的房市，现在更一房难求。

往年我揣着点欧元回国探亲，总能爽爽地用一欧元换个十块人民币来花。这次回来，正碰上德国紧急通过救援希腊的方案，那连月疲软的欧元便微弱反弹了一下，还没有等我缓过神来，它又继续潜入深海里了。

中国今年好事连连，除了上海在搞世博，广州也正在到处挖路迎接十一月份的亚运会。欧元再跌，也挡不住我要行走在歌舞升平的霓虹街市里的兴致。我踱步在购物中心里，一如既往地放纵自己每次回国时那份潇洒的购物欲。看到一条飘逸的棉麻连衣裙，我大大方方地拿起到更衣室里试，满意之间我瞟了一眼那价格，却让我倒抽了口凉气。真不知是欧元作祟还是国内通货膨胀，想着这价钱我在慕尼黑的闹市里也都可以任意挑拣了，往日那份对于自己来自欧元区的优越感顿时烟消云散。

正当我忙着梳理一下自己这次带回的欧元该少买几套衣服少下几顿饭馆时，一位多年未见的老朋友来电约我吃饭。虽然现在在外面吃饭也贵了不少，但是朋友点的菜还是老特色：活色生香的佳肴，专门用来安抚我们这些患了味觉受虐症的海外游子。朋友请我来吃这顿饭，原来是另有用意的。他还把他的妻子带来了。原来他们几年前把其唯一的掌上明珠送到欧洲留学，孩子却不小心和一个德国小伙子擦出了火花。孩子她妈想不通呀，说什么也不愿意，朋友就想我给他们来指点迷津一下。

没想到我还没来得及提起筷子好好品菜，朋友的妻子便一个劲地向我了解德国的风土人情，以及德国人的收入情况消费习惯等等。我在囫囵吞着一盘盘海鲜之间解答着她的一个个疑难，然后让她放心，说德国没有要露宿街头的穷人的。她却抽泣着说，这个德国小伙子都三十好几了，一点积蓄都没有，刚刚在中国申请到了一份工作，准备搬来和她女儿相厮守了。女儿买房子付首期也是问父母要钱，说男朋友没钱。这位母亲重重复复说了一句：“我真不知道这个德国人缠着我女儿有什么企图？！”

我为她的话大为惊愕。真是今非昔比呀！十多年前若是一个中国女孩找了个德国小伙子，大家都会羡慕地说这女孩命好呀，以后就等着住洋房享清福吧！如今我们这个不爱存钱的德国小伙子，却要被其中国“准岳母”戴上有色眼镜来审视其“不良企图”来了。

回来后，我把朋友的故事讲给母亲听，她显得非常激动。她说，先别提钱的问题了，一个独生女儿，哪个母亲舍得把她嫁到外国去，特别是德国，一个父母不能跟着移民的国家。日后如果女儿跟随德国丈夫回德国定居了，留下这父母独守，情何以堪！

“妈，你别以为所有的父母都像你这般执着的。你看我们小区里的杨教授夫妇，不也是把他们唯一的孩子送去澳洲了吗，澳洲是移民国家又怎么样，人家杨教授还不想去那里。二老把自己的日子过得有滋有味，孩子四五年也难得回来一趟，定期来个电话便把他们乐坏了。”

“你以为他们真开心吗？前一阵子杨教授生病住院，还是你哥哥帮忙找了熟人的呢。人老了，孩子不在身边尽孝，怎一个凄凉了得！”母亲说的是大实话，我不得不承认。她坚定地守着这些最旧式的思想和情感，且从来不为自己的“落伍”羞惭。

我还没有好好消化掉朋友的这顿饭，刚刚升职去了上海的姜子，也给我打来了电话，问我什么时候可以回德国。然后她慢悠悠地告诉我她要去德国结婚了，希望我回德国休息一天后就去参加他们简单的小婚礼。

我条件反射地问了她一个问题：“你的父母，他们同意你们的婚事吗？”

“呵呵，他们啊，都说无所谓的，最重要的是我开心。我也从来不会担心他们，他们身体也好。我担心的，倒是自己嫁到德国后的日子怎么过。”

我还是不放心地问：“你真的想好啦，愿意放弃你的总经理不做啦。”

她说：“所有的人都觉得我该这样做，我也担心自己不这样选择以后会没有机会了，要后悔。再怎么说，他是那种能一起过小日子的好男人，在国内，像我这个年龄，很难遇到这般疼爱我的专一男人了。”

我为她的终于“开窍”而松了一口气。

可她接着往下说，“不过，我已和他达成协议，我结婚后，就又回上海上班。我想再干一年。我实在舍不得放弃我的工作，虽然工作很辛苦，但是也很有成就感。”

“他同意你这样做啊！”我有点大惊小怪地咋呼起来。

“他为我牺牲一年，我却要为他牺牲或许一辈子。有什么不同意的理由?!”我感觉到，她内心里还是为自己抱不平的。

六月份，我们从中国回到德国后便去参加姜子的婚礼。婚后的姜子，挎着新郎来我这里“回娘家”。她一坐下来，便眼眶红红鼻子酸酸。她说很不喜欢新郎买的那套旧公寓呀，和自己想象中的欧洲生活出入太大了。她要牺牲国内的高薪工作来这里做小妇人，也希望物质条件能比国内更吸引人才行呀！我劝她：“在慕尼黑能买套公寓也不简单呀，你若真不喜欢，把它出租或卖掉了，你们再去租套你喜欢的花园房子来住一样可以的。”

我不知道自己的劝解有没有作用。其实，我们都已经是成年人，都很清楚自己追求的是什么。女人当然总会往最完美里去编织自己的愿望。如果中国女人为钱而嫁，其实真不需要嫁个德国人，现在世界上的有钱人很多就在中国，中国人是最会也最舍得物质享受的。嫁到德国来，除了这里天空湛蓝些，房子整齐点，你还要忍受乡愁，忍受文化障碍，除非你真的是为情而嫁，要不真划不来！

我相信，像姜子这样简单善良的人，她遇到的这些“势利”的心结，也是很正常的。我们也无需做一个完美的人。祝愿她能好好珍惜丈夫对她的理解和爱护，一年后能带着新生的激情，继续在德国的生活。

4 德国妇女再就业

从姜子的婚礼上归来后，我们去养老院把婆婆接回家。

婆婆正坐在阳台上做填字谜语。她看见我们，也没有那种久别重逢的惊喜，好像和我们只是相隔一天没见似的。倒是我，为她脸上红润的气色清爽的精神感到放心——看来，她还是挺享受在这里的日子的。

我们打开她的柜子收拾衣物。她一脸不解地问："你们怎么把我的东西随便拿走？"

孩子们大声欢叫："阿嫲，你要和我们一起回家了。"

"我不去你们那里，我要在这里。你看看，我在这里有这么舒适的房间，这里的人对我那么好，他们不会让我走的。"她那乐不思蜀的神情让我们忍俊不禁。

"阿妈，当初让你来这里，你还说要从窗户跳下去呢，现在，你又舍不得走了。"我向她打趣。

"你们胡说，我哪里说过这样的话了？"

爱德华在收拾行李箱，我把她的皮鞋拿过来让她穿上。她的双脚依然浮肿，特别是她那畸形的大脚趾，又红又胀，根本不可能穿进皮鞋里去。我只好让她继续穿上她那双我用橡皮筋放宽了鞋面的拖鞋，把她的助步车推到她面前。她不情愿地站起来，跟着我们走出房间。长长的走廊里，当有护理人员从我们身边走过时，婆婆便停下脚步问："你们有没有告诉他们，我要回埃尔福特了？要不，他们在房间找不到我会着急的。"

“阿嬷，我们不是去埃尔福特，你和我们回家。”粤子走过来拉着她的手臂。

“噢，我的小宝贝，阿嬷不能老陪着你们的。阿嬷也有她的房子要回去住的，哦，还有我的那些去洗桑拿浴的女朋友们，她们都等着我回去呢。”一提起埃尔福特，她总是那个精力充沛的样子。

“如果你表现好的话，我们在暑假时会和你回埃尔福特一趟的，阿妈。”爱德华说话了。

“太好啦，埃尔福特，阿嬷的家，我们又可以在沙发上翻跟头了——”小娜莎抢着叫嚷起来。

“嗯，阿嬷的家，永远欢迎我的宝贝们！”婆婆也被小娜莎的快乐情绪感染，觉得自己现在便是坐在埃尔福特舒适的家中，烤好了蛋糕，烧好了土豆等待她的孙女孙子来访。

把婆婆接回家的第二天，我带她去家庭医生那里做检查。医生看着她的双脚，皱起眉头来，他叮嘱我需把药的剂量多加一倍，然后白天要让她尽量多把双腿架起来平放着。他还开了一张处方，让我到小镇专门的医疗鞋店去给她定做一双“合脚”的鞋。

鞋店的老板娘，摸着婆婆的脚连连惊叹：“我可怜的亨氏太太，我这辈子见过的问题脚不胜其数，像您这般阵势的，还是把我吓一跳。幸好您有我们，我一定让您拥有一双舒适的鞋子。”

婆婆“呵呵”乐起来了，她说：“我这双脚啊，本来是一双魔脚来的，它们能给我磨出最合适的鞋子去走万里路的。”

“这哪里来的道理啊？我的亨氏太太，从来只有鞋子去适合脚，哪有让脚去磨合鞋子的事？”老板娘更加咋呼了。

“嗯，我这辈子就是这么过来的。我的脚磨合我的鞋。只是现在，这双脚再也不听使唤了，再也没有力气去磨鞋了。所以，我便要坐在你这里啦。”婆婆还是笑意盈盈地看着鞋店的老板娘。

老板娘摇着头，转身回到里屋去。一会儿功夫，她从里面走出来，手里还拿着一个纸盒子。她走到婆婆跟前，打开纸盒子，里面是一双居家布绒鞋，样式非常厚实舒适。

“您先试试这双鞋子，在家里穿很实在的。您看，鞋面够高够宽，还有这个鞋带能按照您脚肿大的程度来调解松紧。”

婆婆很轻松地便把她的双脚塞进鞋子里了，她扣紧鞋带。她的脸上溢出一片祥彩：“啊，您真是我的救世主！”

活到八十八岁的婆婆，第一次试穿上一双如此合适的新鞋子，一双不再需要她的脚去磨合的鞋子！

我高兴地搀扶起她，慢慢踱步出去。虽然她每行走一步，身子都会被肿胀的疼痛折磨得晃动一下，但是，她从不习惯去大声呻吟一下。最多，在她忍受不了的时候，会无奈的喊一声：“我到底怎么回事了，这疼痛，锥心地刺着我哪！”

我希望这些折磨她双足的疼痛可以快点得到缓解，要不，暑假和她出行的心愿，便只能是一个空想而已。而且，我还有另一个更重要的计划——秋季参加一个为期半年的再就业培训，这个计划实现的前提，是婆婆的身体状况起码能维持目前的状态。

是的，我准备着慢慢出去工作了。

经历过2008、2009年的金融危机后，德国在2010年迎来了20年来未有的经济繁荣期，它以2%的经济增长率高高领头于欧盟各国。伴之而来的因为人口老化等原因造成了专业技术人才的大缺口。德国不是像加拿大、澳洲等移民国家般靠人才进口来保持发展，它在技术移民政策上还是个小学生。政坛上各方政党关于是否吸引外籍技术人才来德国的争议，经常是闹得不可开交。保守派认为：德国不需要技术移民，自己可以在国内的三百多万失业队伍里培训自己需要的技术人才。

无论前德国总理施罗德的《2010议程》曾如何激起人们的抗议，有一点成绩是不容置疑的：劳工部门设立了独立运作的“劳工机构”，负担起职业再培训的任务。它不只是针对一般的失业人员，对德国社会的一个特殊群体——母亲，也没有漏掉。而这样普普通通的一件事，让母亲在给孩子无私地奉献了自己的青春后，发现社会并没有遗忘她们，其实是对为人母者极大的激励。德国的女人一旦踏入妈妈的行列，每生一个孩子就享有三年的产假，这三年内，原来就职的公司要保留她的职位，养老保险公司把这三年也当作工龄算进去。一般的德国妈妈，如果不是因为经济原因或者出于对职业的万分热爱与不舍，都会愿意在家陪伴孩子三年，直到他们进幼儿园。于是，在儿童游乐场里，一起碰头的妈妈们，有生物工程博士，有建筑师，有政府公务员，也有卖面包的。妈妈们看着孩子们的眼神都是如此澄净，无论她们藏着多高的资历，在这里，大家都是简单幸福的女人而已！所以，我这个连一封德语信都写不好的人，混在这一堆精英妈妈之间，也渐渐模糊了那份失落感。

即使在德国做全职母亲很光荣很快乐，但是也改变不了德国政治家年年都要面临的难题：德国的低生育率，特别是职业妇女的低生育率。

虽然，在孩子进了幼儿园后，很多妈妈就开始回到工作中去。不少公司都可以提供半职（即一周工作20-25个小时）工作给这些妈妈们，这样，有利于妈妈们工作家庭两不误。可是，这些半职工作多不能在公司里胜任举足轻重的职位，它的待遇肯定也大打折扣。这也就是很多职业女性不愿做母亲的缘故。几年前，身为七个孩子的妈妈冯·莱恩夫人就任德国家庭部长期间，为了能提高职业女性的生育率，实施了“父母金”制度：即在孩子出生后的14个月内，父母双方可以轮流在家全职抚养孩子，并同时领取父母金。这在很大程度上解决了年轻职业妈妈在经济上的顾虑，从表面来看，大家都觉得这个制度会帮助德国引来新一轮的出生潮。然而，一年比一年低的出生率打破了政府的美梦。

我在为人母前并没有一份正式的工作，所以，我虽然也和别人一样做着全职妈妈，可是我没有公司为我保留一个职位。如果我想重回职场，我必须靠自己的努力重头来。

劳工机构提供的再就业培训机会，其中不少是免费的，他们所提供的培训课程，也是从机械制造到经济管理，范围极广。如果你符合规定的条件（如完成了孩子“抚养期”要重新再就业，或者是在登记的失业人员等等），你就可以申请适合自己的课程去学习。

我在慕尼黑申请到一个专门针对有移民背景的人提供的再就业培训课程。这个课程不但是针对我在财务专业上的知识更新，还专门设有德语强化课，它是得到慕尼黑市政府资助的项目，参与者不需缴纳费用。我要是参加这个为期半年的培训，还能得到劳工机构给我发放的孩子补贴。

虽然说作为一个在德国的外国人，特别是做了母亲的外国女人，因为语言等问题，其就业机会受到很大的限制，但是，不能否认，德国社会其实一直向我们敞开着大门。如果我们愿意，我们还是可以在这个国度找到一处属于自己的位置。我从来不拒绝这个国家以“学德语”来作为对外国人融入这个社会的基本要求，你如果生活在别人的国度里，那么，说这个国度的语言，体验这个国度的文化，是对你选择生活在这个国度的最基本的尊重。

就像我的婆婆，她一生里所选择的，是用她那双有点畸形的脚去磨合出一双双舒适的鞋子来，而从来不要求别人，甚至不会去要求她那鞋徒出身的丈夫为她的脚定做一双特别的鞋子。

再说，活到老，学到老，这是我一直遵守的格言，我为自己有继续学习的机会而开心。有些时候，女人就业并非像男人般需要担负养家糊口的重任，但是对于我，一个曾经受过高等教育的女人，因为外嫁到一个陌生的国度，能通过出去工作与这个社会保持着联系，即使只是拥有一份普通的半职工作，其实也会让我在异国的生活更愉快了。我并不会小看自己在异国他乡能保持愉快心情的作用——只有这样，我才能更好地扮演自己的角色：女儿，妻子，母亲，儿媳。

我对婆婆说起我秋天要去参加培训的事情，我给她打气：“阿妈你快点好起来，这样我才放心把你留在家里半天啊。”

婆婆显得很兴奋：“是吗？好啊，好啊。我聪明的小鑫，我这个老太太不会去拖你的后腿的。你要做什么，就去做。你的生活是属于你去掌握的。

你们其实可以把我送回埃尔福特的，我一个人可以照顾好我自己的。”

凭着与她七年的相识，两年多的朝夕相伴，我有足够的理由相信，生性倔强的她，说的这番话都是真心话。得与失总是相辅相成的，我们为了照顾她而付出的，其实，她一直绵绵不绝地以她的方式回报给了我们。婆婆对这个家来说，是一个气场。有她静静地坐在沙发一角，静静地折叠衣服，或者和孩子一起阅读，或者自己在看书读报，这个家便有着异乎寻常的完整性，我的心便会更安宁。

5 背负沉重历史的德国人

2010年南非世界杯足球赛，也在这个六月里拉开帷幕。

我真正看足球，也是从2006年那届在德国举行的世界杯开始。当时是因为周围的气氛太令人感动，大街上的汽车，小区里的窗台，到处都是黑红金三色旗飘扬，你身处其间，不能不为之动容，于是我便也陪着爱德华在那喝啤酒看球。当德国队在半决赛的加时赛最后一分钟被意大利击败了，绿茵场上巴拉克队长的泪淹没了整个德意志时，我就笃定自己以后做一名德国球迷。

可是，命运总是爱捉弄人。在南非的世界杯就快要揭开序幕之时，一个极其没有体育道义的脚踢向了巴拉克，他因为伤势错过了南非赛事——梦就此破碎，他的梦和我的梦。我怀着一股酸楚来继续支持这支没有老队长巴拉克带领的年轻队伍，我想在他们身上还继续听到巴拉克的声音：“小伙子们，抬起头，挺起胸，齐踏步！”

没想到，这届世界杯赛场上，这支年轻队伍却让整个世界震撼了。他们不仅多了一份智慧与心思，而且这支年轻的队伍还是一个多元文化大组合的精英版！23名国家队员里，11名队员是有移民背景的。德国如今是一个每五个人里就有一人，甚至小孩当中每三人就有一人带移民背景的国家，在法国等一些还在头疼着移民融合问题的欧洲国家里，这支足球队起着多么大的模范作用，大家可想而知。甚至，那刚刚出炉的才五十岁的德国总统沃尔夫也说，政治家们要向年轻的德国国家足球队学习，学习他们的团队精神与拼搏精神。

我不知道人们爱谈论的足球精神，到底是指什么。但是对于我这个居住在德国的外国人，足球精神也许就是能让我心甘情愿地去支持这支多文化组成的德国球队。

当然，足球最终也避免不了它的依赖性，它体现的不只是体育精神，它还是能带动经济发展的发动机，它还可以变成和政治紧密相关的难兄弟。在八强争霸战里，德国队要和英格兰队决一死战。同样是欧盟里的兄弟，但德国人知道，这个在直布罗陀海峡那岸的兄弟，在过去的六十年里，对德国还是怎样的耿耿于怀，媒体上“纳粹”一词是如何轻易地就吐出来。这场足球赛前，英格兰是以何等壮烈的热情去支持自己的球队，人们可想而知！

我也是怀着忐忑的心情来追踪这场赛事的。

英格兰队自从1966年以那个“争议球”从对手德国那里捧走了世界杯后，便与世界杯冠军绝缘了。这次也不例外，要提早回家。宿命也好，残酷也罢，这场比赛里裁判在关键比分上的一个误判，就注定了英格兰的士气不能再振。很奇怪，球赛以后，那个误判球以及那个瞎眼裁判成了人们议论的焦点。而对当时长达90分钟的精彩赛事，特别是德国队那近乎完美的团队配合与速度，人们已经淡忘。大家只记得：当那个误判球弹入门内，德国守门员是如何把他紧紧捧在手里的。在网上，看到有人骂他不忠诚，狡猾，没有德意志民族的诚信，甚至有激烈之声音在那声嘶力竭：德意志，别让我再相信你！支持英格兰队的一些球迷，甚至狠狠地骂一声：纳粹！爱与恨的感情，都是无法度量的。有一刻，我深深地为德意志感到悲哀。虽然，二战以后，德国对受害国该赔偿的款项都尽力赔偿了，以后每年都会有政要人员到前纳粹集中营纪念地默哀致悔，几十年如一日，时刻提醒今日民众勿再重蹈覆辙，如此诚恳认错了还是洗不掉周边邻国心里埋藏的深怨，一到关键时刻又要重揭那块伤疤。

是的，无论在战后重建中，踏实能干的德国人如何让自己的国家重新崛起为经济巨人，也不能让他们有扬眉吐气的自豪感。他们害怕别人提起“纳粹”的字眼，那是一页难以让人打开的历史，因为里面只有自己犯下的血淋淋的人类耻行。

对这段历史，德国人变得如此敏感，如此不堪一击。几年前，一名电视台女主持人因为在自己的新书里说了一些希特勒的“好话”，称赞希特勒的家庭政策，沿用至今的“孩子金”就是希特勒时代的产物。同时，希特勒时期的德国还盖建了很多高速公路。她的话一出，马上遭受工作合同解约，所有的媒体界人，都自觉地和她“划清界限”。

这其实是现代德国心态的真实写照。二战的阴影挥之不去，今日的德国人在缝隙里寻找有限的平衡。我开始有点明白，为什么爱德华对他的祖国，对他自己作为一个德国人，从来不会像我们中国人般，大大方方地来一句“我爱我的祖国，我很自豪我作为德国人”这样的话了。

让这个民族更难释解的，还有现在的欧元危机：

自从2009年底，以标准普尔为首的三大美国评估公司突然公布了其对希腊政府偿债能力的降级，整个金融投机投资市场信心马上受挫，仅占欧元区经济总量2.5%的希腊经济，带领着欧元一路探底。人们还没从2008年的金融危机喘过气来，就又开始了新一轮恐慌。德国是欧元区老大，劫富济贫、保持平稳向来是欧盟的精神主旨，别的国家出事了，谈起援助来德国一马当先。无奈德国自身也泥菩萨过江，于是就出现了一些关于救与不救的争论。甚至有偏激者提议希腊应当把其一些无人居住的小岛出卖抵债，引起希腊高层阵阵愤慨声。他们口口声声地抗议德国，说希腊经济如此萎靡不振是因为二战期间纳粹抢掠尽希腊财富。轮到默克尔总理夫人出来说话了，她委婉地告诉全世界德国二战后对希腊的赔偿费有多少了，然后力促希腊出台其政府支出削减计划。

在这场混乱当中，一开始人们只是一个劲地关注着当事人的纠缠。直到火越烧越旺了，大家才开始去考虑问题的始作俑者之一：那些裁判评估公司。人们醒悟过来，大西洋彼岸一直对欧元虎视眈眈的美元，那美元货币发行权的拥有者，它的财政赤字比希腊还要烂，为什么它就可以一直享受好的评估级别?!

以默克尔夫人为首的德国政府，为了一个共同的欧洲，共同的欧元真所谓是倾尽其囊而后快了。人们说，这个欧元援助计划，不是北欧的国家援助南欧国家，而是穷人援助富人。因为援助的钱来自德国等这些国家人民的纳税钱，他们却是用来挽救银行的倒闭，换句话说，是挽救银行各大股东。南欧的民众，其实还不一定能从这些援助中得到属于自己的实惠，所以，钱虽然流出去了，但只要德国一发出请求南欧民众勒紧裤腰带过日子的要求，便遭到民众的怨愤，甚至给默克尔夫人画上希特勒的胡子，穿上纳粹的衣服。

对于一个中国人，看到这样的场面，心里很自然地会不由自主地偏向德国的。同样是二战法西斯主义受害者的中国，我们甚至没有从日本那里得到哪怕是一声道歉。一个民族，当他能够学会从罪恶中苏醒，便竭尽全力去行善时，他还是会重获我的尊重。

穿插在世界杯赛事之间的电视节目，这些日子里对我们都缺乏了吸引力。只有婆婆，她还会在一场球赛结束后，继续坐在电视机前，直到爱德华走过来把电视开关按下，她才如梦初醒般，从别人的世界里回归。

这天，电视里播放的一个节目，是关于德累斯顿圣母教堂的一部纪录片。婆婆看着看着，竟然把厚厚的眼镜摘下来，揩了一下眼角。爱德华把这一切都看在眼里。

“阿妈，下个月我们先去德累斯顿走一趟，然后再回埃尔福特吧。”他说。

“当然乐意奉陪了！”婆婆不假思索地一口应承下来。

于是，这个暑假，我们带上婆婆一起到了德国东部的老城德累斯顿游玩。

婆婆一路上激动不已："德累斯顿啊，我年轻时骑自行车从埃尔福特去的呀。"

我不敢相信："埃尔福特到德累斯顿，二百多公里的路程，你骑车去？"

她不理睬我的疑惑，继续着她的回忆："我和我的女朋友，把自行车往河岸一放，便跑进圣母教堂去。"她说，和埃尔福特大教堂相比，德累斯顿这座巴洛克风格的圣母教堂更多了一番浪漫与优雅。

其实，"巴洛克"本来就代表着一种艺术风格。这个词来源于葡萄牙语barroco，意思就是一种不规则的珍珠。它允许人们用无尽的激情和丰富的想象力，去创造出一种优雅与浪漫共存的艺术，可想而知，当年婆婆正是情窦初开的花季少女，她狂热地爱上这座圣母教堂，爱上德累斯顿，是很自然的事情。此后的几年，她几乎每年都会骑车到德累斯顿去一趟。

说起德累斯顿，便也会勾起婆婆对1945年那个情人节前夜的记忆。那个晚上，一排排的飞机划破了埃尔福特市的夜空，向着德累斯顿的方向飞翔。战场上的夫君音信全无，她心绪饱受折磨，听到这些轰鸣声，她彻夜难眠。果然不出所料，第二天，人们就传说着德累斯顿被空袭的消息：一个被誉为易北河的"佛罗伦萨"，为音乐家巴赫青睐不已的艺术城市，它有着美轮美奂的雄伟建筑以及名画珍藏，一夜之间几乎被英美联军的炸弹夷为平地。老城中心，瓦砾片片代替了优雅的雕塑，那座圣母教堂当时未受到直接轰炸，但四周围的硝烟焰火，使得气温持续在数百摄氏度之上，轰炸过后的第二天，圣母教堂支撑不住了，终于也如小孩子搭建的积木般轰然倒地，从此这颗不规则的珍珠被埋葬在废墟里。和美军投原子弹的广岛不一样，广岛是日本军国主义的重要军工产地，所以成为袭击对象情有可推。而德累斯顿一直不是德国纳粹放在重心的城市，这里没有强大的军事防御，只有来自四方的许许多多战争难民以及平民百姓。况且，英美联军空袭之夜，苏联红军离德累斯顿只有50英里之远，如果从战略意义来说，这一空袭举动的确是有"战争罪行"之疑。然而，德国纳粹给世人带来的灾难太重，以至于德雷斯顿的平民们只能深深压抑着这份家园尽毁的伤痛。

2005年，当德累斯顿圣母教堂的重建工程终于完成，重新以“世界上十大美丽建筑之一”呈现于世人面前时，对着电视机里的圣母教堂，婆婆就激动得数次抹泪。

爱德华当时便许诺，以后有机会带她重游德累斯顿。然而，生活的忙碌，让我们渐渐淡忘了这个诺言。

爱德华也知道，他的母亲身体每况日下，如果再不抽空去趟德累斯顿，也许他自己以后想起来了，会心里有憾。

在一般德国人的眼里，一座城市美丽与否，不在于她是否拥有法兰克福式的现代金融中心大厦，而是人们是否能在她那里读到千百年的历史。历史是魂，现代是壳，德国人不愿意轻易让现代遮盖历史。几年前在慕尼黑市有人欲兴建一座高达一百五十米的办公大楼，市政府实行市民投票来通过，结果终以多数人反对在慕尼黑盖建高于一百米的建筑物而未能通过。慕尼黑的标志性建筑——位于市中心的圣母教堂高达九十九米，这个高度在很多人心目中是具有不可超越的神圣意义的。

二战后的德累斯顿，在东德统治下的四十五年里，因为经费等问题，老城中心一直只保留废墟的状态。人们站在这堆废墟前，灵魂都会受到震撼。德国统一后，开始了老城中心的重建工程。一个老城的重建就是要找回这座城市的魂，于是，从曾是萨克森王宫所在地的德累斯顿城堡到德国巴洛克国宝级建筑茨温格宫，都是力求还原其最真实的旧貌，包括那份历经岁月沧桑的黑砖灰石样。完全不知道历史的年轻一代，站在河岸边最美丽的“欧洲的阳台”——布吕尔平台上左右顾盼四周景观时，定然想象不出这是些才不足二十年的新建筑！而了解其情的人们，除了对德国式的严谨执著感叹不绝之余，还会不知不觉间让自己掉进一个柔软伤感的泥潭里。

圣母教堂广场上，有不少马车在那等待游客。我们扶着婆婆上了一辆漆红木座椅的马车，车夫介绍说，他们的马车是按照当年萨克森帝侯奥古斯特郊外出游野餐用的座驾来仿做的，我对他们仿造技术的精确度深信不疑，于是一路上我就以一份帝侯妃子的愉悦来享受。婆婆看到布吕尔平台的石阶时，激动地喊：“那里呀，那里呀，我记得啊……”

“不规则的珍珠”本来是用来描述巴洛克这种风格的随意性与夸张修饰，但在德累斯顿老城里，这种“不规则”更为突出。且不说矗立在教堂古堡之间的起重机是一大风景，走进起重机所在的工地，你会惊见在建的地下室里有两个巨大石拱门，那还是被炸毁的地面建筑幸留下的“根”，令人就更舍不得换掉它了，人们对新盖的地下室就要围绕着这两个大石拱门来设计。从圣母教堂往易北河岸方向，有一条德国著名的美食街，这里云集了许多本土的，以及异国情调的餐馆，人们既可在这买来一份图林根香肠夹面包拿在手中边走边吃，也可以坐下来享吃一套精美的西班牙“Tapas”，等到夜幕降临，或许还有机会碰上一场“巴赫音乐会”。点点滴滴的风景都是那么随意，又那么融洽地配合起来，让人久久不愿起身离别。

站在古老石拱桥上回望圣母教堂，顶上金色十字饰物熠熠生辉，那是教堂落成时英国人专门制作出来赠送给圣母教堂的。旁边一老妇也如我般痴呆地盯着河面上嬉戏的和平鸽，我们便聊了起来。她说，圣母教堂重新落成那年，她就随老伴从科隆迁来德累斯顿居住了。她的老伴是德累斯顿人，那年城市被轰炸后，失去家所的他便离开了自己的家园，这一走就是半个多世纪。我问她喜欢在这里生活吗？她眉宇间露出淡淡幽怨，说不喜欢这里。因为这里的亲戚在她的生日会上不会尽情欢笑，只会冷静礼节地干杯了事。她说，悲伤的过去不会轻易流走，这里的人就是和我家乡的人不一样。

我无语以答。而其实，作为一个旅游者，我也深深地被这个城市的伤痛历史浸染，也欢笑不出。甚至有一刻我在想，如果要让我在这里生活，我是否也会成为一个寡欢的人——即使这里有最美丽的西斯廷圣母守候，我也抹不掉那份曾经沧海的落寞？

在德国，像婆婆那些从“战争年代”过来的人，他们这一辈子，从来没走出过战争的阴影。战争总是政治家们打着国家和人民利益的旗号去挑起的，最终的受害者，也还是自己的国家和人民。

6 养老上门护理

九月份，世界上最大的民间节日——慕尼黑啤酒节来临。当人们在觥筹交错之间放任自己的酒量时，我的日子却也像酒后的醉汉般倾斜起来。

婆婆日渐不能自理，不但被褥经常一摊尿迹——以前，她还会在晚上频繁起床如厕，现在，她一躺下来便十个小时不愿去动弹，容量再大的纸尿裤也承受不了她的懒惰，她一旦上完厕所后，洗手间更是奇味难忍。每天早上，送完孩子去幼儿园后，回来我便要给她洗澡。无论别人听起来觉得我这个能和婆婆共住的儿媳妇多么可贵，我发现自己的本性还是在肆无忌惮地暴露：再怎么敬老，毕竟不是自己的亲生妈，在给她洗澡时，我做不到甘之如饴，而是一手捂着鼻子一手给她冲洗，用最公式化的动作来履行孝道而已。遇到她像个小孩子般拒绝洗漱时，我更像爱德华一样，没有耐心说些好言好语来规劝，常常就是连拖带拉地把她弄到浴室去罢了。

每次，她都会在那里嘟哝个不停，说为什么不让她回埃尔福特去呀，说为什么要把她当小孩子呀……

如果真能把她当做小孩子，那么她或许无需对我们有怨言了。问题是，当我们的孩子尿湿屁股时，我们会笑着去为他擦干净，可换了是婆婆，我们捂着鼻子打开窗户还嫌不够。当我们的孩子没力气继续走路了，我们会紧紧抱起他直到胳膊酸疼，可换了婆婆，我们声嘶力竭呼唤她脚步加快点再加快点。当我们的孩子把草莓酸奶藏在被单里，我们会觉得这是天真无邪，可换了婆婆，我们忍受不了她把脏尿布收集在她的化妆袋里。

那天，爱德华和我讨论婆婆时，我们都很伤感地提到一个话题：如果我们真的承受不了生活之重，是否，该送她去养老院？我了解爱德华，婆婆高龄得子，母子情深，不到最后关头，他不会放她走。

再说，孩子们成长的岁月里，有个老人相伴，是他们莫大的福气。

虽然觉得这日子辛苦，可我已经习惯了客厅的角落里有个老人，静静地坐着为我们折叠衣服；已经习惯了当自己气急败坏地乱发脾气时，总会传来一个声音："这有什么好生气的，有比这更糟糕的事儿呢"；已经习惯了自己每次端上一盘随意做好的饭菜，她都会由衷地感叹："真是个了不起的艺术家。"

我的再就业培训课程也要开始了，我们最后还是决定为婆婆申请上门护理这项服务，继续把她留在家里。

上门护理这项服务，德国近年来发展非常迅速。越来越多的家属，为家里的老人护理选择这种方式：即护理机构每天上门对老人进行护理，范围从给老人洗澡，准备早饭的生活护理，到配药，换洗绷带等等医疗护理工作，护工都会去做。德国是一个日渐"衰老"的国家，一方面，越来越多的老人需要得到护理，另一方面，却往往得不到足够的护工来做这项工作。这种家属和护理机构互相协助的方式，不但在一定程度上缓解了护工短缺的难题，也能适当地保证老人以及家属的生活质量。

当然，这些服务的价格都不菲，每一项护理工作的收费都列得明明白白，如梳头2.50欧元，洗澡15欧元，剪指甲5欧元……我给婆婆申请了每天大概四十五分钟的身体护理服务，只是工作日时的每天早上需要护工来。一个月下来，他们也给我们开了近700欧元的账单。因为社会护理机构的贝克夫人早就告诉过我，在这种情况下，家属可以向保险公司申请一个妨碍金，因为照顾老人妨碍了自己的正常工作和生活了，我们可以得到医疗保险公司的一定补偿。这笔妨碍金一年大概有1500欧元，我们可以用这笔钱来支付部分上门服务的护理费用。等这笔钱用完了，保险公司就对上门服务护理费用进行"合并处理"，即原来因为护理级别每个月划到婆婆账上的那笔补贴，就要划到护理机构那里了，用来抵销部分护理费用，其差额部分，还是需要自己负担。一般来说，老人若没有能力支付，那么他们的孩子要支付这笔费用。当然，孩子支付的金额大小，也要根据他的收入情况裁定。如果连孩子也没有能力支付，那么最后政府要出面买单了。

除此以外，我还给她申请“健忘护理”。这个服务的内容，包括每周定期有人上门来陪她散步，聊天，讲故事，做游戏。小镇的社会服务机构还会定期组织几个老人一起相聚大半天。

当我们把一切申请护理手续办理好，便大大松了口气——我想着，这样一来，我们该轻松一下啦。专业的护工应该懂得如何把难缠的婆婆说服的。

来护理婆婆的是四十多岁的亚当夫人。她身材高大，说话极快，动作也很麻利。要给婆婆洗澡时，她更是二话不说，扶起婆婆便径直往浴室里走。婆婆一边吃力地跟进一边嘟囔：“要把我弄哪去？要把我弄哪去？”她虽然糊涂，可还没有到不认人的地步，所以在外人面前她还是知道不可以乱使性子的。这样，这位风风火火的护工便还是每次都可以按照她要求的速度给婆婆洗漱完毕。

虽然她把我从“火海”里救出来了，我却对她没有很大的亲切感。我总觉得她对婆婆所进行的“机械操作”流程太缺乏人情味了。

婆婆接受亚当夫人的护理服务有十来天了，这一天亚当夫人告诉我，她要转到养老院去工作了。代替她来护理婆婆的，是巴莱特夫人。我按捺不住自己心里的阵阵喜悦，和她道别后，就开心地盼望着巴莱特夫人了——有一刻我甚至想着，是否真有神灵在上，读懂我心中的疙瘩了，也许现在要给我们安排一个更合心意的护工来呢！

第二天，我特意在家里等待这个新护工来。

巴莱特夫人长着一张诱人的阳光脸庞，那泛着赤铜色的皮肤不但给人健康的感觉，还散发着一股诱人亲近的巧克力香味。她和我握手问候后，便开始在房子里搜索：“她在哪里，你的婆婆在哪里？”我领她走进我们的卧室，她还赖在床上不愿起来呢！只见巴莱特夫人走进去，她抚摸着婆婆的头发，俯下头轻语："亨氏太太，你看看，我给你带来阳光了！你可要起来接住啊，要不，我会消失的！"婆婆睁开迷蒙的双眼，麻木地盯着眼前这张新脸孔。巴莱特夫人顺势把她扶起来，她一边从包里拿出一只护理手套套在左手上，一边说："阳光刚刚照进了浴室，那里可温暖了，我们到那里去坐坐?！来，我扶你进去！"她笑意盈盈地看着婆婆，并用不戴手套的右手不停抚摸着婆婆的手臂，好像真要把那温暖阳光传进她的体内去。

说也奇怪，婆婆乖乖地看着她，笑了起来："好呀！我总是觉得很冷的！我太需要阳光了！"于是，巴莱特夫人扶着婆婆慢慢走进了浴室。她们一边走一边说着关于温暖阳光的话儿。隔着浴室关闭的门，我还听到巴莱特夫人那温柔的声线："你看！这水多暖和。洒在身上是否有躺在太阳底下的感觉呢？"时而还伴随着婆婆的笑声。我不禁微笑起来。

当巴莱特夫人把婆婆舒舒服服地安置在客厅沙发上时，婆婆还意犹未尽地看着她微笑："你真是个好护工！和你在一起真有趣！"我真切体会到这是她的真心话！我们总以为婆婆糊涂了，就总不能用耐心来对待她了，于是，便忽视了一个老人对关爱的需求。而这个巴莱特夫人呢，却是一个天使。

十一月份，我正式开始去参加培训。培训的地点在慕尼黑市中心，每天早上，送完孩子们去幼儿园，我再去赶火车。中午下课后，我赶回家做饭给婆婆吃。下午，我去把孩子接回来。我的日子像是上紧发条的时钟，每天在密密的嘀嗒声里流走。我喜欢自己的世界开始慢慢变大。

克丽丝汀是社会服务机构里专门为患健忘症的老年人服务的护工。她每周有两个下午会来陪伴婆婆一个小时，她会陪婆婆一起唱歌，会给她讲故事，还和她在院子里来回散步。克里斯汀年纪已有五十多岁了，她的孩子也和我年龄相仿。但她是一个总爱把自己装扮得很艳丽的人，她拥有一颗年轻的心。每次她都会对我体贴地说，你要是出去购物啊什么的，就出去吧，把孩子们也留在家里，我给你一起看着，我和他们一起讲故事唱歌！

我们都那么喜欢她！她总是在赞我，说现在能和婆婆一起住的媳妇是越来越少了，我们竟然还把自己的卧室腾出来给婆婆住，真是了不起啊。我倒觉得，我是沾了这个年迈婆婆的光，让我们接触到像她这般精彩可亲的人！

这些像克里丝汀般提供健忘护理服务的护工，大部分都是些义工或者五六十岁的家庭妇女，她们有爱心、耐心，懂得如何去逗乐老人。有时候，我自己都因为天天面对老给我们制造“麻烦”的婆婆，而没有激情对她亲亲搂搂了，但克丽丝汀每次见到她总会亲昵地抚摸她的脸，她的手，让她欢乐无比。

7 德国人的“排外臆想”

欧元债务危机的阴影似乎没有消失的迹象。不少人对这个只有区区九岁的货币，却开始失去了信心。爱储蓄、不爱买房子的德国人，在银行利率一降再降，在欧元一跌再跌的现实里，手中握着的这个货币让他们越来越睡不安了。

于是，人们开始寻找更让人心里踏实的投资项目。有的人转向黄金，有的人转向房子。

是的，房子。有房子的人，本来打算出卖他们不需要的房产的，现在突然宁愿手持房子也不愿意持着那前途未卜的欧元了。没有房子的人，只要能负担得起首期付款的，有稳定收入来源的中产阶级，现在也热心于购房了。像慕尼黑以及周边郊区的房价，再也阻挡不了往上摇的步伐。

已经断断续续关注了房产市场差不多两年的我，一直还找不到适合我们的房子——那房子要能在地面一层给婆婆腾出一个房间来的，保暖性要好，位置要安静，又要离火车站不远，还要在树林田野旁边，那房子要让我们负担得起……

我不止一次地对爱德华赌气：你对房子的要求和你的购房预算太不相称了，所以这个房子梦根本不会实现。能有足够大的地皮，在地面一层还能腾出一个房间来的，多是那种单栋大别墅。而爱德华已经很明确地说了，他不愿意做房奴，还银行贷款还到退休的时候。所以，他宁愿选择住小一点的房子，然后轻轻松松地去供完贷款，便足矣。虽然女人都会有住上大宅院的虚荣心，但是我还是属于那种能够把自己的贪婪或者好高骛远之心适当控制住的女人。所以每次赌完气后，我还是死心塌地地按照爱德华描绘的预算去找我们理想中的房子，但我却明白，某些理想的条件在需要作出让步时，便要让步。我没有忘记，自己当年为了寻找爱人，飞到离家千山万岭之外的德国，遇上爱德华时，他其实连我最基本的愿望——他可以在中国工作几年的——都不符合，可是我们最后不也走在一起了吗？虽然那份远离父母的遗憾一直藏在我心深处，可是，我不能否认，爱德华是一个能让我幸福的爱人。

我不但关注房子市场，还关注地皮市场。因为我梦想着，如果能得到一小块地皮，那么我们自己可以设计这个房子，可以把地面一层的客厅厨房弄小一点，以此腾出一个给婆婆住的房间。实在不行，我们还能自己设计安装出合适的楼梯，上面可以安装老人电动梯椅，把她送到第二层去的。

这一天，一个房产网站给我发来一条信息：“有一块地皮，本来是主人家的大花园来的，现在主人要划出一块地来卖。”我一看大小差不多符合我们的要求，再看看地理位置也不错，一百米外便是大田野，还有一条小溪蜿蜒而过。唯一的不足是，离火车站有点远，附近也没有公共汽车。我马上把这个消息转给爱德华，并说服了他同意去看这幅地皮。然后我和房产中介联系。

第二天，房产中介便给我回信了。他说，按照先来先得的原则，我们和另外一家可以去和地皮主人见面，然后主人再决定把地皮卖给谁。

“你们是最早表示有兴趣要买这块地的，所以我觉得你们拿到它应该没问题。”中介这样对我说。

我们兴冲冲地去与地皮主人见面了。

那是一对老夫妇，谈话的时候大家都很以礼相待，谈工作（人家想知道以后与谁为邻的嘛），谈孩子（都说有的德国人不喜欢孩子的，当然要考虑将来的邻居能制造多少分贝的交响乐），当然，我们还把婆婆的情况也说了。

没想到，第二天中介告诉我们，老夫妇说出于社会关系的考虑，选择把地卖给另外一家。

对这个解释我们觉得莫名其妙，特别是我，懊丧之外，还有点憋气。不过爱德华很无所谓，他说本来这块地就不是很理想的嘛，离火车站那么远，想想，如果要我每天开汽车去上班，这个生活质量不大打折扣了吗？

我给一个德国朋友打电话，把心里憋着的气告诉了他。我问："什么社会关系啊，会不会是因为我是外国人，所以他们才不愿意把地卖给我们呀！"

说实在的，我在德国这么些年了，从来没有往这个方面想过。

这位本身也娶了一个斯里兰卡女人的老大哥，倒在电话那头笑起来了。他说，德国是有种族歧视的现象，但是对于亚洲人，我还没听说过啊！德国人一般都很接纳你们这些刻苦耐劳的亚洲人的。他还补充，他的妻子在德国二十年了，也从来没听她抱怨过自己被歧视的事儿。

几年前，我曾经和姜子聊起关于德国排外这个话题时，姜子当时还说我是个活在蜜罐子里的人，说我从来没有在流水线上打过工，没有尝试过自己在德国社会上滚打翻爬，当然没有机会认识真正的德国人是如何的排外了！姜子当年是经历了在德国大公司流水线工作后发的这番感慨。她的这句话其实我一直记着。我想，等自己总有一天也出去翻爬滚打时，要学会保护自己。可是，我一些同样没有出去翻爬滚打的中国友人，她们也总能遇到一些觉得自己被德国人故意排斥的事情。在商店里买个东西，会被售货小姐截住掏包搜寻，因为怀疑她偷藏物品。去看个医生，觉得自己总是被潦草打发了，因为自己是外国人，可能德语也还不够流利。

于是，慢慢地，连我也不知不觉认为，这里真的会有德国人排斥我们这些外国人的。

所以，在这个地皮事件里，我会马上敏感地联想到这个话题。

听到德国朋友这样说起他的妻子，那一刻我马上想着，也许他的妻子也是一个活在蜜罐子里的人吧。但我还是决定同意他的意见。人在他乡，胡思乱想那么多干嘛，能简单点来活着就不要去把事儿复杂化了。

我刚把这件事撂下了，便收到朋友昆的电话。

“不行啦不行啦，这老太太欺人太甚了，觉得我这个外国人好欺负啊。我这次准备把她推上法庭了。”昆在电话那头气咻咻地叫起来。

昆几年前在慕尼黑找到了一份工作，她这个瘦小能干的单身母亲便带着两个孩子举家南迁。在一座20世纪60年代盖建的公寓楼里安下家来了。房东是一个守寡的老太太，她的刁钻与吝惜，在楼上楼下数十家住户里是人人皆知的。

年初的时候，她那厨房里高高挂在墙壁上的橱柜腾空而落，他们从国内辛苦搬运过来的那些中式碗碟，瞬间成了万千碎片，给她造成损失不少。她通知了房东老太太，房东居然可以半年不来看一眼，也不派人来修理。昆一气之下扣下了她部分租金。老太太这才惊叫起来，派来律师请昆上庭。一场官司打下来，让昆更为气上添火的是，租房协会匆匆给自己推荐的那个德国律师，在整个过程里就是缩头缩脚，还没上庭就已经做好了让昆败诉的准备。最后的判决是非颠倒，令人不快。昆忍字心头一把刀，把这事儿苦苦地吞下去了。两个月前，她自己买房搬家。

我还正想着要去参观一下她的新房子，向她道贺呢。真想不通她和房东老太太还能有什么瓜葛。

昆咽了一下口水，给我解释这阵子发生在她身上的“倒霉事”。

原来，她一个月前和房东老太太退房交接时，老太太一字一句地把交接记录写好了，说回头就给昆复印一份过来。过了些天，昆又催她要交接记录了，她才磨磨蹭蹭地从电脑上发给昆一份。可是打开的附件里，只看见有头两页。再过了些日子，最后一页交接记录发过来了，还附有一张二百欧元的账单。昆一看，老太太竟然在最后一页空白处私自添加了内容，说昆把两个柜子留在她的地下室里了，新的房客要求搬走，老太太花钱请人来搬走，这费用当由昆负担。而那两个柜子，数年前昆搬进去时，就已经立在那里了。昆真是欲哭无泪呀！二百欧元，小数目而已。可是那份侮辱，又如何能用钱衡量！

一个老太太，都可以这样明目张胆来欺负人，难道只是因为自己是个外国人？单薄瘦小的昆，告诉我，她这次是铁下了心，要把老太太推上法庭了。她说，即使法官大人又再一次说我因证据不足而不能胜诉，我也要起诉她。我不能让她认为自己的耻行是可以无法无天地膨胀的。

我这个在德国生活在蜜罐子里的人，也为昆抱不平，并大力支持她去争取维护自己的权益。

后来我和爱德华讨论这件事，对于这个房东老太太是否因为有“种族歧视”的情绪，才会这样欺负昆，爱德华不敢认同。

“也许那个房东老太太对待一个土生土长的德国房客，也一样会如此低劣呢。”爱德华说。

我微笑着赞同他的这个想法。仔细想想，“排外”的情绪，其实每个人都多多少少会有些。即使我们中国人身在国内，也会司空见惯那些家族内的人排斥家族外的人，城里的人排斥乡下的人，富豪排斥贫民，权贵排斥低贱。只是我们身为外国人，就马上很自然地联系上“种族歧视”的字眼了。于是觉得，只要这个政府不是由极端民族主义者组成的，只要法律给每个生活在这片土地的人同等的权利，那么，我们便无需害怕那些畏手畏脚的沙文主义者。

我那经历过纳粹时代的公公婆婆，不也是从一开始就对我伸开亲切的臂膀吗？以一个政府曾经做过的事来定义一个民族的善恶，永远只能走一条以偏概全的不客观之路。

8 礼物

2010.12

圣诞节前的一个周末，挤在熙熙攘攘的百货大楼间，我挖空心思地为家里每一个人的圣诞礼物折腾着。但是，不得不承认，我很享受这种累筋骨的洋罪。想象着亲人们打开自己精心挑选的礼物时那份开心，踏在雪地上走的那双腿也忘了酸痛。只是，每每在这个礼物大采购的时刻，心里却有种隐隐难言的疼。

直到那天收到姜子给我打来的电话，我才突然明白那份疼的根源。她告诉我她要来德国过圣诞节，问我有什么东西需要从国内带过来的。我连想都没想，就说没什么可带的了。她却一个劲地追问，说自己行李很少的，给我扛个大箱过来都没问题啦！我心里头突然一亮，赶紧说："你不用给我带东西过来，但你帮我捎点东西回去邮寄给我父母，行吗？"她爽快地说："没问题，我带个大箱子去给你装东西！"

放下电话，我心里狂跳着，迅速计划着：妈妈的七十岁大寿就要来了，等我的朋友回国，再把礼物马上邮寄给她，还能赶上！

等爱德华一下班回来，我就语无伦次地问他，赶快帮忙想想给老人家买什么礼物，实用的！他马上说，这阵子他们不是老喊冷吗，广州又没暖气，赶快给她订个电暖脚袋。我赶忙上网查询，找到合适的，马上订购下来。是的，母亲因我远嫁而曾郁闷了好些日子，把自己也憋出糖尿病来，她现在每天要服降糖药，可是，随着年纪大了，身体便容易怕冷怕热。

第二天，我又赶去逛街。在保健专柜里，我找到了一种搽在脚上就会变暖的植物性脚霜，适合糖尿病患者用的，我如获至宝。然后，又为爸爸新镶的牙找到了洗涤片，我疯狂地装进购物篮里。接着，想到一直在家陪伴父母的哥哥弟弟，实在感激不尽，我又在滚动电梯上小跑着到了男士衣帽部，哗啦啦地一式两份选好了。手中的篮子越来越沉，心情却越来越轻快，我继续跑到妇女儿童部，嫂子的侄女的，漂亮的帽子呀，这在广东肯定买不到的，她们绝对会喜欢！

回到家里，我把东西分好标明归属，装满了一个快递箱子。孩子们也都画好了画，要送给外公外婆的。儿子的画很令我惊讶，是一幅春节年画，上面有猪、鸡、鱼，还有大红灯笼，大红灯笼上一个大大的春字。

当姜子出现在我面前时，看到我捧给她的大纸箱，她长长嘘出一口气，说："怪不得你的母亲舍不得你啦。这么细心的闺女，哪里去找啊。我虽然人在中国，也没有老要惦记着给父母买东西什么的。我父母总是说，不用惦记我们啊，我们好着呢。"

"所以有时候我也很羡慕你有这么豁达的父母哪。老人家心情好，才能身体好。"我也叹口气。

"是，我的父母身体都没什么问题。所以我也挺放心的。他们看到我终于结婚了，都很开心。还催我快点放弃上海的工作，过来踏踏实实过日子呢。"

"嗯，以前，我总是很羡慕别人的父母可以这么开通，不会勉强自己的孩子身在何处。"我想着自己这些年里，经常夜深思母泪浸枕，其实，多是因为想到母亲的不快乐，所以自己也不快乐。

"可是你要是留在他们身边，你如果不能幸福，他们也不会快乐的啊。"姜子总是对我父母的"自私"难以理解。

"如何处理父母与成年女子之间的距离问题，并不是简单的事情。我们中国人一直崇尚的四世同堂，并非没有道理。你看看，我的婆婆老了，也是需要家人关爱她的。"

“德国老人住养老院不是很普遍的吗？像你们这样，是德国的特殊家庭。”

“你错了，德国现在很多老人都是选择在家里养老的。家属和护理机构相结合。爱德华对他母亲的那份孝心，一点也不逊色于我们中国人。现在我们虽然有护工来帮忙了，可是，护工早上来给婆婆洗完澡，有时候晚上她又大便失禁了。如果爱德华在，他从来不会让我去给她洗澡的。于是，工作了一天回到家的他，便又忙着给她洗澡，而她却常常不去配合，还大吵大闹地要回埃尔福特去。爱德华很辛苦。”我突然觉得自己的眼睛要红了。

“你也很辛苦啊。你又比我上次见你的时候瘦了好多。你可要注意自己的身体，谁都可以生病，就你病不得。”姜子怜悯地看着我。

“哈，也很奇怪，这几年我真的连感冒都很少得。要知道，以前我是有林黛玉之称的。”我不禁轻笑起来。

“这就是危险之处。你现在是绷紧了神经，全副身心为这个家操劳，所以连生病的时间都没留给自己。等有一天你可以松弛下来了，别落得个百病侵身哪。还是要适当让自己发一场感冒什么的小病啊。”

“不对，生命在于运动。你看，我的婆婆她便是勤快忙碌一生，所以她才修得这般高寿。我觉得她忍受疼痛的能力太不一般了。如今她每天都会被浑身骨痛折磨，每次她要站起来，都需费尽九牛二虎之力才能自己用双手把自己那庞大身躯撑起来，可是她从不愿我们去帮忙，也从来不去痛苦呻吟，最多会说一句，唉，我这把骨头，怎么回事啦，就不愿让我这个老太太得点安宁。”我为自己的“忙而无病”寻找最好的理由。

“你很崇拜你的婆婆啊。”姜子好奇地看着我。

“她是我的镇静剂。只要我遇到不愉快或者困难的事情，想想她，便能安静下来慢慢调整自己。她是一种气场，一种总能给你乐观理由的气场。”我由衷地说。

“所以你们也可以如此心甘情愿去服侍她了。这也是她修来的福气哪。”

“其实她从不要求我们这样服侍她，她个性太倔强了，总以为还可以自己一个人过。可是，我们都很愿意把她留在身边。即使孩子们，也是喜欢有个阿嬷在家里。”

“幸福的故事，其实都不一样的。”姜子的话让我大吃一惊。我记得自己也曾说过这样的话。

“幸福是一种感觉啦。况且同样的故事，有人也会觉得自己是幸福，有人却会觉得自己是不幸的。这几年来，我也依然不时听到这样的声音——说我饱读经书却沦为持家的黄脸婆，实在是浪费资源。”我看着姜子，笑意盈盈，“你以前也是曾对我说过类似的话啊。”

“不过，我的确很佩服你，在德国读完书一毕业就安心过这样的日子了。不像我，好歹还回国奋斗了几年，觉得累了倦了才回来选择这条路。”

“我不知道怎样的资源利用才算是真正的不浪费。现在受过高等教育的女人都愿意选择另一种方式去实现自己的人生价值了，于是，在德国，生育率越来越低，在中国，生下来的孩子都是交给保姆和老人看管。无论中国还是德国，呼吁女性回到家庭里的声音都是此起彼伏。只是，有时候这个提议会被当做是‘性别歧视’而遭到棒打。女性是否该回家这个问题，实在是复杂而敏感，说起来一大箩筐，谁也说不过谁。其实，每个人都是不一样的个体，都有自己的长短处。有的女人是持家能手，但有的女人就是适合在职场上不让须眉的。这个社会需要各种各样的女人，女人选择了自己的道路，并走好它，就不是一种资源浪费。想想看，如果我不把家里的事情扛起来，爱德华便不可能安心去完成他每天长达九个小时的工作。”

“爱德华娶上你，是莫大的福气啊。”我不知道姜子这句感叹里，是赞扬我的成分多，还是可惜我的成分多。

“其实，我觉得自己有缘认识爱德华他们一家，那是我此生得到的最珍贵的礼物。我从他那饱经沧桑的父母身上，学会了笑看人生，你不知道这一点对于我这个曾经不懂自信的人，有多重要。而我发现，爱德华也承袭了他父母这一品质，乐观豁达，这让我总能与阳光为伍。这，也许才是生命中最值钱的东西。姜子，相信我，房子大小与否，并不一定拥有幸福话语权。你的丈夫能让你活出你自己来，那才是真正的财富。”

姜子离开我们时，她的心情是很轻松的。她说，她肯定会在明年的夏天来德国定居的，她向往着以后我们能常来常往的日子。我也为自己在异国他乡多了一位老同学的陪伴而兴奋着。我为她深深祝福。

9 祖国，我的母亲

迎春花开的季节，我的课程培训也渐渐进入尾声。这几个月，感觉是自己人生中最挑战心理与身体极限的一段时间。从去年秋天迈开了自己要重新回到职场的步伐开始，时间就成了罐头鱼，密密的，没有一点透气的余地。

刚开始，连爱德华也怀疑我：身边需要我的那些老老少少，他们能让我为所欲为吗?

想要去工作，其实和想要生孩子一样，是对生活的一种激情。

而这些年我坚持着的文字，在这个温暖的春季里，也带给我一份意外的惊喜。我的一篇文章参加了德国华文报纸的征文比赛，获奖了。奖品是一张从德国到中国来回的机票。

这也提醒我，该是时候回去看我的父母了。如何安置婆婆的问题再次提上我们的日程。

婆婆从新年开始，每个星期都要到医生那里定期抽血检验以确定药剂量。她的双腿反反复复地红肿起来，行动很不方便，家庭医生离我们只有二百米之遥，可是，我也得开汽车送她过去，而上下车对于她也是件吃力的事情。

最近这一个月，她的家庭医生向我们提供了定期上门来给她行诊的服务。有时候我不在家，婆婆不能及时应答门铃，我就把后花园的门虚掩着，医生来了后直接从后门进来，我也不用担心有人大白天乘机而入把家当给搬走。

我计划着回国的事情。我只能带孩子们回去，爱德华要留在这里照顾婆婆。我已经和社会服务机构说好了，让他们每天上午下午都派人来看护婆婆，兼送午饭。

没想到快要动身前的两个多星期，婆婆的身体突然欠佳。

那天，正在上课的我，接到了医生的电话。他说，婆婆双腿的状况太糟糕，需要入院治疗些日子。他交待我不需担心，他会直接打电话给医院，让医院安排救护车来接走老人，医院会自动把入院手续办好。

晚上爱德华下班回来后，我们带上她的盥洗用品去医院探望她。

“噢，我的宝贝们，快来阿嬷这里，阿嬷想你们啊。”一看见孩子们，婆婆放下手中的填字谜语，伸出她的双臂。孩子们也像蝶儿扑花般往她靠过去。

“来来，阿嬷这里有酸奶，一人一个。”婆婆从床头柜上拿起两杯酸奶。

“那酸奶应该是你午饭和晚饭时的饭后甜点来的，你怎么没有吃完？”爱德华皱起眉头。

“唉，没胃口，这些冷东西，不想吃。孩子们喜欢吃，给他们。”婆婆又像变魔术般从床头柜下面的架子里拿出两个勺子来给孩子们。

“等等，这是什么脏东西啊，勺子上面还有土豆泥的痕迹呢。你怎么吃完饭后还收藏起餐具啦！”爱德华一个大旋转，把捧着酸奶的粤子推开，然后伸出手掏床头柜的架子和抽屉。

“天哪，用过的餐巾纸，泡过的茶包，你的眼镜，都混进了抽屉里。你这个老婆婆怎么变得如此龌龊不堪哪……”

“你放开，我的东西不用你来弄乱。这些东西我还能再用的。这餐巾纸还不是很脏，这个茶包只泡了一次，你还给我，无礼的家伙！”婆婆像一头受惊的小鹿，却还欲要竭尽全力抢回这些被爱德华定格为垃圾的东西。

“我希望你今晚半夜起床不要把换下的纸尿裤也放进抽屉里，那我真是为你害臊哪。”爱德华的嘴巴一点不饶人。

“呸——呸——”两个孩子不约而同大口吐气，把手中的酸奶放回去，用手捏住鼻子，“阿嫲臭臭，阿嫲臭臭。”

“别捣蛋啦。”我低声对孩子们吼。

回家的路上，爱德华的沉默让车里的空气仿佛也要凝固起来。没有人愿意开口说话。孩子们可能还在思念着那本来已经握在手中又被自己放下的酸奶。我其实为接下来的这一个星期感到轻松——因为医院里的护士会给婆婆每天洗澡的，我们将会拥有几个安静的晚上了。

“你们这次回中国，我又不可以一起去，你不会生气吧。”爱德华小心地打破沉默。

“没事啦。我这次回去，还打算陪爸爸去做白内障手术的。因为他现在几乎看不清东西了。妈妈说有时候看着他走路都担心，担心他因看不清路而摔跤。我想，他的白内障必须要摘除了。你不去的话，我还省心，不用老想着带你去哪里玩什么的。”

“白内障手术很简单的啊，我爸爸当年也做过。做完后马上可以回家的。”爱德华对我把陪父亲去做白内障手术作为一件大事来操心觉得不可理解。

“在中国不行。他做完手术后还要住院观察，没事了才可以第二天出院。去年他住院我没尽一点责任，今年我一定要亲自陪他去眼科医院做手术的了。”

“你真是个乖女儿！”

“真是乖的话便不会嫁给你了。”

“嫁给我后悔了没有？”

“……”

“谢谢你一直照顾我的母亲。”

“其实也就是做饭时多抓把米而已啦，不用谢。”

“还有，你把上门护理的工作都安排得头头是道，实在不简单。我根本就没有精力和时间去顾及。”

“我只是觉得很可惜，你的母亲现在不再有兴趣帮忙做一些如折叠衣服般的简单工作了。她经常坐在沙发上就打起瞌睡来。但还好，如果孩子们在，她还是很乐意给他们读书的。”

“有时候我对她有点无礼，其实是我自己心里过不了自己的关——我真的无法接受我的母亲变成现在这个样子。她一直在我心里都是这么强大。”爱德华深深地吸了一口气。

“也谢谢你支持我经常回国看望我的父母。你知道，这对我是多么重要。如果不能常看到他们，你即使让我躺在最美丽的地中海沙滩上，我心也会被煎熬的。”

“我怎么能不理解你的心情呢？生活从不会是最完美的，但我们可以努力做到我们的最好。”

一个星期后，婆婆出院了。但是，社会服务机构的人都说婆婆留在家里太危险了，他们也不可能一天十二小时来人看护，若是她独处时摔个跤什么的，他们可不想担当这份责任。于是，我只好匆忙联系镇上的养老院，准备送她去短期护理。

来回两三个电话，小镇新开张才一年多的那所私人养老院“活力”给了我回复，说他们那里还有一个房间。我赶紧到家庭医生那里办好一切证明后便给婆婆签了这“最后一个房间”的护理合同。

孩子们每天掐着手指倒数回国的日子，思念着外婆家的龙眼干和香芒果，在手指数完的那天，婆婆住进了她的新房间，我们和她拥抱相别，反反复复告诉她我们很快就回来，回来后我们就又在一起了。

2011.05

我和孩子们平安抵达广州白云机场。

我们坐进弟弟的车，途中，电台里的粤语主持人正在讲述说一个关于国人对道德与法的观念问题。我惊愕不已地听着电台里传出来的消息：一个开宝马车的人，撞倒了一个路人。回头一看，见人还没断气呢！便迅速挂后退档，踩足油门，连续补撞四次……原因，只是因为害怕日后自己可能要负担的高额医疗费。那一刻我真有点天旋地转的晕痛，我左右抱紧我的孩子们，喃喃自语："宝贝们，妈妈没教你们广东话，真是英明！"

到达家中，母亲端出一锅白米粥时，不忘对我强调，这是用父亲制作的频谱水煮的，放心食用。频谱水甚至可以把核辐射也过滤掉呢，她很自信地告诉我。

父亲还给我们每人倒了一杯豆浆——来来来，回到中国，没有牛奶喝，便要喝豆浆了。这都是我用从老家拿来的黄豆自己打磨出来的豆浆，你们放心饮用。如果你们想加点蜂蜜进去的话，我这有托人直接从养蜂场买到的纯正蜂蜜，没有任何添加剂的。

粤子看到饭桌上那一盘馒头，便伸手抓了一个。母亲堆满笑容——你多吃吧，这个馒头可以放心吃。那是你的舅公托人从一个军区食堂买来的，没问题的。来来，夹点蜂蜜来吃，比你们德国黑面包的味道还好，又不会担心上火。

吃完饭，抖落一路疲倦风尘，我慵懒地蜷在沙发上。瞥见了当天的报纸新闻头条："黑心地下加工厂，用敌敌畏加工死猪肉做成湖南风味腊肉。"我神经质地跳起来，大喊："妈妈，以后不要给我做任何腊味吃啊！"然后赶快把报纸折叠放一边，庆幸我的一双儿女还不会看报。

我拧开电视，里面正用粤语翻播一些旧闻：介绍金灿灿的玉米馒头是人们如何"馒不经（良）心"地炊成的；超市里色泽诱人的牛肉片是如何用一种叫"牛肉膏"的东西把猪肉变牛肉的。孩子们鼓着似懂非懂的双眼来凑热闹看这些画面，还不停地啧啧嘴巴，说这东西看起来很香哪，妈妈，这是什么来着。这一次，我学会了用轻松的心情来向他们描述："武松的哥哥武大郎，卖的烧饼也没这金馒头香。还有呢，即使是孙悟空，也不懂得把猪八戒变成牛魔王的。”

电视的镜头突然转到了一个哭倒在菜地的菜农那里，菜地上的菜已经长满了花。

三月初发生的日本核电站爆炸事故，这个事故成就了德国的第一个绿党州长。

而在中国，我们也天天监测，公布所在地区的辐射情况。在离日本两千公里之遥的我的家乡广东，虽然在过去的一个多月里，也发生过抢盐风波。可母鸡照样下蛋，鸭子一样入锅，工人辛勤焊接，菜农忙着种菜。突然有一天，出现了一则报道，说在沿海南部一些叶菜发现含有微量核辐射，但是，市民们无需恐慌，在水中彻底清洗三遍，就可放心食用。可是，已经不敢随便喝牛奶，随便吃金馒头，随意吃精瘦肉的中国人，谁还愿意随便为一顿叶菜去冒险呢？虽然水还没有被测出有问题，但人们不相信洗完三遍，菜真的干净了。广东人即使爱用菜干煲汤，可是这么多的叶菜要拿去晒干了，也够煲好几年的汤啊。问题是，菜最后贱得连晒菜干的人都懒得来收。那个哭倒的菜农呼天抢地地喊：“我年年都这样种菜，为什么往年我的菜没事，今年就一定说有事，为什么呀？为什么呀？我的三千块化肥钱，全部是借来的呀！”有的意志力薄弱点的菜农，受不了这打击，便选择了寻短见。

我突然也觉得有点哽咽。心里想，你看啊，如果人们继续吃这个叶菜，可能真的并没有什么健康大碍，但是人们不吃了，就真出人命啦！

我关上电视，看到孩子们因为时差还没有睡意，便决定和他们到楼下小区花园散步。母亲一听，马上说：“等等我，我和爸爸带你们下去。现在小区变化很大，很多地方都要刷卡才能过去的，你们不懂得怎么走啦。”

跟在父母亲后面，我们来到小区的中庭广场。中庭广场如今已经变成严禁车辆的纯粹活动场所了。粤子和小娜莎一下子便像脱了缰绳的小野马，撒开腿便狂跑起来。母亲指了指前面大花坛的位置，告诉我春节期间，这里发生了一起交通事故，一辆汽车把正在走路的一个小孩撞死了，小区的居民起来抗议，所以便有了这一块活动场所。

“这个小区的房子越盖越高，有车的人也越来越多，到处都是停车场，比起十年前，真是环境差了好多。”我感叹着。

“中国人现在很有钱的。这里的房子，动不动就一二百万元一套，买的人还是多，有的人不用眨眼便一口气买下几套房子来，现在房价一年比一年攀升，他们也该发达啊，有眼光哪。不过，也不知道那些人哪里来这么多钱的。”妈妈说起买房子的故事，眼睛总还是闪着一股光芒。我有足够的理由相信，如果她手上也有几个银两，那她肯定也是一个炒房高手。

我心里快速算了一下，自己从德国带回来的那点欧元只够买个洗手间，无力赞助母亲一解炒房之瘾，便有点戚戚然。在旁边的父亲却开口说话了，他说，都是美国那个什么破美联储，利用自己的权力拼命印了很多美钞，然后让这些热钱流入中国，让中国通货膨胀，民不聊生，房不可攀哪。

我有点惊讶他能如此跟得上时事点评的步伐。我的父亲一直是我心中正直人的榜样，他这位为祖国贡献了大半生的老党员，退休后看病还要自己负担绝大部分的医疗费用，可是对政府却总还能心甘情愿地维护着，从来没一点怨愤之情，那份宽宏之心的确让我们这些年轻一辈望尘莫及。他继续补充着，不过，你看看，五一期间那个温总理和胡主席都下保障房工地去视察了，我们的国家还是有希望战胜疯狂房价的。

父亲的眼睛虽然越来越看不清东西，但是心却不愿糊涂。

如果他的眼睛做完手术了，一双明目看世界，不知道这世界在他眼里，是清澈的，还是混浊的呢?

但有一点我是知道的，他能够把他每天制作的频谱水看得更清楚了，也会更享受那一杯清水泡出来的香茗了。

为了这个理由，也值得他去做这个摘除白内障的手术了。

我休整几天调好时差后，便陪父亲去眼科医院。这天，按照他的吩咐，我们六点钟便起床，吃完早饭便去坐公交车。正是上班高峰期，享有专用车道的公交车，无需像别的小车般饱受塞车之苦，我们坐了四十分钟的车，便到达眼科医院。走进挂号大厅，我不禁倒吸一口冷气——一条条长龙从几个挂号窗口前面开始延伸，一直延伸到大厅另一端，长龙继续弯弯曲曲见缝插针地延伸着。我们好不容易找到一条龙尾巴，正想站过去的时候，父亲喊了一声："等等，我们得先去看看今天还能不能挂专家号吧。"专家号？那当然了，做手术那么大的事情，当然要找个经验丰富的专家来确诊啦！我让父亲先排着队，然后自己开始一边高喊着"请让一下，请让一下"，一边穿过一堵堵渗透着汗气的人墙。我走到挂号窗口那里，窗口上面的荧屏上写着今天出诊的医生，我搜寻着那些名字后面有"主任医师"字眼的医生，记住今天出诊的那些名字，然后折回父亲站立的地方，耐心地等候着。

当我们终于拿到那一纸挂号后，便匆忙去找电梯上三楼诊室候诊。候诊室里，有一排排的硬塑料椅子，坐在上面，那份从底而起的清凉感觉，让人很心安。每个诊室的门口都贴着："谢绝医药代表人员入内！"这让我更加笑从心底起。在医院中午休息时间之前，终于轮到我们了。年轻的女主任医师虽然戴着口罩，但是她用温柔的双手扶起爸爸的眼皮。

"哗，你的白内障都属于重度了，肯定要把它们切除啦！现在白内障手术很简单的，你不用害怕。"她利索地给我们开了手术单，"先做右眼，这只眼更严重点。等恢复得差不多了，再来把左眼的也摘除，这样你便可以不用戴近视眼镜啦。来，这里是术前检查清单，你们到一楼去把各个项目都检查完毕，再拿回来给我。"

捧着这些检查清单下楼时，我们才感觉自己已经饥肠辘辘。医院旁边是一家餐厅，虽然处于嘈杂的立交桥旁，但是它的生意很红火。很多来这里排队看病的人，都来这里吃饭。我们坐下来，父亲点了一碗牛肉面，他说，这里的牛肉面好吃，几乎每次他来这里看病，都是来这个餐厅吃牛肉面的。

"每次来都要那么早，排那么长的队吗？"我有点酸楚地问他。

"今天还算晚来了，能轮到我们也是幸运哪。我自己来的话，六点钟便出发啦。这样，还能排前一点。这里不少人都是从外地来的，他们有的凌晨三四点便守在门口排队了。"父亲的语气却充满兴奋之情。

"别的地方没有眼科医院了吗？该不会是整个广东省的病人都来这里排

队吧？”

“这个医院是权威医院啊！还驰名外国的呢。你看，上次我去慕尼黑看你们，你还曾带我去慕尼黑大学的眼科医院检查过眼睛，那个给我检查的医生不也说他来过我们这个眼科医院吗？”

“是呀，爸爸，那个医生几年前便对你说你的白内障可以做手术的了，那时还是中度而已。可是你总是迷信那些什么保守疗法，吞服了几年的障眼明药片。”我无奈地对父亲摇摇头。

“因为我研究过很多报道，并不是所有的手术都能保证成功，所以我宁愿自己能拖便拖。”

“拖到现在眼睛都快瞎了，你才下得了决心，老爸，我真服了你。”

“也不是啦。我是真害怕这个住院。不到万不得已，真不想来。你等着吧，下午他们要对我进行的那一堆检查，检查点分布在不同的楼层，估计没有两三个小时我们是跑不完的。”

当我们吃完饭走回医院时，我们开始寻找各个检查点：查视力，量眼压，观泪道，测角膜曲率，做完A超做B超，然后还要验血尿，窥肝肾，再来测测血糖和血压，跑了两个多小时，楼下楼上能看见的检查点都跑完了，最后还剩一个放射科的项目没做。我们便到咨询处查问放射科在哪里。

“前面转个弯再一直走再转个弯便到了。”工作人员和蔼地举起手给我们指点。

我们便在前面转个弯然后一直走然后再转了个弯，一条长龙又呈现在我们眼前。它比早上排队挂号的长龙还要长。而且好像这条龙还在呼啸着，我们从一片嘈杂声中听到了大声谩骂喝斥的争吵。我让父亲在龙的尾巴那里站好，自己便从弯弯曲曲的龙身旁边绕过，欲往前探个究竟。

眼前的景象让我晕乎乎地觉得自己正置身于一个排队买肉的菜市场那里：肉摊上只剩最后一块肉了，站在肉摊前的两个汉子在那破口互相指骂——“这块肉该我得，我今早四点便起床排队啦。”另一个也不甘示弱，“谁让你排着排着又离队了，等你回来后你的队已经过去了，你便一头扎在我跟前占队，这是什么道理？”我努力定了定神，看清楚了门口上面“放射科”几个字。我走到他们跟前，指指那个门牌子，说：“你们都有份儿进去放射一下的，谁前谁后有那么重要吗？”

站在前面那个有“占队”之嫌的汉子，指着我的后面喊：“你看看，那是我快瞎眼的老母，我们昨天便从清远过来了，四点多便来医院门口排队啦。眼快这里都要轮上我们了，老母要急着上厕所，我当然要陪着她去，回来后我站这里，很自然吧！”

“你以为只有你排了半天队啊？我前天就陪我老父来广州啦，住了两个晚上的旅馆啦，我如果今天还搞不完，你给我付钱住旅馆吗？！”

他们马上把我撇开一旁，又开始着互相对骂起来了。

旁边的人看着只是在那直摇头，没有人有兴趣劝他们两句。只有一些人会疑惑地从放射科的窗口探头进去看看，然后叹口气：“这医院怎么回事，也没有人来维持一下秩序的。还有，这放射科，进去一个人，要那么久才能出来，搞什么名堂。而且，这么大一个医院就那么一个小小放射科，把人都给玩死了。”

我知道我们不会这么容易被玩死。中国人的生命力是很强大的。等里面的人出来后，事情便自然解决了。我悲哀的是，这两个汉子吵架的理由，都是打着为了自家父母的旗号，其实是放不下自己的架子而已。

我折回父亲站着的地方，告诉他，他可以先找个椅子去坐坐，我来排队。不过，心里还是很庆幸，父亲万一要上厕所，他那0.3的纠正视力还能应付得了他独自去解决这个问题。

这一天对于我们来说，还是圆满成功的，父亲把该做的检查都做完了。

“啊，很久没享受女儿陪着上医院了，有你在身边还是很舒服的。”回家的路上，父亲摸了摸他下巴稀稀落落的几根胡子，感慨不已。

在德国从来没有陪过婆婆这样在医院上下闯荡的我，已经模糊了医院的印象，此刻，只感觉到自己的鼻子有点酸。

做手术那天，我和父亲早上八点便到达医院了。我先到收费处预交手术费，然后便领着他去手术室排队报到。虽说手术进行时间只需十五分钟，等父亲可以从手术间出来时，也已经中午时分了。他坐在一把轮椅上，一位女护士推着他，告诉我现在要送他去住院部了。

白内障手术的住院部在医院的主楼上，穿过长长的走廊，坐了十几层楼的电梯，我们才到达那里。住院部的拥挤程度也让我小吃一惊，走廊上也见缝插针地摆满了窄窄的病床。我挤到医护值班室去办好入住手术，还好，父亲还能在一个双人房里面得到一张床位，不至于要在过道里过夜。

房间里面已经住着一位病人了，看样子他是昨天便进来了的。看见我们，他爽朗地对我们打了声招呼，然后便海阔天空地聊开了。聊他的白内障史，聊他的部队生涯，最后，他如数家珍地说起自己有四副眼镜啊，昨天这个白内障手术做完后，呜呼哀哉，这些眼镜都用不上了！“那可是些很不一般的眼镜呀，价值可不菲，有从香港配的，有从美国配的。”他自豪地说完后，还加上补充：“我儿子工资很高，我儿媳妇工资也很高，所以没关系！”说完以后，这位军人大伯呆呆地坐在床沿，把玩着他那副名贵的眼镜，他看了一下手腕的表，突然喃喃自语：“我儿子媳妇工作很忙，但他们肯定会来接我的！”

这个小小的白内障手术，让我明白了为何国人前几年在计划生育还抓得紧紧的情况下，依然冒倾家荡产之险东藏西躲地打超生游击战。的确是养儿防老呀！如今的人不缺房不缺钱，缺的就是生病时没个亲人扶自己去排队看病哪。

我从来没有比今天更真切地感受母亲老是对我唠叨的那句话：“你离我们那么远，若是我们有个什么病痛了，你也派不上用场啊。女儿，养你有何用啊？”

我们这些“现代子女”无论有多少种理由来反对母亲这种观念的陈旧与自私，有一点我还是明白的，在中国，这种对子女的自私之爱还是有存在的绝对必要性的。

父亲出院后在家静养。我开始和孩子们计划着到附近去游玩一下。一直很想和他们回一趟粤西老家，让他们看看自己从小长大的地方。那河水，那古塔。也许，古城墙没有了，旧桥变新了，房子越来越高了。多少年以来，在中国，大山区总是经济落后的同义词。而今，在发展完饱和富足的珠三角以后，水不再清，天空不再澄净，人们才惊觉，粤西这片好山好景，是无价之地。

选定一个晴好的日子，弟弟驱车带我们西进，出了混杂的广州石森林，过了滔滔三水镇，便进入永无尽头的绵绵群山之地。一听到我回来的消息，那些在肇庆安居乐业的老同学们就已经在那里翘首等待了。西江之岸，夏雨过后的清爽，我们相聚在一座美味海鲜城。席间欢谈畅饮，尽是感叹："二十年了，你没有变呀，还是猴瘦一个！"我也慨叹："德国不养人啊！在那里，我享受不到如此生猛河鲜，翠绿豆苗，只能天天在奶酪味的熏陶下学会了胃的改装。"可是我的这些同学们，他们都说羡慕我身在异乡吃净物。我却说，他们不知道我总是几番梦回，口里嚼着山水豆腐，手中握着基围虾。

但是说归说，看着满桌的佳肴，同学们一并豪言壮语，若不吃，会马上死！若是吃了，会迟些死！我也告诉大家，我的爸爸说过，广东大米是永远出不了口的，因为广东天气热，稻谷花开时节，虫儿多多，不喷灭虫剂哪结得了谷穗？我们一代一代地自产自吃着这些"毒"米，也许，免疫力已经超强的了。既然如此，还需要有什么顾虑？人生苦短，须尽欢时即尽欢。

我觉得这一顿饭下来，更让我热爱我的这些乐观无畏的祖国人民了！

说来说去，同学们又绕回我水深火热的异乡生活。他们觉得无法理解的，依然是我不用请保姆就可以拉扯大俩毛孩，还加上一个婆婆要照顾。我挥动修长的胳膊，爽朗地笑答："在德国，一切都可能！"

笑完以后自忖：事实上，这个事情放在中国，我也绝对做不了。就好像在德国要一年修好数百公里的高速公路，只会是天方夜谭的故事。

大家一阵唏嘘以后，还是不停地夸赞："咱们的大才女，还是很能干的。只是，我们这些老同学，还是替你有点不值，这么顶呱呱的读书人，不去做点更大的事情出来。"

离开中国十年了，依然能听到这样的话，我莞尔，不再作答。这个问题我没有答案。

想起两天前，酷爱古典音乐的老同事，还在电话里用《命运交响曲》的节奏来诉说他的工作和生活。他说我真好命，不用为孩子上小学的问题而专门去买一套三万元每平米的学区房。说到最后，他说他最羡慕我的，其实是我能在有着世界最杰出的交响乐团的地方生活（我纠正他，我住的地方离维也纳有五百公里）。其实，这个当年工资比我低的小伙子，现在已是单位里的掌舵手了。而我，却只不过是个家庭主妇。但是，他眼中看到的我，尽是成功与幸福的一面，我觉得自己真喜欢和他这样的人聊天。谁不需要被人认可呢？特别我这个曾经不懂得如何认可自己的人，这些年来已经被爱德华和婆婆对我的认可宠坏了。

回到广州，夜色之下，我和家人漫步在举行亚运会开幕式的海心沙。正逢他们重新演绎亚运开幕式的经典节目，广州塔闪烁着奢侈的夜灯，白色喷泉在夜空里伸延，烟花绽放后的烟幕模糊了站在我前面的人群。我听到我的一对儿女，在那尖呼着，多么的快乐！这一瞬间，我忘却了广州环城公路擦窗而过的那些简陋民居。我的心膨胀着，为我的祖国，我的花城。

电视里，中央电视台的综艺节目《欢乐英雄》吸引着我。那是一些20世纪80年代的老歌，老歌手，由那些八零后、九零后、二零零零后重新翻唱，场景很感人。李谷一老师的一位学生，还即席编了一曲送给老师，歌词唱道："我们要像老师一样，把欢乐与希望送给大家。我们要像老师一样，热爱祖国热爱党。"久居国外，即使差不多每年都会归来，也渐渐模糊了这些激扬的宣誓、深情的歌唱了。虽然有时听着会起点鸡皮疙瘩，但还是有点明白了，我的祖国，我的祖国人民，为什么会永远繁荣昌盛。

是的，即使每天都会听到看到这样那样的负面新闻，我还是那么希望，我的祖国永远繁荣昌盛；我还是那么希望，我的祖国人民，能过得更好；我还是那么希望，没有女儿在身边的我的父母，他们的晚年一样拥有他们该有的精彩和舒适。

Eight

第八章 夕阳红

1 养老院的调色板

2011.06

当飞机降落在慕尼黑飞机场时，慕尼黑的天色刚放晓。来接我们的爱德华，穿着一件棕色的皮夹克，显得很精神。

“看来这些日子你一个人过得挺逍遥的啊。”我向他打趣。

“嗯，这几天我休假了。每天下午我都把阿妈接回家，晚饭前再送她回养老院。我昨天还和她去湖边晒太阳了。”听得出，他们母子俩相处得还融融。

“你觉得这个养老院还好吧？”我关心地问，毕竟，当初是在匆忙之间给婆婆找的这个养老院。

“嗯，正常吧，没发现什么异常。只是有时候觉得护工很少，想要找个人问点事要等很久才看到一个。不过，这也很正常啦，德国护理工人短缺是一直存在的问题。”

“爸爸，下午可不可以接阿嫲回家？”粤子仰起他有点红的眼睛，满怀期待地看着爱德华。

“好的，先回家休息一下，我再带你们去看阿嫲。”爱德华把粤子高高抱起来。

下午三点，我们出现在婆婆住的养老院里。婆婆住的房间，是一个双人房——实木衣柜还散发出一股新鲜木屑的芬芳。看着那一尘不染的家具地板，我突然觉得我们又回到婆婆在埃尔福特那个洁净的家了。

婆婆看到我们，以为我们是昨天才和她作别而已。孩子们抢着把从中国给她带来的小礼物拿出来，婆婆一个劲地在那尖叫："呵呵呵呵，这都是什么东西啊，这都能用来干什么啊，这些东西怎么做得那么好看啊。"

"阿嫲，等你和我们回家了，我给你看我的大飞机。那是中国的舅舅给我买的。"

"阿嫲，等你和我们回家了，我给你看我的机器猫。它会走路的。"

…………

婆婆笑得合不拢嘴："阿嫲要回埃尔福特去。你们和阿嫲一起去埃尔福特好不好？阿嫲家里还有给你们玩的汽车呢。"

这时，养老院的护工走进来，我们和她说要办理出院手续。

她看看我们，又看看婆婆，对我们耸了一下肩膀，把我们引到办公室去。她轻声对我们解释："鉴于你母亲的身体状况，留在养老院会得到更好的照顾，会更安全。你看，她在这里我们有时候一天要给她洗两次澡；如果没人管她，她上厕所可以坐半天时间也不起来；如果万一摔倒什么的，她是不懂得打电话求救或者能够凭自己的力气爬起来的了，你们好好考虑一下，是否继续把她留在这里。"

我和爱德华面面相觑。

其实，一直以来，下不了送她进养老院的决心，不再是因为她，是因为我们自己。她已经没有力量和思维去拒绝我们为她的安排了。我呢，已经习惯了客厅的角落有一个老人静静地坐着。虽然她看起来像是除了吃喝拉撒，除了给我们时不时添点痛苦经历，便什么也不能了。可我觉得只要那个角落里有她坐着，我们的家就更为完整，超乎一般的完整。爱德华呢，虽然他也会因为她不听话，给她洗澡时总是不愿去配合而大发雷霆，可是，他也曾说过，他要尽可能长地让他的母亲在家里住。

但是，我们都不知道我们能够坚持的界限是多少。

我们转身回到婆婆的房间。

我问婆婆："阿妈，你喜欢在这里过吗？"

“嗯，这里很好啊，我没有什么可以抱怨的。”她平和地回答。

“你还想继续在这里住吗？这里离家近，我们每天都可以来看你。”爱德华接过来继续问。

“噢，爱德华，我还有自己的房子，我还要回埃尔福特的。你什么时候才能送我回去呢？”她有点不满了。

“房子我准备退租了。我的确没有精力去顾及这个房子了。东西都要清理了。”爱德华是个不懂得撒谎的人，对他的母亲，永远是心里想到哪，嘴里就说到哪。我担心地等待婆婆的激烈反应。

“那你把我的东西放哪里呢？我那么多的好东西。”她的淡淡反应却着实让我们大吃一惊。是她没力气反抗了，还是糊涂得不行了呢？

“除了书和陶瓷我会把它们搬来慕尼黑，别的东西都不要了。”爱德华说这话时，声音压得很低。

“对，我那些美丽的陶瓷，啊，我的爱德华，你什么时候送我回埃尔福特啊？我想住在我自己的四壁里头啊。我的那些邻居和女朋友，肯定都在想我了。”她懒洋洋地打了个哈欠。

爱德华无可奈何地对我耸了一下肩。

我们走进了养老院的院长办公室，院长终于说服我们下了这个我们一直下不了的决心——让婆婆继续留在养老院。

在德国，要不要把老人送养老院，除了一个愿不愿意的问题，还需要关心的，就是上不上得起养老院的问题。德国在2003年通过了一部新的法律，明确规定各类型养老机构都要实行公司化登记。原由教会等非营利组织举办的各类养老机构，现也均已全部转为有限公司的注册登记。养老机构无论其举办者是何身份，一律要进行公司化运营。也就表明了，每个养老院都要自己负担盈亏。

而据调查，德国拥有护理级别的老人入住养老院的比例，也大概只有三分之一。这里面，费用高昂也是其中原因之一。

德国的每个养老院，都有自己的收费标准。费用由养老保险公司和个人共同负担。同一个养老院里的老人，也会出现个人负担费用的不一样，这是因为养老保险公司是根据你的护理级别来决定负担的比例的。譬如：一个拥有护理级别一级的老人，他入住的养老院月费用为2800欧元，那么，保险公司大概会为他支付1000欧元，他自己要负担1800欧元。个人负担的这笔费用，一般是从老人自己的退休金和个人财产里扣除，如果老人不能自行负担，那么有子女的，要子女来负担。当然，子女需要负担的金额，保险公司也需要根据子女们自己的收入状况来计算出合适的额度。我想，看到这里，有的人要心里起疙瘩来了：要是自己的钱不够养老，膝下又无子女，我岂不是要沦落街头？身在德国，这点担心就没必要了。如果你真的符合社会福利救济的要求，政府会马上帮你负担你交不起的费用啦。

在德国，穷人和富人都不用担心住不起养老院。只有我们这些所谓的中产阶级，才需要为了年老以后能在养老院蹭一席之地而要奋斗终身。这就要求我们除了每天努力工作以外，还要努力省钱，学会理财。因为不少人退休后靠法定的那么一丁点退休金，肯定上不起养老院的。

我的婆婆呢，她自己本身的退休金不高，但是，自从公公去世以后，她还享有一个名为“寡妇金”的待遇，这样两笔钱加起来，也差不多能自己负担养老院的费用了。

终于下了让婆婆进养老院的这个决心，还因为这个养老院离家近，才两三公里路。每天下午我们都可以把她接回家，这样子，孩子们也不会太难接受。

是的，没有老阿嬷在的家，我们的确觉得空荡无比。

自从婆婆正式留在养老院以后，每天下午，我从幼儿园接完孩子回来，如果没有别的事，便会带着他们直奔养老院去。一进老阿嬷的房间，他们会马上脱掉鞋子，蹦上她的床去翻跟头。有时候我们也把她带回家，吃完晚饭后爱德华再把她送回来。周末之时，只要我们不出去，都是一大早便去把她接回来呆一天。记忆力日渐衰退的她，记起来的都是自己年轻的事情，她生长了一辈子的埃尔福特城。我们坚持给她订阅这份来自她家乡的图林根汇报，每天她都会把报纸上的填字游戏填完。

即使我们不再朝夕同住，我们也要学会如何去留住我们的亲情。

这样过了一两个星期，对这个养老院的情况我也慢慢有些深入了解。不知是我鸡蛋里爱挑骨头还是别的什么，我却发现自己对这个养老院开始有点不满了。因为我发现护工并没有常给婆婆换衣装。有时候看到她连续几天都是穿那同一条鲜艳的红花连衣裙，虽然德国的夏天不容易让人出汗，但是我觉得这样太对不住婆婆那满柜子的漂亮衣裳了。有一天，当我看到那条红花连衣裙上粘着不知是尿迹还是果汁的东西了，依然被披挂在她身上，我终于爆发了。我不胜其烦地劝她，逼迫她配合我把脏裙子脱下来，换上干净的。然后我走到护工办公室去投诉了一番。在那静静聆听我提意见的是一位年轻苗条的小护士，她有点惊愕地对我说："不可能的呀！我们都会给老人们晚上换睡袍，白天换干净衣服的。我跟她们反映一下。"

而其实这短短的十来天里，让我憋闷的，不只是她的衣装更换问题。每次去看她时，她总是懒洋洋地赖在床上。养老院里经常会有丰富的老人节目：小音乐会、唱歌、故事会、游戏等等。护工每次只会任务式地来敲门问一下："你愿意出来一起参加活动吗？"大部分情况下，婆婆都会千篇一律地回应："我一点力气都没有，不要打扰我了，我只想静静躺一下！"只会躺着的人，还会有希望吗？

这个下午，我和孩子们来看婆婆。一位身材粗壮，短发如剑的护工闯了进来，左手一杯咖啡，右手一块蛋糕，一声不出，面无表情地把手中物搁置在婆婆的床头柜边，就如疾风般旋转出去。我觉得我的脑子又要开始爆炸了：本来每天下午三点的咖啡时间，是她可以和别的老人一起在咖啡室里聊天消遣的好机会，为何就因为她上午一声"我不想动"，护工便不再做努力动员她出去了呢？

我不禁想起粤子曾问过我的一个问题，他说："妈妈，在爸爸和你还没有出来前，那时只有爷爷奶奶、外公外婆，世界只有三种颜色：白色、黑色和灰色，对不对？"记得当时我是睁着大惑不解的双目，真搞不懂这小家伙的脑子了。直到他“蹭蹭”地跑到书架前，捧出一本发黄的相册，翻开来：“妈妈你看，爷爷奶奶那时候照片上的东西，都是只有白灰黑三种颜色的。”

现在，我不知道，人们印象中的养老院该是什么一种色彩：难道也是觉得老人只会拥有白灰黑三种颜色而已吗？

以前社会服务机构的护工来家里给她洗澡，护工会很注意让她每天穿得干净漂亮的。她爱穿大红大黄的衣裳，而这些重彩落在她的身上，配着那一头银亮发丝，总会让看到她的人不由自主地惊叹：哪像个快九十岁的老人啊？！对于给她提供健忘护理的义工克里丝汀，我们对其倾情尽心的服务也只有一个大大的满意。是她不断地提醒我们：健忘的婆婆，还依然拥有思考与欢笑的能力和权利的。只要你有耐心陪她，她依然可以和你下完一盘名叫“你别生气”的跳棋，她依然可以和你一起放喉吟唱很多歌曲。

也许我是被社会服务机构这些尽心尽力的护工宠坏了，我们就想当然地觉得无论她身处何地，都会也应该会受到无微不至的关怀。更何况，养老院的费用极其不菲，我们就更有理由要求和希望她的生活充满鲜活的色彩，而不只是白黑灰三色而已。

正当我盘算着是否该到别的养老院去考察比较一番以作更好打算时，我们接到了养老院开家属会的通知。爱德华正好要公差在外，家属会是傍晚时分召开的，他说我要照顾孩子，如果去不了，就算了。我却斩钉截铁地说：“不行，这个会我一定要去，我有一大箩筐的话要向领导反映呢！”

那个傍晚，踩着落日余晖，我拖着俩孩儿来参加养老院家属会。一进大厅，才发觉里面的家属多是银发人，只我一个黑头发黑眼珠的“小辈”。其实也是，养老院的老人大多都是八九十岁了，他们的孩子也都有个五六十岁啦。我的婆婆是因为高龄才喜获一子，所以才有幸得了个年龄能做她“孙女”的媳妇！

会议上，刚从柏林调过来的新院长发言，她友好地向大家致辞：“希望我也可以像我的前任一样，继续给大家提供满意的服务！”一位老先生马上回应：“如果是这样的话，那我们太不幸了！”众人哄堂大笑。我也顿觉会心，原来，还不只是我一个人有意见啊！

接着，大家纷纷举手发言。坐在我旁边的波格太太扶了扶眼镜，双目直射向站在院长旁边那油光满面的大厨，不紧不慢地审问着他："现在正是草莓季节，养老院拐角不远处就是草莓地。新鲜摘落的草莓垂人涎，为什么我每次来看我的母亲，都只见餐厅里永远摆着的都是苹果和香蕉？"还没等大厨接话，又一老先生插话："为什么我很少看到晚餐有新鲜的沙拉？香肠的品种也不多呀？"大厨挺了挺大肚子，一脸憨厚地解释："前阵子不是因为流行大肠菌吗？哪敢多给他们草莓和沙拉吃？再说，每个人都是自己选择要吃什么的，他们不在菜单上那个西班牙帕玛香肠前打钩，我也不知道他们是否要吃呀！"

对烹饪和吃从不讲究精细的德国人，今天却围绕着这个吃的问题热辣辣地讨论开来了。大家七嘴八舌地给大厨出谋献策，看如何让老人的食品更丰富可口些。

我在那里听得都不耐烦了，因为"吃"这个问题对我来说还不是个严重问题，婆婆胃口好，有什么吃什么，她是饿不着的。况且，我们时不时接她回家给她打牙祭的呢！我有比吃不吃草莓还更重要的意见要提。我多次举手欲言，都被激动的人群抢了过去。新院长一直微笑地倾听着，解答着。当她说了一句："我对我们这个养老院觉得很感动的一点是，你们这些家属来看望亲人的频率非常高，这是我在别的养老院都没有遇到的！"我不顾一切地站起来接下话茬子："是的，我和孩子们几乎每天都来看望老人，甚至还经常接她回家，是因为我们的确很伤心，对她在这里的生活很不满意！"我那么大声地说话，骚动的人群一下子安静了。大家都齐刷刷地集中到我这个唯一的黑头发外国人身上，聆听着我激动得有点发颤的声音。我告诉大家我看到面无表情的护工的感受，告诉大家我看到只懂得躺在床上度日的婆婆时的感觉。我告诉院长，像我婆婆那样的老人，她需要多一点的加压，不能任由她懒惰。一旦说服她加入集体活动的行列，她其实还能很好的乐在其中的！

我的话音刚落，就得到了附和的声音。院长长嘘了一口气，一双杏眼往天花板上一挑，然后看着我说："给老人加压这个问题，是非常复杂的问题。养老院经常发生这样的事：如果护工出于好心，极力说服老人去参加活动，有的老人会觉得这个护工太烦，侵犯了他的自由权利，甚至还要给律师打电话。"接着，她又继续嘘气，语气变得有点感伤。她告诉我们，前一阵子因为院里面上层领导走动问题，人员管理有点松动，有的护工有情绪也难免。在德国，护理人员的短缺是个极其严重的问题，人口老化不断加速，而愿意任劳任怨地给老人家擦洗屁股的青年却越来越少。护理人员的工作强度大，而他们的收入却与工作量不成正比。特别是慕尼黑一带，生活费用又高，就更难吸引低收入行列的护理人员来了。

院长的声调越来越低，我却感觉到刚才浮躁的人群突然安静下来了。大家好像从对鲜红草莓的期盼回到了现实中来，波格太太不停地点头："是呀，是呀，院长您说的是实话！说实在的，老人们在这里每天都可以干干净净的，吃好睡好，我们很感激！"

我软软地坐了下来，紧紧抱起我那已睡眼惺忪的孩子。我其实何尝不是感激有养老院照顾婆婆呢？起码我不再担心她一个人会摔倒没人理，脏了没人洗了。这些最基本最重要的生活质量，在养老院里能得到很好的保证。至于其它，只有苹果没有草莓般的琐碎问题，我们这些家属也可以解决。那其实是举手之劳，因为如果孩子要吃草莓，我们马上就记得去买，那么也该记得买一盒给老人吧！

天际最后一抹落霞渐渐消退，家属会也接近尾声。院长重新扬起精神饱满的声线，向我们保证他们会继续努力为老人服务，会尽量改进大家今天提出的建议。她希望家属继续多来访，陪伴老人散步聊天，讲讲故事等，这都是对护工们的莫大支持。更重要的是，她强调着，要让老人真正有红草莓般灿烂的晚年生活，天伦之乐起着很大的作用。

原来，养老院的调色板还是掌握在我们这些家属手中。

从此，我们便更加尽心地抽空去陪婆婆了。

一个周五的傍晚，我和孩子们照例到养老院去。一下电梯，经过咖啡厅，我径自往婆婆的房间去，看见咖啡厅里的护工对我不停招手。我转过身，远远看见婆婆也在其间，便走了进去。刚才对我招手的护工，却把我急急地引到另一位老人那里——我难以相信自己的眼睛，那竟然是我好些天没见的帕清太太，她住在我们家对面。我看到她的额头有一块被敷着的伤口，眼角有血泪的痕迹。护工说她刚搬进来，她脑子太糊涂了，什么都不清楚。但是她一看到我们就激动地站起来呼叫！

这一切来得太突然了，要知道，帕清太太在我心目中，一直是一株“常青藤”来的。

这次从国内回德国时，母亲还给我塞了几把画有桂林山水水墨画的工艺扇子，还嘱咐我一句：“送一把给你们家对面那个老太太，向她问好，说我明年到德国去再教她打太极拳。”

她说的就是帕清太太。母亲在德国时，总喜欢在院子里打打太极拳，这位染了黑发的九十岁高龄的帕清太太，总爱在她家里偷偷看，然后还偷偷学着比舞几下。直到有一天憋不住了，跑过来找我母亲，两个人指手划脚一番倒也不亦乐乎。

帕清太太很爱孩子，每次见到我们家俩孩子总是亲爱有加。只是和她一起住的小儿子没有孩子。她那大儿子呢，倒有个小女孩，身为历史学家的他，住在柏林，还是柏林博物馆界的权威人士，我们这个镇的荣誉市民，平时因为工作繁忙，一年到头也就是在圣诞节时来呆上几天。我总觉得，那短短几天的小孙女来访，是她生命中最为幸福自豪的日子。曾为钢琴老师的她，现在还每天坚持弹琴一个小时来消磨光阴。她的家是一幢二层小楼房，她呢，住在楼顶层，让小儿子小两口住地面一层。每天她打开窗户通风时，总爱倚窗远眺，于是，她便时不时能看到我们家在院子里嬉闹的孩子们。这时，她就会挥动欢快的臂弯，一个劲地喊：“啊，我的小老鼠，过来我这里玩啊！”

记得一个月前我把扇子交给了帕清太太，她还开心地在我脸上不停地摸了又摸。然后把我拉进屋里，掀起琴盖，问粤子想听什么音乐。儿子只能说出他最熟悉的《跳蚤华尔兹》一曲，老太太就舞动着脑袋，在琴键上敲出这些灵动的音符。接着，她又不看琴谱弹了一个曲子，告诉我这是一首俄罗斯民曲，她的弟弟当年作为二战战俘被流放西伯利亚，在那里学会了这曲子，重回家园后，他凭记忆把曲子写了下来。如今，帕清太太每弹起这曲子，便会想起她已经离世的弟弟。

我总爱拿她当榜样和婆婆比较。我对婆婆说："你看人家帕清老太太，年纪比你还大呢，可比你还更有劲头。"

然后有一天，忙碌的我隐约中听到对面有救护车来，我也没机会去细察个究竟。

没想到，今天在养老院里与她重遇了。

帕清老太太的确很激动，她的眼睛闪烁着迷人的光芒，她一个劲地说："哦，我的上帝呀，你们也在这里，我太高兴了！"接着下来，她说的一连串话，让我证实了护工是对的。她除了认出我们，并不知道自己身在何处，发生什么事了。她一会儿不停地说："我给你们弹琴听好吗？你们到我的房间去好吗？"一会儿看着窗外的乌云，又恐惧地问："太可怕了，我要回家，我的儿子在哪里，他在哪里？你带我回家好吗？"

婆婆也许感觉到我们对她的"冷落"，面无表情地问："这个黑头发的老太婆是谁呀？"我欢乐地回答："你怎么忘记了呢，她就是我们的邻居帕清太太呀！以后你们可以一起作伴聊天了。"可是婆婆每隔几分钟又问我同样的问题，我才发觉自己的建议是多么的幼稚！

回头看看我的孩子们，他们正在桌子之间蹦蹦跳跳，老人们都在那里睁着或是明亮的又或是呆滞的眼神看着他们，偶尔还听到有人在赞美着："多么可爱的孩子呀！"

当我们和帕清太太道别的时候，她突然很紧张很害怕，她紧紧拉住我的手："你们留我一个人在这里吗？我的房间呢？我的钢琴呢？我害怕。我要回我的家。我的儿子呢？我在哪里呢？"

我只觉得，自己再不走，就要掉进泪的漩涡里了。

以后的日子，每次去养老院，我们都多了一个看望的人。我想着，下次碰到帕清老太太的儿子，要问问他，可否把那架古老的钢琴搬到这座现代的养老院，帕清老太太她最后的房间里。我会愿意一直聆听她的琴音——即使到了不成调的那天。我相信，有琴音相伴着她，她在养老院的日子便依然会是彩色的。

2 收获的季节

婆婆在埃尔福特的房子，爱德华很快便找到了一个租客。爱德华在接下来的两个周末，都奔忙于埃尔福特和慕尼黑之间。他清理了那些他还需要保存的东西。几十年的积累，最后他搬回慕尼黑的，是几箱子书——包括那些年代久远的古字体印刷出来的书，我看不懂的，爱德华估计也不会去读的书；还有那些旧相册——那里面记录着我们从未谋面的祖父辈的音容笑貌；以及婆婆用其一生收藏的各式陶瓷工艺品——她曾经说过，这些东西将来是属于我的。

在我们家里，也只能暂时在地下室为这些箱子找一处安身之所。

这是些浓缩了公公婆婆几十年生活的箱子。

几十年的生活，被装进了箱子里面。

而同时，我寻找房子的心开始变得焦灼——欧元危机没有缓解的迹象，央行的利率一降再降，在德国，房产市场继续被人们当成欧元的救命稻草。而政府，好像并不会因为求房者众而有意把一块块空着的大草地开发出来盖房子。很多区域的房源依然最大程度地局限在私人出售上。

还有三个月粤子便要上小学，本来想着在他上学前我们能找到房子的心愿，看来是无法实现了。

除了找房子，我还开始了自己的求职之路。而这条路，并不比找房子顺利。

我要申请的工作，虽然有不少半职的机会。但是，应聘的时候，他们说我德国工作经验为零，他们说我离开职场这么久了，他们说如果我愿意做全职的话，便很容易有一个机会。全职我是无力去做的，也不想去做。我不能想象，自己每天晚上六七点下班回家，灶凉孩闹，还有我的婆婆，我们难道忍心让她在养老院里寂静地躺着吗?

事实上，不但全职工作的机会多，而且待遇和半职工作也有天壤之别。而且，很多时候，半职工作的职位，不会让你有很多担当重任的机会。

爱德华已经不止一次地对我说过，钱，永远也赚不足的，为了赚钱而让家庭生活搞得一塌糊涂，还不如少赚点钱。

好吧，那我工作的目的便不需要为了一个“钱”字，我只是为了让自己能在德国更有归属感，让自己除了完成一个女人的责任，还能做一些力所能及的事情。虽然这样的想法使我把求职的压力控制到适当的范围，但是习惯了要去做一件事便要争取做好它的我，还是不知不觉中滋生了一份患得患失的心情。我想自己如果在中国的话，工作不会是令我纠结的事，我随便努力一下都可以找到一份不错的工作。现在，在德国，我为了一份普通的办公室工作，也需要接受他们对我吹毛求疵的考核。

我自己写着一封又一封的求职信。我也隔三差五便收到公司对我这个求一份半职工的母亲的礼貌拒绝信，但是我从不把我在求职路上遇到的问题告诉爱德华。他自己已经拥有一份忙碌的工作，每天回到家，他还要赶在养老院规定的最后来访时间前去看他的母亲。

我把我心中的疙瘩向婆婆发泄——这个我几年来形成的习惯，即使婆婆住养老院了，我也没有放弃它。那天，我和孩子们去看她。阳光灿烂的日子，我们说服她随我们到外面散步去。孩子们在游乐场开心地荡秋千，她在那里入迷地观看着。他们的欢乐更加深了我自己的委屈。我像一头受伤的母牛，睁着红红的眼睛盯着我身边这位老妇人——她那与世无争的安详激怒了我。我张开口，把心里头的那股怨忿倾盘倒出："你这个奶奶怎么不年轻二十岁呢，这样也不用我们为了你而操那么多的心。这样你也可以帮我们看一下孩子。这样我也可以轻轻松松地出去工作。我已经为了你们在家呆了好几年了，什么时候我才可以做我自己更想做的事情啊，天哪……"

她的目光却依然停留在孩子们那里，好像我的怨气根本与她不相关。

"世上有比这更糟糕的事呢。"她终于给我回了一句话。

"我根本不用你们来照顾。你们把我送回埃尔福特便可以了。"她接着那些无用的老调重弹。

"但是孩子是你们的。把他们培养好，这是你的大事业。那么可爱的俩小孩！你这个母亲是最重要的。"她竟然还能这么有条理地给我分析。

那些个纠结我心的疙瘩，便也如此神奇地在她面前土崩瓦解。

原来，我只是需要她在我面前重复她的口头禅："世上有比这更糟糕的事呢。"

听到这句话，我便又可以让心宁静。

我便又可以继续我不折不扣的努力。

找房子，找工作。

我的心情放松了，机会也向我走来了。在我对婆婆发完牢骚的两个星期后，我得到了一个面试邀请。面试那天，坐在我对面的是一位金发女郎。她很礼貌地对我解释："其实，我应聘的这个半职职位，相对于我的学历和经历，是有点简单了。"我也很虚心地对她表白："我是一个母亲，我只需要一个回到你们中间的机会。这个机会，对于我来说就很不简单了！"

她非常理解我的渴望，我们很快就达成一致。我知道，这一份看起来无足轻重的工作，对于一位身为母亲的外国女人来说，却是很重了。

谁没有梦想和追求？谁不想永远奔跑在通向成功之路上？只是，我们不能做到每时每刻以百米冲刺的速度来奔跑，那么，慢慢步行，只要不停息，也会达到终点的。

我和公司商定好，等八月份暑假过去，九月份孩子入学了，我便可以去工作。

签好工作合同的这天晚上，等爱德华回到家，我打开冰箱，拿出冰凉的香槟。我把这个好消息告诉了他，希望他能分享我得之不易的成绩。

“我聪明的女人，我一直都不会担心你不成功。你这样的人，大家都应该抢着来聘你才对！”爱德华大言不惭地来夸赞我。

“你以为他们需要找管家婆呀！抢着来聘我！你其实明知道我不容易，但是你也从不会主动来给我出谋划策一下的，因为你打心底里就不很赞成我出去工作！”我直言出自己的不满。

“天打雷劈啊。我要是敢有一点这想法，就不是我啊。你这么聪明的女人，只把你圈在家里，会闷死你的。”爱德华极力狡辩着。

“其实，我最理想的职业，还真的是能在家里上班。这样，工作家庭两不误。但是，我得先出去看看，才能知道自己最终的选择。”我说出自己的心里话。

“你为什么不继续写作呢？像现在这样，给报纸写写东西，不是很好吗？这一直是你爱做的事情。能把自己的爱好坚持下去，多好！”爱德华提醒我。

“嗯。我一直不敢多写，是因为觉得自己的生活圈子太小了，每天就局限在你们这里，也没什么了不起的题材可以写，这也是我为什么想走出去的缘故。”我感谢他还是很懂得我的。

“写我们呀，看我们这么幸福的小家庭，多少人羡慕都来不及呢。很多有钱人都不一定比我们幸福呢，反正我觉得自己娶了你是一件非常幸运的事。”爱德华说。

我把手中的香槟一饮而尽，告诉他，等我把房子也找到了，你才好好去说自己是幸运的吧。

是的，找房子现在也变成只是我的事情了。经过这两年来的深入研究，我渐渐懂得了要成功实现我们的房子梦，必须有足够的耐心与运气。爱德华是个细心的人，可他没有耐心。而我呢，虽然在有些事情上比他粗心，可是我耐性可嘉。于是，我就意识到这个梦想实现的重任只有我能扛得起。

现在，有了找工作的成功经验，我更相信坚持便是胜利的信条。

一个星期天的早上，我打开电脑。我习惯性地打开邮件，查看邮件里房产网页每天给我发来的房子信息。我读到了一个基本合乎我们要求的房子，便马上打电话给房产中介。电话那头的中介商，却抱歉地对我说，房子昨晚就被人订走了。我正要惯性地去梳理一下自己的失望情绪，她却马上补充说：但我现在刚接到另外一个房子的出售信息，我还没有放在网上。如果你有兴趣，可以去看看。我问了她一些基本的数据，便马上同意去看房子。

是的，找房子如找爱人，是你的终归会出现，不是你的众里寻她千百度也了无踪迹。那天中午我按照约好的时间先独自去看了房子。从火车站下车后，我走了大概七八分钟，便到达我要看的房子那里。这是一座楼龄有十五年的白色小房子，正是我们想要的风格：简洁，舒畅。房子的面积不算很大，但也够我们一家四口住了。看完后，我向南走了五分钟，看到了一个大大的游乐场，再过去，便是一座大树林了。我再一直往东走，沿着山坡下去，走了十几分钟，我来到了湖边，波光粼粼之中，天鹅与鸭子在尽情嬉戏湖水间。我按捺不住心中的激动，给爱德华打电话：“就是它了，你赶快来看！”

晚上，他下了班后赶过去看，看完后他马上对屋主拍板：“我们要它了！”

两个星期后，在爱德华生日的那天，我们在公证处签订了房子的购买合同。

从此，我再也不需要担心股市的风云变幻，欧元的上涨下跌。对于我这个生活在他乡的中国人，有了自己的房子，感觉还是和租房子不一样的。

买了房子以后，就要想着给婆婆转养老院了。

离新家三公里远的地方，便有一个养老院，我们在那里给她申请到位置了。

这是一所坐落在美丽湖畔的养老院，它的前身是一座城堡。二十多年前落成的那座圆形建筑，是专门给需要特别护理的，尤其是患有老年健忘症的老人居住的。根据病情的轻重，老人分住不同楼层。当我和爱德华第一次来这里探听情况时，吸引我们的，除了那坐在公园的长椅子上就可以尽收眼底的湖光山色，以及圆形大楼里那些古色古香的家具和挂饰，还有护理人员那一张张发自内心的灿烂笑脸。我们一下子就喜欢上这所养老院。

2011年，这真是我们收获的一年！

我忙得不亦乐乎。我在电话里给母亲下了邀请："明年无论如何你们也要来德国看我们，看我们的新房子！"

天知道，我心有多欢腾！我终于可以让母亲看到，她的女儿也住进了自己买的房子里啦！我已经模糊了自己一直以来那么执着于实现买房梦，是基于想抚慰母亲的不安还是因为要满足自己的所谓"生活质量"。

收获的日子，仿佛要永远持续。这天，爱德华下班回来，他的脸上填满了溢彩流光。

"走，我们去看阿嫲。"他把公文包放下，便拽上我们驱车去养老院。

吃完晚饭的婆婆，已经回到房间，正坐在床上做填字谜语。

"阿妈，你是否还记得，我们在柏林有一家亲戚？"爱德华急急地问婆婆。

婆婆放下手中的笔和报纸，把眼镜摘下来，用手使劲揉了揉双目，然后注视着满脸通红的爱德华："什么亲戚？你说什么？"

"阿爸的一个哥哥，战后不是去了柏林吗！我在柏林读书时还去看过丽莎伯母。他们的孩子，20世纪80年代时从东柏林去了西柏林，一走便杳无音信。丽莎伯母去世后，我们更无从查找他们的信息了。你还记得他们吧？！"爱德华满怀希望地看着婆婆。

"嗯，记得，当然记得。可怜的安托尼！你阿爸的哥哥，安托尼，他很早便过世了。"

"阿妈，但是伯父伯母的儿子彼得，你们很熟悉的，对不对？彼得有个儿子叫弗兰克，年龄和我相仿的，我从来没有见过他，但是你和阿爸跟我提过，我记得这个名字。”我在一旁看着爱德华在那如数家珍地讲他伯父家的事，也跌进了雾里云里间，不知这些我从未认识过的人，为什么突然被他提起。

婆婆也有点吃力地消化着从爱德华口中吐出来的一个个人名。她摇了摇头：“唉，不太清楚了。不太清楚他们的事啦。”

爱德华有点沮丧。但是，很快他又自个自地接着讲下去：“我觉得肯定是他们！没理由这么巧的！名字这么巧是相同的，职业也这么巧是一样的！”

我终于忍不住问他，到底发生了什么事。

“柏林市这阵子正在进行市议会大选，其中一个候选人叫弗兰克，也是我们亨氏的姓。媒体介绍他的家世时，说他的父亲彼得是工程师，母亲绿茨是小学教师，还说他们是20世纪80年代初从东柏林出走到西柏林去的。天下哪有这么多的巧合呀！而且，本来我们亨氏姓就不是一个很普遍的姓。我觉得他们肯定就是和我们失去了联络近三十年的亲人。我一定要写封邮件去询问一下。天啊，要是阿爸还在，他肯定很清楚了，那是他亲哥哥的家人呀。唉，其实阿妈也清楚的，只是她现在也帮不了我啦。”

“那就写封邮件吧。”我也替爱德华高兴，觉得他应该去尝试一下。我还清楚地记得，当年我们结婚，要给亲戚朋友们写邀请函时，公公就曾经提起过这家失去联系了的亲戚，还唏嘘不已呢。

“唉，都是那战争的错啊。”婆婆突然脱口说话，“亨氏家的汉子，有战场上死的，有战后英年早逝的。战争里，男人们都要听希特勒的话，到前线去，只留下我们这些女人和孩子守着家。那是一个糟糕的时期，非常的糟糕。”

我第一次听到婆婆这么明确地用“糟糕”这个词来形容她曾经历过的日子。一直以来，无论我对她抱怨任何东西，她都会告诉我：“还有比这更糟糕的事呢，不要这么不快乐！”原来，沉淀在她灵魂深处那些糟糕的事情，是战争的残酷。战争使得他们这一代经历了家园尽毁的悲伤，战争使得他们这一代经历了家人生离死别的无奈。亲身经历过这样的人间悲剧，要么会变得抑郁寡欢，要么学会了在废墟中站起，继续沉重的人生。婆婆懂得把那份沉重的过去化为一盏明灯，她用自己的坚强与豁达去书写了一场充满爱和欢乐的人生，她总会在适当的时候，给所有生活在她身边的人，吹来一场柔软的地中海夏风。

我那么幸运自己是生活在她身边的一员。

3 不讲理的房东

我们向女房东迈尔夫人递交终止租房合约申请。接过申请的时候，迈尔夫人垂下她美丽的眼睛，从鼻孔里喷出轻轻的话语：“你们都要离开我呀？就剩我一个人啦。我到哪里去找像你们这样的房客，帮我把花园打理得这么好呀？！”她哀伤的神态让我觉得自己做错了事似的。我好好安慰了她一番的同时，也很感动她对我们一家的感情。

说实在话，这些年来，我们相处得也还好。每年我们若要到哪里度假旅游了，总会记得给对方带个小礼物回来。迈尔夫人家的厨房，窗户里挂着的那串陶瓷，就是我们去土耳其度假时带回来的，而小娜莎喜欢穿的那条粉红色裙子，也是迈尔夫人在西班牙度假时买的。

天下无不散的筵席，我们互相说了些祝愿的话，并许诺以后也要互相保持联系。

秋天时，我们搬好了家。我们把房子退给迈尔夫人那天，房产中介也例行在场做交接记录。身着笔挺牛仔装的迈尔夫人，进门和大家打完招呼后，便开始巡视每一个房间。我们听见她不停地叫："哎呀，这墙上的钉子孔补得凹凸不平；天呀，这个电插座怎么松下来了；哦，这个角落的地毯还有一点斑迹；我的上帝，这大理石窗台被花盆印上了痕迹了呀；这个门的颜色，怎么掉了一块涂料呀，这样子不行，还有这把锁，怎么松松垮垮的了，浴缸这旁边，怎么起了一点黑迹呀……"她一边在各个房间里转一边转过身去对中介叫嚷："你都记录好了，到时修补的费用他们要负担的。我太伤心了，这个房子被弄成这个样子，当初交给他们时，什么都好好的呀！"

我和爱德华一下子像被雷击一样，懵懵懂懂地没了思想。

本来按照现在的租赁法规，房客不再需要把房子粉刷一新的了，而我们已经在里面住了七年，期间自己动手修修补补的东西不计其数，总不能把那些本来属于自然磨损的账也算在我们头上吧？！

再怎么说，我们还是友邻一场，即使有问题，也不应该以这种态度来对待我们吧！我们也不是第一次和房东打交道，还记得七年前搬家时，按照合同规定虽然我们不需要粉刷墙壁，爱德华还是好心地把房子粉刷一新，然后还担心自己粉刷得不够好，老房东验收时挑毛病呢。结果那个老房东来收房子时，根本没有看房子，站在走廊里和我们聊了半天他在二战时的惊险经历便了事。

在不欢而散之中，我们和迈尔夫人结束了多年友邻之谊。我们等待着她给我们开来的账单。

过了一个多月，迈尔太太把一纸高达一千多欧元的账单寄来，后面黏贴着厚厚一叠五花八门的发票：门抛光了，锁换新了，地毯换地板了，还有，她竟然把两年前维修卧室窗帘的账单也一并寄过来了……我们深深倒抽了一口凉气。爱德华说：还真让我们遇上一回这般不知耻的贪婪之人了！我打电话给房产中介，问她："我要真付了她这笔钱，她抱着它能睡好觉吗？"

这位可能阅尽了房东房客之间那点事的中介商，却仰起头哈哈大笑，她说你是用你的那套佛教思想来解释人呀！放心吧，我们这位房东，虽然是虔诚的天主教徒，她绝对不会觉得抱着你的钱会受到上帝惩罚的！

我说："那我到法庭上去和她论理，该可以吧！"

我想起我那同样为了维护自己利益和房东打官司的女朋友昆。她最后还是用法律成功地维护了自己的利益。

"你知道打官司有多费神吗？说不定是件得不偿失的事情啊。"这个中介商的话，一听便让人没有兴趣再和她继续纠缠下去了。这还不明明在暗示我们，活活吞下这份冤，好好息事宁人算了。

爱德华也说，这个迈尔太太贪婪但很幼稚，要真的上法庭算一笔明白账，她肯定得不到她想要的。只是，话又说回来，我们真没有这个精力和时间去陪律师玩。经过和我再三商量后，爱德华先写了一封建议书给迈尔太太，建议大家各退让一步，说她列出的清单我们不能全部接受，但我们愿意负担稍为"合情理"的部分金额。我们的建议书寄出去后，石沉大海。她的行为，使得我们的心更冷了。不久，我们还收到了银行的一封函件，银行告诉我们，迈尔太太已经申请把我们存在该银行的押金——相当于三个月的房租——冻结了。

当我气冲冲地把迈尔太太的行为讲给婆婆听时，我其实也并不指望她能给我们出什么主意，我只是习惯性地找她来发泄一下这口怨气而已。

我说："婆婆，这是我在德国这么多年了，第一次有这样无赖的事发生在我这个生活在蜜罐里的人身上。当然，我并不会认为迈尔太太的行为是针对我这个外国人的'种族歧视行为'。我想，无论是外国人或是德国人，在她心目中，都是同样的外人。为了自己的利益，她都会不顾一切去维护的。"

婆婆开口了，她说，小鑫哪，世界上有比这更糟糕的事呢。

我说，婆婆，我知道，世界大战会比这事更糟糕。

婆婆摇了摇头，说，这个迈尔太太这样对待人，肯定自己不会是一个快乐的人。

我点头，嗯，她真的很可怜。你看，她六十出头便丧夫了，她的孩子也总是惹她心烦。小儿子都一年多不来看她了。

婆婆继续摇头，你看，对这么可怜的人，你还和她计较什么。如果她觉得多占了你们一点便宜会高兴的，你们就算是送她一点快乐吧。

我也摇摇头，婆婆是那一池波澜不惊的湖水，我还没有达到她那份境界，喉咙里卡着别人硬塞给我的鱼刺还要祝她一路走好。

但是我依然能从婆婆的话语当中得到一份让心宁静的理由。有婆婆陪着我，我很快便把迈尔太太这件不愉快的事抛到九霄云外去。

4 养老院：琴声悠扬

我有比无理的迈尔太太更有意义的事情去操心。我开始上班了。

一如我所料，我被分配到的工作，都是一些打杂性质的琐碎事。我包揽了那些最需要时间的简单工作，譬如在电脑上无休止地输入数据，把各种各样的账单和资料分门别类等等。我一点都不抗拒这些不痛不痒的工作，我每天按时上下班，下班后一边啃个面包一边赶火车回家，回家后便去接了孩子，接了孩子后一起去看婆婆。

天气好的时候，我们会和婆婆到公园里走走。婆婆腿肿的问题好像没有什么灵丹妙药来解决了。那些有泻水功能的药片，也不敢让她过量服用。她已经不便多走动了，我们便让她坐在轮椅上，然后推着她出去。

坐在轮椅上的她，却满身不自在。轮椅移动一点，她便在那里大声惊呼："停停，停下来。你们要把我摔下去的。"而这个轮椅还特别的笨重，在平地上推它，已经很吃力了，湖边的公园，斜坡又多，我一个人要气喘吁吁地推，后来，粤子心疼我了，也会过来帮我一把。只是，当我们终于把轮椅推到湖畔时，婆婆便被眼前的湖光山色迷住了。每次，她都会不住地惊叹："真是绝美仙境啊。"我总是对她说："阿妈，这么美丽的地方，你不好好多活几年，会可惜了啊！"

养老院负责给健忘老人提供娱乐的伊娃，是从事心理治疗工作的。一天，她在湖畔看见我们，她兴奋地过来和我握手，说她一直想找我谈谈的了，她每个星期都会有一个上午和婆婆相处。她很想多了解一下婆婆的过去，因为当她和婆婆聊天时，找到切入点很重要，而聊婆婆的过去是最棒的方法。

当她听完我对婆婆一生的简单叙述后，她动情地回应我："你的婆婆，她身上散发出来的那份让人亲切无比的豁达开朗，让我很喜欢和她在一起。她总是报以你一个微笑。很可亲的一个人。"

而我同样觉得像她这些活跃在老人之间，尽心为老人送来欢乐点滴的人是非常可亲可爱的。

我发现，同样是养老院，员工的敬业精神却可以大相径庭。

因为婆婆，我接触过三个养老院。虽然从来没有遇到过像网上有些人所抱怨的，说有的养老院可以让老人的尿裤重达一升了才去更换的事件，但是我们也曾经有过一些不愉快的小节：譬如只是放任婆婆躺在床上度日而不积极邀请她去参加活动，同房的老人在垃圾桶里小便也不及时来清洗等等。虽然我们从体谅护理人员的辛苦出发，没去进行尖锐投诉，但是心中的不快还是依然存在着的。自从婆婆转到这个新的养老院后，才发觉，同样辛苦的工作，却可以有着不一样的工作热情和工作效率。

因为婆婆，我不但了解到德国对于垂暮老人那富有人性化的护理制度，而且还有幸跟随着这些老人一起走回那些我不曾熟悉的历史片段。

一个秋日的上午，我不用去上班。我去看望婆婆时，她正在吃早餐。我坐在她旁边静看报纸。一位护理人员过来，跟我打招呼，然后和善地建议："我给你拿杯咖啡来吧，这样双手空空地陪着她吃饭，多没意思！"我喝着芬香的咖啡，继续看报纸。这时又进来一位护理人员，满面春风的她用力拍了一下手，对婆婆说："十点钟有一个唱歌会！我一会儿来推你过去。"接着她转过来对我微笑："你如果有时间，也可以陪着在旁边看的！"

我当然很想留下来看看。

护理人员逐个房间去敲门，要去唱歌的老人一个接着一个地被引到一个房间那里。十点钟开始的活动，他们提前一个小时就开始去折腾，等最后一个老人被扶进来时，时针正好指向十点。

一位背着大吉他的长发女士兴冲冲地走了进来，那是一个义务工作者。她飘逸地一甩金发，坐在一张高凳子上，拨动琴弦。几个音符流淌出来，她笑着问：大家知道是什么歌？

婆婆响亮地把调子哼下去：

在军营前，
在大门口，
有一个灯笼
而她仍然站在前面。
我们想再相见，
在灯笼旁，站着我们
一如往昔，莉莉·玛琳。
…………

《莉莉·玛琳》（Lili Marleen）——这是一首曾经在战争年代唱遍敌我双方军营的德国歌曲，它本是一战期间一个德国哨兵写的一首思念恋人的诗。1938年，被谱上了曲。二战期间，德国军营里的电台每天反复播放此歌，瞬间成就了一个奇迹：不但德国士兵，连从北欧到非洲军营里能收听到此曲的"敌方"士兵，也爱上这首歌曲，还用德语来吟唱。接下来的三两年，还有了英语版、法语版等等版本问世。公公在二战期间也是要离妻从戎，而患有健忘症的婆婆对这首老歌还如此刻骨铭心，实在令人唏嘘不已。

在座的老人们都一起兴冲冲地合着拍子唱起来，接下来唱的歌曲，都是

20世纪三四十年代的老歌，歌曲把老人们的记忆拉回久远的年代。婆婆越唱越兴奋，越唱越年轻。我看着她激动得有点泛红的脸庞，诸多感慨。谁说人变老变弱了，就会被剥夺快乐的机会了呢？只是我们这些正常健康的人，往往没有耐心也没有意识去好好挖掘他们的能耐而已。

是的，耐心，这是我们对这些老人所缺乏的。

周末的时候，刚开始时，爱德华还是喜欢接婆婆回我们的家。

然而，我们的新家，除了壁柜里面放着的那些曾属于她的陶瓷工艺品，还有墙壁上挂着的家人照片，是她熟悉之物，别的一切，于她都是难以忍受的陌生。在这里，她找不到厕所，她找不到她的房间她的床，她找不到通向阳台的门口。她是那头受伤的小鹿，最后选择一动不动来抗议这个陌生的家。于是，孩子们和她玩乐一阵后，便突然捏着鼻子撒腿而跑："阿嫲好臭，阿嫲好臭。"而我们的新家，浴室在她爬不上去的二楼，也已经没有了为给老人洗澡而装置的座椅，于是，一个本来盘算得好好的共享天伦的星期天，被沮丧失望的情绪填满。爱德华要把她送回养老院洗澡，她死活不愿意走动，一场失控的母子吵闹剧，让人觉得他们之间的恩怨，是否已经始于前生。

爱德华总会气不打一处来，喊着："天啊，怎么会有这样的人呢！这样不讲道理。"

婆婆也会在气急败坏之间大声嚷叫："你等着来啊，你也会有老这一天的，到时候你就会想起我来了！"

但是，我们这些晚辈，从不愿意现在就去想我们自己也会有老的这一天。

这个时候，我便庆幸有养老院这么一个好地方。他们能对老人做很多我们做不了的事情。

圣诞节前，我们接到了养老院的邀请，养老院邀请家属去参加圣诞宴会。那天，天空飘着密密的雨雪，我和孩子们还是穿着节日的彩妆，兴冲冲去赴宴。养老院的餐厅，圣诞节的气氛很浓，温馨无比，婆婆也穿上着了金色的红装，喜气洋洋。养老院对我们非常关照，在和大厅一门相隔的走廊里，为我们仨和婆婆单独准备了一张桌子，说这样我的两个孩子就有更多的地方去活动了。而我，坐在那里，可以对大厅的熙攘人群一目了然。于是，一个个动人的镜头，闯入我的视线：有的老人没有家属来参加宴会的，那些身着工作装或者便装的护理人员，便穿插在他们之间，不断和他们笑语轻轻，亲昵抚摸，还不忘拿起老人面前的杯子，一口一口喂老人喝水。

音乐声缓缓流出，两个身着白色天使装的花季少女推着一辆小车走了进来。小车上装满包装精美的礼物，天使少女手捧礼物走到每一位老人面前。轮到婆婆时，她枯干的手紧紧握住天使少女递过来的礼物，眼眶一下子因激动和兴奋而湿润。孩子们欢呼着要帮忙拆礼物。我惬意地享受着他们的快乐。

紧接着，教堂来的唱乐团在环形梯子上错落有序地站好。钢琴奏乐，他们唱起了一首首的圣诞歌曲。中间穿插着和宴会在座人员一起的大合唱，我又看见了婆婆不用看歌词也朗朗附唱。粤子也拉开他的大嗓门来唱，引得周围的人都向他投来赞许的目光。

这一切的和谐与幸福，让人难以相信，是在一个住着许许多多或是糊涂的，或是坐轮椅的又或是大小便失禁的老人的养老院里发生的。

平安夜那天晚上，我们把婆婆接回家里。从养老院出来时，护理人员祝我们好运。

这是我认识婆婆后的第十个平安夜，十年里，只有我结婚那一年没有和大家一起过圣诞节，其他的九个平安夜，我们都是一起过的。这一次，她已经不懂得给我们准备礼物了。往年，即使她因为行走不便不能够出去购买礼物了，她也会用一个小信封把几张崭新的钞票放在里面，交给我，让我给大家买礼物。当然我们没有忘记给她准备礼物。我为她准备了一套舒适的家居服，爱德华依然一成不变地给她准备了一本书——我却觉得，她现在阅读的兴趣已渐渐减退，这本书也许爱德华是为自己买的吧！

这些礼物都要由圣诞老人送来，这是我们家这五年来的传统。

天越来天黑了，孩子们着急地问：圣诞老人怎么还不来？

他们一会儿跳到窗口看花园里有没有圣诞老人来，一会儿自言自语地说：“圣诞老人只需要来我们家的。别人家来的是圣婴，所以圣诞老人不会很忙的。”

爱德华还是不动声色地安坐在沙发上看书，孩子们的不安越来越厉害。他们走过去围在奶奶旁边，问：“阿嫲，圣诞老人会从哪里来？”

我笑嘻嘻地说，“不是跟你们说过，会从烟囱里滚下来吗！”

最后，孩子们决定，守候在壁炉旁边。

爱德华在旁边虚张声势：“壁炉那么热，圣诞老人才不敢从里面出来呢！”

婆婆笑得合不拢嘴了：“哦，爸爸，别让孩子们失望啊！”

而爱德华依然在那安静地看书。孩子们的表情越来越失望了。

其实，他们知道，圣诞老人每年来的时候，不是戴着和爸爸一样的手表，就是穿着和爸爸一样的衬衣或者靴子，而且，每次圣诞老人来的时候，爸爸都不在。

可是，爸爸今天却一直在陪伴他们啊。那圣诞老人，还有没有希望？

小娜莎不知道从哪里翻出一顶圣诞老人的小尖顶红帽，她爬到婆婆坐的沙发靠手上，给她戴上红帽子：“阿嫲，你是圣诞老人。”

婆婆顺手拿起旁边的一本圣诞故事书，把小娜莎抱过来：“来来，我的小公主，阿嫲给你念故事，念完故事圣诞老人就出现了。”

一听念故事，粤子也马上凑过来。

“大地一片白雪皑皑，万物都在沉睡着。在一个遥远的地方，只有小鹿托比，在兴奋地上下窜跑……”婆婆清脆的声音填满了我们的小客厅。

“……小托比坐上雪橇，在静谧的夜空里飞翔起来……”故事在继续着。

我静静地把摄像机从柜子里拿出来。镜头对准这祖孙仨，把平安夜这一幕乐融融的镜头记录下来。

突然，正在入迷地聆听故事的他们，四目发出星闪般的夺目光彩。“圣诞老人，圣诞老人——”

接着，“呼啦”一下，他们从奶奶身上滑下来。

我们的圣诞老人终于出现在楼梯道了！

他一身红装，满脸白胡子，脚上没穿靴子，只有一双黑袜子。手腕上没戴表，但手指上扣着和我一样的戒指。他的肩膀扛着一个大袋子。

圣诞老人站在大家面前，孩子们发现，爸爸又一次在圣诞老人到来时缺席了。

孩子们端端正正地站在圣诞老人面前，给他念了圣诞诗，唱了圣诞歌，告诉圣诞老人自己很乖。

婆婆那发自内心的爽朗笑声不停地穿插其间。

圣诞老人摸摸白胡子，再摸摸孩子们，然后把肩上的大袋子放下来，开始往里掏。

每个人都从圣诞老人手里接到礼物，即使缺席的爸爸，圣诞老人也有一份礼物留给他。年复一年的平安夜，我们重复着同样的剧情，每一次自导自演完，那份欢乐依然。从婆婆的笑声里，你便可以知道，我们有多快乐。

等到要送婆婆回养老院时，已是接近子夜时分。我们在养老院那灯光灰暗的走廊里，还碰见一个漫无目的在夜游的老人。值夜班的护理人员，正要忙着给一个老人洗澡：夜里起来大小便，老人又把干净的衣装弄脏了。另外一个护理人员，轻轻向我们走过来，拉起婆婆的手，轻声软语地告诉她睡觉前还要再吃一次药。

如果问天底下什么职业最艰苦最值得人敬重，我会毫不犹豫地告诉你，这些守护着老人们的护理人员当属其中！一个无论曾经从自己父母那里得到多少关爱的人，在自己父母老的时候，你都不可能给回同等的关爱与照顾。而这些和老人们根本没任何血缘关系的人，能做到真心关爱他们，这除了那些冷冰冰的词汇——职业道德，还需要他们拥有一颗真正的爱心。

我曾和那位负责婆婆居住楼层的头儿调侃，说我每次进来这里，怎么都没有闻到一般养老院里特有的那股尿骚味呀！这位脸蛋圆圆年近半百的大姐笑得合不拢嘴，她说要是总有这股味道，我们这些工作人员也很不幸呀，我们只不过是懂得及时处理“事故”而已。我问她喜不喜欢自己这份超乎寻常的辛苦工作呢。她扶了一下自己那副圆框眼镜，俯下身去抚摸一下正从她身边吃力地推着轮椅过来的一位老人，转过来对我简短地说了一句：我们都会变老的！世界上没有任何一项工作是容易的。

是的，我们都会变老的。

在我们没变老之前，可能也已经要开始照顾身边的老人了。而真正能保证老人有高质量的晚年生活，却不能仅仅靠自己的子女来完成。一个完善的养老体制，包括养老院和与家属相配合的社区服务机构，它们能让老人们除了老有所养之外，还能得到更好的精神照顾，让老人们真正活出夕阳红的美丽。而这一切的实现，都离不开每一个人的爱心参与，我们举手之劳的一项义工服务，我们选择了护理工作以后能把它当做一项爱心工程……

5 德国式的“公平”和“不公平”

在德国这个民主国家里，稀奇事也是层出不穷的。2012年的新年一过，德国总统伍尔夫先生便要因“贪小便宜”而辞职。所谓的贪小便宜是他从朋友那里低息贷款供房了，还有可能是在达贵朋友家度假免费享受了客房等等。经济危机之下，人们已经不知道该信任谁了，于是，政客便成了人们最后下信任赌注的对象。这种赌注是带着一份“洁癖”的，大家希望最起码那些自己选举出来的政治家，能够不辜负自己的信任，能做一朵出污泥而不染的洁莲。伍尔夫的“不干净”惹恼了德国人，他们只让这些丑闻沸腾了一个多月，便逼他退下总统宝座了。

只是，被逼退了的总统，还是没有得到安宁。人们继续为了他而闹，这一次，是为了他该不该得到他的总统离任待遇而闹。几乎绝大多数的民众，都很愤慨这个被迫辞职的总统还能终身拥有年薪近二十万欧元，再加上私人秘书私人办公室私人保镖的优厚待遇。甚至在总统的告别仪式上，游行人员吹呐叫喊抗议。他们认为，接受这份待遇的伍尔夫，应该为自己感到羞耻。我们当然也知道，伍尔夫的辞职原因，既谈不上是“政治原因”，也算不上是“健康缘故”——毕竟他的肾病发作也是在宣布辞职以后——而这两个条件是提前离任总统获得离任待遇的前提。真正要通过法院来介入判决，估计他的确不够格拿到这笔钱。

但无论如何，在这民主法制的国度里，总统可以一夜之间沦落为草民，足以见得民众的力量有多大了。

而我们这些草民呢，是否也同样有机会一夜之间变凤凰。答案是可能的。

在德国某州，有一位纳税人在八年前的退税申报里，本来只有400欧元的税可以退回的，当地财政局却出手阔绰，给他转账85000欧元。这位君子得了这笔“飞来横财”，也心安理得地暗自收受了。待到财政局意识到其所犯的巨大“错误”时，便马上诉之于庭来讨“债”。法院的判决让人大跌眼镜：那位没有及时向财政局纠正错误的“不义”之君，可以名正言顺地拥有这笔款项，原因是财政局是在过了法定的“五年追收期”后，才进行起诉，所以无效！当然我们刚看到这则消息，也都为那人捏了把汗：这岂不是太岁头上来动土吗，若是从今以后那气急败坏了的财政局吹毛求疵地不再给他退一分钱的税，岂不亏了？！后来仔细想了一下这笔账，发现按照每年能退400欧元来算，那位纳税人也要200多年才能退回85000欧元的税呀，他依然是赚着了呢！

是的，德国人都很自豪自己活在一个真正的民主国家里，“民主”这个词有时候容易让人和“公平”相混。纳税人可以继续保留“非分之财”，总统可以被推倒，人们高声欢呼：这才是一个有希望的国家！在这样的国家里，我的孩子们才会有光明的未来、公平的机会！

和我在工作上同一个部门的同事——尔新先生，也是这些欢呼民众中的一员，只是他对德国的未来没有别人那么乐观。因为他对自己的现在都一筹莫展。

他曾在一间大银行里任职，后来在银行的整合裁员之风里，丢掉了饭碗。从此以后，他开始了“临时工”的征途。整整五年了，他在各大小企业里进行着这家三个月，那家五个月的临时工作。反正一年到头，无论年终或者年中，总有公司要急聘能干三几个月的临时工，所以，他总能有活干。只是，这样来来回回积累了丰富经验的他，却没有任何一个企业在用完他以后，决定给他一个固定的职位，让他结束这“流浪之旅”的。

临时工，是德国近年来发展极其快速的一种就业形式。长久以来，德国雇主就以其“稳定”和“人道”著称，雇员们的权益受到法律保护，不能随便被解雇。但这个“社会主义”性质的雇佣制度阻碍了一些企业在全球化之下灵活自主地控制人工成本，从而为其发展拖了“后腿”。德意志民族是个能屈能伸的民族，他们懂得，要继续保持强国的地位，就得先学会放弃一些“优越性”。于是，临时工制度得到了用人单位的青睐。

而这个临时工呢，大部分都是通过专门的“临时工”中介机构或者有这项业务经营权的跨国猎头公司来进行。中介机构会在网络上或者报纸上长年累月地刊登招聘广告，而不少招聘广告其实并没有实际的职位空缺。不明就里的求职者便蜂拥而上，把自己润色得漂漂亮亮的简历恭敬递上，然后翘首以待。很快他们都会收到中介机构的面试邀请，心情激动的求职者把自己精心打扮一番后就去赴约。到了那里才发现，中介机构只是想认识一下你，看是否有必要把你加入他们庞大的“人才池”里。对于他们来说，人才就是金钱，只要有足够的人才库，才能接到更多公司的招聘委托业务。只要仔细看看目前求职市场上的招聘广告，特别是网络上的，便会发现，80%的广告都是中介公司打出来的。求职者别无选择，只能乖乖地任由各个中介机构把自己归门别类，然后苦候佳音。

按道理说，中介机构拥有丰富的客户资源，是你能找到理想工作的一个好工具。如果你有幸通过中介找到一个正式的职位，那么你的合同是和雇主之间直接签订的，中介公司从雇主处获得一次性的佣金而已。但是，这个

“临时工”工作合同，却是你和中介公司之间签订的，雇主每个月把钱支付给中介公司，中介公司再给你发工资。雇主如果对你的工作向中介支付每小时40欧元的薪酬，中介公司支付给你的却只有20欧元。也就是说，你作为临时工，获得的实际工资，是比同等资历从事同等工作的正式员工低很多的。从雇主方面来说，也许他给正式雇员支付的金额也是每小时40欧元，可是为什么他会青睐和需要这些“临时工”？！答案很明显，这种灵活的“临时工”制度，为企业在淡季旺季的用员制度上提供了极好的方便，而企业不需要在和雇员权益方面的纠缠上伤脑筋，把皮球踢给中介就行了。目前，纵观德国各大小企业，很大一部分的公司都有过雇佣临时工的经历。

对于不少重新就业者，或者暂时失业的人员来说，“临时工”制度的确能让他们很快有机会回到职场上练兵，也的确有不少人通过几回“临时工”的磨练，有幸获得用人单位的青睐，“临时”变“永久”。但也有一些用工企业，某些职位永远让走马观花的“临时工”来填缺。

现在说回我们的尔新先生，这个在“临时工”阵营里徘徊了好几年的硬汉子。我当时也觉得奇怪，凭他拥有的技能和经验，应该不难找到合适的正式工，为何他如此背运呢？后来才知道，他不算是很健康的人，经常有点小毛病，每个月要休三两天病假，而且人也不算年轻力壮了。虽然很多招聘广告里甚至会注明：“残疾应聘者一视同仁！”其实大家都心知肚明，现实又是怎样一出戏。尔新说起自己的经历来，就有点义愤填膺，觉得德国无论是在公平性或在人道主义上都越来越走下坡，国家撑起的那个“经济龙头”，其实是建筑在无数像他般受不公待遇从事低薪工作的人群上。他还把那个也有点病恹恹的法国拿来做例子：“在法国，给临时工的待遇，是比正式工要高的。这才符合逻辑，使用高度灵活性的临时工，自然应该付出更高的成本！”

也许，世界上根本就没有绝对的公平这一说。德国人那么热衷于追求民主追求公平，只是他们对心中幻想执着的一种表现。我在同情尔新先生的同时，还是好好安慰了他一番。

“世界上有比这更糟糕的事呢。”我对尔新说。

说完以后，我不禁对自己笑了起来。

我怎么在不知不觉中，也像一个老太太般说话了呢？

难道我也已经有了老者的智慧啦？

“当然还有比这更糟糕的事。你看，那个欧元危机啊，德国动不动就那么大方地用纳税人的钱去救济南欧，可是，南欧人不一样宁愿躺在海边去晒太阳也不愿意多苦干！”尔新却没有读懂我的智慧，他把自己的愤怒延伸到德国以外去了。

“那是他们政治家不作为。人民大众还是很刻苦耐劳的。”我提醒他。

“耐劳个狗屁！要他们勒紧裤头过几年结巴日子度难关，他们便上街烧火，还骂我们安吉尔阿妈（德国人亲切地把他们的默克尔总理夫人称作阿妈）是纳粹，你说，我们能咽下这口气吗？我们德国人，现在富了强了，但哪点不是我们自己辛苦挣回来的？！”尔新看来是他们德国最近悄悄萌起的那个“反欧元派”的支持者来的，对于激烈的他，我知道自己那点小智慧暂时对他没有用。但愿他还是能早日遇到好运气，把自己的工作问题先解决了。

至于我自己，我想好了，即使我也遇到尔新那样的命运，不停地被公司耍着来做“临时工”，我也会有一笑泯恩仇的肚量了。树挪死，人挪活。我已经学会了相信自己，相信世界之大，天生我材必有用。

我只要念着婆婆的那句口头禅：“世上有比这更糟糕的事呢。”便会冷静下来，为自己选择下一步要走的路。

6 夕阳无限好

我告诉婆婆，我的家人夏天要来德国探望我们了。她淡淡一笑："是吗？你那英俊的父亲、友好的母亲，我多久没见了？"

"五年了，阿妈，上一次见面时，是小娜莎出生的时候。"

"时光流逝！我也老了。"

"阿妈，你要快点好起来。多吃点东西。等我父母来了，你才有力气和他们一起打太极啊。"婆婆的食欲还是不见好。

"我想回我的母亲那里。她在等我呢。"婆婆喃喃自语。她现在已经没有兴趣和力气去参加养老院的一切活动了。她的填字谜语也被搁在抽屉里。她唯一感兴趣的，是那本我们为她精心做好的相册。摸着照片中人，她还能清楚地说出："这是我的爱德华，这是我的小鑫，这是我的一对宝贝孙女孙子，这是我和我的先生……"

我现在下了班回来后，并不急着去接孩子，而是先直接驱车去看婆婆。她不愿意吃，养老院的护工不可能时刻守着她，给她喂食，我便花点时间陪她喂她吃东西。她总说自己肚子疼，不饿。有时候她吃下去一点东西了，马上又吐出来。我们都知道那个手术把她的胃口毁了。可是，医生曾经说过，如果这个手术不做的话，她会有危险。我不知道，不做的危险，和做了的危险，究竟哪个大。

我绞尽脑汁让她的胃口好起来。我给她做她吃了一辈子的土豆汤，我给她做她曾赞不绝口的番茄蛋花汤。闻到这些熟悉的香味，她的精神便稍为好点，也能吃下去小半碗。我甚至用番茄炒蛋拌了一小盘米饭给她吃，她吃了两口后，便对我说："很好吃。但是我真的饱了。你把它吃完了吧，别浪费了。"每次我离开养老院时，都会向护工们汇报我的成绩："她吃了半碗汤，她吃了半杯酸奶，她吃了一小口面包……"她们总是很感激我的支持。我觉得她们这份感激是有点夸张的——我们这些家属并不会因为把老人转到养老院，便可以把照顾她的义务也转嫁了。

晚上，爱德华下班回来。有时候，他还来不及自己吃晚饭，便要去看他的母亲。因为他也想争取喂婆婆多喝点吃点。不过他带回家的消息，却越来越令人沮丧：护工说，阿妈又吐了。把你下午喂的东西都吐出来了。我今晚喂她吃了半根香蕉，十个樱桃，还没等我离开，她便又全部吐出来了。

"她总说她想走了，想去她母亲那里。这是否预示了点什么，譬如，她根本不愿意努力活下去了。我能想象她现在身体的疼痛有多折磨人——浮肿的双腿，还有肚子上一天到晚绑着一个装便便的袋子。"我对爱德华说。

"医生给她开了止痛的激素类药。她应该不会受疼痛的折磨。"爱德华回答我说。

"也许，我们应该把她推到湖边去坐坐，让她呼吸一下大自然的新鲜空气，这样，胃口可能会恢复。因为她自从做手术后，已经一个多月没有到外面去了。这样被困在床上，即使健康的人也不会有好胃口啦。"我向他提议。因为，养老院的护工们一直不同意她下床，我觉得这是一件非常糟糕的事，我得想办法说服她们。

"嗯，这是个好办法。"爱德华马上附和我。

初夏一个洒满阳光的下午，我带上孩子们去养老院。粤子还把他的小笛子带上了。已经学了几个月笛子的他，很想在奶奶面前显露一手。护工一看到粤子手中的笛子，马上对我说："演奏时把房间的门大敞开吧，这样，让外面的老人也能听到笛声悠扬，多好！"粤子刚开始还有点害羞，不愿意开着门来吹笛子。他一首接一首地吹给奶奶听，奶奶微笑着用手打拍子，虚弱地喊：“真棒，我的小宝贝。”我也在这个时候，把门悄悄地开了个缝儿，让这稚气的笛声飘荡在这座圆形大楼里。

然后，在护工的帮助下，我们把婆婆扶上轮椅。我们要和她到湖边去。孩子们已经拿出满满一盒面包片，着急着要去喂湖里的天鹅了。喂完天鹅后，他们走回婆婆的身边，也像天鹅般伸长脖子，贴近婆婆的脸颊亲了一下。

我在旁边轻轻地按着相机的快门，把这个金色黄昏里快乐的瞬间定格下来。我不知道这样的温馨场面还能继续多久，我只知道以后当我重温这些镜头时，我不会忘记夕阳下，坐在轮椅上的她，曾给了我们多少温暖片刻。

晚上，我在电脑上敲下了这首小诗，记录今天的天伦之乐：

夕阳无限好

阳光带着夏花的味道
穿过凋零的樱花热情调戏着追逐花粉的蜂蝶

这个黄昏阳光的色彩是炽白色的

她坐在笨重的轮椅上任由脚踏便鞋的我吃力推搡
远处的山峰皑皑的白雪如她的背影
白发下罩着近一个世纪的坚韧

何处飞来娇嫩鲜润的一对孩儿
争相紧贴住那张日渐皱褶的脸？
红脸白发如此明目张胆地抗衡
我以为我看到了一只美丽的白天鹅
仰起它娇媚的红嘴巴

而那真的是一只洁白无瑕的天鹅
它吞下了饭盒里最后一片面包
还贪婪地扁嘴
含苞的小姑娘被热烈的疼痛吹开了
看，它绽放得晶莹欲滴

夕阳无限好
我们踏上归途
斜坡让轮椅上的她重如泰山
我是那个传说中的愚公
执着地移动那不老的青山

喘息歇脚我回望：
遥遥领先的小哥哥
撇下了他的自行车
掉转头
一步一步扶持着小妹妹
和她的小车子
蜗牛般爬上坡

我多么喜欢
我和你们
活在这个
有夕阳的星球上

7 母亲的理解

2012.07

坐在我们明亮的小客厅里，我父母亲的脸上写满了舒心。

“有了自己的房子，才真算是有了自己的家。这是最重要的事情，安居乐业嘛。以后，我们也对你在德国的生活放心多了。”母亲对我坦言。

当然，母亲是不会去想到，如果一个人是用高额银行贷款去买房子的，那么他安居的风险比租房子还要高得多呢。

但是，能终于让母亲有放心的理由，我觉得我们还是做了一件零风险的事情。自从嫁到德国，我对于母亲，真的是有一种千金难为她买一笑的无奈。而最终，能让她为我笑的，却是我在这里拥有属于我们自己的房子了——要知道，这几年来，她一直没有放弃自己心里对我们存有的一个幻想，她幻想我们有朝一日能举家回中国生活工作。如今，我们在这里买下了房子，她的幻想也许只能永远驻留于幻想中了。

母亲接着说，这几年，她为我而储存的眼泪已流干。如今，她只愿我在这里好好过自己的日子。

我说：“母亲，我从来没有离开过你。”

我知道，她的“自私”，是出于对我的爱，对爱的不舍，是再自然不过的母亲之情。

如果没有母亲对我的这份“自私”之爱，我对父母之情也许便不会这么执着，也不能体会得如此之深。很多人都称赞我这个中国儿媳妇，对婆婆能如此接纳。我觉得，如果不是因为我有一个如此重亲情的“自私”母亲，我不会成为一个对爱人与被爱有一颗如此敏感之心的人。

今天，我可以说的是，我的母亲虽然不属于那些人们所歌颂的“豁达大爱”的母亲，但这却让我觉得自己是个幸运儿。那些“豁达”的母亲，她们也许不在乎远游的儿女是否记得每年回去看望她们。她们常挂在嘴上的话，永远是：“儿女过得好，我们也好，即使他们在天涯海角。”这些令人尊敬的豁达母亲，却往往容易成为我们这些懒惰儿女不回家的借口。而我，宁愿有一个时刻牵挂着我回家的母亲，因为这让我的生命完整。

我知道母亲牵挂我的原因，也许有一部分是出于“自私”：他们害怕自己生病没人照顾，他们害怕自己老了儿女不绕膝。我也知道无力去让中国医院的服务变得更人性化，让中国的养老体制能够做到“老有所养，老有所乐”。如果中国在这方面的工作做得更好了，当然会是对我们这些游子莫大的帮助。

可是，政府做得再好，也替代不了亲属。你看，即使在德国，他们这些方面做得比中国好很多了，但亲情的支援，对于老人拥有一个温馨的晚年，还是很重要的。

我只希望，我的父母亲，你们好好过，好好享受属于你的快乐。等粤子和小娜莎长大了，不再需要我朝夕照顾了，我便可以多点回去陪伴你们。我要陪你们一起回老家看日出日落，听风起风歇，走我们一起走过的田埂路。

人老了，当身边的一切都不能再储存于大脑时，我们对儿时的记忆，对父母的印象，却是一直清晰地陪伴着我们的。你看，我那身体愈来愈羸弱的婆婆，如今她还有力气常唠叨的人，不是她的钻石婚老伴，不是我们这些环绕着她的子孙儿媳，而是她那住在埃尔福特的母亲。她想回家去找她的母亲。她想回去牵着母亲的手走进童年的记忆。所以，我们的父母亲，是唯一从我们的生命起点，一起陪伴到我们生命终点的人。我们怎能不爱他们？

当我的父母站在婆婆面前时，她时而清楚地知道站在她面前的都是些什么人，时而又让记忆留在了深沟里，再也拣拾不起来。她每隔两分钟便问我，他们是谁，他们要在这里干什么？

而我的父母，依然能忆起那些美好的日子，他们曾一起花园里挥拳畅笑，迈步开怀。那是一些让人不舍而值得尊重的情怀，相隔千山万水的亲家，不容易才得来的相聚，彼此为对方着迷，一个说：她年纪比我们大整整二十岁，性情还那么开朗，脸上一点皱纹都没有哪；另一个赞：看这个中国母亲，身材多好多灵活，还有这个中国父亲，吃起德国奶酪有滋有味呢！

父亲对婆婆的身体也和我们一样的乐观："看看，她的气色还是比同龄人好，如果她能吃能喝，再活个一两年没问题的。"

我们想不出婆婆要放弃的理由，我们那么习惯有她在的生活。

看到爱德华每天都到养老院去给他母亲喂食，我的母亲说："真是一个孝子啊。这样的孩子值得你托付终身啊。"

我对母亲说，其实当初自己被爱德华吸引的，也是看上了他这个大男人对父母的牵挂。觉得这个德国男人的恋家情结，和我这个中国女子怎么这般相似啊！

"已经十年了，和爱德华他们一家相识相处的日子。"我感慨岁月的无情，人间的有情。

人生的一个十年，可以发生多少的事情！这个十年，是我生命中收获最丰盛的十年。我从一个青涩女孩成为两个孩子的母亲；我从一个郁郁寡欢不懂如何笑对人生悲喜的人，成为今天这个心态平和心存博爱的人。

一个硕果累累的十年。

Nine

第九章

永远的安宁

2012.09

当我的父母坐上回中国的飞机后，我对着爱德华长吁了一口气：“我太感激你的母亲在这两个月里能够这么平静，不给我们添额外的麻烦了，要不，我们就不可能有足够的精力和时间来给他们一个愉快的假期。”

爱德华却耷拉着脑袋，无奈地耸了耸肩头，说：“她已经连续四个月靠输液来维持体能，身体根本没什么脂肪可言的了，整一个可怕的皮包骨。唉，我可怜的阿妈！”

“医生到底怎么说哪？昨天她的家庭医生不是跟你见面了吗？！”我轻轻问他。

“医生说，那是自然规律了。她的双腿因为长期不能运动，肿胀不已，现在只能给她贴一些止痛膏，让她减轻疼痛感而已。”

“你害怕吗？”我继续轻轻问。

“害怕什么？”

“死亡。”

“……”

我们之间一阵沉寂。

过了很久，他才又说了一句：“那是自然规律。”

停顿了一下，他接着说下去：“不过，我为自己有这样的父母而满足。他们即使离开我了，我也不会忘记他们。”

他的话，让我想起了八年以前，那个苹果花开的季节。在公公的追悼会上，哀乐之下流淌出的悼词，开头就有这么一段话——

一个留在我们记忆中的人，

他并没有死去，他只是离我们远了而已。

死亡只会在他被遗忘的时候来临。

我发觉，自己提了一个很愚蠢的问题。

以后的日子里，我们每天都尽量长时间地去陪伴婆婆。她连张开口的兴致都没有了，好不容易把一粒葡萄塞进她的嘴巴，她马上吐出来。杯子里的水，用一根吸管连接她的嘴巴，她也懒得去做一个最基本的吸吮动作。唯一不变的，她还是喜欢捧着那本相册，喜欢抚摩相册中人物，但是，她不再和我们多说话了。

如果开口的话，翻来覆去的多是那句："我的母亲在哪里？我要回她那里。她在等我呢。"

偶尔还会从她呆滞的眼神里透出一丝光芒，她会说："我想走了。"

粤子总会在去看阿嫲时，记着带上他的笛子。他已经想不出可以在阿嫲面前干什么了，所以他便只有吹笛子。他一遍又一遍地吹《雪花飘》。婆婆总会在听到这些曲音时，还能微弱地翘起嘴角，赞一声："真棒，我的小宝贝。"

九月十五日凌晨。婆婆在一个平静的夜晚，永远地闭上她的双目。

我们决定把她送回埃尔福特墓园安葬。那里，长眠着她的父母，她的丈夫。她应该回家了。

追悼会上，主持人的悼词，这么写着：

你长长的一生，
是忙碌的一生。
它并不总是阳光明媚，
它还常常需要你为明天操心。

你总是如此正直，和善，

勤俭而充满希望
即使你的人生路上布满荆石
你也能在黑暗过后迎来光明

你长长的一生，
如今到了尽头。
你曾是使我们坚强的力量
你总是用你的光辉把我们紧拢

岁月飞逝
——如今，你终于脱离了疾病的折磨
留下来的，是你一生努力的痕迹
我们会怀念你

你长长的一生，
终获安宁
你曾是我们家庭的中流砥柱
我们如此感激你

…………

失去母亲，这是多么沉重的事。
那是一个为我们劳碌了一生的人。
如今，她不再能和我们一起
这是多么悲伤

当我们需要母亲的时候，

她总是在我们身边
我们从不会把她忘记
如今，天空是我们追寻她的方向

失去祖母，这是多么沉重的事。
她是我们最亲爱的人
当我们去打扰她时
她总是充满喜悦

祖母是我们最好的朋友
她是快乐之源
她的一生成就了许多奇迹
每句言语都成人生真理

失去一个人，
一个属于我们生命中一部分的人，
是多么的沉重
谢谢你，母亲！
谢谢你，祖母！
那些有你的光阴，
如此精彩。

丽娜因事不能来参加追悼会，但是她说了，骨灰下葬日，她会来。她给我写了一封信，信里还附有一本小书《玫瑰之香》：

亲爱的鑫：

上个周五我给你们写了一封信，一封其实是给爱德华的信。

今天，我很想给你写这封信。

我能感觉到，葛丽特离开我们了，爱德华的心情还是很糟糕的。这个我们都能理解。

而你，鑫，我能想象得到，你如今的压力也很大：孩子，学校，工作，家务，那些“日常生活的事情”……所以，我很想直接对你说出我的心里话：“我觉得你是多么了不起的人，我希望你拥有更多的力量。”

我确信，让葛丽特知道，爱德华的身边有你这样的女人陪伴着，她会多么放心。她曾经不止一次地对我说起过。而这其实也是我们所有在她身边的人都能感受到的。葛丽特感受到，你们正在走的路，是实在而光明的路。

亲爱的鑫，我也很高兴——爱德华找到了你——或者说，你们互相找到了对方。你是如此的实在和简单，快乐而不浅薄——一个率性之人！我能感受到，你在德国能够非常棒地找到自己的位置，你能把这些其实非常大的文化差别好好驾驭。我除了对你充满敬佩之外，一如我所说过的——我觉得你非常了不起。

你，爱德华和两个孩子，你们是一个幸福的家庭。葛丽特因有你们而幸福。我想，她可以安详地离去了。

亲爱的鑫，谢谢你一直陪伴着葛丽特！你是我们家庭的一份子，这是多么美妙的事情！

请感受到我对你的拥抱！

爱你的

丽娜于2012.09.25上

我给丽娜回了信：

亲爱的丽娜：

谢谢你的信件以及那本美丽的小书（我已经看完了，很好的小故事。里面那些中国哲理故事，我当然都很熟悉）。

你的信给了我很大的鼓励和温暖。在德国，我总是觉得很遗憾，因为爱德华没有兄弟姐妹，于是我们在节假日里便没有什么亲戚可以相互走访。我很高兴，我们有你，你能这么理解我们。你是一个坚强而聪慧的女人，你对生活充满热情，你对人充满爱心。以前，每次见到你，我都会对爱德华感慨，如你这般的优秀女人，应该要好好享受美丽人生才行，为何上天要让你经历如此多的磨难?！但是，如今，我很高兴你又遇上了能体贴理解你的生活伴侣。你和西彼年轻时便在求学爱尔兰时相遇，时间过了二十年，一个社交网络让你们两个重新联系起来，你们竟然不可自已地相爱相知了。多么浪漫而真挚的故事！我祝愿这份幸福会永远陪伴着你。我想，葛丽特的在天之灵也会为你欣慰的。

人们都会喜欢说，我是一个好媳妇，因为我无怨无悔地照顾过我的婆婆。可是，一如你在给爱德华的信中所写，葛丽特是一个光芒四射的人，生命中有这样的人相随过，对我们来说是一件丰厚的礼物。我那么的喜欢和她在一起，因为她总是任由我在她面前为所欲为——无论是好脾气或者坏脾气，我都可以任性地在她面前发作。

也许，这也是人生的真理：你收获，因为你付出。

是的，虽然我们只是凡尘俗子，但是生活并不往往是简单的。面对生活中的酸甜苦辣，每个人都曾有过流泪的时刻。我也不例外。

这个九月，正好是我与葛丽特相识十年了。十年的日子，我也曾经历过内心的挣扎与惶惑。我无比想念我在中国的家人，每次当我看见我的父母，看到他们又苍老一点，或者身体又差了一些，我内心的痛楚都是无法用言语表达的。我和爱德华的这份爱，我总是说，那是我的命运。十年前，一切都来得如此之快，我根本就没想到要去放弃。

如今，我的父母也对我说，我们是一个幸福的小家庭，只是很遗憾，我们离他们那么远。是的，这对我来说，也是永远的一份遗憾。我在德国的生活，也并不是那么简单，更不要提那些什么文化差异了。

但是，葛丽特总是对我说："生活中还有比这更糟糕的事呢！"也就是她的这句话，成了我力量之源。是的，我只想自己是这样的：我要笑着来走过我的人生！

昨天，我们为小娜莎庆祝了她的五周岁生日。爱德华的脸上又露出了久违的笑容。我会为我们这个小家庭的幸福安康而努力的。葛丽特让我懂得，一个母亲，是一个幸福家庭的力量之源。

而你，我亲爱的丽娜，对于我来说，你是爱德华的一个姐姐，你是我的好朋友。我不需再用过多的言语来表达，我只愿你和你的家庭，以及你的西彼一切安好！

你的

鑫于2012.09.30

2012.10.19

埃尔福特墓园。今天，是婆婆骨灰安葬的日子。

墓园的大门入口处，便是一个大花店。与花店相对的马路另一边，是墓园停车场。爱德华停好车后，便带着我们一起踩上秋日的晨曦走向墓园。

走到婆婆的长眠之地，亲朋已经到达，我一眼便看见了身着黑色裙装的丽娜，还有缇娜和穆特，我们相拥而泣。待得催人泪下的话说尽，鲜花并列铺放好，我转身问粤子："可否愿意在众人面前再为奶奶奏笛一曲？"粤子轻轻点头。我转过身去拿出笛子给他。秋日冉冉，鸟儿啾啾。粤子说："奶奶最爱《雪花飘》一曲，我还是要给她吹这首——小雪花，小白花，你何时雪花飘飘？你住在天上，你离我如此远……"

巧手玲珑的丽娜，她在树林里搜集青苔一摞，编出两个美丽心形花球。她把其中一个花球入土陪亡人，另一个花球给了我。丽娜深情言语："葛丽特此生为我烤了无数个可口蛋糕，我只能编一花球来表达自己的谢意，你一定要把这个花球放在家中她的灵位前。”随即我们忍不住再相拥，她对我耳语：“能在葛丽特身边，和她一起欢笑人生，真的是我此生幸运之事啊！再次谢谢你为葛丽特所做的一切。”我回答说：“能有机会陪伴葛丽特走完她人生的最后十年，亦是我的幸事。”

第二天，我们起程回慕尼黑。途中，爱德华取道图林根森林，他说要带我们爬山，爬上伊尔门瑙附近的雄鸡峰去。

“你不是一直想去歌德小木房吗？今天天气这么好，难得的机会。”爱德华告诉我。

我们把车停好，便拾路而上。每隔几步，便能看见那些参天松树的粗实树干上，写着一个“G”字。爱德华告诉我，这是歌德当年在图林根森林任职时，经常漫步的路线。

沿着歌德漫游过的路行走，这是多少德国人喜欢做的事情！徒步在松风秋日之间，吟一段小花野草的诗句，能焕发出一份诗人的心情，让爬山的疲劳化作蓝天下柔软的云彩，缭绕在山谷之中。孩子们在树林里找来坚固的树枝，把它们削平为小拐杖一根，拄着小拐杖便能在山石小道中飞走自如。

二百多年前，歌德曾经28次到访过伊尔门瑙。无论是陪伴萨克森—魏玛的奥古斯特公爵而来的悠闲之游，还是作为采矿部长的职务之需，以伊尔门瑙为终始点的漫游之路，那美丽的风光都让他有足够的才思泉涌而出。

1783年，奥古斯特公爵在离雄鸡岭不远的一个小山坡上，盖建了一座小木屋，作为打猎时歇息之用。同年的夏天，歌德在这座小木屋窗口上的一块木板上，写下了他的《漫游者的夜歌》：

所有的峰顶
沉静，
所有的树梢
全不见

一丝儿的风影
林中鸟儿们静默无声。
等着吧，你也快
获得安宁。

1870年，这座小木屋被粗心的路人失火烧毁，四年以后，阿尔门瑙市便完全按照原来的面貌，重新盖建起这间小木屋。如今，人们可以在小木屋里面的墙壁上，用16种语言读到这首小诗。

简单无奇的几个句子，为何能受到世人如此推崇?

想当年我还在为自己是否要来德国游学而一筹莫展时，大翔和我一谈起德国，让他脱口而出的，也是这首小诗。

是的，一首小诗，记录着漫游者的心声。漫游的旅途，有过多少辛酸与眼泪，又有过多少欢乐与惊喜，一路往上走过来，回首，悲欢尽成飞花灭，只剩心的宁静，在慰藉着我们的灵魂。

这样，我便懂得，我亲爱的葛丽特婆婆，“你住在天上，你离我如此远”的，只是看得见的距离。我们知道，你从不会离我们远去，你只是在获得你的安宁后，换一种静默的方式来继续守护着我们。

你时刻在提醒着我：世上有比这更糟糕的事呢。不要这么不快乐!